暗　疾

陶丽群

济南出版社

文学新势力
NEW LITERARY

"文学新势力"文丛·序

张清华　邱华栋

2012 年 10 月，莫言荣膺诺贝尔文学奖，再度激发了国人的文学激情，也唤醒了各界在文学教育方面的旧梦。这其中就包括北师大。因为一段至关重要的学缘，莫言曾于 1991 年获得了北师大授予的文学硕士学位，而此刻，作为母校的师大自然倍感荣耀，遂立刻决定成立北京师范大学国际写作中心，并邀请莫言前来担任主任。中心成立之初，其核心职能便被提到了议事日程，这就是文学教育和创作人才的培养。

需要稍加追溯前缘，才能说明这套文丛的来历。1988 年，由当时在研究生院任职的童庆炳教授牵头，由北京师范大学提供学制条件，牵手中国作家协会所属的鲁迅文学院，共同招收了首届作家研究生班。那时的学位制度还相对处于比较早期的阶段，各种规章还没有现在这样严苛和完善，所以运作相对容易，招生考试环节也相对宽松。因此，一批在当时的文坛已崭露头角的青年作家，便被不拘一格，悉数收罗。之前，他们中的很多人并未受过太正规的教育，刘震云几乎是唯一一个，他是北京大学中文系 77 级的本科毕业生，系出正宗名门。余华便只是在浙江海盐上过中学；莫言之前虽有在解放军艺术学院文学系学习两年的经历，但更早先却是连中学教育也不完整；严歌苓、迟子建等差不多都只是受过中等专业教

1

育；其他人我们未做过严格的统计，但可以肯定，其中多数未曾上过大学。然而不容置疑的是，这些人是那时中国最具希望的一批，是青年作家中的翘楚，未来文坛的半壁江山。从这里出发，二十年过后，他们的确未负众望，为中国文学争得了至高荣誉，也几乎成为一代作家的代言人。

很显然，这一传统成为北师大和鲁迅文学院共同的一个记忆，一笔不可多得的财富，无论从哪个角度看，这都是两所学校引以为豪的历史。在这样一个背景下，再续昔日文学教育的前缘，找回这一无双的荣耀，也就是很自然的事情了。

因了以上的缘由，2016年，北师大校方经过认真研究，参考过去的合作模式，从全校不多的单招单考的硕士名额中拿出了20个，交由文学院和国际写作中心，来寻求与鲁迅文学院合作，并于2017年秋季正式招收了"非全日制"学术型文学创作硕士研究生。为了省却过于烦琐的制度性限制，我们特地在中国现当代文学专业二级学科下，设立了"文学创作方向"，并采用了学术导师加创作导师相结合的培养模式，以给学员创造更为合适和充分的学习条件。鲁迅文学院则为他们提供居住和学习的物质条件，提供尽可能好的一切形式的支持，并拟在培养方案中结合鲁院的讲座制培养模式，两相结合，尽显特色互补的优势。

同时还必须指出，有几位至关重要的人物支持了这项事业。时任北师大党委书记的刘川生教授、校长董奇教授，他们在推助写作中心的文学教育工作方面给予了大力支持，在制定相关体制机制方面也给予了诸多方便；晚年在病中的童庆炳教授，多次勉励我们传承好过去的经验，大胆探索，争取把工作尽早落到实处。中国作协这一方面，作协党组、特别是铁凝主席也同样给予了积极支持和热诚关怀；分管鲁迅文学院工作的吉狄马加书记，则在工作中给予了非常具体的关心和指导。

参与该项工作，制定合作规划、培养方案、课程体系，以及日常服务管理等诸项事务的，便是本文的两位作者，时任鲁迅文学院常务副院长的邱华栋，和北师大文学院负责研究生教育的副院长兼国际写作中心执行主任张清华。整个过程中，要想实现两个职能完全不同的单位之间的密切合作，在所有培养工作的环节上都无缝对接，是一个至为琐细的工作，难以尽述。好在这不是一个"工作汇报"，我们在此也就从略了。主要想说明的是，两校之间目前的合作进行得非常顺利，一切都在愿景之中。

迄今为止，该方向的研究生已经招收了三届，共56人。从总体情况看，达到了预期的要求。在学员中，有鲁迅文学奖获得者乔叶、鲁敏，有多位全国少数民族文学奖获得者，有"70后""80后"广有影响的青年作家，像东紫、杨遥、朱山坡、林森、马笑泉、高满航、闫文盛、曹谁、曾剑、王小王，等等，他们在文学创作上都已经有了相当出众的成绩，或是十分丰富的经验，然而他们共同的诉求，又是都有"充电"的渴望，有成大家的梦想，所以因了冥冥中某种命运的感召，汇聚到了一起。

关于文学教育，历来也是分歧明显众说不一的，有人坚称"大学不培养作家"。这话一定程度上是对的，大学的使命很多，成败胜负的确不在乎是否出产了一两个作家。但这话的"潜台词"值得商榷——其意思是有轻蔑的，是说"你培养不了作家"，"作家不是谁培养出来的"。这当然也对，没有哪个大学敢说自己"培养"了几个作家，而只能说，那儿"走出了"哪些个作家和诗人。但这么说是否意味着文学教育是无必要的呢？似乎也不能。因为照某些人的逻辑，我们就可以反问，大学不能培养作家，难道就可以"培养"经济学家、政治家、科学家和法学家吗？谁又敢于说，他们"培养"了那些伟大和杰出的人物呢？很显然，各行各业的杰出人才都是很难通过"定制"来培养的。但从另一方面说，大学又必须要提供人才成长和受教育的条件，从这个角度看，宣称大学不培养作家又是不负责任的。回顾当代文学的历史，文学的变革和作家的成长与大学教育的恢复和发展密切相关。"文革"及"文革"前大学教育的草创和荒芜时期，也出现过许多作家，但他们要么是从战争年代的洗礼中锻炼出来的，要么是在长期的自学中成长起来的，因为没有条件受到良好的教育，他们的文学道路多有延宕，艺术成长和成就也都受到了限制，这是人所共知的常识。正是"文革"后教育的全面恢复与发展，才让文学事业出现了人才辈出蓬勃兴旺的局面。

所以，正确的理解应该是，作家是无法培养的，但文学教育是必需的。当然，文学教育对于高校而言，其目标确乎主要不是"培养作家"，而是为所有学生提供一个素质养成的环境条件，这才是成立"国际写作中心"、引进著名作家执教的核心意义所在。换句话说，能不能出产一两个作家或许不是最重要的，其培养的人才是否具备写作的能力，成为文学的内行才是重要的。传统的文学教育虽然有各种各样的问题，但是所培养的读书人大都是既能够研究，又可以写作的双料人才。新文学的早期，大学的教授也有许许多多是学者和作家集于一身者，之后才逐渐文脉不彰，大师不存，大学教育渐趋沦为工具化和技术化的知识教育，名实不符的学术教育。

但无论如何，北师大与鲁院联办的这一培养模式，其目标还是直接而干脆的，就是"培养作家"。当然，这培养不是从根上栽植开始的，而是"选苗"和"移栽"的过程，甚至有的就属于"摘果子"。即便是后者也不是无意义的，当年莫言、余华、刘震云、迟子建、严歌苓等这批人，在进来之前早就是声名鹊起的青年作家了，录取他们无疑也是"摘果子"，但系统的阅读与学习，大学综合环境下的熏陶成长，谁敢说对于他们后来的写作没有助益？所以，我们坚信这一工作是有意义的。

最后再来说说这批作为"文学新势力"的新人。显然，他们都属于"70后"或"80后"的一代，较之他们的前辈，这批新人的主要差异在于代际经验。前代作家的成长期大都经历过历史的大波大澜，童年也大都有原初和完整的乡村生活经验，所以某种程度上还是受到"总体性经验"支配和支持的一代作家。莫言笔下的"高密东北乡"，可以说寄寓了他对于农业社会生存的全部感受和想象，也寄寓了他对近现代中国历史巨变的全部记忆与理解，读之如读一部血火相生、正邪相伴、生死轮替、魔道互换的史诗。这种具有总体性和原生性的经验与美学，在下一代作家这里早已变得不可能，他们都命定地处在某种"晚生"和"后辈"的自我想象之中，不得不在碎片化、个体化的历史经验与记忆中探索前行。

这些都并非新鲜的话题，我们也只是重复了前人既成的说法。但这也是所谓"新势力"的根基与合法条件，"新"在哪里，又何以成为"势力"，这是需要我们想清楚的。在我们看来，所谓"新势力"其实就是指：一是有新的文化特质的，他们在文化上所拥有的"新人"特色或许很难用一两句话说清，但一定是更具有个性、自主性和独立思考的一代，是拥有新知和新的经验方式的一代，是用新的思维与视角看取人生与世界的一代，是在网络信息时代生存和写作的一代；二是有新的美学属性的，这些属性自然更难以总体性的概括来描述，但毫无疑问他们是具有陌生感的一族，是难以用传统范型所涵盖和统摄的一族，是游走和不确定的一族，是空间化和个体性得以充分彰显的一族，当然，也是相对琐屑和相对真实，相对平和和相对日常性的一族。有时我们觉得是这样的不满足，但有时我们又会觉得，他们离着理想的文学，离所谓普世性的"世界文学"的距离越来越近了。

旁观者说一千句，不及读者自己去观照、去体味其中的丰富和微妙，"总体性"之不存，我们的概括也自然显得苍白无力，不如读者们自己去一一打量和细细辨识。

看，这就是"文学新势力"，他们来了。

2019 年 7 月，北京西山暑热中

目　录

白

一

　　她说她已经五十六岁，退休一年。她身上有种和她的年龄极不相称的特别气息，拉丽一时无法形容那是什么。直到杨老太（拉丽在心里这么称呼她）说她没结过婚，孑然一身，拉丽才知道那气息该是清爽劲，一个单身而理性的姑娘身上特有的清爽劲儿。很显然，已经不能称她为姑娘了，但这并不妨碍她依然保有姑娘的特性。她身材纤细，四肢匀称，脑袋小巧，五官也是小巧的，笑起来眼角有些细碎的皱纹交错。她看什么都是安详的。拉丽有种感觉，假如杨老太朝那些满胸怒火的人瞧上一眼，估计火就噗地闷掉了。拉丽不知道是不是她特殊的工作造就她这种特性，还是与生俱来。简而言之，她对杨老太是相当放心的，也颇有好感。

　　杨老太端坐在一张竹制的背靠椅里，背后垫一个淡紫色抱枕，身板挺得很直。她发现这个老妇人偏好淡紫色，淡紫色软底居家布鞋，淡紫色棉麻沙发套，淡紫色窗帘，当然，这些物品上的花纹不尽相同。她的房子很小，是套五十来平米的老房子，两间鸽子笼般小的房间，拢着房门，一个没有茶几的整洁小客厅。拉丽面对客厅的阳台而坐，一眼看见阳台挤满花草。可真不少，却并不杂乱，几个隔层铁架子一二三层架住那些花盆。初春午后软嫩的阳光照拂在深绿色的花草上，没有什么花开。拉丽不认得什么花草，她的生活缺乏种花养草这种需要情调和闲心的事情。

总之是一个相当不错的小家。

"情况就是这样，也许我说得不够详细！"拉丽有些沮丧地说，她庆幸没穿那件鲜红色的外套来，那外套着实和这个家里的摆设、氛围都不搭调。她穿一件蓝色外套，袖子上套两只起装饰作用的短短的淡蓝色防护袖套，防止袖口弄脏。

杨老太点点头，若隐若现的笑容挂在脸上："以后慢慢了解，你有什么要问我吗？"

拉丽摇摇头："我知道您是特校老师，退休了，而且，您不收钱！"她不想隐瞒经济上的窘迫，实际上她挣得不算少，但真的存不下什么钱。

杨老太瞧了上善一眼，她一直纹丝不动坐在沙发上，离她们稍远，弯着细小的脖子，像一个认真的聆听者。拉丽知道她其实什么都听不进，也有可能听进去了，这一点她从来都不能确定。她不会对你的话做任何反应，薄嫩的嘴唇不屑般紧紧抿着。她有自己的世界，一个拉丽完全陌生的世界。她时刻沉浸在自己的世界里，没人能走得进去。多半时候，拉丽甚至都不知道她在想什么，这一点常常让拉丽在黎明醒来时惆怅万分。

"你要不要看我的身份证和工作证？"杨老太把目光从上善身上挪开，和善地瞧拉丽。

"不用了，"拉丽慌忙说，"我信任您！"

"这就好！不过你还是看一看吧，这样对大家都好。"杨老太说，"特校，你知道吧？就在三马岭，你应该知道的，那地方风景很美。我在那里工作了一辈子，退休金也在那里领。"

拉丽点点头，她知道大致的方向，但没去过。她瞟了一眼小矮凳上的身份证和工作证，没动那些证件。

"明天你带上善过来吧，我今天要把房间整理好。你不必担心，随时欢迎你过来看孩子！"杨老太说。

"好的！只是，真的不需要付钱吗？"拉丽小心翼翼地问，她还是有点儿不相信。在拉丽有限的生活经验里，没有什么是容易得到的，这些不容易多半都和钱有关。

"假如这让你不安，你看着给吧。不过，我本意并不愿收你的钱。"杨老太思忖着说。拉丽有一刻觉得自己的脑袋一片空白，想不明白人和人的活法为何天差地别。她真希望自己能和杨老太调个个儿，一个人，口袋里除了吃喝的钱，略微有点儿剩余，在拉丽看来这就算是体面的生活了。她觉得累，这样说好像也不太准确，那是一种和累有关的沉甸甸情绪，时刻笼罩在她的身心上。

"那可真是太感谢您了！不过，您若是觉得太辛苦，我可以适当支付费用，但不会很多，比如上善在这吃饭的钱。您知道，我们，生活不太宽裕，我只是一个家政服务工！"拉丽说。

"你放心吧，我并不缺这点钱！"杨老太依然微笑，但她说话的语速变得快了。她们交谈将近两个小时，她一直挺直腰板坐，也许有点儿累了。

拉丽开始帮上善戴上手套，把她的头发盘起来塞进帽子里，往脖子上缠绕暗红色羊毛围巾——在上善的穿戴上，她一直是不吝啬的。杨老太一声不吭瞧她像包个见不得人的东西似的把上善包起来。

母女俩和杨老太告别，拉丽没叫上善和杨老太说再见，她知道她宁愿挨巴掌也不会出声。杨老太抓了几颗淡绿色的薄荷糖想放进上善的口袋里，她忽然惊恐向后退，但她并不像别的孩子本能靠向自己的妈妈，而是退到一边，和拉丽保持先前同样的距离。那几颗薄荷糖落到了地上。拉丽很尴尬，迅速捡起糖，朝杨老太抱歉地笑笑。

屋外阳光很好，路上并没什么行人，这个地方相对偏一些。在很久以前，这儿可算是城中心，后来城市渐渐往前扩建，这儿逐渐边缘化了。城市的外围是一片稻田，秋收后农民们喜欢种油菜。周末天气好时，很多年轻妈妈带着年幼的孩子，穿梭在黄灿灿的油菜花中拍亲子照。她瞧了一眼像条小尾巴般紧紧跟随自己的上善，阳光照在她白得透明的小脸蛋上，每次眨眼睛都非常用力，仿佛耳边突然遭遇一声巨响袭击。拉丽知道这种阳光会使她受不了，她会流泪，也会晒出皮炎。她叹了口气，在包里摸索出一把防晒伞，嘭地打开。那是把儿童雨伞，比一般的雨伞小将近一半。她塞到上善手里，又摸出一副孩子墨镜，架到她的鼻梁上。

"我知道你其实都明白我说的话，但我不知道你为什么一声不吭，你不聋也不哑。你长着耳朵和舌头干什么呢？你长这么大，能有吃的穿的，有房子住，你知道这些是哪里来的吗？你知道的，这些都是我给你的。我像个保姆伺候你，可是倒在地上的拖把你连扶都不帮我扶。我做好了饭，你会拿起筷子吃，吃完了你垂头坐着，你像个菩萨一样！不，你这德行哪能和菩萨比？菩萨普度众生，你是给我带来磨难，不，你本身就是磨难，大磨难！难道我说错了吗？你尽管装聋作哑好了。我觉得你是知道好歹的，不然你为什么跟着我？你知道只有跟着我才能活命！说真的，你到底是个什么怪物？长这么大，没叫过我妈！你觉得我是个有义务养你的陌生人？嗯？我想分一半你的苹果，你死死攥着，你像个仇人瞪着我，好像我会咬你一口！"

拉丽一边走一边愤然独白。上善撑着防晒伞，戴着墨镜，样子古怪地紧紧跟随。她总能和拉丽保持差半步的距离，不会跟不上拉丽。只要拉丽步伐稍微大些，她那双小脚就颠得更快，却总也不会和她的妈妈平行走。

"你会笑，你会对小猫小狗笑，但你从不对我笑，你其实就是个自私的小孩！"拉丽最后像下了决断般说道。她突然悲从中来，步子像灌了铅，一屁股坐在路边的花圃上，嘴角抽动起来。她哭得无声无息的，泪水快速滑落，她把哭声全闷在心里了。她常常这么哭。上善撑着雨伞站在她脚边，小小的脸被墨镜遮去一半，看不出什么表情。

拉丽哭了一阵子，深深叹口气，双手夹在两个膝盖中间，脸上还淌着泪水，肿胀的双眼木然盯住地上一群蚂蚁。

"好了，刚才我和杨老师说的事情，你都听到了。你也别怨恨，我知道你一定怨恨我！没人愿意把你生成这模样，其实更苦的是我。杨老师是个特别好的人，有本事让你过得更好！我并没扔掉你，你只是去和杨老师住一段时间。"拉丽轻声说。她看见上善穿着驼色布鞋的右脚轻微挪动了一下，把一只蚂蚁踩到脚底下，使劲碾着。拉丽一阵惊愕，她突然想起一位信奉基督教的主顾跟她说的话："这世界人人戴罪而生，人若戴罪而活又不自知，死了之后就会下地狱。上帝是来拯救人类的，他会帮你认清自身罪恶，救赎你堕落的灵魂，死后才能回到上帝身边，成为上帝的孩子。"她谆谆善诱，希望能把拉丽拉进基督徒队伍里。

假如真有上帝存在，拉丽想，上善一定是被上帝遗忘的孩子。她站起来，拉起上善又重新往家的方向走去。这个地方离家有些远，步行至少得四十分钟。

就在她们快要越过一个公交车站时，拉丽忽然怒火燃起。不，她肯定不是存心的，在前一分钟她也没想这么做，但这个念头像魔鬼一样倏然蹦出来。她在公交车站猛地停住脚步，上善想不到妈妈会突然停下来，她迈出的脚想停下，却两脚互相打架，给了她一个结结实实的跟头，鼻梁上的墨镜和手里的遮阳伞都被摔出去了。她没哭，膝盖被厚厚的裤子裹着，手套保护她的手掌心，头没碰到地上。她只是摔了，并没摔疼。拉丽不动声色瞧着她，上善一声不吭爬起来，膝盖和身体的右侧沾满白色的灰尘，她也不拍掉，任由雨伞和墨镜躺在地上。拉丽强忍胸口涌动的怒火。公交车来了，她快速跳上去。你最好别跟上来，永远也别跟着我！拉丽想。上善被妈妈的行动吓到了，她张着嘴巴，然后也上了公交车。雨伞和墨镜依然躺在地上。车上座位全坐满了，拉丽投了钱币后迅速向后门走去。车开动时，上善只来得及上到车上站稳，车子摇摇晃晃开动后，她就近抱住车杆。现在，母女俩拉开一段不短的距离。拉丽身边一位长头发女人侧出身子往上善瞧过去，而拉丽前面的人则回头瞧她，想弄明白上车的一大一小是怎么回事。拉丽扭头往窗外望，上善紧紧抓住车杆，睽着拉丽的目光执拗而冷淡。

"哎，这么大怎么还尿裤子了？！"上善旁边座位上的一个女人叫起来。

拉丽不用看也猜到会这样，但她还是回头迅速望一眼。她看见孩子黄褐色的裤子两腿内侧变得深起来，深色阴影不断向下蔓延，越来越大。上善依然一动不动地站着，好像并不知道自己尿裤子。

"这孩子，是怎么了？"那女人扭头望向拉丽，拉丽直直睽着她："我也很想知道她是怎么了。"女人只好扭回头，拉丽又往窗外看。还有差不多三十分钟才到家，她目前也毫无办法，她又累又沮丧。上善只要觉察到众人注视的目光，便会尿裤子。

而她天生就惹人注视，她是个患有白化病的孩子。"酪氨酸酶缺乏或功能减退引起的一种皮肤及附属器官黑色素缺乏或合成障碍所导致的遗传性白斑病"，这是上善出生时，医生面对这个通身（没错，通身！包括脑门上稀稀拉拉的毛发以及短小的眼睫毛）呈现乳白色的婴儿下的结论。拉丽觉得这也是医生在给她的一生下结论，残酷的结论。另外，上善三岁后，就不爱开口说话了，她的唇舌只发挥最基本的作用，吃饭喝水。最常见的表情是面无表情，一幅雕塑般僵硬的面孔。她在十五个月时会叫妈妈，三岁后拉丽没听到她叫过妈妈。

路边有一对情侣在吵架，女孩一边吵一边往嘴里塞剥了半截的香蕉，气急了，她把半截香蕉连皮摔到男人头上。

拉丽扭回头，深深注视那张惨白的小脸，想从上面找到一些，给她这么个孩子的那个人的蛛丝马迹。然而那白过于强大，掩盖了所有痕迹。那六岁的小身躯里，大概是充满怨恨吧，不然何以长成一张毫无表情的脸和如此冷漠的眼神？

二

"你介意她的……肤色吗？也许我这样问不太合适。"杨老太说。她好像一夜没睡好，脸上有淡淡的倦态。

"医生说这不会影响她的寿命，她会像正常人一样生活，当然，生孩子可能遗传。"拉丽边回答边朝房间里看，上善似乎很喜欢杨老太收拾出来的那间屋子，屋子的墙纸和被服全是淡蓝色的，床上有一只巨大的粉嫩毛绒狗熊。杨老太说是从特校拿回来的。每年特校都会清掉一些玩具，虽然旧了一点，但已经洗干净消毒了。上善坐在床上，手耷拉在狗熊身上，长久盯住它那对软塌塌的黄色耳朵。

"我是说，"杨老太说，"你对她的皮肤，有什么看法？"

"她和别的孩子不一样，谁会认为她和别的孩子一样呢！"在杨老太执拗的目光下，拉丽无可奈何地说。除了医生，她很抵触和别人讨论上善的肤色。没人能理解她的心境，所有人看到粉白的孩子，都两片嘴皮一翻，永远是那句：这孩子怎么白成这样，得了什么病……上善三岁后，拉丽就很少带她出门了。那些貌似同情的语气，多半只是好奇和鄙视——你缺了多大的德，生出这么个怪物。

"而且她还像个哑巴，不说话，冷漠，这在社会上没法活，我不可能养她一辈子！她必须学会独立，会挣钱，可她连别人的目光都受不了。她像个机器人，不，她连机器人都不如的……不过，这病有些禁忌，比如不能晒阳光，会患上皮炎，眼睛视力也会受损。但请您放心，这病不会传染！"拉丽语无伦次，极力抑制内心激动的情绪，她担心自己会突然流泪，她已经为这孩子流太多的泪了。

"我知道，"杨老太说，"我们特校以前也有过这么一个孩子——我是指白化病孩子，不过他挺开朗的，常常帮助别的孩子叠被子。在特校，所有孩子都不正常，也都正常，我是指，我们以平常心态看待他们。后来那孩子去美国了，据说他的姑妈在那边，美国白人多。"

拉丽朝房间里望了一眼，上善没那么幸运，她只有一个做家政服务的妈妈，很可能她自己也不喜欢这样的妈妈。

"你有没有想过，上善这性格，也许跟你教育她的方式有关？"杨老太说。

"不知道，我没那么多时间陪她！"拉丽说。

"我们也许可以试试把她当正常的孩子。"杨老太说。

分别没有任何伤感，像托付一个可靠的熟人帮带两天孩子。拉丽在女儿身边沉默地站了一会，然后走了。上善也一样，她一直坐在房间里。

　　这不是她们第一次分别，上善两岁半时，拉丽曾送她去托儿所，两个星期后，老师就建议她把孩子领回家。据说是因为其他家长反对自己的孩子身边有这么一个"怪物"。把上善领回家后，拉丽清空一个小房间，真正的空，只有地板和墙壁。每天出工时，她把上善锁在这个四壁徒空的小房间里，给她两个毛茸茸的没有任何伤害到她的可能性的布娃娃，她甚至把布娃娃那两颗硬眼珠子都抠出来了。吃的喝的她不会给。她和朗山夫妇合作搞完一套一百二十平米的房子的保洁，要两个小时多一点，特别脏的房子也不会超过三个小时。她觉得三个小时不会饥渴坏上善的。回家时，上善多半是倒在地板上睡觉，毛茸茸的小白脑袋搁在毛茸茸的布娃娃上。或者在哭，哭的时候通常是尿湿了裤子，她会难受得细声细气地打哭嗝，两只小拳头捏得紧紧的。后来渐渐习惯了，便很少哭了。四岁后，拉丽就不再锁她了，上善对任何东西似乎都毫无兴趣，屋里任何东西都不让她动心，她只喜欢坐在阳台上透过栏杆往下望。能有什么可看的，他们的阳台面对一片长满难看灌木的小山坡，春天也没几朵花开，尽是些带刺的矮植被，偶尔会有只什么鸟儿从灌木丛里扑啦啦飞向天空。四岁后上善懂得自己上卫生间，再也没在屋里尿过裤子。她哭的时候很少，说话的时候更少。医生说她可能患有相当程度的自闭症，以及自闭症导致的情感冷漠，医生建议拉丽多带孩子出门和人接触……拉丽带出去了，却发现上善在人多的地方会尿裤子。

没有人喜欢不幸，而不幸，似乎已经成为拉丽生活里的常态了。整天面对一个冷冰冰的奶白色孩子，没人知道那是种什么滋味。

拉丽走在回家的路上，早春明亮的阳光把一切都照得明晃晃的，她觉得刺眼。对于一切白的东西，她心里本能抗拒。她觉得她的生活真像一个白色的谎言，而这谎言是她自己撒下的。

拉丽不知道那算不算爱情，那"爱情"给她带来了一个常常让她在黎明中忧愁醒来的白色孩子。她常常记起他身上的力士香皂味。他洗澡只喜欢用力士香皂，甚至用力士香皂来洗衣服。在九个月的快乐时光里（她从不否认那快乐），拉丽给他买了无数块力士香皂。她有时候会羡慕那些香皂，可以变成气味二十四小时依附在他的身体发肤里。那气味会使她情不自禁地用双臂抱紧自己，深吸一口气，打一个寒战，然后陷入对他的渴望和思念。

二十四岁的拉丽在超市里当了三年的导购员后，经过三个月培训，进入如家家政公司当了一名家政工。她把这个活儿做得兴致勃勃的，不需要动脑子，手脚干净和仔细认真就是这行的过硬技术和口碑，收入也算不错。如家家政公司人不多，由一对常州夫妇经营，有九个员工，分成三个小组，收入四六分成。拉丽一直和朗山夫妇配合。干了一年后，朗山夫妇说服拉丽离开家政公司，他们三个人单独起灶。他们在给家政公司服务时，认识不少客户，出来单干后，报价比家政公司稍低，很快就拉到不少主顾，三人每月稳稳能拿到四五千块收入。尤其临近节假日，大家都想在干净整洁的家过一个愉快的节，那时候他们天天从早忙到晚，七八千块的收入也是有的。也有些人在家宴请客人后，打电话给他们，过去收拾一顿晚餐后留下杯盘狼藉。相对做整套清洁工作来说，这是零散活儿，服务费五十到一百。朗山夫妇一般会把这些零散额外活给拉丽。他们三人曾差一点散伙，朗山的母亲是个六合彩迷，把家败个精光，天天有人堵家门索债，朗山的老婆绿妮一气之下离家出走，两年多后才回来，三人得以继续合伙干老本行。拉丽的事情就出在这两年多的空档期里了。

拉丽不是一个喜欢动脑筋的人。假如可以，她能把家政这活儿干一辈子，把灰不啦叽的肮脏房子擦抹干净的过程，让她觉得很享受。她十八岁高中毕业就没再读书。学过一阵子美甲和文身，后来因为不喜欢闻指甲油刺鼻的化学味儿，把技术荒废了。不过，她倒是学会了一点儿绘画的皮毛，对着一幅画能讲出点儿什么。人生的所有际遇，都不是偶然的。假如拉丽不做家政，就不会去碧桂园做保洁，假如她对绘画一窍不通，就不会在擦地时出神，立在老方的油画前若有所思。

"你能看懂？"老方身上一片色彩斑斓，从卫生间探出半个身子。他正在清洗一只颜料碟，一根湿淋淋的扁嘴笔搁在右耳上。她发现老方的右耳长着一颗小肉瘤，若隐若现遮掩在细软的披肩发之下。

"懂一点儿！"她臊得满脸通红。

老方从卫生间出来，拉丽闻到他身上一种暖烘烘的香味，后来她在他的卫生间里发现了那块奶白色的力士香皂，这是老方身上香味的来源。老方认真看她一眼，用眼神示意她手里的抹布。

"会这个，干吗来干这个？"他问。拉丽是第一次正视他，很难看出他确切的年龄，三十岁肯定有，到底三十几？拉丽有些模糊。在判断人的年龄上，朗山的老婆绿妮是个权威，误差不会超过三个月。他有张瓜子脸，覆盖着长期睡眠不足和不规律饮食导致的倦态，但，还是很好看的。

"不干这个，干什么？"拉丽重新蹲在地板上擦地。她在参加培训时，培训导师曾告诫："拖把好用吗？好用，站着拖拖就好，省力。如果我们为了省力，家政这碗饭就别想吃了。蹲下来，用抹布一寸一寸擦，干不干净在其次，房主看到的是你踏实的劳动态度，这样的姿态好看，地板能不干净吗？"

"干什么都比干这个好。"老方说，湿漉漉的手拢了一下头发，这个动作差点让拉丽笑起来。

"我觉得这个比哪个都好！"拉丽说，他们打暗语般对话。

"这个有什么好？"老方不屑地说。

"水桶，毛巾，一包洗衣粉，木地板专用清洁剂，厨房油烟去污灵，洁厕灵，力气，是我们挣钱的全部成本。还有比这成本更低的活儿吗？"拉丽认真解释。

"我觉得你这个年纪不应该干这个！"老方也是认真的。

"干这个并不分年龄，我并不嫌弃。"拉丽说，她已经开始擦到老方的脚跟前了，老方后退几步，他退她进。

"我猜你妈妈也是干这个的。"老方叼着杆褐色的烟斗，但他并不点烟。他早就戒烟了，只是爱叼烟斗。

"不，"拉丽抬头瞥了老方一眼，"我妈嫁人去了，过她吃香喝辣的好日子去了。我只能给你这样的富人擦地换口饭吃。"拉丽半真半假地说，朝老方眨眨眼。

老方顿时语塞。他仔细打量着这个脸上有两块淡淡高原红的姑娘，手指关节粗大，可能是常年擦地深蹲的原因，臀部很结实，翘而饱满，这是她身上最动人的部分。

"那个，你妈嫁人多久了？"老方又退后几步，她把他逼到了沙发角。

"我高中毕业她就嫁了，嫁到外地去了，天要下雨娘要嫁人，说的就是我。"拉丽回答的时候忍不住笑起来，她脸上的高原红更红了。

"你……"老方拍了一下他的灰色沙发，他被逼得无路可退，抬脚跨过沙发，拉丽细软的头发被带起，在空气中飘拂了一下。拉丽又闻到那缕力士香皂的味道，她打了一个激灵，一股暖洋洋的感觉迅速蔓延她全身。

"你真是个特别的姑娘！"老方大喘了口气。

"哈，是吗？"拉丽直起身，她觉得老方也挺特别的。姑娘？他怎么还会用这词儿，如今对女人的称呼不是老少通用"美女"吗？

"我要是有钱，就娶你这样的姑娘！"

"你不会的，一个画画的怎么会娶一个给人擦地的保洁员，你开玩笑吧？"她白了他一眼。

这不是玩笑，拉丽给老方做第二次保洁后，老方就收拾他边角有些破损的皮箱，以及一大捆画布，搬离了朋友借给他住的房间，住进远嫁的妈妈留给拉丽的一套小小的旧房里，他成为她的第一个

男人，那年她二十六岁。她瞧着她上方的老方，发现他短小的睫
毛浅黄得近乎白色。

"你的睫毛和别人的不一样！"她说。

"不仅睫毛，我和所有人都不一样！"老方气喘吁吁地捏了她
的高原红，她闻到他的汗水也有力士香皂的气味。拉丽想抓住这个
长发飘飘一心只想当画家、不屑于出门挣钱的男人。他身上让她神
魂颠倒的力士香皂味道，他永远主动认错的好脾气，他脸上淡淡的
倦态，像一个巨大的旋涡，把拉丽深深吸进去了。半年后，拉丽把
一根验孕棒捏到他跟前，她说她二十六岁了，是个老姑娘了。他可
以继续画画，不用出门，她可以养活他们仨，而且不会很吃力。老
姑娘拉丽幻想着三口之家的温馨画面，她太渴望这样的家庭氛围
了。拉丽对自己的父亲没有任何印象，父亲是死是活，全凭妈妈高
兴。她高兴了，拉丽的父亲就活着，在很遥远的地方挣钱。她不高
兴了，就嘶吼："听着，别再我面前提这个蠢货（有时是畜生），他
早就死掉了，你连他的骨头渣子都不会见到，你最好别见！"拉丽
模模糊糊记得，她的父亲似乎是个瘸子，而妈妈非常漂亮，但她
心里充满了不为人知的怨恨，怨恨情绪和漂亮的五官组成一副刻薄
相。妈妈总是喊拉丽为"磨人的小妖怪"，这可不是爱称，她的妈
妈似乎不会开玩笑……

拉丽觉得她所欠缺的，她的孩子应该替她过回来，好脾气的老
方应该是个好父亲。然而老方对她歇斯底里，要她立刻做了这孩
子。他愤怒地撕掉他所有的作品，称拉丽是个阴谋家，他是不会和
她结婚的。下个瞬间他又抽自己的脸，自己不该像个吸血鬼一样吃

她住她还骂她，求拉丽原谅，但孩子一定不能生。拉丽说，孩子在自己的肚子里，她会自己做主。老方骂她蠢，一怒之下连破损的皮箱都不要了，消失在拉丽的生活里。拉丽觉得孩子在，老方一定会回来的。直到她生下奶白色的上善，想起老方淡得近乎白色的睫毛，拉丽知道老方再也不会回来了。

时光慢慢地磨，一天一天地磨，磨她的心。如今，上善快满六岁了，她也三十三岁了，六年，那是怎样的岁月啊！她看见自己眼角的细纹慢慢加深，那双经年累月操劳的手的指关节像男人一样粗大。相比于上天给她的这个奶白色的孩子，这些都不算什么。拉丽从未嫌弃过她的工作，也没觉得谁小瞧过她。她心疼过上善一阵子，是她把她带到这世上，给她这副异于常人的模样，将来孩子因为这副模样吃苦受罪，也得算到她这当妈的身上，她欠她的。孩子给她带来过一阵短暂的快乐时光，上善会翻身坐起，会满地乱爬，会口齿不清叫妈妈，清亮的口水流到绣花肚兜上，摇摇晃晃给她拿拖鞋，拉丽会跟随她的每一点变化而高兴。自从上善变得渐渐不苟言笑，对打骂无动于衷后，拉丽就开始讨厌这个白色的小孩了，她觉得她是上天派来惩罚她的，惩罚她的轻率和幼稚。但她始终无法怨恨老方，就像她始终迷恋力士香皂的味道……

她何尝不愿意把她当正常的孩子来看待，但上善不配合。她尝试过不止一次，上善对她的努力和善意都无动于衷。她曾经把她脱得精光，让她光着身子待着，上善就这样呆坐在床上整整一个上午，拉丽最后绝望得好像光身子的是她。

她走了将近一个小时才到家，脱掉外套时，闻到外套干爽而温暖的阳光味道。自从有了上善后，她已经快忘记春天的味道了。上善常常坐在小阳台上望向那片长满灌木的矮山坡，她坐的小马扎依然摆在那里。拉丽坐了上去，只能透过被雨水沤得霉迹斑驳的水泥栏杆往外望。那片小山坡敞在午后的阳光下，驳杂，绿得发黑，有几条并不明显的踏痕。远远的边上开着淡粉色的野蔷薇。一只鸟儿也没有。上善到底在望什么？坐在这里她想什么？拉丽做完保洁回来，总看见上善坐在这里，耷拉着空空的两只手。五岁后，她就很少玩玩具了，她的小床上有一只会转眼珠子的猴子，有时她枕着那只猴子入睡，淡灰色的枕头被她扔到脚边。上善听见身后的开门声，便垂下头，显然她正在出神地凝望着什么，被身后的开门声打断了，这是她会对拉丽的行为做出的少数反应之一。到了入睡前，她会在卫生间里等拉丽来给她洗澡。除此，拉丽在她眼里似乎不存在。拉丽每次回到家里，会觉得更累，是那种沉甸甸的、压抑的累。

拉丽在阳台坐了一会，一种空旷的宁静慢慢浸入她的身心。她拿起手机，给大力打电话。

"不去！"大力很坚决。

"不，我要你过来。"拉丽的口气也毋庸置疑。

"唉，我怕那只小白鼠！"只要拉丽的口气稍显硬些，大力便会叹气哀求。

"她不在！"拉丽说，她很反感大力称上善为小白鼠，但她不愿和他计较。

"不在？去哪儿了？"大力犹疑起来。

"这你别管，我要你过来！"拉丽有些凶巴巴的。

"好吧，不过你可别对我撒——谎！"大力似乎躺在床上，挺身而起时把"撒"说得很带劲。他是个长途客运司机，过着昼夜颠倒的生活，工资却并不高。他比拉丽小四岁。他和老方有一个共同特点：不管对错，只要拉丽生气，就主动道歉和好。拉丽有时候分不清到底是真喜欢这个小男人，还是喜欢大力和老方酷似的脾性，也许都有。他给了她一张出勤表，她知道他今天休班。他很少来拉丽这里，一次，还是两次？两次！拉丽思忖着。每次她都把上善关在她的房间里，把孩子的衣物和几个玩具也收起来。大力仅仅知道她有孩子，却不知道孩子在哪里，也许他会认为她离婚了，孩子跟着爸爸。大力第二次来时，正在忙活，突然通过余光感觉到有人在门边盯着他们，大力回头一瞧，吓得从拉丽身上滚了下来，条件反射地躲到拉丽身后。拉丽记得他顶住她的硬挺部位迅速疲软下来。那次她很伤心，她觉得这辈子只能和这个奶白色的孩子一起生活了，没有男人会接受这么一个孩子。她每个月会主动给他钱，一两千，她觉得亏欠了他，也不知具体亏欠什么，也许是他比她年轻。他们在一起一年多了。

拉丽开始洗澡，老方走后，她也开始用力士香皂了，不知道她要怀念什么，也许只是一种习惯。人走了，习惯还在，这是幸还是不幸？她黯然神伤起来。

大力从留给他的房门探进上半身，小心翼翼往屋子里瞧。拉丽包着浴巾正好从卫生间出来，她把他从门外拉进来，一只脚把门踢上，整个人立刻贴进他的怀里，她闻到他身上暖烘烘的汗味。春天的味道，到处是春天的味道。大力小心翼翼的，不敢抱她，他的目光在两个房间搜寻着。

"她不在了！"拉丽说。

"你真送去了？"大力这才敢抱住她。

"这不是你希望的？"她嗔怪道。

"哪儿呢？我觉得她是真有病，你这个小脑袋为什么总不愿意承认呢？这样其实对她更好。"大力说着，把拉丽身上的淡蓝色浴巾一把扯下来。外边春光灿烂，屋里还是挺冷的，他立刻摸到她身上争先恐后冒出的鸡皮疙瘩，于是把她抱到房间里。拉丽闭着眼睛，脸埋在大力的胸口。这样多好，她想，只有她和他多好！

"好了，醒醒，别睡着了！"大力要把她放到床上，她两只胳膊却依然吊在他的脖子上。

"我不用洗澡？"大力疑惑地说。每次她会要求他洗澡，她去他那里甚至会带力士香皂去，要求他用力士香皂洗。对于拉丽的要求，大力笑话她像吃奶的婴儿，即便断了奶，也要叼个奶嘴。他从不问她为什么养成这习惯，假如他问，拉丽也许会把和老方的事情告诉他。

他们耐心细致地把事情做完，她趴在他的胸口，头发覆盖在他的脸上。

"你从哪儿回来，小姑娘？"大力闭着眼睛问。

"你怎么知道我刚回来？"她抚摸他胳膊上鼓出来的结实的肌肉。老方瘦而轻盈，冲击力不大，但他能准确捕捉到拉丽的任何细微反应，总能让她心满意足。拉丽酸溜溜称他是老司机，他说拉丽是他一手"开发"的产品，对自己的"产品"当然熟悉。大力就是一身持久蛮力，年轻人的朝气蓬勃也让她欲罢不能。

"到你告诉我的地方去了。"拉丽继续回答。

"人怎么样，你觉得可靠吗？"大力把手指插进她的头发里。

"挺好的，是个好人，比我好！"拉丽轻声叹了口气。

半个月前，大力有些耳背的母亲在做饭时跟已经出嫁了还带孩子回娘家蹭饭吃的女儿嚷嚷，她晨练时遇见一个退休的特校老师。"人家可不得了，练瑜伽的，五十几岁的人能徒手倒立，就是一只手倒立，一只手！"她挥着胳膊比画，"这位老师想找个不正常的孩子，她研究出一套针对自闭症孩子的治疗法，可惜她退休了，她那套治疗法无用武之地。人家不收钱的，真是菩萨心肠。她的瑜伽练得绝了，劈叉就跟我们拿筷子，毫不费劲！"

大力向他母亲要了那位老师的地址给拉丽。拉丽想了想，决定带上善去试试，杨老太和善的面相让拉丽决定把上善托付给她。从这一点来看，拉丽觉得大力还是挺关心她的，至少对她有好处的事情，他有心替她留意。

"为什么不能只有我们俩？这样真好哇！"拉丽说，像只猫拱进大力怀里。这像偷来的时光，她很久没有属于自己的时光了。

"好，把小白鼠送给那菩萨得了。"大力抚了一下她的猫脑袋。

"她不是小白鼠，你这个杀千刀的！"拉丽掐了他紧实的大腿肉一把，这枚小鲜肉连哼都不哼，已经拿出手机开始打游戏，空出来的一只手在她的胸前忙活。他说她的两半球长得很好。

三

　　拉丽上工时间并不固定，有时从早忙到晚，要做好几套房子。拉丽周末的工作相对少些，大家都想待在家里睡个懒觉，不喜欢被打扰。户主们一般利用上班时间约他们来做保洁，下班回来就是一个干净整洁的家了。这是建立在户主和保洁员相互信任的基础上，一般都是熟客。户主家里有现金、首饰、贵重书画和装饰品，一不小心就会出事情，这是干这一行的大忌，必须相互信任。上工一般都是朗山夫妇电话通知她，拉丽带上保洁工具直奔各式各样的别墅区和普通小区。

　　朗山夫妇不是本地人，为摆脱败家成性的婆婆从泉州来到这里，在城市的郊区租住进城农户的房子，婆婆投靠而来，白吃白住继续败家。绿妮离家出走后，朗山气急败坏地把老娘扫地出门。那两年多时光，朗山做过垃圾运输工、快递员，下班就酗酒，差一点成废人……三个人的两年，各有辛酸……别墅区里的户主们车库都比他们的房子大，见多了，人麻木了，也没什么攀比之心了。对于拉丽和朗山夫妇而言，房子越大收入越多，两百平米房子的房主肯定要比一百二的收入高。他们一般现场收款，干完活收钱，三人平分，各自回家，从来没让大家的钱在谁的手里过夜。有些户主一时身上没有现金，朗山夫妇也会先垫付给拉丽。他们是外地人，不喜欢生事，能当场结清的事情当场完结。这是拉丽喜欢和朗山夫妇合作的原因之一。

朗山常常开玩笑说："我们家像鸽子笼，没关系，我们整天都住别墅，夏天干活还有空调开开，那些妖精似的兰花，上万块钱一盆，看得最多的也是我们，这些大佬们未必有我们享受。"朗山的幽默常常换来绿妮的耻笑。绿妮离家出走两年多后回来，拉丽发现原来还算恩爱的朗山夫妇变得彼此生疏起来，眨眼就能当着拉丽的面吵架。说是彼此生疏似乎也不对，拉丽一直觉得绿妮哪儿不对劲。吵架总是绿妮先挑起头，嫌弃朗山的穷幽默、朗山身上的烟味、朗山擦洗过的玻璃窗有水渍……各种嫌弃。朗山在拉丽面前磨不开面子，一句一句顶回去，架就吵起来了。

"真有本事！男人的力气不是拿来挣钱养家，是拿来和老婆顶嘴吵架的，我就知道那死婆子养不出什么好货！"绿妮这句话，最终把架推向烈火烹油的处境。朗山把抹布一扔，袖套一甩，转身就走。绿妮就开始哭了，边流泪边把活儿干完。绿妮倒没气糊涂，她还自我安慰这样的活就当成两个人的工分了钱。

"我也不想这样，就是忍不住，煎熬得！"绿妮说。

她受什么煎熬？绿妮离家出走归来，朗山"一朝被蛇咬，十年怕井绳"，家里钱财尽数由绿妮把着，也远远地和母亲保持距离。拉丽开玩笑，搞不好下次绿妮携款出走，他喝凉水的钱都没了。显然朗山并不这么想，他觉得女人多半在意钱，这没什么不好，只要不是贪得无厌就好。人如蝼蚁每天忙忙碌碌，还不是为了多挣俩钱。女人天生缺乏安全感，感情这东西又看不见摸不着，每天嘴上说爱，可爱的表现在具体行动上，不是随风飘散的漂亮话。血汗钱给你把着，尽你花着，朗山觉得最大的爱莫过于此。绿妮回来后，朗山就把酒戒了，说戒就戒，这一点让拉丽很佩服。他烟抽得并不凶，喜欢在干活时叼一支，抽完了叼着烟屁股，纯粹就像婴儿喝饱了奶，习惯叼个奶嘴。但这支烟总是能燃起绿妮的火气……拉丽觉得有时候确实是绿妮小题大做了。

离家出走那两年多，被人问起时，绿妮总是毫不犹豫地说："能干吗，到发廊去当按摩女去了，哪儿都捏，客人觉得哪儿舒服捏哪儿。"口气很硬。人家反而没把她往坏处想，无非就是在外面混得不好，在饭店当刷碗小工什么的，受尽了委屈。

有时候她又很好，给朗山买热气腾腾的老公包蛋。那是种东北食物，一个壮实得似乎能活到两百岁的东北大妈做的，在城里某个路口支起的一个三轮摊子上。东北大妈说她是随远嫁的女儿来的，说她长得比女婿还高大，哪能好意思在家里吃白食。她是这样做鸡蛋圆饼的：在小平底锅上打两个鸡蛋，撒上葱花，摊成一张面饼，熟后放一根火腿肠，两片生菜叶子，炒熟的土豆丝、绿豆芽，把鸡蛋饼卷起来就成了。

"给，老公包蛋！"东北大妈给鸡蛋卷饼起的名字。绿妮的好心情，不知是由"老公包蛋"引起的，还是好心情给朗山带来了"老公包蛋"。

刚刚他们又吵了一架，朗山摔门回去了，"老公包蛋"还热气腾腾包在纸袋里来不及吃，油渍浸透大半个纸袋子。他们这次到御苑山庄做保洁，一套两层别墅，三个大阳台，三个客厅，五间大房间，四个卫生间，外加顶楼，差不多三百平方米。

"姑奶奶，我们得把腰累断了才搞得定这房子！"拉丽愁眉苦脸地说。

绿妮扯了条卷纸捂住鼻子，竟然抽抽搭搭哭起来。他们才把一楼收拾得差不多，前后两个阳台和厨房还没收拾好，厨房一向都是朗山负责的，抽油烟机和橱柜必须蹬上架子才能擦洗得到，那里油烟污渍重。朗山一走，厨房就得拉丽上了。绿妮是个瘦筋筋、头发有点儿发黄的小个子女人。那两年多的离家出走，她似乎真的吃了不少苦，整个人缩了一圈，动不动就恍惚走神。

刚才朗山说了句狠话："总这么挑剔，还不如别回来！"绿妮一直忍着，直到朗山摔门而去，她才开始呜咽。她连哭都不想让朗山看见了。

绿妮比拉丽还小一岁半，她个子小，如今还瘦，像个未发育完全的小女孩。拉丽有时候特别羡慕她，虽然朗山是个干保洁的，男人整天擦窗抹地着实有点儿不着调，可他是个可以让女人依靠的男人，这就够了。她不知道绿妮是怎么想的，她觉得绿妮和上善一样，都不是她所能理解的。

"你到底怎么了？过日子可不能这么折腾，不烦死也会累死！除非你不想过了。"拉丽说。她很担心，绿妮再这么折腾，他们三人迟早又得散伙。

"你生过孩子吧？"绿妮不回答，却爆出个这么令拉丽吃惊的话题。朗山和绿妮都不知道拉丽有孩子。绿妮出走那两年多，拉丽和朗山没见过面，朗山喝醉时会绝望地给她打电话，说些"不如我们凑合过算了""我保证让你生儿子"之类的酒话。拉丽觉得好笑，好像绿妮是因他"不能生儿子"而离家出走似的。那时候拉丽正在哺乳期，没时间和他磨牙，潦草挂了电话。后来朗山对她说，她真是个好女人，晓得"朋友夫不可用"。拉丽差一点告诉他，假如天杀的老方没出现，等绿妮回来时基本没她什么事情了。

"你怎么……会这么想？"拉丽吃了一惊，她低下头，害怕绿妮看见她虚软的目光，她差点没说"你是怎么知道的"。

"那么大一团肉带在身上九个月，怎么会没有一点痕迹呢？！"绿妮若有所思地说。她瞧着灰蒙蒙的客厅落地窗，左边那扇窗有只大头苍蝇，总是往透明玻璃窗上撞，撞晕了头，掉到玻璃窗下了。

"你看看你的胯，明显的，以前你可不是这样。"绿妮说。拉丽走到门后，那儿有一面椭圆的镜子。她背朝镜子，扭过头往镜子瞧。

"你看不出，我看得出！"绿妮说。

"瞎说，我生孩子你能不懂？"绿妮有些气恼。

"我不知道！我生了你能知道吗？"绿妮走过去，捡起那只苍蝇，一下子扯掉它的两边翅膀，扔在地板上，紧盯着断了翅膀的苍蝇扑棱着。她没把苍蝇扔到外面，她只是想扯掉它的翅膀看它拼命扑腾。拉丽心悸了一下，想起上善狠心碾死的蚂蚁，突然有种奇怪想法，她们是不是被某种焦灼情绪折磨着，导致非要通过残忍折磨毫无反抗能力的小动物来缓释？

"你还是多想想怎么和朗山把日子过好吧！净想这些没用的。"拉丽说。她拿起油污净瓶子，打算开始清洁厨房。

"还能怎么好，我扔不下自己的孩子！"绿妮说着又哭了起来。拉丽吃惊地望着她，她的泪水迅疾地从长着淡淡黄褐斑的脸上落下来。

"你有孩子了？在你出走那两年？"拉丽觉得生活太过于戏剧化。

"女人生孩子，天经地义！"绿妮说着，把痛苦扑腾的苍蝇一脚踩死了。

"可是，和谁？"拉丽盯住她，她觉得今天的活肯定要干很久。

"以前认识的，在朗山之前，这两年我们一直在一起，在我们那边！"绿妮似乎因为说破了心里的纠结，变得平静下来，要彻底和拉丽把事情说清楚的样子。

"那两年多你是回老家去了？"拉丽问，她看着绿妮开始忙起来，要做客厅阳台的卫生了。

"我能去哪！但不是我老家那里，离我们老家远着呢。"绿妮一边说着，一边开始搬动那些花盆，她连手套都没戴，那些花草有些是长刺的。拉丽放下油污净，打算和绿妮一起清洁阳台，她套上黄色胶手套。

"那时很烦，你知道的。我婆婆把家折腾光了，一分不剩，我们整天吵架，我是说我和朗山，那时我们回家吵，怕你笑话。因为朗山的妈妈，我们没少吵架，总之很烦。"绿妮说，她开始清扫花盆下枯黄的落叶，把它们堆积起来。以前她会把落下的新鲜花瓣拣出来，带回去晒干，装进棉布袋挂在房间里，说那是天然的香水味。她其实是个挺有生活情趣的女人。

"孩子是男还是女？"拉丽问她。绿妮捡拾好花盆下的杂物后，拉丽就开始拿湿毛巾擦拭地板。

"男孩！"绿妮直起腰，眯着眼睛说，"很健康的男孩，怀他的

026

时候我几乎天天吃泡面，你知道的，我喜欢吃泡面，放上点咸菜，那孩子被泡面和咸菜养得白白胖胖的，我差一点生不出。"她的脸上有种灵魂出窍的恍惚表情。

拉丽沉默了。她怀上善时，老方其实已经离开，他是外地人，至今她仍不知道他老家具体在哪儿。她一直坚信老方会看在孩子的面上重新回到她身边，她希望能生下个漂亮孩子，男女都行。怀孕时她吃了很多平时舍不得吃的东西，天天吃苹果和酸奶，据说这两种东西会让孩子的皮肤白里透红，还煲猪蹄花生汤，她希望坐月子时有足够的奶水。后来孩子是白了，没有透红，白得瘆人。泡面是个什么东西，绿妮一个瘦巴巴的女人，吃那东西怎么能生出健康的孩子？拉丽有点儿心酸，绿妮总是比她运气好，不知道让她生孩子的是个什么样子的男人。

"他嘛，"绿妮说，"很喜欢孩子的，他也像个孩子。"

"可你回来了，你为什么还回来？"拉丽有些酸不溜丢的。

"我以为，你知道的，能放得下那边，我和朗山，毕竟十来年了。"绿妮说，"但回来后不久我就知道了，孩子是另一个你，你能和自己分开吗？"

拉丽沉默着，她想回答"也许能"，但她什么也没说。她问自己，能离开上善吗？有个她不愿面对的铿锵声音在她内心回荡，她觉得她不配做个母亲。

"离开了就抓心挠肺的，你想一想，我这些年过的，孩子快六岁了。"

是的，拉丽想，上善再过四个月就六岁了。

"那你打算怎么办？"拉丽问她。

绿妮沉默了，她们没再交谈。绿妮似乎因为难以启齿的心事得到倾诉，干活变得轻松起来。她们忙了整整五个小时，才做完这套别墅的保洁工作。

"你为什么要告诉我？"她们干完活，拉丽问她，"朗山知道吗？"

"我不知道。"绿妮说，她好像卸下包袱般轻松。拉丽看了她一眼，有时候她也很堵心，也想向谁说点什么，不是吗？

四

抓心挠肺？拉丽怎么会抓心挠肺？上善到杨老太那里去整整两个星期了，拉丽过的每一天都像是偷来般珍惜。大力像个男主人，倒班时都在拉丽家里。至少到目前为止，她没想过去看上善。杨老太在上善去了一个星期后给拉丽打过一次电话，她打算给上善小剂量服用一种叫氟哌噻吨美利曲辛片、别名为黛力新的药物，主治轻、中度抑郁和焦虑的药，想征得她的同意。拉丽犹豫了一下，答应了。她问杨老太需不需要给她送去医药费，杨老太谢绝了。"并不贵，"她迟疑了一下说，"若不忙，可以来看上善，不会有什么影响的，上善现在很好。"拉丽答应了，但她一直没去。

她仿佛又回到了和老方两个人生活的那段日子。上工，买菜，做饭，吃饭，和大力在床上待着，做些事情，说些毫无意义却温情脉脉的废话。老方以前会提议去看电影，也带她去看过两次。她觉得电影院里的空气糟糕透了，皮椅散发出来的沉闷气息，看电影的人脱掉鞋子的脚臭，吃东西散发的异味，每次都让她头晕脑涨。后来老方租了几张碟子，带她到朋友借给他住的地方放碟子看。拉丽记得他们看过一个叫《圣殇》的电影。男主是一个冷血无情的人，他的工作是替人收债，把那些借了高利贷还不起的人弄残废，以他们的保险金来还债务。遇见了一个自称是他的母亲的中年女人。他不相信，很残暴地对待那女人，但女人还是一如既往对他好，男主渐渐打开心扉并最终信任了她。为了母亲，他准备辞掉这份残忍的工作。就在这时，母亲突然不见了，他四处焦急寻找，寻找中得知女人并不是他的母亲，而是一个被他残忍迫害至自杀的一名男子的母亲。男主逼死了她的儿子，她为了让男主尝到失去亲人的痛苦，假扮他的母亲。让他品尝到了母爱，又失去母爱。男主痛不欲生，最后选择了自杀。那个暮春夜晚，下了场很大的雨，拉丽记得看完电影，老方依进她的怀里，手探进她蓝色毛衣下，揉捏她柔软的乳房，在越来越沉静的雨声中渐渐睡去。

在拉丽还不算漫长的前半生中，有过几个让她感到无底深渊般深沉的孤独时刻。一个是她读小学四年级时，有一天放学回家，她被几个高年级女生莫名其妙堵进一条偏僻巷子里。她们嘲笑她的裙子，羞辱她稍显肥厚的下嘴唇，朝她身上吐唾沫，让她品尝她们还发育不全的拳脚。拉丽紧紧靠在墙角，面对她们的拳脚时，她没感到多少惧怕，只是觉得这世上站在她这边的只有身后那堵墙，她孤单无助地面对整个世界对她施与的辱骂和拳脚，孤独战胜了惧怕。另一次是她高中毕业时，妈妈远嫁了。她记得那个初秋混沌的早上，有淡淡的薄雾，她帮妈妈把一顶系着黑色丝绸蝴蝶结的遮阳帽拿下楼，妈妈扛一个巨大的行李箱，那里面有她一年四季的衣物和廉价的化妆品。她已经扔掉了好几双半新的粗跟皮鞋，但她的行李箱依然连一根头发都塞不下了。她哀哀地叹息，说她最喜欢那双浅红色的皮鞋了。妈妈从没告诉她要嫁的人是谁，只说是在北边。她一想到北边，脑海就出现一片宽广无垠的土黄色，光秃秃的，灰尘漫天，偶尔有枯死的树木站立在孤野。拉丽不知道妈妈为什么要嫁到"北边"去。拉丽告诉她，等她安顿好了，给个地址可以帮她邮寄这些鞋子过去。妈妈摇摇头，毫不犹豫地把那几双鞋子扔进垃圾桶里，像扔掉她过去的日子。拉丽明白了，妈妈是担心她去找她。她站在楼下望着妈妈渐渐陷入初秋的薄雾里，回头看看身后黑洞洞的楼梯口，有一种前行后退都是绝壁悬崖的孤独。那天早上，拉丽攥着妈妈留给她的五百块钱，在楼梯口坐到薄雾散去，当刺眼的阳光穿透薄雾而来时，她的泪水才渐渐渗出来。秋天已经来了，接下来她将一个人迎来寒冷的冬天……那天晚上，老方蜷在她的怀里睡去时，雨声带来了那种蚀骨的孤独感。她望着沉睡中的男人，有一刻觉得这个男人既熟悉又陌生，她的生活变得虚幻而模糊不清起来。

……

"我挺喜欢这孩子的。"杨老太在电话里告诉拉丽，"她很聪明，已经开始认字了，能记住些字了……她没你想的那么糟糕，你只是缺乏和她相处的技巧。"杨老太的声音清晰而纯净，听不到任何其他杂音。拉丽把手机紧紧贴近耳朵，希望能听到点别的声音，比如说话的声音、笑声、吃东西的声音、走动的声音、搬动东西的声音，但很安静，让人觉得电话那头只有杨老太一个人。

"我希望她没给你惹麻烦！"拉丽喃喃自语，"你不知道，我为她操心死了，睡前发愁，醒来发愁，做梦都发愁。我妈妈在我十八岁时嫁人走了，但我过得好好的。我和我妈都各有各的活路。上善这个样子，我没有一点儿活路，我的路全是死路，她离开我怎么活……我希望她将来能独立。"

拉丽沉浸在诉说的难受劲儿里："我不想去，我是不想去的，我吃了很多苦头，我想安安静静待几天，让那些愁人的事情消停消停……"拉丽呓语般地对着手机说着，好久才发现她们的通话其实已经结束了。她害怕接到杨老太的电话，杨老太的电话打得很有规律，一般在周日早上九点过后。拉丽告诉过她，她的保洁工作没有休息日。杨老太还是固定在周日早上给她打电话，告诉她一些上善的事情。这样的电话拉丽接了五六次，上善已经离开一个多月了。有一次，杨老太让上善和她说两句，她听到电话给别人接去的声音，却没人说话。杨老太在那头温和地说："和妈妈打个招呼，小天使！"然而这是一个沉默的"天使"，最后杨老太放弃了让她们通话的打算，告诉她，上善有时候能和她对上几句话，事情正在朝好的方向发展。

正朝好的方向发展！拉丽闭上眼睛。

进入五月后，天气开始渐渐转热。这座城市冷不会很冷，热也不会很热，像一个好脾气的人。拉丽把上善夏天的衣物收拾出来，打算等杨老太来电话时，告诉她准备给上善送夏天的衣物过去，她已经有差不多三个月没见上善了。然而拉丽等了两个星期，依然没接到杨老太的电话。

有一天早上，大力夜班车回来，带给她一个消息。他的妈妈说杨老师不知道从哪儿弄来一个外国孩子，天天带着在火车站对面的小广场上画画。外国的孩子真是好看，粉白粉白的，连睫毛都是白色的……大力哈哈大笑，拉丽觉得这个小男人有点儿不知好歹，她开始忧虑起来。她总是活在忧虑之中。

拉丽在午饭后去了火车站。

相对于整条南昆铁路来说，莫纳站只是一个过路小站，每天有五六趟火车来往，匆匆来，放下一些人，匆匆去，带走一些人，咆哮着奔跑，对谁都不留恋。这个站前的小广场，其实没发挥它"让旅客落脚歇息"的作用，却沦为大妈们早晚跳广场舞的场所。广场两旁是一溜专等挣乘客钱的愁眉苦脸的小卖部和快餐店。附近的老头老太们来这儿遛鸟，遛孩子，下棋，聊天上地下的事儿，谈黄昏恋，人倒也不少。

拉丽不知道上善在这地方待上一阵子，得尿湿多少条裤子。

她很快就找到她们。她们在一个蘑菇亭下，面前摆着两个画架子，正在画看起来相当体面的火车站大门。上善穿一条浅蓝色短袖纱裙，白色的长蕾丝袜裹住她强壮的小腿，脚上是和裙子同样颜色的小网纱靴子。头上戴一顶淡黄色宽檐遮阳帽子，白色的头发被扎成小辫子，小巧地垂在她的脖颈上，发梢扎了个鲜亮的蓝色蝴蝶结。毫无疑问，这些都是杨老太自己掏钱给上善买的。她似乎长高了一些，看起来像个白人洋娃娃。杨老太坐在一张小马扎上，对上善的画进行详细指导。上善站得笔直，杨老太朝她望时，上善与她对视，露出清浅的笑容。拉丽站在围观的人群里，她发现上善笑起来居然有一对深深的酒窝，挂在她奶白色的脸上。拉丽吃了一惊。三岁之前，上善会笑，那时候拉丽并未发现她有这么一对让人心疼的酒窝。酒窝是什么时候长出来的？她还记得她爱吃放了白糖的豆腐脑，颤颤巍巍抓着小勺子向她的嘴巴伸过来，请妈妈吃一口。尝到放了红糖的豆腐脑她就生气了，磕磕巴巴说豆腐脑被弄脏了。如今上善还爱吃吗？她还记得她们之间有过的短暂快乐时光吗？三岁之前，她也给上善买过几个漂亮的蝴蝶结，她们真心实意地爱过彼此，也许她早就忘了……

　　拉丽魂不守舍地站在人群里，上善不仅会笑了，似乎也不尿裤子了，杨老太轻抚她笔挺的后背，鼓励她画站前的杧果树，她拿笔的细小手腕灵巧扭动起来。她画画很奇怪，先画树的叶子、枝条，最后才把躯干画上去，她把杧果叶子上成了红色，躯干是棕色的。杨老太捏了捏她的小胳膊，叫她再仔细看看，围观的老人们笑起来。上善扔下水彩笔，捂住脸笑得两个小肩膀不停抖动。

　　才三个月，不，还差十天，她就对杨老太笑了。拉丽嘟嚷着离开小广场。她给杨老太打电话，告诉她明天过去看上善。第二天一早，拉丽起来时，大力伸出胳膊一把抓住她的脚踝。她知道他喜欢在早上折腾，他会把自己绷成一张弓，肌肉和骨骼蓄满力量，她喜欢摸他胳膊上隆起来的肌肉……拉丽用力掰开他的手，从昨天到现在，她的脑海总是浮现出上善奶白色脸上的酒窝。在路上，拉丽拐进超市给上善买了一个旺旺大礼包和一箱纯牛奶——她喜欢喝牛奶，又给杨老太买了两包糕点和两瓶蜂蜜。她第一次去杨老太家时，注意到角柜上有瓶已经吃了一半的洋槐蜂蜜。

到那里时，杨老太和上善刚吃完早饭。拉丽看见上善攥着两双筷子站在桌边，显然在帮杨老太收拾饭桌。她细软的白发扎成丸子头，别一枚亮晶晶的发卡。以前拉丽总是给她剪锅盖头，方方正正覆盖在她的脑袋上。这孩子打扮起来，还真是挺好看。上善看见拉丽，她的鼻翼骤然张开，瞪着拉丽的瞳孔瞬间扩大起来。她一下子捏紧筷子，仿佛在抓一根救命稻草。杨老太叫她和妈妈打招呼。她一直低头，拉丽朝她走过去，站在她面前时，上善的身体害冷般轻微打了个颤抖，接着，从她的裤裆上淅淅沥沥滴落下液体，她又尿裤子了。拉丽愕然望着杨老太，杨老太神色严肃地看她一眼。

"上善，没事的，每个人都会犯点儿小错误，你觉得对吗？奶奶昨天打碎了一只碗，还把上善的遮阳伞忘在小广场了！"杨老太温言安慰她，"上善能自己处理好这件事的，对吗？"杨老太蹲下来，把筷子从上善手里掰开："对吗？上善？现在我们应该去把裤子换掉，对吗？"

上善轻微点一下头，慢慢朝房间走去。她的拖鞋沾了尿液，在地板上踩出湿漉漉的鞋印子。她进了房间，轻轻合上房门。

"你坐！"杨老太温和地招呼拉丽。

"杨老师，这是……怎么回事？"拉丽几乎要哭了，她养育她差不多六年，她却把灿烂的笑容给一个只相处三个月的人，而对她尿了一地。

"你先坐，别急！"杨老安慰道，她拿来拖把，拖干净地板，

"要不你洗一洗我们的锅碗吧。"杨老太见她手足无措，给了她放手脚的活儿。拉丽很快进入窄小而干净的厨房，平时很可能是杨老太做饭，上善在一边递给她盛菜的碟子，杨老太教她哪种碗叫碟子，哪种碗称盆子，饭勺和汤瓢又是怎么回事，拉丽的心隐隐作痛地揪起来。今早她们吃麦片粥和煎鸡蛋，凉拌黄瓜丝。拉丽通常会给上善买包子和一盒牛奶，冬天把牛奶放进热水里温一温。无论谁都不能说她不是个称职的妈妈，她做了她们的生活允许她做的所有事情。至于麦片粥和煎鸡蛋，精细的凉拌黄瓜丝，她觉得一辈子都没法做这样的早餐，不是钱的问题，而是她们对生活的态度和要求不一样。

"我实在不知道怎么回事。"干完活儿，两个人坐在客厅里，拉丽黯然神伤地说，她瞥了一眼上善合上的房门，"我辛辛苦苦生养她，她却连句话都不肯和我说。"

"她没跟我说过任何关于你们生活里的事情。"杨老太说。

"我不是这个意思，我并不担心她说什么，我们的生活也没什么不可说的。"拉丽说。

"孩子是会说的，假如她感到快乐。"杨老太说，给她倒了杯水，里面有一些晒干的陈皮丝，被开水冲出一缕淡淡清香。她的生活真讲究，拉丽暗想，眼神停在水杯里舒展的陈皮丝上。

"你喝得惯吗？初夏喝一点陈皮好，上善会放两粒冰糖，她喜欢喝。"杨老太说。

"没关系，我不讲究的。你是说……上善和我在一起不快乐？"拉丽有些迷茫。

"你快乐吗？你和孩子在一起的时候。"杨老太反问她。

"小时候，三岁之前，还好的，她不爱说话以后，就……"拉丽说。

"你的感觉就是她的感觉，情感是相互的，就像力气一样，你觉得一个人在对你使力气，其实你也在朝对方使力气。"杨老太说。

"可是她还那么小。"拉丽说。

杨老太往上善的房门瞧一眼："孩子其实比我们大人敏感。我们总是觉得生养了她，她就该按我们的意志去做每一件事，其实不是这样的。是父母带孩子来这个世界，而不是她自己要来，对吗？假如孩子能选择，她一定也会选择那些她所喜欢的父母，而不是你这样的，或者我这样的，总之是她喜欢的人。你说是吗？"

拉丽有些愕然，她从没在这个角度考虑过。她辛辛苦苦生育她，她需要她有所回应，比如爱她，对她笑，和她说话，懂得体谅并感恩她的付出，她觉得这些是应该的，这难道不是普天下父母所想的吗？而且她比别的孩子更让当妈的操心。

"也许你觉得我说得不对，你仔细想一想……父母都觉得养育孩子辛苦，其实多半的父母都是自私的，养育孩子是当父母的需要，因为你想为人父母，想家庭周全，生与不生决定权在父母，而不是在孩子。中国的孩子一生都是父母的私人财产，很少能为自己而活，孩子其实比父母更苦。"杨老太盯着拉丽的目光依然和蔼，但说话的口气似乎变得硬朗了，或者硬了。

拉丽沉默着。确实，老方当初极力反对她生上善，是她一意孤行，想用孩子来留住她想要的周全。当初，是的，当初，孩子只是她的砝码，她的初衷带有很强的目的性，似乎并没有——爱……

"假如你把孩子也理解成为你的私人财产，我也可以理解，毕竟生养孩子不容易……这些天我一直带她往户外去，我们去看油菜花，去人多的地方，超市、火车站、汽车站、广场，坐公交车，她已经不怕别人盯着她了，她甚至在汽车上会给老人让座，她进步很快。"杨老太看起来很欣慰。

"可是她，"拉丽舔了舔嘴唇，水杯香气袅袅在她的手上，她忘了喝，"我应该是她最熟悉的人，她为什么还尿裤子？"

"也许你觉得你是她最熟悉的人，但她不这么认为，她的种种不正常的举止，也许是来自于你给的压力，或者说打击。"杨老太说。

"压力？打击？"拉丽惊讶起来，"我怎么会给自己的孩子压力和打击？她一天什么都不做，衣来伸手饭来张口的。"

"她从没要求过吃什么，穿什么，对吗？"杨老太问。

拉丽沉默了，确实，她没太多心思等着上善选择，她对她们的生活从来都是一刀切，她觉得她还是个孩子，自食其力才有权利对生活做出选择。

"自食其力才有权利对生活做出选择，对吗？"杨老太笑着说。

拉丽吃了一惊：她是怎么看透她的心思的？她笑了笑，有些不好意思。

"上善，你爱穿哪件裤子就穿哪件，奶奶觉得你穿哪件都好看的！还有，你忘记把湿裤子放进卫生间了！"杨老太朝上善屋里喊。

上善的房门一点点移开，她换了条淡绿色的裤子，从渐渐打开的房门低头走出来，手里攥着那条被尿湿的裤子。

"这……裤子真好看！"拉丽差一点叫起来，绿色裤子配紫色上衣，活脱脱的烂牛肉色，也只有孩子才会这么穿。

上善把裤子拿进卫生间，出来时，手里多了一把小小的淋壶。

"今早奶奶忘记浇花了，谢谢上善！"杨老太赞许她，她经过拉丽身边时，对杨老太羞怯的笑倏然隐去，怯生生看妈妈一眼，拉丽像被烫着一般。

"孩子其实没多大问题，也许我们需要改变自己……你叫她小白鼠？"杨老太盯住拉丽。

"小白鼠？没有，有谁会……这么叫自己的孩子。"拉丽说，她突然想起大力曾经戏称上善是只小白鼠，他对她说了些什么？这头只会使蛮力的牲口！拉丽在心里暗暗诅咒。

"孩子很敏感，也许我们是无意的。"杨老太说。拉丽点点头。阳台上的上善弯着细小的腰肢在淋水，她拨开叶子，把水淋进花根下。她在家从没这么细心做过一件事，拉丽觉得她除了张嘴吃饭，什么都不会。吃完饭她板正正坐在饭桌边，拉丽叫她走，有时忍不住叫她滚，她才像个机器人般僵硬离开饭桌。她一直以为她什么都不会，至少不会主动。实际上她什么都会，她在拉丽面前隐藏起真实的自己。她想起妈妈在她面前独白式的唠叨，实际上她都听进去了，并且像只浑身是刺儿的刺猬般记仇。

可是，哪个孩子不被自己的父母责骂和讨厌过？她的妈妈曾骂她好吃懒做，将来只能靠卖皮相混饭吃。

从杨老太家出来时已是正午，刺眼的阳光照在她略显倦态的脸上。上善的变化让她高兴，上善对她的态度让她感到彻骨伤心。肯定不会那么糟糕的，她安慰自己，杨老太只用三个月就改变了她，而她生养了她，她应该不会那么狠心的，她得努力一把……大力，至于大力……电话这时候响起来，她觉得应该是朗山夫妇找她做保洁。昨天他们做了三套房子，做到最后一家时，两口子又拌嘴了，朗山一气之下朝绿妮屁股踢了一脚，然后叫她滚蛋。绿妮一直默默流泪，直到把活儿干完。拉丽夹在夫妻俩中间，无奈而尴尬。她觉得绿妮肯定是晕了头，和朗山夫妻那么多年，无一男半女，出去眨眼的工夫，儿子都生了。

拉丽掏出手机，果然是朗山的，她摁下接听键，朗山在那头撕心裂肺号啕，把她吓一跳。

"拉丽，拉丽，你知道……她为什么要走吧？我不知道她是想走，还是想回老家，我待她不薄啊，昨天我踢那脚根本就没使劲，我哪儿舍得呢！"朗山哭诉起来。拉丽还没见过一个男人哭得这么凄惨，声音像被抽打似的一颤一颤抖着。

"她又走了？喂，你能先消停消停吗？怎么回事？我事先一点儿都不知道，她没跟我说什么，她是什么时候走的？也许只是去哪里逛了。"拉丽安慰他。

"早上，我不知道，我早上出去游泳，回来就不见了。车祸，你知道吗？车祸，死了两个人……我昨天踢她根本没使劲儿。"朗山语无伦次起来，拉丽打了个激灵，车祸？死了？

"什么车祸，你说清楚，你哭什么？把话说清楚，坐班车？她要去那里？福建？她……你现在在哪儿？……好的，我过去。"拉丽挂了电话，使劲闭上眼睛，她感到一阵眩晕，捧住头站片刻后睁开眼睛拦辆的士赶往医院。

绿妮已经盖上白布了，白色的床单有一片被血浸透的污痕，拉丽有一瞬间感到天旋地转，她希望眼前的一切只不过是她疲劳产生的幻觉。朗山坐在床边的椅子上，头几乎埋到膝盖里，交叉的十指神经质般轻微颤抖。

"朗山……"拉丽过去碰了碰他。

朗山抬起头，脸上有种麻木的平静，泪痕未干。他瞅了眼床上，又看拉丽一眼。他给她递了张被卷成一根小棍子的纸条，拉丽展开一看是张车票。

"一会儿汽车站的人要来。"朗山说，嗓子像被人捏住似的。"车刚出了城就出车祸了，他们在她的电话里找到我，她连行李箱都带走了。"朗山斜眼床下，拉丽发现一个蓝色拉杆布箱，很干净，旁边地上放着绿妮常穿的透明塑料凉鞋。

"都是我的错，"朗山揪住头发，他干号了几声，只是干号。"女人受了委屈喜欢回娘家，她一定是想回娘家了，可她以前不这样的。她像变了一个人，我越来越不了解她了。"他终于哭出来。

拉丽没说什么，她实在不知道该说什么。绿妮对她说孩子的事时，拉丽就知道她会再次离去，但想不到她会走得这么彻底。朗山是个高大的男人，从此再也没人依靠他了，也许绿妮从来没想过要依靠他。她只想让她的儿子有依靠，一个女人想让自己的孩子有依靠，这没什么错，假如这是错的，那什么又是对的？

拉丽过去轻轻掀开白床单，绿妮的头部好好的，一枚浅红色的发卡熠熠生辉别在她有些散乱的细软黑发上。她的脸色很平静，嘴角正溢出一些小血泡。据说一根钢筋刺穿了她整个心脏，她不敢将床单再往下拉，迅速盖好床单。

"司机也死了。"朗山说，"和一辆载满钢筋的加长货车迎头相撞，车头完全毁了，她坐在前位上。她那么迫切想回去，她为什么一定要坐在那里呢？"朗山揪着头发，好像头发里藏着答案。

拉丽一直陪着朗山，后来汽车总站的领导和交警来了。一直到下午，绿妮才被推进太平间。

拉丽回到家时已是霞光满天。初夏的傍晚暖洋洋的，空气中飘着杧果花淡淡的香味，美好得好像什么都没发生过。可是绿妮已经真的没了，变成一具冷冰冰的尸体。昨天拉丽还和她在一起，看见她脸上滑落的泪水，她隐忍着泪水干活的模样回想起来让拉丽心碎。可是人就这么真的没了啊，这世界真是太匪夷所思了。

拉丽进了门，蜷进沙发里发怔，然后她摸出手机，打了杨老太的电话，她请上善接电话。那边安静了，她知道上善在听。

"上善……"拉丽拖着哭腔。"上善！"她哭了出来。"你听着，你听着，妈妈爱你，听到没有？妈妈爱你！"然后她挂掉了电话，蜷进沙发角里像只受伤的小兽哀哀哭起来。她没注意到大力在房间里，他从里面出来，摸摸她的脑袋。

"滚，你给我滚，越远越好！"拉丽尖叫起来。

"怎么回事？"大力盯住她满脸的泪。

"我叫你滚！"她扬起她的包朝他砸过去。

五

五天后，绿妮火化了，她已经冰凉的躯体被翻来覆去检查数次。朗山不断被叫去医院，每次他都受不了，他总是揪自己的头发，捶打自己的脑袋。那几天他的牙床肿得老高，脸都变形了，说话颠三倒四，胡子拉碴，头发凌乱，看起来像个随时会朝什么人挥拳头的人。其实他几乎什么都不能做，像个神志不清的醉鬼，所有事情都靠拉丽帮忙，他在需要签字时才动手。火化那天，绿妮的家人来了，她的弟弟和妈妈木木站着，他们甚至都没哭。她的妈妈反反复复说，她离开快十年了，她离开快十年了。好像这是个不伤心的理由。朗山把绿妮生前戴的几件金首饰交给她妈妈，他说会有赔偿，他会把赔偿款交给他们，她的妈妈才呜呜咽咽哭起来。她戴着一只看起来质地像塑料的玉镯子。

绿妮的事情处理完后，朗山简直成了拉丽的影子。他需要不断干活，和拉丽在一起干活，干着干着，便蹲在地上抱着脑袋哭起来。拉丽不得不安慰他，他便抱住拉丽哭，像一个被亲人遗弃的孩子。没活干时，他不断给拉丽打电话，早上，中午，黄昏，半夜，颠三倒四说些关于绿妮的话：她带走了他们一半的存款，她好像不是要回娘家，她为什么不全部拿走？他宁愿她全部拿走了。他们的存款他一分都不会给绿妮的妈妈，那是个重男轻女的自私老女人……他们其实一直没领证，他后悔干吗不叫她去领个证呢？女人在意这个，是不是，拉丽？拉丽不知怎么回答。只好对他说，一切都过去了，一切会好起来的。拉丽也不断打电话，早上、中午、黄昏，不过她从来不会超过晚上九点给杨老太打电话。每次上善都不说话，拉丽就给她讲她三岁以前的事情。她会翻身了，坐起来了，然后会站，她的牙龈变得硬了，常常咬她黑莓似的乳头。接着长牙齿，她一直吃奶到十一个月，若不是她把她的奶头咬得太狠，她打算让她吃到满岁的。她的奶水特别旺盛。上善喜欢喝牛奶，不喜欢酸奶，给她酸奶她便像个碰到麻烦事的大人紧着眉头，也许她不记得了……她连续几天去看望上善，她从没这么迫切地需要这个奶白色的孩子，好像孩子是她的救命稻草，好像上善随时会离她而去，她甚至提出要把上善接回家，不管上善变成什么样子，她只想和她的孩子待在一起。上善垂着扎麻花辫子的脑袋，又在她面前尿裤子了。拉丽想给她换裤子，上善哭了起来。杨老太安慰她不要着急，孩子在慢慢变好，需要一点时间，一切会好起来的。

会好吗？拉丽自言自语。她突然想起老方，那个有一副忧郁面孔、会画画、老想着突然有天爆红的男人。他除了妄想症，其实他人一直很好，从来不对拉丽说不字，从不顶撞她，除了在生孩子这件事上，他们没红过脸吵过架，他会摸着她的头发叫她戴珍珠耳环的姑娘，那时候他卖了一幅画，给她买了一对淡粉色的珍珠耳环。她一点儿都不怨恨老方，不，从来就没怨恨过，干吗要怨恨呢？孩子是上帝给的礼物……她记得那位基督徒主顾对她说过的话。

她在步行街遇见大力，她从来没见过他这副样子，两条光膀子刺着左青龙右白虎，黑色的棉背心让他看起来……"潮"气蓬勃，他的头发淹到脖颈上，在后脑扎成一缕小辫子。大力一直喜欢飘柔，而拉丽总是强迫他用力士。她有差不多两个月没见大力了，他的左耳上还戴一只金色的耳环。大力不是一个人，一个眼圈抹得乌青皮肤瓷白的女孩吊在他的胳膊上，短小的蓝色亮片T恤露出一片白生生的胸脯和穿了孔的肚脐眼。大力很大方，搔了搔头发，对女孩说这是他……远房的姐。拉丽竟然无波无澜，她觉得大力的胳膊上应该吊这么一个嫩生生的女孩，而不是一双整天替人家擦洗厨房油烟和卫生间的手。对大力，拉丽极少有幻想，不是不可能，而是完全不可能，但她不能因此忽略掉他给她带来的紫云英蜂蜜般滑腻的甜美。她对女孩笑了笑，新潮女孩看起来不像她的外表那么大胆时尚，腼腆低头一笑。拉丽觉得这女孩子还是挺纯良的。她对大力说："可别……欺负人家姑娘！"就这样要擦肩而过时，大力转过身对她说，有事情需要帮忙，他做了一个打电话的姿势，深深看她一眼。那一刻，拉丽觉得有一种混沌的疼从心里泗出来，她点了点头。年轻人的每一天都很宝贵，而他把宝贵的一年多时间给了她，她不能再有所抱怨了。她知道他们之间不再可能了，假如老方回来，他们之间也不可能了。他给她留下一个足够改变她一生的孩子，而多半时候，她并不怨恨他，大概是爱得不那么深吧。拉丽有些伤感，离开她的每个人都那么平静而决绝，老方、绿妮、大力，没有任何回旋余地。

　　上善……她再也不能让她离开了。

　　还好，他们的保洁工作没受多大影响，只要有工，朗山便会给她打电话，有时候会到离她家最近的路口等她。他的摩托车上挎着水桶、洗涤用品、毛巾，连绿妮的也带来了。拉丽犹豫着告诉他，这些该扔掉了，尘归尘土归土，离去的就不要再念想。朗山不吭声，拉丽叹了口气，建议朗山多找一个人，两个人一天做几套房子，不仅慢，体力上也吃不消。朗山却跟她谈论绿妮赔偿的问题，他说大概得十三万，一条生命十三万，他不知道保险公司是怎么算的。但他不打算找他们理论了。人都没了，大概绿妮的妈妈也不会去纠缠的，她只在意一捆钱什么时候到她手里。她天天打电话来询问，绿妮的弟弟很快就要结婚了。后来朗山把车站、交警以及保险公司的电话给了她，她才消停。

"假如绿妮生过孩子，我是说，她出走的那两年，她在外边生了孩子，你会知道吗？"拉丽试探着问，话一出口她便后悔了，干吗要去翻一个死人的旧事？

朗山沉默起来。也许他什么都知道。拉丽想。他几乎每天晚上临睡前都会给她打电话，有时候说着说着便沉默了，两个人都听到从电话里传来对方的呼吸声。拉丽大概明白朗山的意思，而她什么都不能想，至少现在不能，她得把全部的心思放在上善身上，她得让上善变成一个会说会笑会爱自己妈妈的孩子。

拉丽依然天天给杨老太打电话，一般是晚饭后。她会问上善晚饭吃什么，今天帮奶奶浇花了吧，她分辨清楚绿色和蓝色没有，今天奶奶教了哪几个字，假如上善愿意，她打算送她去上学，她会有很多同学和朋友。七月十三号的傍晚，上善在电话那头说了句：绿的是叶子，蓝的是天空！拉丽握着手机，她听见自己的心脏急促的跳动声。

"上善，你再说一句，跟妈妈说点什么，你喜欢什么，妈妈有，都给你，你怎么又不说话了？"她语无伦次起来，而上善再也不肯出声了。

两个星期后，杨老太邀请拉丽前去看望上善，她有两个星期没去看望上善了，杨老太建议"要给孩子时间"！

上善一直盯着她，她看起来似乎又长高了些。在没有她陪伴的日子，她悄悄成长了，拉丽感到内疚。她应该在她的眼里一点点长起来的，她该准确知道她每个月的体重变化，然而她什么都不知道，她忽略她太多了。拉丽带来的礼物她连看都不看，她只是盯着她。不，上善并不是盯着她的双眼，她一直盯着她的——肚子。拉丽伸出胳膊想要抱住她，她的身体一挺，浑身变得紧绷绷的，使劲闭起双眼。孩子面对突然而至的恐惧事情通常是这副模样。上善到底没有逃避，也没再尿裤子。拉丽抚摸她僵直的后背，小巧的脖颈，她闻到她身上薰衣草般淡淡的清香，那是她细软的白发散发出来的洗发水香味。哦，她终于让她接触她的身体，终于不再逃避她的怀抱。上善什么都没说，只是直挺挺地让她抱住，直到杨老太叫她去给妈妈倒杯水，拉丽才放开上善，湿漉漉的目光跟随她小小的身影在房子里走动。她去拿杯子，踮起小脚尖拿饭桌上的茶壶倒凉白开水，小心翼翼把水杯递给拉丽。拉丽急促地吸着鼻子，这是她多少次盼望的——回到家里，乖巧的女儿给她端来一杯水……拉丽接过水杯，她依然直直站在拉丽面前，盯住她的——肚子。

"我可能疏忽了一个问题。"把上善打发到房间里给画好的花草上颜色后，杨老太有些担忧地轻声说。

"什么？"拉丽望着房间里的孩子。

"我给她看了女人生产的过程，"杨老太说，"我是说，我给她看了女人剖腹产的过程，是影印资料，特校里有这类片子，属于教学资料。"她朝房间望一眼，"剖腹产后，肚皮上是会留下疤痕的，我忽略了这个。后来我又找了顺产的影像给她看，可能剖腹产对她影响太深，她觉得顺产是假的！我解释了，但她一直拒绝相信。你是，顺产？"

拉丽点点头："她一直盯着我的肚子看，是因为这个？"

"是我疏忽了，我想让她知道妈妈是怎么艰辛地把孩子生下来的，每个孩子来到这个世界不容易，我可能急于求成，误导了她。"杨老太说。

"你的意思是，她很感兴趣看我的肚子有没有那道生产她的疤痕？"拉丽有些吃惊。

"很可能是这样。这几天她睡觉时一直轻轻抚摸我的肚子，我没生过孩子，这她知道。"杨老太说。

"假如她看到我的肚子没有那么一道疤痕，可能她会认为我不是生她的妈妈？"拉丽问。

"目前她会这么认为，所以，我还得想办法让她相信，并不是每个生了孩子的妈妈都会在肚子上有道疤痕。"杨老太说，"是我的失误！可能需要一个相当长的过程，你知道，这孩子性情有些执拗！我花了好多心思才让她相信'小白鼠'是一种……爱的称呼。她好像很在意这个，她认得老鼠吗？我这很少有老鼠。我们去菜市场和家禽市场，我教她认识各种小动物，但没有老鼠，我不确定她是否认识老鼠，她认识老鼠吗？"

拉丽点点头，她想起曾经在房间里恶毒诅咒过闯进她们房间的老鼠。有一次她下套子抓到一只肥硕的老鼠，把它关在笼里，放在阳台上，让它慢慢饿死以杀一儆百。老鼠后来真的饿死了。上善会不会认为拉丽也会这样对她这只"小白鼠"？她在她的心里种下了恐惧和恶的种子。她沉默起来，内心充满刺痛和愧疚。

"这孩子，其实没多大毛病，她常常一个人待在家里——这是她说的，她还非常害怕独处时有老鼠进来——晚上也害怕有老鼠，你和她过早分床睡了。"

"是的，是的……她三岁就开始自己睡觉。说起来也许您会笑话我，有时候我早上醒来，转个身，碰见这么个发白的孩子，我自己都怕。我没想到她也会怕，这是我疏忽了。"拉丽说，她觉得她快要哭了。三岁，四岁，五岁，六岁，上善独自害怕地熬过多少个夜晚？！

"我们一直睡在一起，她睡觉很安静。那间房子，"杨老太朝上善待的房间望去，"只是放她衣物的，有时候我们也会睡在里面。"她轻声说。

拉丽点点头。

"您为什么不结婚？"拉丽突然问道。杨老太似乎面对这类提问太多了，很安详地笑着。

"你为什么想知道？"她问道。

"我只是好奇，也许你和上善一样，受什么影响了。"拉丽说。

杨老太笑起来："我的父母，没有一天不吵架的，我父亲甚至会砸东西，我妈妈常常离家出走，有时半个月，有时整整一个学期，他们从根子上败坏了我对婚姻的向往。我还有一个姐姐，结过两次婚，都离了，没有一男半女，人也已经去世了。她一辈子活在恐惧中，总是担心她的丈夫会随时离去……我觉得我适合一个人过，我对婚姻没有足够的信心。"

拉丽惊愕万分，她没想到杨老太会这么坦诚，她觉得她这性情应该是应对万事万物都游刃有余的，没想到她也有无法克服的心理阴影。

"但您是特校老师。"拉丽说。

"特校老师也是人，"杨老太说，"而且，那时候我还小，小时候落在你生命里的阴影很可能会伴随你一生。特校这个工作给我的好处就是能够让我正视内心的阴影，选择适合自己的生活方式。"杨老太站起来，到小饭桌上给自己倒了杯水。

拉丽沉默着，从来没人这么有启发性地和她谈话。杨老太睿智、理性，假如她是一位妈妈，无疑会教育出很出色的孩子，小时候的遭遇让这么美好的女性也有了无法克服的软弱。她的上善，她还不到六岁的上善，以后会成为什么样的人？拉丽深深忧虑起来。

屋内的光线不知什么时候暗下来了，上善从房间里走出来，手里拎一把蓝色雨伞。拉丽和杨老太这才发觉天似乎要下雨了。杨老太微笑着把上善拉进怀里。

"要下雨了，是给妈妈吗？"杨老太摸摸她的辫子，"我们的上善知道关心妈妈了。"

孩子显得有些羞涩。

"是给我吗，上善？"拉丽朝她伸过手，上善松开雨伞，目光滑过拉丽的腹部。杨老太忧虑地看了拉丽一眼。

"上善，你愿不愿跟妈妈回家？"拉丽问道。

上善一下子紧靠到杨老太怀里，两只胳膊抱住杨老太的手臂，仿佛拉丽此刻就会把她强行带走。刺痛从拉丽心底蔓延上来，她几乎要哭了。

从杨老太家里出来不久，雨就下了。拉丽一直攥着那把蓝色雨伞舍不得打开。她湿漉漉地上了公交车，在城中的环球超市下来。她在超市收银台处花了两块钱买一把飞人牌刀片。会有点疼，她想。但还有什么比得上生她那时候疼？那种疼就像二十四根肋骨同时折断了。能造成一条疤痕的疼应该要比生她那时的疼轻得多，应该要缝针的，必须要缝针，就当是重新再生一回吧。哦，亲爱的上善，只要你肯相信妈妈是爱你的，什么疼妈妈都能忍受，她想。剥开刀片的包装纸，薄薄的刀片看起来并不锋利，闪着乌黑的光泽。

暗　疾

一

　　我一向讨厌南方的冬天，湿冷，阴雨天居多，典型的南方冬日雨水，下得不大，刚好能让街上五颜六色的雨伞滴下频度不高的水滴。在南方生活将近四十年，我仍然不适应南方冬天的湿冷，深入骨髓的冷，我常常要穿两双厚袜子才能让脚趾头感到些许暖意。下雨的深夜，雨滴打在玻璃窗上（我不明白为何有些人觉得冬夜雨打玻璃窗的声音能催眠）。我从被窝里伸手拿保温杯喝水，感觉整条伸出来的手臂被无数个针尖猛刺一把，冷空气也是有牙齿的。每天晚上我都要喝好几次水，其实并不口渴。我在等待睡眠时告诉自己，放松，放松。我觉得放松就该慢慢喝上两口温水，犹如深呼吸。当困意来临而想最后喝一次水时，朦胧的视线随便撞到什么，挂衣架、靠背椅子、衣柜，它们黑压压的剪影立刻变成一个人影，不怀好意地站在黑暗中盯住我，像猛兽阴森森的目光打量即将到手的猎物。我疲软的神经立刻瞬间绷紧，身体在棉被里打一个激烈的激灵，一点可怜的睡意立刻泥鳅一样快速滑走了。当然，并不是每晚都会这样，我也会有倒头就睡的时候，不过极少。湿冷的冬夜被这种惊悸折磨尤其频繁，被惊吓后，睡眠就不用费心想了。那个像鬼魅一样潜伏在我意识里的影子就是我干瘦如柴的老爹。他太瘦了，好像从没吃过饱饭，手背上的青筋仿佛只要两根手指随便一捏就能拎起来。不过他能挣钱，冬天时把南方冬种的西红柿一卡车一卡车运往冰天雪地的北方。

　　"……小半个东北都吃他贩卖的西红柿，那老鬼能没钱吗？"跑钱嘴里叼一根软中华对我说，抽烟后他喜欢咀嚼口香糖。他有一张招惹女人飞蛾扑火的脸。他会来我这里小住两天，通常是被女人堵在他的租房门口无法动弹时，我这里就成为他的避难所了。他的目光落在我有些破损的蓝色越南拖鞋上，我丝毫不觉得难为情，我过得寒酸，没错。跑钱是他的外号，他叫鲍强，听这外号就知道他不是什么品行端正的青年。他嘴里的老鬼是我们共同的老爹，但我们有不同的母亲。在我五岁前，那个会挣钱的老鬼常常深更半夜站在我房间里盯着床上的我，我被吓哭后，他便转身出了我的房间，他肯定是心满意足或者惆怅万分离去的。这样的夜晚，一场家庭战争在所难免，相互咒骂、撕扯，再大打出手。我妈妈很强悍，极少落于下风。五岁时的冬天，他终于离开跟著名歌唱家李谷一神似的妈妈，之后他又有了鲍强。我妈妈后来跟了一个北方男人，有一个儿子。我还没读完高中（不能怪她不给我读书，我确实把书读得太烂了，她很失望，她是个要强的女人），她一家人就去了男方北方老家，据说那个男的有个姐姐在香港，很发达。她给我留下我们住的房子，如今已经破旧不堪。

"以后是福是祸，就看你的造化了。"这是她留给我的话。我没造化得怎么好。我差不多有二十年没见过她了。

"有钱，"我动了动破拖鞋里的脚趾头，淡淡说道："和我有什么关系？"我说的是实话。我妈妈走后，我几乎忘记还有这么一个身上没有四两肉的爸爸了。当然，他似乎也忘掉我了。我理解他，他深夜站在我床头审视我，是因为他怀疑我是妈妈给他戴绿帽子的结果，当然也是他离开我们的原因。据说我那长得像歌唱家李谷一的妈妈当年有一个影影绰绰的相好。

"怎么没关系，他挂了你不也有份吗？"跑钱说，又盯住我破损的拖鞋。这个整天只晓得吃喝玩乐的不良大龄青年对我这个同父异母的姐姐毫无来由地亲切……

"你试试，晚上剥一把桂圆干煮水喝，也许能睡好，我妈常常这样做……"他瞧着我乌黑的眼圈体贴地说，我比他大七岁零四个月。

半个月前，我记得是入冬后第二次雨夜（我讨厌湿答答的雨水，每个季节下雨的次数都被我苦大仇深地记住，仿佛要伺机报仇似的），我又被黑乎乎的鬼影惊吓了，然后，我听见一种奇怪的声音，极像一个人把头深埋在厚实的被子里呜咽，沉闷、顿挫，在寒冷的雨夜格外令人毛骨悚然。我拿水杯的手臂僵在棉被外，感觉鸡皮疙瘩沿着手臂一路窜进被窝里的身体，最后我确定这声音来自隔壁邻居。

我们这栋旧楼只有六层，每梯两户，楼梯窄小阴暗，楼灯坏掉的时间差不多和我年龄一样长，到处是痰迹和各种可疑污迹，我住在顶层。很多原住户发达后早就到那些有着诸如"碧桂园""芳华苑""鼎盛花园"耀眼名称的高档小区去住了，留下老屋大多租给人家。我的邻居搬进来还不到两个月，之前的邻居是一个胖女人领着一个叫豆花的六岁女孩，她们住到豆花八岁时离开了。新邻居是个看起来年龄模糊的瘦高男人，三十多或四十多都可以，面色苍白，眉间有一道不算深的竖皱。我们见过两次面，他朝我略略笑了笑，眉眼小心翼翼舒展，那模样仿佛脸上挂着什么看不见的重物，笑起来眉间的竖纹变得深了些。我不知道他是干什么的，总是独来独往，也没听见从他家里传出来什么声响。不过我喜欢这种安静，小时候那些声嘶力竭的咒骂伴随打斗的家庭闹剧着实让我恐惧。

我把胳膊缩回被窝，捂紧被子仔细聆听暗夜的声音。雨声，单调的雨声使深夜愈发深邃，偶尔有一声猫叫，似乎有人连夜捶墙壁的咚咚声，沉闷的饮泣声从夜的深邃里发出来。我烦躁起来，夜晚不该是宁静让人安眠的吗？

二

这个县城不小，几年来一直传谣要撤县设市，据说人口、面积皆符合条件，有高铁高速、航空水路，盛产的杧果远销东南亚，人们忙着生二胎，每年还有一两次全国性的会议在这里召开，一派繁荣。这谣传了很久，终究没落实。我对这些不怎么感兴趣。从出生到现在，我没怎么离开过这里，先后当过私人幼儿园保育员、职业中学的图书室管理员（其实没几本书，都是些怎么嫁接果木阉鸡阉猪养花种草的教科书，唯一一本人体解剖教科书，被荷尔蒙过剩的青春期学生擅自给里面的裸体图添加上各种栩栩如生的器官）、公园管理员（其实就是给草木进行修剪），还开过一个报刊亭。每种工作干个两三年，其中报刊亭开了五年，并不是这个馒头大小的亭子能挣钱，我喜欢《知音》《婚姻与家庭》《爱情与婚姻》诸如此类的刊物里那些关于婚恋的文章，每每看到一个婚恋惨剧，我便会盯住街上往来的女人，仿佛她们就是故事里的主角。别看她们抹着红唇穿着碎花裙子，兴许看不见的地方会有惨不忍睹的瘀痕……目前我在一家超市当洗涤柜的导购员。

……

"你一个人住？"我和邻居又一次在门口相遇。我拧开门，穿着臃肿的厚睡衣，拎一袋垃圾放在门口。会有一个负责任得有些多事的保洁阿姨来收拾走的。邻居也正好拧开门，冬日下午楼道里的黯淡青光照在他那副永远被什么头疼事情缠住的郁郁表情上。这次，我发现他长得不错，鼻子直挺挺的。我朝他点点头。今天我休班，刚睡起来。他很认真瞥了一眼门里的我，我有些难堪，应该洗把脸才开门示人的。我们的楼层很小，邻居之间的房门很靠近，我甚至闻到他身上散发的力士香皂味儿。是香皂，不是沐浴液。

"是的，"我说，"你好像也一个人？"我迟疑了一下，还是问了，这是个疑惑。

他笑了笑，瞥一眼我的垃圾袋："我帮你拿下去扔掉？"

"不用的，保洁阿姨会收拾走的，我们可不能白交物业费。你不知道保洁员会收拾走吧？"我说。

"知道，房东说过的，我觉得把垃圾放门口不太好。"他拧了一下眉头说道。我有些惊讶。他关上房门，下楼了，在半截楼梯上又扭过身子说："我姓单，孤单的单，多多照应。"

单邻居朝我扭回来的半个身子背着光，我还是看清了他眉间那道竖纹。

我把门关上了。我每去一个新地方打工，别人都会问一个和单邻居一样的问题，我不知道他们从我身上什么地方判断出我是一个人的。我处过几个男人，其中和一个姓陈的一起居住差不多一年，但一到我提那个问题，所有男人都跑掉了。其中一个霸在我门外骂了我差不多一个星期。那还是十多年前的事情，这栋楼的原住户还相当多，他们听了这男人一个星期关于"婊子"的各种解读。后来随着相处的男人一个个离去，我的名声便开始响亮起来。

我只是对他们说，我不结婚。那些男人多半恼羞成怒，还好，我没挨过谁的巴掌。我对婚姻有种近乎本能的抗拒，它简直就是一尊青面獠牙的凶神，它会用尖利的牙齿一点点啃噬你。"魔鬼""万人 X 的婊子"等等咒语，伴随动人心魄的打斗，小时候，我爸妈用这些字眼和行动深刻给我阐释了什么是婚姻。但他们又重新迫不及待投入"魔鬼""婊子"的怀抱里，令人匪夷所思。

"不结婚，你是想怎么过？"和我过了将近一年，总是向我谈论他挣钱宏伟蓝图的陈试图和我深谈并开导我，我如以往沉默不语，最后他收拾自己简单的衣物走了。他在家除了上厕所和吃饭，不会动一根手指头碰家务活，把自己舒舒服服窝进沙发里，两只捂在皮鞋里一天的汗脚搁在茶几上，这是他日常的状态。天晓得这种品行是怎么养成的，大概他觉得自己是麒麟命吧。我看他开门离去，没有任何想挽留的念头。亲戚们（大都是我妈这边的亲戚）觉得还是离我这种水性杨花的女人远点好，渐渐都不来往。有时候我也反省自己，是不是遗传了我妈妈的风流德行？很快我便不在意了，况且我也不知道她是不是真风流。

我拖着我的影子过着。在我三十五岁之前，除夕夜简直要把大地震陷的炮仗声会让我有一点惆怅感，三十五岁之后便不再有任何想法了。我嗑着瓜子看春晚，到了凌晨一点，震耳欲聋的贺岁炮仗过后，我上床睡觉，一直睡到新年初一的下午。一觉醒来，往往发现自己眼角的细纹又深了些……我和我妈妈长得很像，看着镜子里新年的自己，偶尔我也会想，如今她是一副什么样子？

……

这个冬天似乎被雨水劫持了，刚消停两天，路面上的潮湿尚未散尽，老天便又淋下一场更为密集的冷雨，落在雨伞上不再是滴落，而是成为一条不间断的雨线。我撑着一把天蓝色的雨伞从天鹅超市下早班回来，这通常是下午三点半左右，手里拎着在超市买的菜，分别是一个鱼头、半斤水豆腐、一袋酸菜鱼料、一把小叶子的芥菜。我喜欢酸菜鱼头汤，但不能太辣。到了单元楼门洞，碰见我的邻居站在单元门口，望着门外密集的雨线眉头不展。他手里拎一把红格子雨伞，挺小，打这把伞出去无疑是遮头不遮尾的。

"这雨……这么大的。"他朝我尴尬笑了笑，门洞很小，我几乎挨着他站。嗯，他身上没有烟草的气味，我挺讨厌这味儿的。

"拿我的去吧，回来时搁在我门口就行，我刚下班，可能会睡一会。"我说，把水淋淋的雨伞递给他。他似乎没想借我的雨伞，他若再犹豫一会，我会马上转身上楼的。

他把伞了接过去。

"你帮我拿上去，挂在门把手上就行。"他说，把红格子雨伞递给我。

"我就出去买个菜，很快的。"他说。

"不要紧，我不出去了。"我说。他似乎想再说点什么，但他只是朝我身后的楼梯望了一眼。

昨天晚上，我又听到从隔壁传来那种沉闷的饮泣声，我确定那是哭声，我实在吃不准为什么邻居会半夜隐秘哭泣。

昨天是立冬，很快春节就要来临了。我边上楼梯边琢磨，今年春节也许我会到县城周边的乡镇去走走。一般过年乡下会有些有趣的民俗活动，比如庙会，光看他们烦琐复杂的服饰也不错。我对玩一向不感兴趣，扎堆谈天论地更让我厌恶，不过我喜欢站在边上看热闹，能看出许多有趣的东西来。自从我开始干活挣钱以来，我挣下的钱一直没怎么花，暗暗积攒着，我也不知道积攒来干什么，有房子住就解决掉人生大部分的事情了。因此我手里有点儿积蓄，不多不少，刚好能让人安心不急不缓过日子。钱好哇，无论何时手里有两个钱总是好事情，特别是女人。

我上到六楼，才明白单邻居瞧我欲言又止的原因。跑钱倚在我的门上，抱着胳膊，板寸头一下一下地磕着，正做着白日梦呢，连我上来都没觉察。我用雨伞戳戳他，他的板寸头立刻扬起来，一双美目布满红血丝。

"又避难来了？"我讽刺他，把雨伞挂在邻居的门把手上。

他立刻把身板从门上挪开，殷勤接过我手里的东西。

"看你说的，咱们姐弟俩快两月没见了，你不想我？"他油嘴滑舌地说，趁我掏钥匙开门时，扯扯我的马尾辫子。他一向这样没规矩。当初到底是怎么跟这泼皮认上的，真记不得了。我的亲戚们不和我往来了，只有他隔三岔五跑来我这里，有时候中秋节他会给我送几个月饼，挑他爱吃的五仁馅吃完后就走了。

跑钱尾随我进门，立刻检查我买回来的菜。

"真不错，是我爱吃的。"他打着哈哈说，"不过，酸菜鱼要多放点辣椒才出味。"他强调。我换了拖鞋，现在做饭早了点。

"没有辣椒。"我白了他一眼。我买的酸辣鱼料是微辣的，那台声音大得吓人的冰箱里倒是还有半瓶豆腐乳。

"也成，我姐做的我都爱吃。"他说。

"白吃的，当然爱了。"我说。他在沙发上坐下，一条腿欲抬起来，立刻又放下了。他若把脚搁在茶几上，我会立刻赶他走。

"你来新邻居了？闷骚类型的。"他瞧着我说。他们肯定碰面了。

"你管那么多。今天贵干来了？"我给自己倒了杯水，在另一张沙发上坐下，感觉两个小肚腿僵硬得生疼。我们上班时间是不允许坐下的，我从早上九点一直站到下午三点，累得够呛。

"老鬼病了，看样子不轻，还不肯去医院。你不去看看？"他说。

我愣了一下，努力回想上一次见我爸是在什么时候，也许是今年三月份，或者二月份？不，应该是元宵节。那天街上舞狮子，啤酒厂的门市面搭起高得吓人的叠天梯，椅子一把叠一把，估计十层楼高都不止。顶端那把椅子上迎着腊月的风飘扬一个用红布包裹的大红包。据说酒厂老板包了一个令人拼红眼的大红包。一头两个人组成的狮子在一个十来岁的女孩子挥着绣球指引下，已经爬到半空中。我在人群中看见我爸的皮卡车停在人群外。真奇怪，他一直喜欢开皮卡车。他摇下车窗，探着半个身子看空中的舞狮子。他穿了件暗红色夹克衫，松松垮垮挂在他身上。这么多年他一直忙着挣钱，他的钱却没能在他身上养出多少肉来。我夹在人群中看他，一会儿他开着皮卡车走了，没看见我。

"他干吗不愿意去医院？"我盯住他问。我想我的目光肯定不友好，甚至有些凶狠。

"这不关我们的事，谁知道他怎么想，也许他能听你的。"他说。"我们"是指他和他亲妈，那个姓杜的，右嘴角边有个媒婆痣，眉目倒还和善。她是个骨架细小的女人，有几分姿色，我称她为杜阿姨。她生下跑钱时，我妈获得消息后快活了好一阵，仿佛生儿子的是她。

"他能听我的？"我笑起来，发现这厮脖子上挂的那根筷子粗的金链子不见了，肯定是被某个女人扯去当了"青春损失费"。以前他还戴了块据说是镶黄金的腕表，后来也不见了。他没有赌博的恶习，全败在女人身上了。

"你妈叫你来的？"我问他，立刻觉得这问题很愚蠢。果然，他的脸浮上讥笑的神情。

"你爱去不去，他也是养过你的。"他说。他说的是养，没说生，显然他也相信我是个绿帽子的产物。不过我并不生气。

就算是养，那算是什么养？到现在我还被黑夜莫须有的剪影弄得心惊肉跳。

我站起来，打算炖酸菜鱼头汤。一个小时后，我和跑钱头对头坐在茶几两边，就着一大盆酸菜鱼头汤吃起来，喝汤、吃肉。他吃相粗鲁，声响很大，鼻尖冒细汗，没心没肺的。他一点儿也不提防我，不担心老鬼死后我跟他分遗产。在这个湿冷的家都撑起温暖灯火的傍晚，我心里忽然生出一缕暖意，往他的碗里加了一勺热乎乎的酸菜汤。

"下次我买瓶天等椒酱，那是全世界最辣的辣椒了，能把你的舌头辣掉。你还需要点什么？"我说。

他只顾埋头吃喝，吃着吃着，突然哭了起来。他把汤勺撂在碗里，咧开油腻腻的嘴。

"这世界真他妈混账。"他说。他把头埋进胳膊里，像只小兽哭起来。我有些莫名其妙，瞧着他短短的黑亮头发，这个花花公子是吃饱了撑的吗？

跑钱哭够后把剩下的酸菜鱼头连汤带渣吃完后走了。一个大鱼头的残骸小山似的堆在茶几上。

我不明白跑钱的世界里有什么。

三

一个星期后，我休班，上半个月我能休息一天。天气非常好，出太阳了，整个湿冷的城市一下子笼罩在亮灿灿的阳光里，让人莫名轻松很多。我打算去看看我爸。我在超市里买了两罐凤凰单丛茶，三百多块钱，别的我买不起，他肯定也不缺乏好烟酒，带烟酒去看望病人也不合适。我给跑钱打了个电话，二十分钟后他惊天动地地来到超市门口，骑一辆马达声巨大的黑铁骑，身子躬着，肚皮几乎贴在摩托车身上，一身黑，黑夹克黑牛仔，和城市里那些老子有钱的混子一样。他们动不动就在夜深人静的大街上飙车，不是汽车，而是价值不菲的摩托车，发动起来像只巨大的怪兽吼叫。

他旋风一样卷到我脚跟前，在大头盔里龇牙一笑，摩托车声音大得让我感到难为情。我还没来得及说句嘲讽他的话（一般我见他这副样子，总会给他说几句难听的，说不清是瞧不起还是羡慕），一个有一头火红头发的小姑娘不知从哪个角落杀出来，一下子就跨上铁骑后座，两只白生生的小手箍住他的腰。

"帅哥，来接我吗？你怎么知道我逛超市的？人家要减肥，来买酸奶！"红头发掐他的腰，糯着声调说话。我在跟前暗暗发笑。

"下去，接你个头，整天知道吃。"跑钱粗门大嗓轰红头发。

"人家不！"红头发的声音更软了。

跑钱熄了火，放下支架，反着一条胳膊抱住红头发，他连身子都没动，红头发就被他生生拽下摩托车。红头发在身体被架空时，发出恐惧的尖叫，来往的行人都驻足观望起来，我拔腿就离开，避免掺和这种街头丑剧。

"你个混蛋！"红头发在地上跺脚，声嘶力竭大叫。

"你说对了！"他回头龇牙。

杜阿姨并不知道我会来，在他们的雕花门口看见我时，保养得体的白脸上盛满惊讶，迅速给跑钱充满疑惑的一瞥。我不知道她晓不晓得她的魔王儿子和我有联系。

我和她打了个招呼，说一会就走，她当然知道我是来看我爸的。她正在修剪月季，他们的独栋别墅前有一片空地，种满五颜六色的月季。这种高仿玫瑰喜欢在冬季开放，满院子鲜花盛开。她拿一把红手柄的大剪刀，戴高到胳膊肘的塑料手套，细声细气地说家里没什么准备，冰箱里有冻的海鱼，海鲜也有一些。她瞧着跑钱说。跑钱领我进门，"她不吃的。"他不耐地嘟囔，踢了一脚厚实的门扇。

我爸的房间在一楼，我还没进房门，就闻到一股浓烈的风油精味道。想一想，我爸也是六十多岁了，是到洒这种老人香水的时候了。我皱了一下眉，把带来的茶叶放在一张笨重的木桌上，进去了。他的房间比我的客厅还大，床很大，我爸几乎被一床灰色条纹被子淹没了，他在大枕头上扭过那颗小脑袋，染过的头发黑得吓人。他显然也没料到我会来。

"你来了？"他从被子里探出身子，靠在床头上。

"嗯，"我点点头，"你吃过饭了吧？"我说，并仔细瞧着他，他瘦小的脸（本来就瘦小）没有生病的蜡黄、苍白，或枯槁。他只是愁眉苦脸，他整个的精气神都被这副愁眉苦脸的样子整垮了，变成一个毫无生机的人。假如他真是生病，病不在他身上，是在他心里。我对他的感觉很奇怪，他永远停留在我五岁的记忆里，一直这么瘦，这么老，始终没变。

他劈头给我来了这么一句："眼下快过年了，你快四十岁了吧？我记得你是旧历二月出生的。"他塌着眼皮，从眼缝里瞧着我。

我的脸有些发烧，四十岁是一个令女人恐惧的年龄，特别是由你的亲人来提醒你时，心里更是五味杂陈。

我沉默着。

"你用马桶吗？全世界的马桶只有日本的最牢靠，你要不要用一个？"他又说，并且咳了一声。我莫名其妙地朝跑钱望了一眼，他从我的终身大事一下子跳到日本马桶，这个跨度实在大得让我难以跟上。

"我的马桶还好。"我说。

"喝茶，大红袍的，还是大红袍好喝。绿茶提神好，寒性太大，五脏六腑都冷了。"他歪过头，下巴朝床头柜戳了戳。那里有一壶茶和杯子，铜壶铜杯子，古色古香的。跑钱赶紧拖了把背靠椅放在床头。我犹豫起来，我已经太久没靠近他了，我和他从来没有亲密到可以靠这么近的程度。我还是坐下了，闻到从被子里散发出来更浓烈的风油精味道，熏得我头晕脑涨。他伸出手指指床头柜。我拉开，看见几个茶杯在里面，我取出一只，给自己倒了杯大红袍。我从没喝过这么好的茶。超市里的茶叶行，大红袍一千多块一斤。一千多块买大米，够我吃一年都不止。

"我自己泡的，那些没德行的人是泡不出好茶的。"他说。跑钱扭身就出去了。真是个老鬼，话说得够戳人心。

我垂着头，不知道该说什么。我看见地板上有些灰尘，还有几个烟头，我估计他是一个人睡这个房间的，那个保养得体的杜女子怎么会睡在这个浑身风油精味的老头身边？

好长一阵子，我们都不说话。

"你长得跟你妈很像，李谷一也是七十多岁的人了，不知道你妈怎么样了。"他又说了。

"他们说你病了，我来看看。我带了点茶来，不过没你这个好。"我说，我觉得该主动说几句，最好让他顺着我的话头说，不然我真无法接上他的话。

"你怎么不留你妈那样的发型？李谷一还唱歌吗？你去看看她的发型。"他不肯拧过话头，我只好沉默。他又唠唠叨叨和我说了些我小时候的话，我没有任何相关的记忆，除了那个让我难以安寝的黑影。

最后我说："今天出太阳了，你该出去走走。"我发现他的房间亮着灯，厚实的窗帘拉得严密无缝。

"是吗，出太阳了？"他终于接上我的话头，可我已经想走了。

"要不要我帮你拉开窗帘？我要回去了。"我说。

他点了一下头："你把这半包大红袍带回去喝，女人要过得好一点。"他指望半包大红袍能提高我的生活品质。我笑了笑，站起来。"你该出去晒晒。"我说，绞着手指看他，等他再说句什么。他点点头。"我没病，别指望我早死。"他最后说了这么一句。

从他们的豪华别墅出来，我没让跑钱送，在他们家高大的雕花门口，我开玩笑说："以后不许去我那里体验贫民窟生活。"

"别，你是我姐。"他说，又踢门扇了，好像门扇跟他有仇似的。

从那个富人区出来，我一路走在阳光下。温热的光线让人很舒服，我感觉久未见光的皮肤在阳光的照射下滋滋作响，拼命吸收光线的暖意，我心里却莫名其妙阴郁起来。年底了，人人都脚步匆忙奔年而去，我在人流中拐进家附近的金三角菜市场。我必须炖个酸菜鱼，放很多辣椒，最好辣出一身汗和满脸的泪。

我一向喜欢买酸菜鱼料，里边什么都有，直接放鱼和水进去一锅炖就可以了。我在菜市里的干货店买酸菜鱼料时，我的单姓邻居正好走进来。他看了一眼我拎着已经杀好的罗非鱼，明白我要做一道什么菜。

"这个不好，买酸菜回去加工配料更好吃。"他说，笑了一下，眉间那道竖皱凹得更深了。

"我做不好，酸菜总被我炒出一股臭臭的味道，这个来得实惠。"我老实说，拿了一包酸菜鱼料。

"要小根的酸菜，洗干净切细，干锅炒干，放姜丝和蒜蓉，千万别放油，炒掉酸菜里的水分，再放辣椒油重新炒，放鱼炖，很简单。"他说，"不过鱼最好切片，比整条炖的更入味，你试试。"

我惊讶地瞧他一眼，单身汉也能这么精细做菜？我觉得一定是明亮的阳光在作祟，我居然摇晃手里的鱼袋子说："怎么样，请你吃酸菜鱼，你下厨给我展示一下。"

我们一起在菜市场挑选好酸菜鱼、干辣椒、料酒。他买了一篮土鸡蛋和一罐据说是纯正的蜂蜜，八十五块一斤。

回到家里，单邻居拿鸡蛋和蜂蜜回家，大概过了半个小时才出来，我利用这点时间把厨房和卫生间稍微收拾一番。

单邻居熟悉厨房的程度令我惊叹。油盐米面，他扫一眼就知道在哪里。他告诉我，砍骨头时在砧板下垫一块毛巾，水就不会四处乱溅。最好不要用海绵块洗碗，丝瓜瓤更好，透气，容易洗净晾干。

我站在厨房门口，我的厨房朝阳，有一个两扇窗的窗口。阳光从窗外投进来，照在半个灶台上，我忽然生出一种想要此时天荒地老的感觉。这个精通厨房的男人无疑是琐碎的，但他的琐碎里包含真实的生活暖意。我犹豫了一下，下楼买了一瓶不算贵的葡萄酒。

单邻居没喝，最后是我喝了大半瓶，酒精度数不高，十八度。辣酸菜鱼真是好吃，太好吃了，我连汤都没舍得剩，没辣出汗水和眼泪，我在几分醉意里盯住他。他垂下头，他的肩膀很单薄。

他告诉我他是个电工。

四

一晃到了冬月，气温更低了，年底跟前雨水越发多起来。我不记得有哪个冬天雨水这么多，似乎要把春天的雨提前下了。跑钱又来我家里吃了一次酸菜鱼，他称赞我的厨艺进步大，我一边吃鱼头一边含糊说跟邻居学的，他做饭很有一手。跑钱一脸鬼马表情。

我和单邻居吃了那顿酸菜鱼后，我们又在楼道里相遇过几次，他背着沉甸甸的帆布工具包。他似乎并不为固定的地方和人服务，哪里有活去哪里，不过他的活儿很多，我常常听见他出去的开门声，脚步声听起来沉甸甸的。当然，也许不是去忙活，而是去见某个女人。我这么想，心里居然滋生出被雨淋般的湿漉漉的惆怅。

　　我得承认，一个男人肯在厨房烹制一家的汤饭，容易让女人产生天荒地老的感觉。我先后交往过三个男人，除了小时候被父母糟烂的婚姻吓坏，也和这些男人诸多令人无法忍受的毛病有关。其他的我不想多说了，我从没有幸吃过他们做的一顿饭，哪怕煮个清水面都没有。本就俗肉凡胎，却个个觉得自己是麒麟命。

　　估计单邻居不止会做酸菜鱼的……

　　我对自己警觉起来，我并不知道这个在我厨房里忙碌过的男人的底细，甚至他是不是一个人都不知道。但他给了我一个参照，让我对生活有一点隐隐的期望。单邻居影影绰绰行走在我的意念里。我有差不多四年没和任何男人交往了。

　　卫生间里有一大袋各类洗涤小样品，洗发水、护发素、沐浴露、焗油膏，各种品牌。自从在超市洗涤柜上班后，我再也没买过洗涤用品，这是被允许的，我们没有偷拿。我打算把这些小样全部清理掉，像个顾客般掏钱买喜欢的大瓶用品。这些白拿的小样和买来的大瓶本质上并没区别，成分都一样，但使用它们时你会因为白白得到而丧失了享用感，是将就着对付的心态。我爸用半包大红袍提醒我，我应该对自己好一点，当然，想变得好，多半是为了心头那个影影绰绰的人影。我已经没有轻快的脚步和轻盈的身姿了，有洁净柔顺的长发和几件光鲜点的衣衫应该是不难的。

我把那袋子扎好放在门口，估计会被保洁阿姨捡回去使用。她大概五十五左右，没有线条的身段裹在臃肿的大红色羽绒服里，常常一手拎着笤帚一手掐腰跟被她逮到的人大声埋怨儿子和儿媳妇的好吃懒做。

我还打算彻底清理一番衣柜，给准备添置的鲜亮衣衫腾地方。清理东西真是令人愉快，像在清理心里那些陈年旧事。

我的邻居这时候敲我的门，他身上还挎着帆布工具包，鼻头冻得通红。

"这些……是要扔掉的？"他问，指指地上那袋洗涤小样。我脑袋里想着的却是他从天寒地冻的外边回到冰锅冷灶的家里。

"我正准备煮面呢，我总是把面煮得软烂，你有什么好煮法？"我几乎是脱口而出。

单邻居又在我的厨房里忙起来。这次我事先没准备，灶台上有水渍油渍，洗碗槽里甚至还放着昨晚没洗的汤盆。单邻居坐上锅等水开的时间，帮我收拾灶台上的杂物，挤了点洗发水小样在丝瓜瓤上揉出泡沫擦掉污渍油渍，厨房里立刻飘浮着一股洗发水味儿。

"你是租的，还是买下了？"我站在厨房门口，看单邻居把面从锅里捞出来，放进一盆清水里。

"租的。"他简短答道。嗯，他的经济状况不怎么好，我思索着。也许他刚离婚，我快速瞥了他一眼。

"面要洗一下，头次锅里水烧开一分钟就好，捞出来放冷水里。"他拉开冰箱，扫了一眼，取出两个西红柿和一把油菜，挑了十来根小的。西红柿去皮切块，小油菜切小段。也许我过得太马虎了，冰箱里没有肉，也没有鸡蛋，冷藏箱里倒有一包开了口的三鲜饺子，硬得跟石头似的。

"你一个人住吗？"他终于问了一个我认为是他想增进彼此了解的问题。

"我一直一个人住，我妈嫁到北方去了。"我说。他清洗西红柿的手停了一下。

"我已经十九年，不，整整二十年没见过她了。"我说。他扭头看我一眼。

"我在超市上班，喏，那堆，"我朝被单邻居拎回来的那袋洗涤小样努努嘴，"都是超市里拿的。"

"你干吗要扔掉，可以用的。"他说。

"太多了，"我说，"你需要可以拿去，还没过期，不嫌弃的话。"

"是这样呀……家里有什么需要维修的？免费服务。"他笑起来，仿佛要回报我赏给的那堆小样洗涤品。他开始炒西红柿。

"床头的灯，总会鬼闪两下就灭了。"我犹豫着说。

"方便吗？给你看看，估计是接触不良，小毛病。"他举着锅铲说，接了一瓢水放进炒烂的西红柿里。

"方便的。"我说，出了厨房。单邻居洗了手，拎着他的帆布工具袋随我来到房间。床上有一堆刚被我整理出来的衣服，有些凌乱。我朝他笑了笑。

我只有一个床头灯。他摁了开关，灯亮，然后闪了两回，灭掉。我伸手拍拍灯罩，灯又亮起来了，像个听话的孩子。

"这是我通常开灯的方法，这灯很有个性。"我开玩笑。

他也笑了，掏出螺丝笔拧开灯罩和按钮盖子。

"你去把火关小点。"他说。

我来到厨房，把液化气全关掉灭火，然后进卫生间。里面的镜子被水雾长期熏得模糊不堪，我打算换掉这面镜子了。等我从卫生间出来时，单邻居已经把灯罩和按钮盖重新装上，灯亮着。他重复开关几次，灯很正常了。

"行了，你试试。"他说。

"电工说行，那肯定行了。"我笑着说，绞着两只手。我担心刚刚抹上去的润唇膏会不会太油了，那也是超市的小样。我感到有些沮丧，我以往的日子过得多么将就。

我盯着他，他慢慢把螺丝刀放进帆布包里。我继续盯着他，然后他朝我走近两步，慢慢抬手，捏了捏我的胳膊。

"你叫什么，嗯？"他把我拉进怀里，我闻到一股灰尘的味道，也许是他在外头奔波沾染上的。

我没回答他，我感到自己慢慢变得温热起来。我发现他其实很高，我的头顶只碰到他的下巴。他的手伸进我淡蓝色的线衣下，抚摸我的后背，手掌很粗糙，但温热。我感到一种类似惊悸的颤抖。他很快解开了我的胸衣搭扣，手掌移到我的胸前，动作毫不犹豫而熟练。我并没有责怪他的意思，我甚至连一丝失落都没有。我三十八岁了，怎能去苛责一个能熟练解开女人胸衣的男人？他的手掌停在那里，他肯定抚摸到我没太多脂肪的乳房下慢慢加速跳动的心房。但他的手掌只停在那里，让我的乳房落在他的掌心里。我分明感觉到他带着渴望的激情，他需要我。但他的手掌始终只是停在那里。我以为他在顾虑，便把手伸进他的衣服里，带着鼓励抚摸他的后背。然而他把手从我的线衣里抽出来，紧紧抱住我，片刻后放开，拎起污迹斑驳的帆布包走了房间。他垂着头，红头涨脸的。

我在床边坐下来，有一种被人突然猛烈从怀里推开的强烈的失落感，不过我并不责怪这个落荒而逃的男人，我想不明白他抽身离去是出于何种想法。也许我不该对他说我一直一个人住在这里。一个女人独居将近四十岁，多少会令男人有些不好的想法。

厨房里传来开水的声音。我整理好线衣出了房间，单邻居背对着我洗那把小油菜，他有点耸肩，勾着头，单薄的后背显得异常孤单。

我走进去，从碗柜里取出两副碗筷，对他扬了扬筷子。

"我不吃的。"他有些愁眉苦脸地笑。

"回去也是要吃的，吃了再过去。"我说。

"我在外边吃了，也是面，放了很多黑孜然。"他说。我觉得他在撒谎，我不坚持了。

面煮得很香，他拍了点碎姜下去，有一股姜的辛辣香气。上班时一定要买一瓶黑孜然回来，我想。我站在厨房的窗边吃完这碗面，窗沿很宽，可以放下我的面碗。喝掉最后一口面汤时，我心口开始隐隐生疼起来。从窗户投进来的稀薄阳光，照见了我狼狈不堪的日子。

晚上，在我睡意蒙眬时，我又听见那种令人心悸的饮泣声，拼命克制的样子。我确定是来自我的邻居。我从床上起来，摸黑迅速穿上线衣和毛裤，穿过客厅拉开家门。我举着拳头，打算毫不客气地擂开他的家门。我感到有些恼火，一个大男人，面对女人畏首畏尾，深更半夜拥被哀号，日子真有那么不堪吗？我的拳头最终没落在房门上。我眼前忽然浮现出他眉间那道竖皱和愁眉苦脸的笑，我不明白他走过的路，又何必盛气凌人去指摘他？我希望他这时候突然拉开门，在这个寒气逼人的冬夜，我们一定有办法让彼此温暖一些。我站在门外，偶尔能听到一声揪心的呜咽声。很快，楼道里冷冽的空气便穿透了我的线衣。

买回来的黑色孜然吃掉了半瓶，我和单邻居一直没再碰面。我频繁地煮面吃，站在窗户边吃面时，听到他开门出去的声音，他的脚步声渐行渐远，从楼梯上传来。有时候窗外飘落寒冷的细雨，有时候是布满铅灰色的乌云，都是令人忧愁的天气。那点淡淡的念想，似乎也被寒气冻住了。我紧捂新买的淡蓝色羽绒服，神情疲惫地走进超市洗涤柜领班给我介绍的一个私人门诊。好心的洗涤领班劈腿生下一对双胞胎女儿，彻底断了婆家翘首企盼的孙儿梦。婆婆说她真能干，张腿便生下两个赔钱货，哺乳期给尽白眼和嫌弃。孩子刚满两岁，领班就把婆家蹬掉了，独自抚养两个赔钱货。

"我睁眼闭眼都是孩子伸手要吃要喝，我怀疑我已经没有睡眠神经了，神经全都死了，吓死的！"她这样跟我说，她的生活很拮据，整天担心孩子哪天要挨饿了。然后她给我介绍了那个门诊，是她中学同学的姐姐开的。据说那个大夫退休前是市医院著名的神经科医生，她坐诊的日子人满为患。我有些抵触，这让人联想到神经病。领班说去瞧一瞧吧，又不贵，百十来块钱的药，她吃了两个月，情绪好很多了。

我对那位有一头令人羡慕长发的女医生描述我的病情：莫名其妙焦虑、长期持续沮丧、情绪低落以及睡眠糟糕。医生给我开了甲钴胺片和黛力新，并建议我服用钙铁锌和维生素 C。我遵医嘱开始服用起来，希望这个阴雨连绵的寒冬我能有一个好的睡眠。

五

冬至接着来临，这个气节在本地是个不小的节日。超市对面有一排鲜花店，在冬至这天几乎被万年青淹没了，十几家鲜花店摆满这种滥生植物。本地的冬至有插万年青的风俗。下中午班后，我折进花店里买一把用玻璃纸包的万年青，一共十枝，三十块钱。去年我只买了三枝，插在水瓶里，到腊月时烂根了，估计是太冷。

我捧着绿油油的万年青，心情居然变得轻快起来，仿佛怀里抱着一个小小的春天。我打算步行回去，希望这段不算短的路能延长我愉快的心情。我觉得我的生活可以称得上无忧无虑，上没老下没小，只是并不快乐。我没想到三十块钱能给我带来意料不到的欣喜。我怀着隐秘的愉快跨过中山二路转盘的斑马线，居然和单邻居在斑马线尽头不远处一个公交车站点相遇。他戴一顶黑色线帽，厚实的黑色羽绒服外挂那个有点脏的鼓囊囊的帆布包。他一眼便看到了我，万年青也给他带来小小的惊喜，他的目光落在我怀里的万年青上，笑意一点点在他脸上蔓延开了。

"我都忘了，这东西。"他跟我打招呼，说不定他连冬至都忘记了。

"我可以分给你几枝！"我愉快地说。

"还是别分，我屋里也没花瓶的。"他说。

"只是个风俗，往哪儿插都行的。"我说。他瞥了一眼我怀里的万年青，一副不知道该怎么办的模样。

"你回去还是往别处去？"我问他。

"要回去的。"他说。

"我走回去。"我瞧着他说，我相信他一定看出我想愉快地走一阵子。他摸了一下脑袋上的线帽。

"我陪你走回去，方便吧？"他说，为自己那身装扮不好意思。其实我身上也还穿超市的淡紫色制服。我们只是满大街普通人里的两个普通人罢了。

"顾虑那么多，会很累人的。"我说。

我们一起离开了公交车站点。差不多是下午四点了，街上的人开始往家赶，忙冬至的晚饭。

"今晚打算吃什么？"我扭过头问他。

"随便对付了。"他拘谨地说。我们默默走一阵，我希望他再说句话，我希望他提议说我们一起吃晚饭。但他没说。我觉得他并不讨厌我，我们碰面时他分明一脸欣喜。我不知道他心里装着什么，我感觉到他心里装着东西，一种横在我们之间的东西，我不知道那是什么。

我们就这样一路走着，灰色的天空，湿冷的空气，行色匆忙的人流。万年青带给我的那点欣喜在一点点丧失。我们仍然沉默不语，很快进入小区，进了那个有我们家门的单元门。我们立刻听到来自楼上的叫骂声和一阵接一阵的拍门声。

"你这个遗臭万年的婊子，开门！"

"当初怎么不把你和你那姘头一头撞死！"

"肮脏的破鞋，开门！"声音显然来自一个并不年轻的老妇人，她骂人很有文采，咬文嚼字的。单邻居神色惊惶，快步跨上楼梯。一路上去，各楼层的住户都开门出来仰头朝上张望。看来这个大着嗓门叫的老妇人已经唾骂一阵子了。

是个相当体面的老妇人，文绉绉的叫骂显然也只能出自这样的人。她戴一副圆润的珍珠耳钉，一个圆圆的发髻挽在脑后，用一个早就过时但依然很秀气、缀满各色细小珠子的发网兜住，暗驼色的阔脚裤，淡橘色高领薄衫外是款式别致的宝蓝色羽绒服。她的额头很宽，脸很素净，她一定铰过脸毛。脸上的皮肤松弛了，轮廓看起来还相当精致，并没什么皱纹，极像一位教音乐或画画的老师。我中学的音画老师就是这副样子，他们的身上有一种和柴米油盐没有关系的气息。此时那张素净的脸上挂满泪水。她拍打单邻居的门，怀里抱一把万年青，脚边的地上放个装满食品的白色塑料袋子。我看见里面有几包速冻饺子和一篮子精品柴鸡蛋。这种鸡蛋在超市有卖，是真正农家放养柴鸡的蛋，比一般鸡蛋贵不少钱。

"儿子！"老妇人看见单邻居从楼梯上朝她走上去，她扭过泪水斑斑的脸，悲伤地叫一声。

"妈……叫你别来的。"单邻居摸索帆布包掏钥匙，他看见随后跟来的我，求救般地看我一眼。但我不知道他需要我做什么。

"这是我妈，能进你家待一会吗？"他说。我吃了一惊，飞快点头，绕过他们开门。

"我连进我儿子家都不能吗？我好像已经没有你这个儿子了！"老妇人悲伤地瞧着单邻居，他窘得红头涨脸的。

"请进来吧，家里有些乱。"我说。我家里从没来过这么体面的人，刚才那些污言秽语从她嘴里出来令人难以置信，但她仍然是一位体面的老妇人，显然是极度的愁苦才让她如此失态。

单邻居挽着老妇人的胳膊，老妇人显然觉得站在门口很不好看，掩面进了我光线幽暗的家。我打开灯，拉开窗帘，屋里总算光亮了些。

我请他们坐在沙发上，进厨房去烧水了。老妇人依旧在低声哭泣，单邻居一直小声劝慰。我和我妈妈从来没这么亲密，唯一能让她对我多说几句的时刻是我要钱交学校的各种费用时，那时候我在她眼里大概连鸡肋都不如。

"我半年没见你了，儿子！"老妇人叹息着说。

"一直很忙的！"单邻居低声说。

也许我应该找个借口出去，让他们单独待一会，又觉得这样估计他们会不安，只好继续待在厨房里。

"你这样子，要到什么时候？不是你的错。"老妇人声音带着哭腔。

"妈，别这样，在别人家里……"

"今天过节的，你知不知道？我和你爸都很……"她呜咽起来。

单邻居沉默了。

"哪天你回家吃饭吧，你肯定没好好吃过一顿饭了。"她的声音清晰了些。

"好的，只是担心惹你和爸不高兴。"单邻居说。

"孩子回家，我们怎么会不高兴？"老妇人说道，接着一阵窸窸窣窣的声音传来。

"我给你带了些吃的，有台湾的大头菜和淡水干鱼，鱼放到米饭里焖就好了，这种鱼骨头少，不过吃时也不能太囫囵了。你表亲从台湾带回来的，他们回来过年。"老妇人交代。

"我知道的。妈，我们约个时间，明天中午我们在老地方吃饭吧？这是别人家里。"单邻居小声说道。

"也好……"老妇人答应了。

然后我听见一阵软底皮鞋摩擦地板的声音朝厨房走来，老妇人捧一盒海鸭蛋和一小袋包装精致的金针菇站在厨房门口。

"真是太冒昧，"她对我说，"拿着，不要拒绝！海鸭蛋，用蒸的，很好吃，就是有点儿咸，打青菜汤最好了。"她说，我接过来，并向她道谢。她肯定烧得一手好菜，我暗想。"我儿子心好，多多相互关照！"她说。

"我们相处得挺好的。"我说，想到我们有过短暂的接触，脸庞隐隐烧起来。

她点了点头。

单邻居送老妇人出门了。她在门口犹豫一下，朝那扇紧闭的房门瞧了一眼。"不见为净，不见也罢了。"她低声说，单邻居垂着头，他们下楼去了。我站在门口看他们下了楼梯，扭头盯住邻居紧闭的家门，这里面到底是怎样的世界？想到那天晚上差点儿冒犯这个连老妇人都被拒绝的家门，心里有些后怕。我进了家里，隔壁的家门却吱嘎打开了，我着实被吓了一大跳。我站在门里，心里竟有些害怕出去瞧那扇门。

"邻居在吗？"一个软糯的女人声音从旁边门里招呼出来。我摸了一下门把手，出去了。

那是个坐在轮椅上的女人，双腿上盖一张棕色毛毯。我几乎看不出她的年龄，我从没见过神情这么安静、五官这么精致的脸，面色粉嫩，眉毛黑长，长长的一头黑发披在肩膀上，有一把落在她的胸前。她围一条大红色的毛围巾，整个人喜气洋洋的。她在门里眉眼含笑，微微仰头瞧着我。

"我们还没见过面呢，请进吧。"她说，转动轮椅，把门打开了。我感到自惭形秽，即便她只是个坐在轮椅上的女人，肯定也比我更招男人喜欢。

"进来吧！"她再次邀请。

"只是，方便吗？"我犹豫起来。

"放心吧，"她拍拍她的膝盖，"残疾不传染的。"她认真地说，我实在没有拒绝的理由，走了进去。她转动轮椅跟在我身后。屋里很简洁干净，家具很少，一律低矮，饭桌和茶几一样高。我想这肯定和女主人行动不便有关。玻璃茶几非常干净，饼干和独立包装的小蛋糕放在一个细藤条编织的篮子里，旁边有一个不大的暖水瓶。

她示意我坐在铺了蓝色条纹坐垫的沙发上。

"坐吧，干净的，我天天擦拭。"她说，她的轮椅停在沙发边上。

"很干净，比我家干净多了。"我笑着说，拘谨地坐下了。

她微笑着，在轮椅上稍稍向前探着身子，给我拿一块桂花软糕。她往前探身子时，我看见一个白色十字架吊坠晃在她的胸前。

"那是我婆婆，我不能给她开门，开门了她会骂我。"她说。

"不开……她也骂了。"我说。

"她进来会朝我吐口水，骂得更恶毒，那会加重她的口谕，加深她的罪。"她说。我吃了一惊，我以为她是怕，没想到她会这么想，我不知道该怎么回答。

"你这腿，很久了？"我问，目光落在她盖着毯子的双腿上，立刻发觉不该这么问，又发觉实在不知道该和她说什么，好像说什么都会让彼此尴尬。

"嗯，我们结婚的第三年就这样了，我们已经结婚十四年了。"她大方地说，"就是不能出门，别的，也没什么不方便。我也会做饭菜，但单哥从来不让我做饭。"她朝茶几上的糕点努努嘴巴，"他还老担心我挨饿，整天待着，喝水就够了。"

"你们该找个一楼的房子住，你自己也能出去的。"我瞧着轮椅说，撕开那块桂花软糕咬了一口。毫无例外的甜腻到能酸倒牙根。

"也不必出去的，阳台上有风和阳光，天气好的话。"她朝阳台望了一眼。外边的天空是铅灰色的，似乎又要下雨了。他们的阳台很空，只有一台旧洗衣机，我怀疑是前任房客留下的旧物。

我看了她一眼，我的女邻居像一口幽深的井，她也在盯着我，一只丰润的手抚那只十字架吊坠。她的脸上是带着研究的神情，我觉得她该养只猫或狗，她就不会这么看动物似的看人了。

"我是个基督徒，不过我没去过教堂。"她说，我点点头。我没有什么信仰，我感觉我周围的人大部分和我一样，只是在疲于应付每天。当然，我们也会有大大小小的希望，比如希望日子过得好一点，老天多眷顾一点，运气再好一点，但这些我觉得都算不上信仰。不过，信仰到底是怎么样的，我这个超市洗涤柜导购员也说不上来。

"他们喜欢活在过去，我早就原谅他们了，但他们就是喜欢活在过去。"她说。我疑惑地瞧着她。

"我们结婚三年后，我想和一个人走，"她笑意盈盈地瞧着我，"那是上帝的安排，单哥就是不肯，喏，我的腿就成这样了，他把我撞得，如今我变成他的孩子了。你再吃一块吧，我喜欢这个糕点，它甜蜜得使人想起童年。"

我吃惊地瞪着这个女人，这是家丑，而且是关于她的丑，她如何能轻描淡写说出来？她还认为家婆骂她是有罪的，并且她原谅他们。

"你真……看得开。"我说。

"早就过去了。"她笑着拍拍自己的腿，好像那两条她这辈子都站不起来的腿只是暂时扭伤一下而已。

"是过去了，"我说，"你很坦诚。"我有些奇怪，就算她看得开，在一个第一次见面的人面前谈这些总是不妥的。

"单哥，给你煮过酸菜鱼和面，对吗？"她突然说，盯住我，眼里笑意依然。我猝不及防，像被人撞见自己不体面的事情似的，脸唰地烧起来。但我又有什么不体面的？我并不知道一墙之隔的邻居家里生活如此斑驳复杂。我瞧着她，终究还是有点心虚，目光变得游移不定的，我不知道该点头还是摇头。我突然对那个拘谨的男人充满怨恨。

"他心好，喜欢帮助人。我们搬来这里之前，他也帮过一个女人，那女人常常来找她，我们就搬走了。有些女人总是自不量力。"她说，面带微笑。

我点点头。"是的，我们还一起吃饭，他的手艺真不错。"我说。"我是个单身女人，我还没结婚呢，不过我并不想结婚。"我又补充了一句，我想我的恶意已经很露骨了。

她低下头，抚弄那只十字架。我发现她的脸渐渐涨红起来。

"你喝水吗？你倒杯水喝吧。"她低声说。

我才记起火炉上还烧着水，赶紧向这个漂亮的女基督徒告别。她转着轮椅送我到门口，门槛拦住了轮椅的去路，她在她牢固静谧的世界里，朝我合上门扇。她的脸依然红着。

一进门我便看见单邻居坐在沙发上，两只胳膊肘抵在膝盖上。他肯定是上楼时发现我们都打开的家门，也许他还听见我们说话了，只是不知他为何不肯进去。他抬头朝我看了一眼，

我进厨房把火关掉了。

"你妻子很漂亮。"出来时我对他说，他从沙发上站起来。

"你想坐一会……就坐吧。"我说，他又重新坐下了。我把门关上了，走过去坐在他身边，伸手碰了碰他的胳膊，他一下子就把我

搂进怀里。

真不错。我心里说。整个过程我都用两条结实有力的腿缠住他，我把腿架在他的肩膀上，夸张地叫着。他像有着锋利牙齿的饥饿野兽一样，凶狠撕扯着到手的猎物。

但愿他把这件事情也告诉他老婆，我恶劣地想。

六

进入腊月节气，有了差不多一个星期的灿烂阳光，街道终于不再潮湿，到处一片干爽明亮。年底了，以大红色为主的新年饰品铺天盖地而来，彩穗、灯笼、窗花、大福字、镶有劣质玉块的蝴蝶结，挤满街头巷尾。

我的日子和以前差不多，仅仅是依照惯性把来临的每天打发掉。临近春节，超市变得更忙碌了，人流量日益增多，排队付钱的人多得像去领取奖品。他们大多买吃的。洗涤用品柜相对没那么火爆，日用品类从来都不是食品类的对手，尤其在节假日，我们一般只能搞促销。我依然从超市里拿回洗涤小样，打算攒够一小袋就给保洁阿姨。我也会拿一些味道清香的小样当作去污净来擦拭厨房，厨房的空气很清香。

跑钱站在厨房门口，抽动鼻子闻着，开玩笑说我是不是又勾搭上男人了。一般女人讲究起来的动力只有一个：男人。他很熟谙男女之事。我白了他一眼，说："我不是一般女人，我是个老女人。"他仔细审视我一番，说道："你打扮起来肯定很漂亮。"我白了他一眼。

我和单邻居依旧会在楼道碰面，多半是在我们门口。我大声和他打招呼，问候他的老婆是否过得好。他表情难堪，两眼巴巴瞧着我。有一次他跟我下楼梯，艾艾地问我怎么了。

我停下来，问他想要怎么样。

"我是不是哪儿做得不对了？"他问我。

"没有，你大概不想这么快又搬家吧？"我说。他的脸一下子涨红起来。真奇怪，他好像羞耻心很强烈似的。他挤出一丝笑，那副样子真让我难过，我转身下楼。我真希望从此不再见到这个男人，他给我的感觉很坏，不是说他的人坏。我们之间这些瞬间交汇，我得承认，多半是我主动出来的。我像是做了一件难以启齿的龌龊事情，感觉非常糟糕，而他是这件事情的根源。

我天天约跑钱来和我吃晚饭。有时候我饭做好了他还没到，有时候我下班回来就看见他伸着两条长腿坐在楼梯上等着，嚼口香糖或抽烟，像是在等着要账。我给过他钥匙，但他总是弄丢。我怀疑他是故意不拿的，他不想过于融入我的生活，说明他至少不像表面上那么没心没肺。

"这样很好，上下的人都知道你泡上小白脸了。"他说。

我瞧了他一眼，他确实够白，他老娘皮肤也很白，他们是一对相貌体面的母子。

我们坐在茶几两边上脸对脸吃酸菜鱼，跑钱说他很想离开这个县城。

"烦透了。"他说。

"你这是闲得慌，你干吗不找点事情做？"我说，"像你富有的老爹那样，去挣钱。"

"挣我也不在这鬼地方挣。"他说，"他富不富关我屁事。"

"鲍公子，别人是这么叫你吧？这荣称不是你老爹的钱包给你冠的？冠名播出，电视广告这么打。"我说。

"别一口一个我爹，"他说，"你是从石头缝里蹦出来的？"

"我哪儿有这福气，还是留给你享吧。"我说。

"你不稀罕他口袋里的东西？"他说。

"稀罕，只是我挣得够用了。这么多年，你看他给过我一分吗？你们住大别墅，你看我这屋子，除了蟑螂还有什么。"我说。

他低头不语，响亮地吸着鱼头。我买的是罗非鱼，每次都是这种鱼。超市里的海产品上百块一斤，于我而言太贵。跑钱肯定也不稀罕那些东西。我感觉他不是真想来我这里吃点什么，似乎他觉得我这里能让他感到轻松。

我们这样吃着一顿又一顿酸菜鱼，一直吃到过了元旦。我忽然对超市的班感到厌倦了，考虑过了年是不是换个工。早年我学过美发，显然这手艺已经派不上用场，我那些技术早过时了。我还学过裁缝，如今哪里还有人剪裁衣服穿。我顿时气馁，似乎我这年纪的女人只能开摩的载客了，还不如在超市里，冬天有暖气夏天有冷气，不用风吹日晒，对得起这张脸。我裹着羽绒服行走在大街上，一时竟想不到有可以养活自己的活干。

那天我还没下班，跑钱来超市找我，他支支吾吾地对我说："你妈回来了。"我正整理货架，闻言吓了一跳。"我妈？"

"她不知道我是谁，"跑钱说，"她敲门时我在你家里。"

我有些匪夷所思。不晓得他怎么突然想进我家，又碰巧被……我妈碰上。可是我妈，我几乎都快记不清她的样子了。我心神不宁地整理货架。

　　"有事情，联系。"跑钱对我做一个打电话的手势。

　　"打电话。"他又说一次，我捕捉到他脸上担忧的表情，我不明白他担忧什么。

　　我在超市买了点菜，不管怎么样，总要吃饭的。我不知道我妈的口味，不过我不在意，我发觉对她的情分非常薄，这能怪谁呢。

　　我妈老得厉害，完全脱相了，眉毛变得很淡，两条法令纹深得非常触目，这使她黄皮寡瘦的面相看起来有一种尖锐的刻薄，一种被长期拮据窘迫的困境所磨出来的尖酸刻薄，她的头发倒还没怎么白。穿一件猪肝色旧线衣和黑色棉裤，骨感铮铮的手腕戴一个铜圈子，很难把那东西叫手镯。

　　"我刚下班。"我说，我努力对她笑了笑，感觉是在面对一个很久没见面的远房亲戚。

　　"这么说你还没结婚？那个男人是怎么回事？你养着他？我看他可不像是想和你过日子的。"相隔二十年之后，这是一个妈对女儿说的第一句话，饱含不耐烦和明显的嫌弃。

　　"我本来没指望你还住这儿的。"她说。我看见一个大大的红白条相间的编织袋，和一个轻便拉杆车捆绑在一起，很怪异地立在沙发边。

　　"我还住这里。"我说，把菜拿进厨房。

　　"我在路上奔波了好几天，坐火车，腰椎疼得厉害，今晚我睡床上。"她说，把她的"行李"拉进我的卧室。

"有面吗？晚饭我就吃面，加一个鸡蛋就好。"她又说。我估计她已经把这个家里里外外查看遍了，没看到任何男人的痕迹。

我在厨房默默做饭，倾听从房间里传出来的声音，拉开拉链的声音，拉开衣柜的声音，类似衣架掉到地上的声音。一股莫名其妙的怒气突然一下子从我心底蹿起来，我拼命压制着，怒火顶得我胸口闷疼，我的泪水决堤而泻了。我没给她煮面，只煮了米饭，炒了两个菜。等我把饭菜端到茶几上时，我瞥见房间里她居然穿我一件淡紫色的外套。我拿着筷子站在茶几边上，不知该怎么叫她。她似乎也觉察到我们之间的尴尬，主动出来吃饭了。

"你是结过婚还是没结过？"她问我，她还是吃米饭了。

"没结过。"我说。

"你是怎么想的？让我给你扎个老姑娘坟？"她的声音软了一些，我想是温热的饭菜的缘故，但她的话并不好听。她的胃口真不错，把一碟黑木耳炒胡萝卜划拉一半到饭碗里，饭碗满得几乎无从下口。北方人一向这么吃饭吗？我还闻到她身上有一种难闻的味，类似山羊身上发出来的气味。我知道北方人养羊，漫漫黄土上游动着和灰尘一样黄的羊，那是穷得揭不开锅的北方农村，可她不是义无反顾扔下我远走他乡享福去了吗？

我们默默吃饭。她吃饭的声音很大，她整个人，去了北方这些年，已经脱胎换骨成为另一个人了，身上已然没有半点李谷一的神韵。我忽然明白跑钱那种忧虑的眼神。他以前没见过我妈，光看她现在这副样子，确实够让人心寒，像一个来打劫你的人。

吃完饭，我收拾了碗筷。她说要洗澡，我告诉她有热水，她在卫生间门口张望了一下，我怀疑她不懂用热水器，她并不问我。我进房间，望一眼我的床，打开衣柜取出两套换洗衣服，我想到旅店住两天。这个世界上肯定不会有人明白我此时的心境的。我又进卫生间收拾我的洗漱用品，她在一旁看着。我很想告诉她要去外边住，但有一口气堵在我的胸口，我不肯再多说半句话。收拾好后，我正欲出去，她好像明白我的想法，跟在我后面说："我身上没什么钱了。"

我转身盯住她，她的目光凶巴巴的，好像是我欠她的。我不知道她从我的脸上看到了什么，我发觉她的目光一下子涣散了，不过很快又集中起来凶巴巴盯住我。我掏出我的钱包，她的目光立刻落在我的钱包上。真好，只有两张一百块的和几张十块的。我给她掏了一百块，她接过去，细瘦的指头捻了捻，仿佛在辨别真伪。

"那几张零散的也给我吧，我得添加一些东西。"她说。我又把那几张十块给她，出门了。

天刚好黑下来，黑得正好。楼道里的灯早就坏了，黑漆漆的楼道飘浮着清冷的空气，夹杂住户门口放的垃圾袋散发出来的难闻气味。我只下了两层楼梯，顶在胸口的那口气突然变成一把刀子，狠狠地剜我的胸口，我几乎寸步难行，抱着一纸袋衣服在楼梯拐角蹲下来，张开大嘴大口呼吸。胸口的疼痛一点点向全身散去，我哭不出来，泪水却汹涌而至。

我的肩膀被谁轻轻拍了拍，我慌忙起来，差一点撞到那人身上。我立刻辨认出是谁，抓住他的胳膊。

"陪我一会吧。"我泣不成声，没等他回答，整个人就扑到他怀里，鼓囊囊的纸袋隔在我们之间。他有点手足无措，只是任我贴着他，并没有伸出胳膊抱我。

"我还没吃饭。"他说，摸索身上的工具包。

我离开他的怀抱，转身下楼了。

我在超市附近一条巷子里的家庭旅馆住了五天。下班后在超市里买了吃的带回旅馆，不再出门。

我擅自加大睡眠服药的剂量，依然整夜不能安睡，凌乱短暂的梦充斥整个夜晚。我会猛然打一个很大的激灵后醒来，心脏剧烈跳荡，像要破胸而出。醒来后我想着眼前的事情。我发现我非常拒绝我妈，拒绝她出现在我的生活里，拒绝她回到这个地方。我早就习惯她不存在了，她为什么要回来？为什么带一副尖酸刻薄相回来？我把两套换洗衣服换完了，依然无法说服自己回去。最后我想到一个我差点遗忘的事实：那房子，是她的。没错，这么多年是她白白给我住的，没收我一分钱房租。我拼命说服自己接受这个现实，然后在超市里买菜，抱着脏衣服回家了。

家里从来没这么多人。其实也不多，就三个人：单邻居，正在厨房修理煤气灶；一个头发黑得刺目的老头坐在沙发上抽烟；还有我妈。地板上到处是脚印子，茶几上散放着还没洗的碗和筷子，厨房擦手的抹布垂挂在沙发靠背上。

我妈依然穿我那件淡紫色外套，脚上套我的棉拖鞋。

老头从沙发上起身朝我笑笑，把烟头摁在茶几上。

我妈接过我手里的菜，张开袋子往里瞧了一眼，回头对那老头说:"今晚在这里吃饭,菜买回来了。"

显然这几天她过得很舒心,也许这几天是她这些年来过得最舒心的日子。她的脸没像前几天那么棱角锋利了,脸色也亮了些,透出一股精明相。

"那怎么行,那怎么行。"老头一边客气,一边又结结实实坐进沙发里。

"听我的,在这里吃。"她说。她的社交能力太强大了,回来几天就把人往家里带。我想起年轻时候的她,那个北方男人,也是在我毫无防备之下带回来的。

我拼命告诫自己:这不是我的房子,不是了。

单邻居从厨房里出来,带着疑虑看我。我朝他点点头,抱着脏衣服进了卫生间。

我发现洗衣机里滞留着半桶污浊的脏水,我重新启动洗衣机排放掉污水,放水再排一次,开始洗衣服。

我回到房间,立刻闻到那股山羊骚味,赶紧把窗户全打开。被子在床上凌乱堆着,粉白色的枕头巾有一层明显污垢。打开衣柜,还好,衣服还挂着,里面也飘浮着一股山羊味。

只有我们两个吃饭,我妈给自己煮了面条。

"我知道你不待见我。"我妈大声吸溜着面条。她说得真对,我们彼此都不待见对方。我看了她一眼,那两条法令纹真是太深了,这无疑是磨难和艰辛的痕迹,我不知道她这些年是怎么过的,我有些难过。我努力回忆,想回想些我十八岁之前和她相处的温暖事情,什么也没想起。她和我爸分开后,做过很多活,当然,我不能否认她那么辛苦也是为了养活我，她还给我读书，大体上尽了一个当妈的责任了。

"你小时候可没少让我吃苦头。"她又说。我又看了她一眼，她不知什么时候把我的外套脱了，穿一件暗红色的棉袄。北方的棉袄，应该是北方农村人的棉袄，式样笨拙。这颜色并不适合她，把她的脸衬得更暗了。

她还扣错一只扣子。

"你有什么打算吗？"我问她，我不知道她回来是什么意思，是再也不走，还是有别的想法。

"我在那边过不下去了，回来了。"她简短而坦然地说，下巴淌着汤水。

"假如我把这房子卖掉了，你可怎么办？"我对她挤出一点笑容，问她。

"跟你过啊。"她说。

"如果我不在这里呢？"我说。

"我总不会饿死的。"她说。我忽然心软了。就算我把房子卖掉，再离开，让她连影子也找不到，她似乎也没打算责怪我。

"你有什么打算？"她也问我。

我不知道该怎么回答。

"你最好把自己嫁掉。"她说。

我点点头。我该不该这样理解：她在赶我？

"我会尽快搬出去的。"我说，破釜沉舟的态度。这么多年我其实没吃什么苦，只挣钱养自己这张嘴。我还得感谢她临走给我留下这个安身之处，如今，可能我们都不愿意和彼此相处了。

她一声不吭，算是默认我的提议，我刚才那点心软倏然消逝。

吃完饭洗好衣服，开始收拾另外一间房间。这间小房间里有一张木床，我交往过的一个姓张的男人呼噜声大得让人无法忍受，只好买一张床在这间房间睡了。他离开时还拍拍床开玩笑，但愿还有机会回来睡。床上的被子被我用一个塑料袋扎起来了，重新打开有一股淡淡的霉味。仿佛一切只是为今天做准备，我还没结婚，还没卖掉这破旧房子，还居住在这里。

"那天回来，屋里那个男的是你的朋友？"我妈倚在房门上，两脚一前一后站着，还抖动右腿。不知道这些看起来和她这个年龄极为不符的难堪姿态是怎么形成的。

"我爸的儿子，"我说，"我们关系很好。"我不打算隐瞒她。她愣了一下，然后哈哈笑起来，拍打了一下门板。

"儿子？这么说那瘦筋筋的痨病鬼还活着？我以为他早死了。儿子？他连半个男人都算不上，哪里来的儿子？"她尖刻地说。

我一下子怔住了。我原以为我爸对我的怀疑只是他不自信的表现。以现在的眼光来看，我妈当时还真算是一个相当标致的女人，她性格又极为招蜂引蝶，那个瘦得没人样的男人怀疑是有道理的。我没想到事实如此不堪。

"你也不必问我，我把你生下来养大，没什么对不起你的。"她说，转身走了，极像说一件随便从马路边听来的闲事。

我扔下手里的铺盖，愤怒无比。她为什么要告诉我？这属于她的难堪的、龌龊的事情，她为什么不让它烂在自己肚子里？她在客厅看电视，声音开得很大。于她而言那是早就云淡风轻的旧事，于我却像一个噩梦。我只不过是她年轻时激情泛滥的结果。我很想对谁破口大骂，却发现在这个生活了将近四十年的地方没有谁可以抱头痛哭。

我给跑钱打了电话，叫他买几只蛇皮袋子带过来，我告诉他必须收留我几天。我的声音抖得像暴风雨中的树叶，克制已经溢满眼眶的泪水流下来。我冲进我的房间，把所有的衣服从衣柜里取出来，连衣架子卷成很多卷子。我妈站在房门口看着。

"你这又何必呢？"她说。

我背对着她，不想让她看见我的泪水。我又去阳台收回湿漉漉的衣服，小心放进塑料袋里。我一共有五双鞋子，夏天两双，冬天三双，全包起来。她穿过的棉拖鞋被我扔掉了。

我必须离开，我不想再见她，她让我想到自己是如此不堪地来到这个世界。

在冬天的寒夜里，我仓皇离开这个住了半辈子的地方。来处没有眷恋，去处没有欢喜。

七

跑钱给我腾出一间房间。他租的房子有三间房和一个大客厅，我以为会像菜市场脏乱差，我可以每天帮他打扫，减轻我白住的不安感，却意料不到那么干净整齐。

"住吧，随便住，谁让我白吃你那么多饭，出来混迟早是要还的。"他一本正经地说。

"不会有女人上门来讨伐我吧？"我说。

"瞧你说的，哪个敢？"他说。

我查看了一下屋子，挺好，没有任何女人的物品。

"别找了，没有任何女人进得了这门的。"他说，"隔两天会有保洁阿姨来搞卫生，我请了一个保洁阿姨，你什么也不用忙。"

"鲍公子！"我说。他朝空中吹了一声流里流气的尖哨。

"当然了，你若愿意下厨房煮点好吃的，我一点也不介意。"他看起来好像捡了便宜似的，嘎嘎掰着指节。

"我会很快找房子租的。"我说。

"别客气，你是我姐。"他朝我眨眨眼睛。我瞧着他，忽然想到我们一起吃饭时他痛哭的模样。

我依旧去超市上班，一边留心各处广告栏上的租房信息。快四十岁才开始为安身之处发愁，不知是幸还是不幸。我想找个带卫生间的单间，很难找。我每天下班回来用跑钱没开过火的厨房做晚饭，他有时在家吃，有时三更半夜才回。我把饭菜放在保温饭盒里留给他。

他那辆大马力铁骑像只大嗓门怪兽，常常扰得深夜不宁。跑钱说和他的舅舅合伙开洗车房，我从没从他身上看到半点干活的痕迹。当然，他可以不干活。

郁郁寡欢中迎来了除夕。在除夕前两天，我下班时在超市门口看见我妈，她那身北方穿戴着实扎眼，袖着两手站在超市门口张望乱糟糟进出的人流。我拐进超市员工通道，从另一个口出来了。我不知道她是不是在等我，至少，现在我不想和她有什么联系，譬如她当年毫不犹豫离去，大概也是想不再和我有任何联系的。

跑钱从家里拿来好多海鲜给我当年夜菜谱。闸蟹和龙虾大得吓人，我不知道该怎么烹制这些美味。他一筹莫展地说怎么煮都行，熟就好。他还拿来了瓶葡萄酒，一本正经对我说，他得回那边去吃年夜饭。我奇怪地看他一眼，这有什么好解释的？

除夕夜我慢慢煮饭，按照和同事们询问到的方法烹制那些虾蟹。等我忙完，已将近八点半，大红大绿的春晚早就开播了，满屏的世界如此美好。我把饭菜端上饭桌，开了红酒。真得感谢跑钱，我从来没吃得这么奢侈。我刚刚掰断一只虾头，就听见跑钱的铁骑震耳欲聋的声音传来，我几乎是蹦过去开门的。他的脚步声拐到楼梯口时，我鼻子酸起来。我还是害怕一个人过这个节的，我已经这样过了二十年了。跑钱黑夹克的肩膀湿漉漉的，下雨了。他抱一个纸箱，在台阶下朝我龇牙一笑。

"我刚吃完饭。"他说，"我妈信佛，吃饭啰唆。"他抱着纸箱把我推进门里，我还是没忍住泪水。他张罗着吃饭，热情得好像这饭菜是他做的似的。

"来吧，老大，吃饭！"他说，开了一瓶刚才带来的洋酒。我和他碰了杯，他喝酒，我剥虾吃，吃完三只虾子，我给自己倒了杯酒敬他。

"谢谢你收留，不然我要在街头吃年夜饭了。"我说。

"你是我姐，哪能不管你呢？"他和我碰了杯子。

"我是你哪门姐？我和你爸根本就没任何关系。"我说，"你早就知道的，是不是？"

跑钱端着酒杯晃了晃，然后一口饮尽了。

"我爸三年前死了。"他说，"给我留下点钱，我就搬出来了。"他瞧着我。"其实我很小时候就知道了，我妈常带我去看他。那老鬼，他就是不让我妈走，我妈好像也不想离开，不知道这些老古董是怎么想的。"

"走了怎么养活你？"我说。

"怎么养不活，能饿死吗？"跑钱说，他又干了一杯。

"别总老鬼老鬼叫，你看你吃的穿的。"我说。

"我叫他三十年爸，不，三十一年，我白叫吗？"他白了我一眼。

"比我好。"我说。他不说话了，我们开始吃螃蟹。我做了一个很不像样的点料，跑钱仿佛在吃能要他命的东西，其实我觉得蛮好吃的。

八个月后的一天黄昏，我下班路过金湾小广场，我的新家在金湾广场后面。这个小广场中间有一个小喷泉，喷泉溅出来的水气使周围很凉爽。我通常会在喷泉边坐一坐。一个坐在喷泉边长椅上的漂亮女人对我招招手，她身边放着一副拐杖，估计她需要帮忙。

"没想到在这儿遇见你！"她的脸红扑扑的，绑着马尾辫子，头发真好。一个看不出年龄的女人。我忽然瞧见她领口下那只十字架，愣住了。

"我们曾经是邻居。"她笑起来，她的记性真好。

"你一个人吗？"我说，朝她周边看了看。

"是的，我妈住这边。"她说，"你坐下吗？"她瞧着我有些臃肿的身体，我怀有四个月的身孕了。

"不坐了，太累了。"我笑着拒绝。

"我差不多天天会出来，"她拍拍自己的双腿。我记起在她家里时她也这样拍拍她的腿。

"要练练腿！"她说，朝我眨眨眼睛。

"我马上要回去了，你需要我帮忙吗？老单呢？"我问道。

她又拍拍她的双腿，那只十字架在她胸前轻轻摇晃："他走了，可怜的人，年三十晚走的，他非要出去买鞭炮。我们从来没在除夕夜放鞭炮，我们不爱放，今年他非要放。一个喝醉的家伙开车把他给撞走了。"她捏着十字架，在胸口飞快地画十字。

"他的灵魂在帮助我，我的腿开始有感觉了；小林，也回到我身边，这是上帝的旨意！"她神秘地朝我眨眨眼。

我很快告别了她。

小区门口有乡下人挑来的菜卖，我发现有新鲜的胡萝卜，买了两斤。鲍强喜欢生吃胡萝卜，他不允许我再叫他跑钱。我们把临江的房子退掉了，到金湾小区租了套小的。他说孩子上幼儿园之前肯定能给我们娘俩有套自己的房子。

我依然在超市洗衣柜当导购员。随着孕期增长，我的腿脚慢慢开始浮肿，脾气也变得暴躁起来，湿热的夏季尤其让我寝食难安。有一次我回到金三角菜市场找鱼腥草买来煲汤消暑，看见我妈和那个头发黑得扎眼的老头买菜。她胖了一点，脸上的棱角没那么凌厉了。

寻　暖

一

　　她躺在白色床单上，黄皮寡瘦，那头我羡慕的长发乱如枯草。我有些奇怪，滋养它们的生命这两年一直被病魔浸淫，可它们依然那么丰茂。它们压在她小而圆的脑袋之下，在肩膀处乱成一堆。长发及腰，这是我对她最深刻的印象。她的双眼和双唇很干脆地紧抿着，对这个世界没有再看一眼和留下一句话的想法，脸上分明而柔和的线条依然显示这是一张男人喜欢抚摸的脸……

　　这是三个月后的今天我见到的她。我以为我会害怕，然而此时面对这个已经没有生命意义的人，我很想过去握住她瘦骨嶙峋的手。那只手无数次抚摸过我的头发，给我编过样式精美的辫子。然而很快我就打消这个想法，她再也感知不到人间任何冷暖了。

　　几个老头和我围在她的床前，我挨个看了他们一眼，认识其中一位，和他在她家里吃过饭，是个退休音乐老师，会往地上无所顾忌吐痰。另外几位我着实眼生，不过我并不奇怪，这是她的事情。几个老头默不作声，被我瞅着倒不难为情。在他们眼里，我就是她的亲属，尽管我和她半点亲属关系都没有。她交代了，得我给她净身换衣裳，头发不要剪，烧后骨灰随我处置。可这时候面对她，不知道如何处理眼下的事情。

退休音乐教师手里拎着一个纸袋，递给我。是她的衣服，我见她穿过，旧衣裳。

我没见光叔。

"她说穿这身，不要新的。"退休音乐教师说。那几个老头开始往自己身上掏，随后每个人拿出一个白色香仪。他们真的老了，六十以上的岁数，其中一个老头朝我递过香仪包。

他清了一下嗓子："我们哥几个的一点心意，料理身后事。"几个老头纷纷把香仪包递给我。音乐教师脸上漫过一层潮红，看样子是要发火，但他只瞥了我一眼，然后转头去看她。

我们很快办理了各种手续。我们烧了她，几个老头站在高大的火炉边，我跑到外面去，在殡仪馆的小广场里仰望那座高耸的烟囱，一缕轻薄的黑烟袅袅升起，瞬间弥漫进广袤的天空，无影无踪，我再也无法找到她的踪迹了。生死相隔的伤感汹涌而至。

一把骨灰，我请司炉师傅帮我弄碎一点，差不多成粉末了，司炉师傅很惊讶，一般家属是喜欢留点骨头的。那些还成形成状的骨头我看着揪心，还不如一把灰好。我放进五百五十块的骨灰盒里，这是最便宜的了。退休音乐教师说，可以给他，假如我愿意的话。

我不知道退休音乐教师在她心里分量多重，此番接受也能表明他对她是重情义的。可我还是不待见他，他黑得过分并抹了油的头发和差不多吊到腋窝下的插腰裤与他的年龄反差极大，这副年轻扮相显然是想缩小他和她父女般的年龄差距，我看着有种不正经调子。如今她化成灰的性命在我怀里，由我做主，我不愿意让她落入别人手里。她一辈子不曾有人所依，她不属于任何人。

他有些难堪，可是相比她的人生际遇，他这些难堪什么都不算。我谢了另外几位老头，和他们握手道别，感谢他们来送她。

"她最后说了什么吗？"其他几个老头走后，我问退休音乐教师，我知道他姓张，在她嘴里一直这么叫，老张。

"没说什么，她说得少，不过我知道她在等你。她才住进医院一个星期，她一直不肯住院，后来昏迷了，我才把她弄进去的，肝病。她说她想回去看一看，只是看一看，还回来。"他说。

我想起她是跟我说过的，她多次给我打电话，叫我有时间多去她那里，她变得像个孩子，使出各种好笑的伎俩来哄我：来嘛，我给你编辫子，我给你做我们那地儿的小吃，来嘛。口气近乎哀求。大概三个月前，我去看她，她那时候已经很瘦了，但肚子却像怀孕几个月那样大起来，她说她一辈子折磨她的肝，总是给它置气，如今它发火了。可我忽略了她，因为我的婚姻正陷入危机当中，而我的父亲则被他一向认为稳稳把握住的生活涮了一把，撇下一堆乱事给我。

"你们为什么不在一起？"我微笑着问张老师，我知道他妻子早就去世了。

"她不肯。"他说，"把她安置好了，告诉我地址，每年总该有人给她烧烧纸的。"我点点头，他给我留了电话号码，以及她家的钥匙，金黄色的钥匙，就一把。

二

她是我们村唯一一个被赶出来的外地媳妇。我想很有必要先交代一下我们奇特而又善于孕育不幸的村庄。那是一座浮岛，四面环水，靠渡船和外界联系，有近两千户人家，七八千口人，当然，她刚来时没那么多。这岛每年到丰水期会跟着水涨船高，枯水期又沉下去，极像一个在下头有一根稳固铁链子拴住的葫芦瓢。村人以种菜卖菜养家糊口，我们整个小县城的新鲜蔬菜至少有一半产自我们这座孤岛。七十年代年末八十年代初，一些如我们的边远穷省份一度沦为拐卖妇女的重灾区，本地女人被拐卖掉、拐外地女人来当老婆的事情屡见不鲜，有点儿像如今的干部异地交流。别的村庄时常发生因看管不严而新媳妇逃掉的事情，我们的村庄却从未发生过。被坑蒙拐骗到我们村的女人，一到岛上她们便可自由活动，根本无须看管。撑渡的光叔劳动改造过，那时三十多岁，因为偷了外村的香蕉坠子被关了三年，回来后我爸把撑渡的活儿派给遭遇亲人嫌弃的光叔，那时我爸是村小组组长，有点话语权，他和我爸其实属于朋友辈分。我爸告诫他，外地媳妇一律不准渡船外出，除非她们的婆家允许。光叔目睹不少被拐卖来的女人踏上他的船进入我们这座孤岛，我那口陕西话的妈妈也是渡船进来的，不过不是他撑渡。我们的村庄因此成为一个固若金汤的囚场，初来乍到时她们几乎毫无例外四处游荡，寻找可以逃脱的捷径，可是面对四面环水的处境和拒绝她们的渡船，几乎最后都忍辱求生，待儿女生下来，这时候赶她们走，她们也不走了，亲骨肉可怜巴巴的眼神，成为绊住她们的绳索。也有个把选择上吊或投水，成为异乡孤魂。外边人进我们村，遇见几个女人五六种外地口音那真是常见不过。更为奇葩的是，这些女人生下孩子后，教他们自己家乡的方言，孩子们聚众玩耍起了纷争，杂七杂八相互对骂的方言让人听得一头雾水，谁都不知道他们在骂些什么。

　　我十一岁读小学六年级时，她被拐到我们村，贵州人，说一些零零散散的普通话，给贩卖牛马发家的陆卒子为妻。那时候的发家致富，顶多也就银行存几千块钱罢了，但相对以卖菜养家糊口的村民们来说，已经很了不得。因此陆卒子娶妻着实也让村民们好奇，据说后来被我们称为陆嫂子的她是陆卒子花五千块钱买来的。那时候买一个外地女人当老婆，最体面不过三千，若娶本地女人，上万都不止，有趣的是本地女人被拐到外地后，也就卖三五千，不知为何嫁本地索要的嫁妆却高得离谱，存心是想往被拐卖的坑里跳的。陆卒子在村里扬着平时赶牛马的皮鞭子，说不是娶不起本地老婆，就是想尝尝外地货的味儿。村里人都被陆卒子砸五千买来的女人牵动了神经，那女人到达我们孤岛一样的村庄是在晚上，这是规矩，毕竟不是明媒正娶来的。我们簇拥在陆卒子家门外，看到那个长发及腰、身材小巧的女人。身上的服饰很奇特，裤子和上衣都是蓝色的，裤脚、衣领、对襟、衣袖口都滚上精致的花边，胸前挂一个很大的明晃晃的项圈，后来才知道这是一种少数民族穿戴。明眼人一眼就看出，这个嫩妹子肯定是外出赶集时被拐了。很俊俏，她的肤色是高山密林里人的白皙肤色，双手骨节粗大，长年劳动的痕迹。马尾辫子已经很松垮了，也许是路上挣扎弄的，毫无例外流了很多泪水的红肿双眼，上翘的鼻子和嘴角显示她是个有脾气、性格倔强的女人。男人们有些幸灾乐祸地开玩笑：陆贩子，这可不是匹好骑的马，小心挨蹄子。陆卒子扬扬那根不离手的皮鞭，笑容蜜一样甜：兄弟们放心，明年这时候请诸位喝娃的满月酒。那个女人扬起软塌塌的眼神，说了一句我们大致能听得懂的普通话：我要回家。男人们哄地笑起来。被拐卖来的外地女人，都以这句话为开场白，然后这句话就成为她们不可碰触的隐痛深埋在沧桑的后半辈子里了。大部分被拐来的女人郁郁寡欢度过一生，也有少数几个像我妈这样适应力强的女人过得不错的。这座被铁链子牢牢拴住一样，如今被那些吃饱了撑的人称为世外桃源的浮岛，终日弥漫着这些被拐女人的淡淡忧伤。

我无心的一句话和陆嫂子结了忘年交情。陆嫂子还没来之前，牛马贩子过单人生活，扬一根皮鞭子神出鬼没地出现在四乡八邻的牛栏跟前，常常十天半月不见人影。一个没牙的勤劳老爹按照乡村传统和大儿子过了，大儿媳妇也是买的，陆卒子帮着出了不少钱。陆卒子娶了老婆后，第二天摆宴席请亲朋好友吃一顿，自然少不了我爸，我妈按照自己的惯例当起热情的心理开导师，亲朋好友们在厅堂里吃肉喝酒时，她钻进陆卒子的新房，对陆嫂子进行既来之则安之的开导，整个宴席期间我们始终没见陆嫂子。我见到她时已经

103

是她来我们村半个月之后了。

那天傍晚放学回家，我妈差使我到村后坡去挖野葱，她说要给我爸烙鸡蛋面饼，她始终不遗余力讨好我爸。那是她老家的特色家常吃食，她固执地认为家种葱花不如野生入味。我在村后坡遇见陆嫂子。那地方是村里人用来堆稻草垛的，冬天当牛饲料。高大的稻草垛堆满整一片后坡，后坡过去一点是一片长满灌木的嶙峋贫地，也是野菜们的乐园。我认得很多种野菜，都是拜我妈所赐，她不见得喜欢吃，但几天不吃就受不了。长大后我猜测，也许她在老家就是吃野菜的，被拐来后却阴差阳错到了富庶之地，不然何以解释她兴致勃勃的生活热情。我沿着稻草垛边儿朝那片长满野菜的嶙峋地走去，目光穿梭在稻草垛之间的缝隙中，那里头通常会遗落些我们这些年纪的小孩们喜欢的东西，一截色彩鲜艳的头绳什么的。当我快要越过最后一垛稻草时，我听到一种沉闷的类似于被人捂着嘴巴后挣扎的声音，稻草也像是被碾压了，发出窸窸窣窣的声响。我估计有几个孩子在捉迷藏，我们常常来这里捉迷藏。于是我晃着布满筛眼的篮子轻手轻脚钻到草垛间。

我记得那个傍晚的夕阳特别柔和，阳光洒落在晒干的蓬松金黄的稻草垛上，干稻草散发出淡淡的清香气息。我循着响声轻手轻脚走进去，转身大叫一声，可眼前的情景着实我吓坏了，几条光腿在踢蹬着，一个光屁股下压着一个光屁股，旁边扔的一条皮鞭子立刻使我想到这是牛马贩子，他的脑袋下压着一张憋红的脸和一双圆睁的眼睛，嘴巴被陆卒子紧紧捂住了。那两个人被我的大叫吓坏了，慌忙拱起身子，陆卒子光着屁股把身边一抱稻草抱到那个女人

104

身上，自己大笑着胡乱穿戴起来。"好了，双喜，双喜。"他背朝着我大叫着，弄好后回头见到我，高兴得中大奖一样，眼见他的双手朝我伸过来要拧我的腮帮，我躲过了，朝他唾：流氓牛贩子。

陆卒子哈哈大笑，回头看一眼稻草下的陆嫂子，指派我："小妖，等一下领你嫂子回家，叔给你好东西吃。"说完拍拍身上的稻草走了，他的脑门上还沾着一截稻草，我没告诉他。

陆嫂子在稻草下摸索着穿衣服，憋红的脸已经恢复白皙，眼睛依旧肿胀，散乱的长发沾满稻草。我站在那里，看她在稻草下摸索着穿衣服，突然对她说了一句话："我妈也是买来的。"说完这句话我就脸红了，我听见自己的普通话如此蹩脚。那得怪我们的老师，整个小学六年授课全部讲本地土话，普通话令我如此羞于出口。

"我妈，那天，进你房间说话给你！"我继续磕磕巴巴地说。

她停下穿衣服，埋在稻草垛里静静看我。

后来她和我一起挖野葱了，一边挖一边流泪，我不知道如何安慰她，渐渐薄下来的夕阳被一个年轻异乡女人的泪水染得无比忧伤。

"我要回家。"这个我们单独见面的傍晚，我第二次听到她说这句话。挖完野葱，我送她回到牛马贩子家，贩子正在厨房里撑勺做晚饭，脸都快要笑烂了，他说正在给我煎荷包蛋。我瞪这流氓一眼，走了。

我们这地方有个杂碎风俗：野合生子，如若被人撞见，特别是被孩子撞见，被男孩子撞见野合，则生双胞胎儿子，被女孩子撞见，生龙凤胎就大有可能了。有意思的是，这混账风俗灵验度极高，村里双胞胎儿子和龙凤胎极多，因此他们的父母常常被村人拿来开玩笑逼问：到底在哪里颠鸾倒凤被谁撞见了。后来本地有些三流专家专门研究这一现象，得出结论两个：一是和这浮岛的特殊结构有关，二是和异地结合有关。不管哪一条，陆卒子被我撞见，算是撞大运了。晚上，贩子给我们家提来两只阉鸡，我妈那晚背着我爸把我数落得她自己都掉泪了，任何能生儿子的人都令她不舒服，如今别人生儿育女的好运居然是她的孩子带给的，她愈发伤心不堪，她一直想给我爸生个儿子。

　　我和陆嫂子常常在后坡见面。她隔三岔五去那里扯稻草，也挖野菜。她扯一搂特别金黄的稻草，去掉其中夹杂的干草，然后烧掉，把稻草灰泡在水里，泡出一层橙黄透亮的水，把这层水倒出来洗头发。我把我妈的海鸥牌洗发水偷给她，她说："这个不管好！"我有限的普通话不理解这不管好是什么意思，但大致明白她不喜欢用洗发水。陆嫂子那把长发真是好，光滑油亮，极像一匹闪着幽光的黑缎子。牛马贩子喜欢看她洗头的样子，一盆冒着热气和稻草幽香的琥珀色稻灰水搁在长条凳子上，陆嫂子弯下腰，把长头发浸泡进水盆里，慢慢揉搓，洗得极为细致，也很漫长。有时候她会给我拿来一只口盅，帮她往头上淋水，牛马贩子总是过来夺下我手里的口盅，想融入这诱人的情景。陆嫂子直起腰，双手抓着湿淋淋的头发，瞪他，贩子只好讪笑扔下口盅，伸手拧一把我的腮帮："你跟你妈一样，是个人精。"他退回屋檐下，端坐着注视自己买来的女人。

　　我常常去挖野菜，一点红、糯米菜、松子菜、野扁菜，甚至猪头草。我拿把小锄头，在夕阳下挖野菜，我倒是喜欢这活儿。我在村里极为孤单，村里和我一般大的孩子，他们的妈似乎都很讨厌我妈，不允许他们的孩子和我玩。本地女人生的孩子，看不起我们这些异地杂交孩子，对我们从来都是掷瓦片和石头疙瘩。我倒喜欢跟我爸，可我常常连他的影子都抓不到。另外，我还喜欢到光叔的船上看江水，他乱糟糟的仓房里有不少好玩意儿，色彩鲜艳的石头或奇形怪状的贝壳，只是他常常把我锁在臭脚臭汗臭烟的小仓房里，极少让我到甲板上玩，怕我栽到江里。挖野菜倒让我惬意不少，挖着挖着，一锄头拍到停在野菜尖上的蜻蜓。

"狠娃娃！"陆嫂子撞见我屠杀生灵，她必定这番叹气。她也来挖野菜，只是她挖得极少，一小把，做一碗汤水还行，而且她只挖一种，我不晓得什么菜，我把那菜挖回家，我妈不认得，捡出来扔掉了。

"陆叔不吃？"我瞧她手里那小把野菜，她挖得倒挺好，很肥嫩。

"你，几年书？"她答非所问，我揣测好一会，才明白她问我读几年级。

"六年。"我也简单地说。

"我三年，两个弟弟，双生的，和你个子高。"她拿手比量，磕磕绊绊地表达。她又说："我有相好的。"

"相好的？"我不明白，她哀怨地看我一眼。

"我给你弄辫子吧。"她摸摸我的羊角辫子。我们坐到田埂上，橘黄色的夕阳洒在稻草垛上，成群的蜻蜓在晚霞中满天飞舞。那时候的蜻蜓真多，低低地盘旋在人的头顶上。我们的友谊就在暮春的傍晚开始成长了，我的脑袋因此常常有各式各样的好看辫子，令我极为骄傲。我爸有时候会摸我满头花样繁复的辫子，感叹牛马贩子买到一个心灵手巧的女人，我妈因此好长一段时间不允许我再去陆贩子家里。

我们这村庄的女人，其实过得蛮闲适的，菜地和岛外少许稻田全都是男人伺候，女人在家生儿育女管家务活儿，因此有大把时间花在家长里短上。我妈在村里的遭遇和我相似，她极力讨好我爸和本地女人，因此遭外地女人排斥，本地女人又不屑和她交往。她也很孤单，但她善于掩饰，见人就黏上去，说极为体己的话。陆嫂子更闲了，牛马贩子家里连菜地都不种，河边的菜地除了留一块给陆嫂子种吃的，全部都给他兄弟种了。陆嫂子来我们村三个多月了，依然没有怀胎迹象。她每天给牛马贩子做做饭，洗洗衣裳，伺候几分菜地。更多时候我看见她小巧的身子倚在门框上，一只脚在门里，一只在门外，手心里窝一些南瓜子，嗑着。她的神情是闲散的，闲散中裹着一丝不易觉察的落寞。只有她低头看手心里的南瓜子，另一只手的几根手指头在掌心里轻轻划拉南瓜子时，那丝落寞才漫上来，落在她身上的某个地方。也许是那几根划拉南瓜子的手指，也许是倚靠在门框上的那个姿态。她渐渐熟悉我们的村庄了，极少和谁交往，却和我颇为亲密。她和我一起挖野菜，给我编辫子，喜欢让我带着她沿江边绕我们的村庄走。她边走边注视辽阔的江面，从这边望向那边的江岸。

"哦，你和他熟？"她指着在江里航行渡船的光叔。

"我爸管他。"我有些卖弄地说。

"我对你好不好？"她问我，摸摸给我新编的辫子。

"我要见他，你能带个话么？而且不告诉别人。"她小声说，白皙的脸好像因为说了一件不怎么得体的事情而涨红起来。

"可以的。"我满口答应。

这件事发生在陆嫂子来我们村庄差不多半年时，夏季过去了，渐渐进入枯水的秋季，江水慢慢退下，江面逐渐变得窄小了。牛马贩子眼见陆嫂子总不开怀，弄来各种中药叫她熬药喝。陆嫂子很听话，每天摇一把扇子生炉子熬药。牛马贩子相信买来的女人是正经跟他过日子了，给她打了一对金耳环并强迫她带上。这对金耳环让我妈揪心了老长一段时间。我还有个把月就要去县里上初中了，我极为向往初中的生活，可以远离家，住集体宿舍，关键是还可以买一辆自行车，这些极富诱惑力的事情使我下了不少力在复习上。那时还没实行九年制义务教育，小学毕业考跟高考一样有压力，还好，语文、数学我考了156分，上初中十拿九稳。那段时间因为沉浸在即将上初中的兴奋里，整日去已经上了初中的学姐家缠磨她们讲初中生活，去陆嫂子家没那么勤快了，有时候我十多天都没去过一次她家。有一天傍晚，我妈又派我去挖野菜了，我刚刚到后坡上，陆嫂子就从一堆稻草垛上坐起来，显然在等我。

"你不来了？"她有些担忧。

"我要上初中了，去县城。"我说，和她一起蹲在野地里挖野菜，她脸上的忧愁浓如漫天晚霞，她帮我挖，她的已经挖够了。

"我说想见开船的，今晚可以吗？"她磕磕绊绊地说，非常信任地盯住我，我点点头。吃过晚饭后，我就跑到江边找光叔，把陆嫂子要见他的事情和他说，他吓得厚嘴唇都哆嗦了，他警告我，我做的事情如若被陆贩子知道，他定是要把我扔进江里喂鱼，我爸也不会轻饶我。我说陆嫂子只是想见见他，她说他像她弟弟。我撒了一个很滑稽的谎。光叔比陆嫂子年长十岁都不止，怎么可能长得像她弟弟。光叔站在甲板上，静静望着江面发了一会儿呆，答应了。晚上八点半收渡后，光叔按照我说的来到后坡那片稻草垛边等着。陆贩子过了新婚期后，又开始几天几夜外出贩牛马，不过他留了心眼，叫他的大嫂过来和陆嫂子住，替他看人。晚上我到贩子家里时，那个也是买来的大嫂没什么疑心，轻轻松松就让我们出门了。我们来到后坡上时，皎洁的月光把野地照得一片澄明。陆嫂子叫我在稻草垛外等着，帮看人，她和光叔进了稻草垛里。我听不见他们说的任何话，野地里一片虫鸣蛙叫，他们大概在稻草垛里讲了半个小时后出来了。陆嫂子叫我帮她把身上的稻草捡拾干净，我们就回家了，我没看见光叔。

　　那段等待初中开学的假期，我一边忙着准备上初中的生活用品，一边时不时帮陆嫂子给光叔传话，有时候晚上还陪她到后坡去和光叔见面。我不知道陆嫂子想干什么，她已经很久没和我提要回家的话了。

　　临近开学那几天，我妈带我去县里买被子。在渡船上，她盯住光叔看半天，突然笑起来，用别扭的本地话问："她叔有对象了？"她一问，满船人都朝光叔看，发现他那头长年油腻的齐肩长发剪短了，杂草一样的拉碴胡须剃得精光，衣领上乌黑的汗渍也没了，稍微收拾一下，这犯人还是蛮好看的。光叔很紧张地看我一眼，我转过头，闷闷不乐盯住有些污浊的江水。这几天我妈和我爸怄气，我爸整日不回家。他在照例进行每月抄表收电费时，在一户人家停留过久，那户人家只有一个女人领一个孩子在家，男人在砖瓦厂烧窑子，据说在外头有相好的，极少回家，巧的是那天她的孩子正好不在家。这事被一个多嘴的女人传到我妈那里，我妈因此多日让家里一日三餐全是她爱吃的野菜。我爸很不满意，借口忙村里的事整日不回家，我的自行车问题因此悬而未决，我妈只能做得了买些衣物被子的主，自行车这样几百块钱的大宗事情，我爸说了算。我的自行车问题一直到我上初中三个月后才解决。那时候冬天已经来临了，江水退下去很多，江面愈发显得窄小。我每个周末回家看见陆嫂子在熬中药，一进她的家门，就闻到浓浓的中药味。陆贩子时常十天半月不回家，凭良心说，他是个不错的男人。陆嫂子不开怀，陆贩子没对她有任何怨言，每次出手牛马归来，一大包吃的用的，什么都不落下。他回来享几天女人清福后，又出门了。陆嫂子和光叔依然继续见面，只是他们得等我每周一次回来给他们打掩护才能相见。初中生活的新鲜劲还没过，我眉飞色舞地对陆嫂子絮叨那些新鲜事情，八个人一间宿舍，洗澡时相互看见彼此初发育的幼小乳房……我哈哈大笑，陆嫂子埋头剥毛豆，偶尔抬头心不在焉地看我一眼。我记得那时候流行一种包头发的黑色网兜，类似如今的网眼丝袜，把头发箍成一个圆髻，罩上点缀有红色黄色细小珠子的头兜，真是好看。陆嫂子就兜这么一个头兜，陆贩子宠她。

　　进入冬季后野菜渐渐少了，不过我每周就给我妈挖一次野菜，还能对付过去，陆嫂子好像三天两头去挖，而且只挖一种野菜，那片坡地很快就要没有她要的野菜了。她把那些细小的幼苗挖回家，种在陆贩子家后园，当成蔬菜一样种养。我们依然在后坡挖野菜，冬季的坡地黄昏一片沉寂，弥漫着清冷的空气。

"陆哥知道了不好。"我说。

陆嫂子知道我说什么，看了我一眼，满眼哀求。

"嗯，我不会告诉任何人的。"我向她承诺，不知道为什么我老是觉得我能够帮助她，并且应该帮助她，即便她可能做的是一件错事。但不久之后我的承诺就变得毫无价值了，我用它换来一辆自行车，很有可能也换来了陆嫂子悲凉的半生际遇。

"我有相好，我想回家。"陆嫂子在这个飘浮清冷空气的野地黄昏第三次说要回家。上初中后真是长了不少见识，连相好我也弄懂了。

"你是怎么被骗来的？"我问她。

"和亲戚上街，后来就迷糊了。"她的神情很迷茫，努力回忆一件她自己也很费解的事情。

"怎么迷糊了？"我瞪大眼睛问她。

"老是睡觉。"她说，然后一点稀薄的笑漫上她的脸，"我的衣服，那天，好看？我妈做的。"

"好看啊，"我开玩笑说，"什么时候借我穿穿。"

她居然笑起来，眉眼那么好看，她捏捏我的腮帮子："那是要做新娘才能穿的，你想男人了？"

我也大笑起来："你还没嫁，你不是也穿了嘛。"我说。

她低下头，说："本来就快要嫁的。"

之后我们沉默了很久，直到我们挖够了野菜，我才问她："可你要怎么回去呀？他们不给你上船，你也游不过去的，我们村最会游水的人都没能游到对岸。"

"我有办法的。"她坚定地说，但不肯告诉我要怎么走。她毫不迟疑的坚定表情使我很难过，我被一种即将离别的伤感包裹住了。

那段时间我很心烦，我的自行车还没到手，而陆嫂子时刻准备离去，这两件事情折磨得我寝食难安。我妈教我百般孝顺我爸，可我的自行车依然还没着落。我发现自己成为父母相互抗衡的一颗棋子。我妈以我在这个家里取得衣食，而我爸则通过冷落我来警告我妈不要过于得寸进尺。那段时间我很厌烦见到我父母，每周六回家，我从县城搭车回到乡里，然后渡船回家。从班车上看见沿路骑自行车回家的同学，我伤心得几乎落泪。回到家我基本不待在家里，总是往陆嫂子家里跑。我真担心哪一次去陆贩子家时忽然就不见她了。还好，老远我就闻到那股浓烈的中草药味，简直令我欣喜若狂，自己都不可思议为何如此依恋她。

我在一次偷窥中发现了陆嫂子和光叔的秘密。有一次周末晚上，我又为他们打掩护时，偷听了他们的谈话。

"很稳的，放心，刀都砍不断，我找的竹子可靠。"光叔结结巴巴地讲普通话，我差一点笑出来。

"我放心的，还要等几久？"陆嫂子轻声问。

"快了，学生放假就好，那时最冷，水枯厉害，江面窄，我知道哪段江面最窄，你等我的话。"

"多谢你，若能回，我定寄钱给你。"

"不要谢了。"

很长一段时间再也听不见他们说话，我从稻草垛里出来，依然站在田埂边上等着。冬天的旷野很冷，黑暗中我看见一个亮光远远地朝这边走过来，于是大声咳嗽一声，陆嫂子很快就从稻草垛里出来。回去的路上碰见牛马贩子打着手电筒，他看见我们立刻笑着迎上来。我有些于心不忍，觉得陆贩子倒有些可怜起来，他对陆嫂子，是真的好。

上初中第一学期快要放假时，我盼望已久的自行车终于到手了，但却是以把陆嫂子推向灭顶般的灾难换来的。

我在一次周末回家的睡梦中大叫几声船，我妈把我摇醒，问我什么船，一定叫我告诉她梦见了什么，她相信解梦。我瞌睡得厉害，经不住她几次摇晃，迷迷糊糊嘟哝：陆嫂子做了一只船。等我再次回家度周末时，看见一辆崭新的女士型天鹅牌自行车停在院子里，我爸和我妈和好如初，我发现我妈居然戴了一副金耳环，比陆嫂子的小了点。我在梦中泄露了陆嫂子的秘密，这个讨好丈夫心切的女人把这秘密告诉了我爸，他连夜托人四处找回牛马贩子，最终大家在稻草垛下找出一张崭新的竹筏。陆贩子在竹筏上淋了汽油，烧掉了，他不打她，却使劲抽自己耳刮子，哭着问陆嫂子到底还想要什么。我爸这种维护自己村民"财产物品"般的行径得到村里人极大肯定，他因此威信增加不少，心情大爽，我的自行车因此到手了，我妈也获得一副金耳环奖赏。

陆嫂子始终没说是谁帮她做的竹筏。那年整个寒假，我极少出门，怕碰见陆嫂子。我去过几次后坡，有两次看见她蹲在野地里挖野菜，孤单单蹲在那里，裹一张蓝色头巾。我钻进稻草垛里，静静看她，很想过去和她说说话，悔恨和愧疚却拴住了我的双脚。

三

骨灰盒很小，类似装中药的小柜子，琥珀色，上面雕刻着简单的花纹，装在我大如簸箕的布包里。我的包包里有钱包、手机、湿巾纸、水杯、雨伞、钥匙、几根发夹、一包棉签、唇膏、粉盒、眼线笔，生理期时还装卫生巾，此时她跟这些东西待在一起。我如常背着这个超大的杏色棉布包，她的存在并没使我的包增加多少分量。生命原来如此轻飘，生前种种际遇，如花似锦也好，黯然失色也好，都只不过是如今一把灰烬了。我带她回家，她没来过我的家，我邀请过，她一直拒绝。家里很凌乱，地板上的脚印清晰可见。我的丈夫正在阳台上刮胡须，高大的身板把阳台衬得很小。他转过身，脸上带着诚惶诚恐的表情，对我僵硬地笑了笑："这两天我帮你浇花了。"说着他低头看看脚边拥挤的花草。我朝他点点头。他正在等待我签字离婚。嫁给这个拖了儿子的男人后，他闪烁其词表态，不愿再生孩子了。我吞咽下这个残酷的现实。有时候半夜醒来，我会摸索着爬起来，在黑暗中静静看着床上这个男人，会感到一阵彻骨的寒意。现在，这个荒唐的男人居然在四个月前一脸悔恨地对我说，他在外头不小心，他说是不小心，让一个女人怀孕了，那个女人死活要生孩子。他权衡之下，觉得打发掉一个不曾和他有骨肉关系的女人比怀了他孩子的那一位要方便得多。他对我摊牌那天，我居然连生气都没有，没有愤怒，也没有眼泪，一股深重的屈辱感把我压垮了。我点了支烟抽起来，朝他点点头，对他说了一句："让我想想。"一直到现在。他很着急，估计外房肚子已经大得受不了了。我不知道那女人是谁，他们是怎么认识的，多久了，我一无所知，也不感兴趣。这段时间以来，那股屈辱感一直沉重地压在我心上，我想等它消了之后再解决掉婚姻里的事情，但它一直不消。我承认，即便他残忍剥夺了我当母亲的权利，但要立刻放下，我一时难以做到，我需要一些时间。他一直小心翼翼和我说话，并非是对我还有一丁点儿尊重，他只是暂时示弱想达到他的目的罢了，他是个内心强硬的男人。他还有一层顾忌，他那位从小一直上私立学校，最后却连个普通大学都考不上的儿子跟我相处得相当好，在一定程度上比跟他老子默契得多，他可以一个月不跟他老子说话，但会和我说上那么两三句。那是个公子哥，屁股后头整天一帮小喽啰跟着，只差没杀人放火了，某些时候也相当深明大义，这得看他的心情，想一想我得磨多少耐性和隐忍才能和他有这份交情，自己都觉得不可思议。这样的孩子一般是极自私的，如若他知道将会有个孩子和他分享他老子，天知道他会做出什么事儿来。假如我愿意，他真是一张不错的牌，只是我不知道这样做有什么意义……眼前这位荒唐先生，婚后两年我们就分床而睡了，我极为害怕深夜醒来后看到身边这个连孩子都不愿跟自己生的男人。各自关上房门之后，彼此的世界就不再相关了，这算不算是某种程度的相互放弃？我想磨一磨这个不懂事的男人，让他煎熬一阵子。

　　我坐进沙发里，抚摸我的包包。哦，亲爱的女人，此时，我们

116

又在一起了，你却不能再和我说一句话，我对你的愧疚永无机会说出口。我心里酸楚极了，拎着包包进了卫生间，脱掉衣服淋浴起来。我不想在这个陌生的男人面前流泪，我的眼泪与他无关。我把包包放在卫生间的椅子上，在她面前赤裸着，包括我的泪水。我带她去住五星级酒店，把她放在我的另一侧睡着。我带她去省城逛梦之岛，去万达看电影，带她去美容院做美容，到瑜伽馆做瑜伽，到酒吧喝酒，到咖啡馆去喝一杯一百八十元的原味咖啡，还带她去花鸟市场赏花……我摸着包包对她说："喏，我们来这里，你没来过的，我带你来……"我还带她坐在我们这座城市的江边，望着日益污浊的江水默默流泪……我不知道她会在何时流泪，流泪时会想到什么。

　　陆嫂子欲私自造船偷渡出岛的事情败露后，牛马贩子变得谨慎了，把没牙的老爹接回家跟他住，他出去贩卖牛马时，老爹看儿媳妇。他有些不相信自己的大嫂，认为陆嫂子造船和她脱不了关系，他的兄弟因此把老婆收拾一顿。陆嫂子依然悄无声息出门，去菜地，后坡，沿江边捡拾顺流而下的浮柴；老爹远远跟着，像一根看不见的绳子。我依旧不敢去见她，一个寒假过去，新学期又开始了，每周回家，我变得很孤单。我在渡船上都不敢直视光叔，他对我不像以前那么热情了。我妈也很孤单，那些外地媳妇公然对她表示厌恶，她去码头洗衣服时，远远看见她过去，那些外地媳妇就自觉围成一堆，背对着她。我妈于是极力想融入本地女人堆里，她常常端着她家乡的风俗小吃去几个村干部家串门，和他们的老婆孩子套近乎。那些女人也不待见她，客气里夹杂冷淡，委婉的拒绝姿态端在那里。大家都觉得这些被拐卖的外地女人可怜，能逃出去也是件好事，告密者令人憎恨，可是又不断有操不同口音的女人被买进来。大地的胸怀博大而博爱，什么都可以滋生并百川皆纳。

我看到我妈的难堪，但她极力掩饰。可我无法掩饰我的孤单，我远远跟在陆嫂子身后，她一个人孤零零地在村里行走。她安静，细碎的脚步，脑后盘着圆发髻，整个人透出一种非常安静的气氛。我被她吸引着，远远望着她，从来没感到这么孤单过，那段时间我对我妈简直憎恨至极。一个乍暖还寒的周末，我又到后坡挖野菜，站在一堆稻草垛边上，往那片渐渐泛绿的坡地望去，那里空无一人，偶尔一只什么鸟从干枯的荆棘丛扑啦啦飞起，很快消失在我的视野里，空旷的田野飘浮着清冷的空气。昔日和陆嫂子在这片坡地上说笑的情景折磨得我无比伤感。我蹲在野地里好半天，却没挖一棵野菜。直到看见一双灰格子布鞋移到我跟前，我才吃惊地站起来。她安静地站在我跟前，嘴角微微翘着，一个浅浅的笑容挂在她的脸上。我记得那一刻我心里涌起一股强烈的委屈，泪水顿时落下来。她有些吃惊，然后说："不怪你的，你总不来。"我很想对她解释几句，见她真没有半点责备我的意思，只好沉默。

我们又一起挖野菜了。那个春天的薄暮时分，我的孤单渐行渐远，一个内心充满伤痛的女人给予我巨大的慰藉，其实她并没多说什么，她身上的安静和一种静静流淌的力量使我内心获得安宁。

不久之后，我开始在村里听到关于陆嫂子的闲言碎语，男人们像狗捡拾到骨头般兴奋，女人们的态度则暧昧不清，同情，损毁，嘲讽，外地女人们集体沉默，我妈有些幸灾乐祸。我对她更冷淡

118

了，周末回家就往陆贩子家里钻，她很生气，我一直和她有种说不清道不明的隔阂。

关于陆嫂子的风言风语是这样的：这个因为男人十天半月不在家的寂寞女人，擅长勾搭男人，村里一些成家的不安分男人曾经和她在稻草垛和甘蔗地里苟合，连她两边乳房大小不一都说得一清二楚。这样的风月事情在二十多年前的农村发生是何等骇人听闻，陆嫂子在村里成为一个极神秘的女人，背后总有暧昧不清的目光像狗皮膏药般肮脏黏着。她更孤单了，偶尔和她搭话的几个外地女人也不再和她走近，我成为她唯一可以说话的人。关于这些流言蜚语，我不置可否，这不关我的事情，我喜欢和她待在一起，就这么简单。不过听见别人在背后议论她，我还是很难过的。流言蜚语在村庄里泛滥很长一段时间后，陆贩子才知道，人人都以为这个口袋里塞满钱的男人会把败坏家风的女人好好收拾一顿，然而我们却时常听见陆贩子瘆人的号啕从他家里传出来，然后就看见他满脸委屈出门，脸上濡湿的泪痕未干。陆贩子开始在家里守着女人，常常好几个月不离开村子。但那些关于陆嫂子的风月事情还是不断冒出来，花样不断翻新，陆贩子非常痛苦，他从未动过陆嫂子一根手指头。他开始喝酒，喝醉了不断捶打自己的脑袋哀号，他的哥们儿看不下去了，劝他揍女人，往死里揍，揍牲口那样，不信揍不服。陆贩子拎一个酒瓶子，朝他的杂碎朋友砸过去了。

"买来揍的吗？你们这些牲口！"他醉得双眼血红，脸上没有愤怒，只有委屈和哀伤。这个从小没了母爱的男人，也许是真心想疼爱一个女人的。多年以后回忆起陆贩子当年的隐忍，如若陆嫂子

119

安心下来过日子，也许她的人生将会很圆满。在我认为她处于最糟糕的境遇里时，不知道她是否有过悔意。

一个周日的中午，我们又在坡地见面了，陆嫂子还挖那种我不知名的野菜，一种叶子细长、叶边带毛茸茸刺齿的野菜。我蹲在她身边，忽然有种奇怪的念头。

"你若是我姐，多好。"我望着她。她戴一顶蓝色的毛线帽，和今天大街上那些时尚前卫女孩的装扮一模一样，蓝色衬着她白皙的圆脸，一把黑发缎子般披散在身后，好看极了。那时我脸上正长些令人心烦的疙瘩，非常羡慕她那张素净的脸。

"你喜欢，就叫好了。"她说，声音很轻柔地散落在柔和的春光里。我叫不出口，直到她故去，我一直叫她陆嫂子。

"你，为什么那个样子？"我犹犹豫豫地问，我想她知道我指的是什么。她抬头，目光穿越透亮的阳光，跌进坡下那条包裹着我们村庄的叫作右的江里，那条江叫右江。她什么都没说，安静地蹲在阳光里。

"陆叔很好，他不打人。"我又说，隐隐有些同情陆贩子。

"我已经有人的，"她说，"我希望他给我回家，我会给他钱。"我有些难过，不知道怎么安慰她。

"你试试嘛，那个，洗头发。"她好像也不喜欢谈这个，指着坡地边上的稻草垛。我摇摇头。

"在学校，没办法。"我也简单地说。

"你回来，洗一次就好，我帮你。"她笑着说。

"那要脏死，一个星期一次。"我说。

"不脏的，你闻闻。"她说，抓一把油黑的头发捧到我鼻子底下。我还是摇摇头，觉得只有她这样玲珑美好的女人才配得上那样精致的洗法。

因为我和陆嫂子走得近，很多对陆嫂子的事情极感兴趣的好事之徒和我套近乎，想从我这里探听到关于陆嫂子的事情。

他们挤眉弄眼地问："那只小母鸡，怎么个弄法？"

……

上初一第二学期时，我爸当上了村副主任，我妈一直没能再给他生个一儿半女，她整日愁眉不展，大把大把烧香，本地的女人渐渐接纳了她，我却感觉和她之间的距离越来越远。我们很少像我和陆嫂子之间那样聊天，就连人生的第一次生理期该怎么做，都是陆嫂子教我的，我妈在无意中撞见我熟练地叠卫生纸护垫，很长一段时间沉默得都不像是她了。她其实很孤独，只是她不肯让我知道，如若她肯把泪水和忧伤呈现给我，也许我们之间的隔阂不会那么大的。在我上初二时，村里居然开始流传我爸和陆嫂子相好的事情。很多女人幸灾乐祸，一半是看我还会不会去找那个祸水玩，一半是想看看整日把"我孩子爸"挂在嘴边的我妈怎么办。我妈极为平静，只是不爱去串门了，整天在家里收拾家务活。有一个周末回家，睡到半夜时醒来，看见一个黑乎乎的影子坐在我床边。我吓出一身冷汗，在黑暗中迅速向床角缩去。

"小妖，是妈。"那是一声哭腔，我拉了灯绳，看见她披头散发的，满脸的泪痕，我一时不知道该怎么办，心里突然剧烈疼起来。我妈面对我爸的流言蜚语，和陆贩子对陆嫂子的风月事情如出一辙，不拿当事人撒气，而是折磨自己，她动不动就躲在房间里默默流泪。那段时间我第一次觉得我妈对于我来说如此重要，她的泪水和哀伤使我意识到她才是我在这个世界上最亲近的人，彼此无可替代，我们的爱与哀愁如此息息相关。那段时间我周末回家寸步不离地跟着她，下菜地，到码头洗衣裳，做饭，然而她的笑容渐渐少了，我无法意识到人生的第一次灾难在向我逼近。我不再去找陆嫂子了，我和陆嫂子的友情遭遇第二次疏远。

第二学期快要放假时，关于我爸的流言蜚语更难堪了，对象不仅是陆嫂子，还有几个比我妈年轻的小媳妇。我爸去收电费，小媳妇们就娇了嗔了，我爸在她们的謷笑之下为她们家减不少电费，脏污不堪，对此我妈充耳不闻，从不责问我爸。那段时间我爸对我妈很客气，劝她多逛逛街，买点儿好衣服穿。她只是盼望周末我能回家，然后带我到县城给我买很多新衣服。我们在渡船上见到光叔，我妈再也不像以往那样对他热情招呼。放假之前最后一个星期，我又像以往渡船回家，因为忙于复习，我已经两个星期没回家了。在渡船上，一船的人都看着我，但并未对我说什么。到达村里的码头时，光叔泊好船，叫住我。

"小妖……"他说，把撑船的竹竿插进江里，江面的水流速很快，又要进入咆哮的丰水期了，水草丰茂的季节。然而我却迎来了生命中最为严重的一场霜雪，我的妈妈，在一个毫无征兆的早上，带上五百块钱离开家，直到现在还没回来。光叔犹犹豫豫地把我妈离家出走的事情告诉我，我扶在船栏杆上，心里疼得令我无法站稳，呼吸着略带腥味的江边空气大口大口干呕起来。

整整一个暑假，我没出门，也没和我爸说一句话，整个人处于一种悬浮般无着无落的虚慌中。我爸把出嫁的姑姑叫回来，叫她陪我，而他四处托人打听我妈的消息。我的姑姑整天给我说毫无意义的安慰话，我很讨厌这个一脸苦相的女人。我被一种深重的悔恨折磨着，我和我妈朝夕相处十几年，我从来没试图去理解过她，从来不关心她内心的伤心和想法，从来没问她的老家里还有什么人；她会不会想家，她是怎么到我们家里来的，我一概不知。我抱着她给我买的那堆新衣服，那像她的遗物，我连呼吸都是痛的。

　　准备开学时，我收拾好我的行装，乱七八糟绑在我的自行车后架子上。我爸站在我旁边，除了给我准备学费和生活费，他不知道该帮我做什么。他面目极为可憎，胡子拉碴，衣领也油腻腻的，看谁的目光都慌乱而忧愁。我和他同时都明白了，这个家其实因为我妈的存在而成为家，而我们从没珍视过她，如今，我们失去她了，谁都不知道这个家今后会变成什么样。陆嫂子这时犹犹豫豫走进我家院子，她一声不响站在我身边，站了很久，然后对我轻声说，一会儿去她家里一次。

　　"去吧。"她说，近乎哀求的口气。这个来我们村庄一年多的名声极为败坏的女人，不知怎么的，我始终恨不起她来。我来到陆贩子家里，牛马贩子又喝醉了，赤裸着上身躺在地上。只要他不出去赶牛马，他几乎是以酒为伴，并且都烂醉如泥。

　　陆嫂子给我做糯米卷，馅是拌了糖的红豆沙。

　　"吃吧！"她说，把我拉到饭桌边坐下。我坐下了，却无心吃。她陪着我默默站了一会，转身进房间拿一把梳子出来，开始给我梳头扎辫子，我背对着她默默流泪。

"我和你爸，不是他们说的那样。"她说，我倏地站起来，扯散她给我扎了一半的辫子，转身走了。

四

上初二后我极少回家。短短一个暑假，改变的事情太多了，我妈走了，我变得爱学习起来，变得沉默寡言。我不和任何一个女同学说话，好几个男同学给我递了纸条。我的个子长高不少，一头长发散乱如麻。也许心如死灰的缘故，我脸上的痘痘居然不再折腾我，我迅速成长起来，两篇作文上了市报。我对历史尤为感兴趣，几百上千年前的人类一路朝我们走来的过程充满腥风血雨。

"一个人是不是也这样，从出生到死亡的过程充满风雨？"我帮历史老师改试卷时这样问他。那个刚从师范毕业出来，比我们大不了几岁的年轻人从办公桌另一头注视我好长一段时间。之后每周两节的历史课上，历史老师的目光常常会落到我身上。

我爸开始来学校看我了，给我送零花钱，以及每月底所需交的二十四斤大米和二十三块钱的伙食费。我们站在校门口的一棵大叶榕下，有些别扭。

"缺什么吗？"他问。

"不缺。"我说。

"下周回家吗？"他照例这样问。

"不回。"我照例这样回答。

"你妈，还没消息。"他的声音低下去很多。

"我回宿舍了。"我好长时间才回答他。

很多次我进校门都碰见历史老师，他的目光充满关切，常常使我深埋心底的委屈欲喷涌而出。我真希望这一切只是一场噩梦。

初二的第一个学期，整整一个学期我都没回家，偶尔我会想到陆嫂子。除了上课和必要的复习，大部分时间我都耗在历史老师借给我的秦汉三晋南北隋唐宋元明清中。放寒假回家时，我才知道陆嫂子被陆贩子赶走了，据说她勾引到大伯哥的头上，也就是陆贩子的大哥，被家嫂拿住了。没牙的老爹无脸见人，胳膊弯里绕一圈麻绳，动不动就要上吊。陆贩子再三考虑，叫她卷了衣物走人。光叔在渡船上对我说这些，假如我能早几个星期回来，还能见她一面的。他说他给她两百块钱，那天渡她出去，一船就她一个人，很多外地媳妇站在码头望着她，但没有谁和她道别，她走得很高兴，不知道能不能找到回家的路。

我在光叔的船上待了很久，甚至在他的船舱里睡了一个午觉。冬天的江面极为湿冷，我被冻醒了，光叔的被子很潮，散发着一股霉味。他的枕头下有一抹蓝色露出来，在杂乱的船舱里像一缕天光一样鲜亮，我拽出来一看，是一顶蓝色的毛线帽子，如此熟悉，还带着淡淡的稻灰香味。

我妈成为我们村第一个离家出走的外地女人，陆嫂子成为我们村第一个被赶出岛的女人。两个和我密切相关的女人相续离而我去了，我被孤独包裹得如此彻底。推着自行车往家里走时，迎面碰见的外地媳妇朝我露出令我厌恶的善意微笑。我没在家待几天，从我爸的衣袋里摸了五十块钱就离开家了。我没地方可去，在街上溜了一圈，又回到学校里。我们的学校其实是在县城郊区，被一大片稻田包围其中，一堵围墙把学校和稻田隔开。在主教学楼围墙外，还有一口很大的荷花塘，如今一池破败，满塘枯槁残荷。单身教师的宿舍就在荷塘往里不远，他们宿舍的后门直接从围墙上开出来，那些上了猪肝色油漆的小木门像一只只忧伤的眼睛。

我记得那天下午的天空灰蒙蒙的，稻田已经收割过了，放眼望去是一片灰白色的稻秆，偶尔一只羽翼黑色的鸟从稻秆中扑腾起来，搅动清冷的空气飞远了。我站在枯败的荷塘边，空虚而哀伤，心情糟糕得无法收拾，泪水肆意横流。

那年我十四岁，一个在悲伤中迅速成长起来的少女。我的历史老师，一个性情温和的男人把我迎进了他的单身宿舍，我在他的宿舍里待了整整一个星期。历史老师是贵州人，离家远，放假也不回去。我们小声说话小声地笑，其实周边宿舍的本地老师早就锁门回城里或乡下去了，很快就要过年了。我并不觉得我的行为有什么不对，我们彼此需要，至少我需要他——我多么需要他，他像一个牧羊人安抚受伤的羊羔一样安抚我。

一个星期后，我回家取换洗的衣服。在孤岛般的村庄对岸等待光叔的渡船时，村里很多人朝我模模糊糊地笑。自从我妈离家出走后，我已经习惯这样的笑了。直到我进家时看见一个陌生的腰身细长的女人扫地，我才知道他们的笑已经不再和我妈离家出走有关了。我们互相对望着，我有些惊愕，只是惊愕，没有伤心和愤怒。那个女人对我挤出一个有些不知所措的笑容，我看见一缕怯意夹在她的笑里。

"是小妖吧？"她放下扫帚，过来要帮我扶好自行车。嘿，本地人，不晓得我爸这次花多少钱为自己娶了个本地女人。我把自行车停在屋檐下，我爸这时候从屋里出来了，他变得精神不少，连皮鞋都穿上了，他的表情也和屋里的陌生女人一样，有些不知所措。我离开家的这个星期，他根本就没找过我，也许连着急都不曾有，他完全沉浸在他的新婚里。腰身细长的女人转身进厨房，我听见她刷洗锅头的声音，便面无表情地进了我的房间。我爸跟进来，坐在我的床边，看我翻找衣服，一会儿后他说："她不敢对你不好的。"

"你知道我这几天在哪里干什么吗？"我说。

"你不是去同学那里吗？"他说。

"你知道是男同学还是女同学吗？"我又说。

他半天没吭声。

"我要钱。"我说，站在幽暗的箱子边。他低下头摸索裤袋，然后抬头看我："你还要出去？"

"我会回来要学费的。"我答非所问地对他说，我感觉再也无法从他那里得到更多的关爱了，也许花钱能让他感觉到我的存在。他给了我五十块钱，我的口袋里差不多有一百块钱，一笔寂寞的巨款。

那年春节我没回家，我把那些钱给了历史老师，我们在他的宿舍过了一个很温馨的年。历史老师还带我到另外一个小县城给我买了一身新衣服，他说过年孩子要穿新衣服的。我喜欢他把我当成孩子，尽管他每天都会叫我吞服一粒半颗米粒大小的白色药丸，那药会让我早上有些头晕。

　　大年初一晚上，我们骑单车到大街上，想看看节日的夜晚县城人是怎么过的。那天晚上很冷，不过还是有很多年轻人，一堆堆聚在一起，看到女孩子就朝她们扔鞭炮，惹得她们发出一阵阵尖叫。她们都穿得很光鲜，像高中生一样的女孩子，和她们相比，我只是一个幼稚可笑的小女孩。我紧张兮兮地拽住历史老师的袖子，惹得他直发笑。我们骑着自行车在大街小巷游荡，甚至窄小的巷子也没放过。历史老师故意贴着墙壁骑单车，我的双脚几乎就要碰到墙壁上了，我发出一阵阵惊恐而兴奋的尖叫。那天晚上的公园门口热闹极了，张灯结彩，很明亮。那时候的公园还收门票，五毛钱一张，但那晚的公园是开放的，却没有几个人进去。很多年轻人聚集在公园门口，等女孩们经过时朝她们扔鞭炮，很多人站在一边瞧热闹。我和历史老师站在人群外围，我的手插在他的牛仔服口袋里，无论谁看都是一个哥哥带家妹瞧热闹的样子。站在人群边上，我有一种奇怪感觉，似乎被谁盯着，我朝四周望望，没发现一个我熟悉的人。我并不怕被熟人瞧见我和历史老师待在一起，但那种感觉令我不舒服。我的目光在人群中努力搜寻着，终于在一群人的阴影里看见了她——陆嫂子！她穿得很厚，又戴蓝色毛线帽子了——简直不知道她有多少顶蓝色毛线帽子，一条麻花辫子垂在胸前。我们的目光在人缝之间曲折相遇了，我愣了一下，然后穿过人群飞快朝她走过去。我心里犹如有一股激流在流淌，巨大的委屈汹涌而来，那个娇小的女人使我有一种亲人般的温暖。

　　"你在这里？那个男人是谁？"她劈头就问，亲人一样。

我一把捏住她垂在胸前的大辫子，眼泪扑簌而落。

"你没回家吗？"我抽抽搭搭问她，像找到一个失散的亲人。

"没的。"她简单地说，目光依旧在寻找那个和我站在一起的人。我的历史老师不敢过来，担心我碰到家里人。

"你住在哪里？我要跟你去的。"我说，担心会被她拒绝。

陆嫂子把我拽住她辫子的手拉下来，褪下我的手套，我立刻碰到她冰凉的手。

"你怎么不在家？你妈回来了吗？"她没答应我的要求。

"我妈不要我了。"我说，第一次在人前承认这个残酷的事实。

她低下头，抚弄我散乱的长发，然后又往我身后望了一眼。

"他是我的老师，我住在他那里，我不想回家。"我对她毫不隐瞒，她沉默了一会，告诉我明天中午我们在这里见面。

那天晚上我和历史老师说很多关于陆嫂子的事，还把我妈离家出走的事情也告诉他，之前我一直说是和家里赌气出来的，其实他早就从本村的同学那里听说我的家事了。

第二天中午我和陆嫂子在公园门口见面，我手里提着一个塑料袋子，里面是几件换洗衣服，我打定主意要和她住在一起。

陆嫂子的小屋在一条窄小的巷子里，两边是林立的居民楼房，四五层楼高，抬头只见一线天。她的屋子是一栋居民楼里其中一间带卫生间的单间。后来我才知道这是一条在县城几乎是公开的皮肉巷子，没有门路挣钱的农村妇女租下某栋居民楼的某一间单间，为来城里长年务工的单身男人和口袋里有几块退休金的不正经的老男人服务……

我坐在她床边，把我的衣服拿出来开心地甩到床上。陆嫂子瘦了很多，原本就小的脸更小，她戴着蓝色细毛线帽子时，那模样说她是个初一女生都没人怀疑。后来我知道她比我大八岁，那年我十四岁，她二十二岁。她在一个小电炉上给我热饭菜，我看见两副碗筷搁在一张小圆桌上，整栋楼静悄悄的。

　　"都回家了。"陆嫂子说，给我舀鸡汤。我从床上挪过去坐在她身边，把手伸进她的胳膊肘里。

　　"我来和你住吧，你做什么我就做什么。"我对她说着梦话。

　　她把一碗鸡汤递给我，我从她的眼里看出她对我们重逢的欢喜。

　　"行不行呀？"我吹着鸡汤追问她。

　　"你要上学的。"她绕到我身后，拿下我的毛线帽给我编辫子。

　　"放假呀，比如现在。我不想回家，我爸又娶了新老婆。"我说，陆嫂子的双手在我的头上顿了一会。

　　"那要把读书好，读好才能离开家。"她说。

　　"嗯。"我埋头喝汤。

　　那天中午过后，我们躺在她的小床上聊天，她一直问我和历史老师的事情，很担忧的样子。然后她对我说，她们那边像我这样大的女孩子结婚的也有，她们是没书读，我有，应该先把书读好，不要急着嫁人。我哈哈大笑，几乎要翻到她的身上了，我说我没想嫁人呀。她一下子坐起来，吃惊地瞪着我。

　　"我只是住在他那里的。"我说。

　　"你傻呀你。"她戳着我的额头。

她没给我住在她那里，晚饭过后她又叫我回家了，我赌气收拾散乱的衣服，没跟她说一句话就走了。她紧紧跟在我身后，一直出了小巷子，她才拉住我。她哭了。

"不是不给你住，我那里，不干净。"她说，很伤心，我一下子心软了。我们在小巷口道别，她不再叫我回家，她知道我一定会回到历史老师那里去的。

很多年后，我对历史老师，这个性情温和的男人依然充满感恩。在他的鼓励下，初二第二个学期我开始非常努力学习，成绩不断提高，和同学们更加疏远了。历史老师和陆嫂子填满了我的生活，孤岛上的那个家几乎被我遗忘。初二放暑假时回家，那个女人细长的腰身已经粗壮了很多。

五

我一直叫这个和我同床共枕七年的男人为大哥，比我大十五岁，只在他需要我尽妻子之责时，我才模模糊糊感觉到自己是他老婆。我需要他明确的生活目标，安稳地挣钱，有事情时他站在我的面前。我需要这些，我如此害怕一个人面对无常的生活。现在，那种被抛弃的感觉又如此强烈地占据我，这种感觉在我妈离家出走后曾经几乎击垮了我……我软弱的泪水在公子哥面前肆意横流起来，他端一大盘西红柿炒鸡蛋坐在我面前，嘴巴里的吧唧声令人烦躁，板寸头上至少有四种颜色，牛仔裤破洞百出，他二十二岁了。

"擦，你流泪有什么用？"公子哥说，"要砍哪个你说！"街痞子的流氓豪气出来了，如此强悍，这个世界如此强悍。我摸摸我的包包，里面这把骨灰，在举目无亲的异地，如何在这个强悍的世界里活着。二十几年来我一直视如亲人的她，她的悲伤和软弱我又理解多少。包括我杳无音讯的母亲，如今她们全都在我的生活里消失得干干净净了。

我换了衣服从房间里出来，开始拖地板。我从来不用拖把拖地板，一桶清水，一块旧毛巾，或蹲或跪着，擦拭每一个角落每一寸地板。这个一百二十平米的家，我如此熟悉它的每一块地板砖。我拧了毛巾，流着泪开始擦地板。公子哥蹲在我身边，跟着我往后挪。

"啧啧，"他吧唧着嘴巴，"你老公被人挖了吧？"

我忽地直起身，打掉他手里的西红柿炒鸡蛋盘子。

"我擦，信不信老子端你！"公子哥愣了一下，暴跳起来，我从地上爬起来，冲进厨房拎了把菜刀，公子哥嚎叫一声夺门而出了，很狼狈地挂一身破洞奔下楼。

我哭了起来，我其实并不想把他怎么样，我只是想把菜刀拿给他，想看他怎么对我下手，难道可以随便端人吗？

我把她从包里拿出来，放在茶几上。她从来没来过我家，我邀请数次，她不来。我继续收拾家，扫掉碎瓷片，捡起鸡蛋和西红柿，然后继续跪在地板上擦地。这个房子安放了我七年，我不能使它蒙着肮脏和污垢。

"你会怎么办？"我对她说。

"你为什么不回家？"我问她。

"我想回，你说哪里是我家？"我继续流泪。

我在文化单位上班，可有可无的一个小职员，不和谁好，也不和谁不好。很多同事知道我有陆嫂子这么一位奇怪亲戚，没有任何祖宗根源可追溯。在这弹丸般的小县城里，他们知道陆嫂子摆油条摊子，实际上是个半明半暗的妓，有好多个固定老相好，亦女儿亦女人地宠着她，每月给她点钱，令她难以置信地在这个混账地方活着，活那么多年。

整个初三，除了在学校里，我几乎都在历史老师和陆嫂子那里过。初三的复习特别紧，假期被补课占去大半时间，这倒让我高兴，可以不必回那座令我伤心的孤岛。

1995年，我顺利上了中师，我从没想到过此生会有这样的福报，这在我们村成为一件了不起的大事，我爸忽然有了一个四年后将会有国家工资领的女儿。开学时他摆了好几桌酒宴，我却渡船出岛，找那两个和我没有半点血缘关系，却是我生命中不可或缺的亲人。我们在一家贵州人开的小饭馆里吃了一顿颇为丰盛的饭，陆嫂子请的。她在我上中师三年后买了一小套旧房，一房一厅，三十来平米。她毫无忌讳地告诉我，几位老哥给她凑了点钱，加上她的积蓄买下了。小房子布置很简单，锅碗瓢盆饭桌椅和一张木板床，其他没有了。我摸摸她刚刷了白石灰粉的墙壁，很心酸。

中师毕业后，我和陆嫂子的关系又疏远了。我在离县城差不多一个小时车程的乡镇中心小学当一名音画老师。出来参加工作后，我对母亲的想念几乎和她当初突然离家出走时带给我的打击一样，足以击垮我，我不知道这种无端的想念因何而来，也许来自于骨肉的本能。我念着关于她的点点滴滴，她喜欢吃的野菜，她努力要融入这个自以为可以安身立命一辈子的异乡，她费尽心思讨好每一个人，却几乎没责骂过我。在很长一段时间里，我居然对这个本该感恩的女人怀着莫名的怨气，深重的自责和悔恨折磨得我寝食难安。我无数次回家询问关于母亲的一切相关事情，我爸居然也不知道她老家的具体地址。

"她是陕西人。"他背着他六岁的儿子，淡淡地说。我感觉他对我隐瞒关于母亲的一些事情，我们为此大吵一架。有两年时间，我没回过那座孤岛上的家。对母亲的思念使我痛不欲生，我一次次回到历史老师那里寻找慰藉。那段时间我的性情变得连历史老师都难以接受，但他默默包容我。有一次他试探着和我说起我们的婚事，我勃然大怒，告诉他死了和我结婚的念头。一年后他有了女朋友，我很平静地接受了。

我多方打听寻找母亲有四年之久，因为事情过得太久，没有半点音讯。我在乡下中心小学当了五年音画老师后，文化馆把我调上来画舞台布景。陆嫂子已经不再炸油条，她在菜市场租了一个摊子贩卖莲藕，还和一些老不正经的老头来往。好几次我在菜市场买菜，远远地看见她坐在菜摊子里，张望来来往往买菜的人。有一次我隔着老远被她发现了，她连忙抓起几截莲藕穿过人群朝我疾步走来。

"小妖，小妖，你等等，等等呀！"她的呼唤声从人缝中追上我，紧贴着我的后背，我赶紧钻进人群里。陆嫂子大概不放心摊子，没再追上来，在人群里偶然回头，看见娇小的她拿着几截莲藕，极为失望地站在人群里朝我消失的地方张望。其实文化馆离她住的地方不远，步行过去十几分钟就到了。我想到当年关于她和我爸的流言蜚语，对她产生隐隐恨意。

这样恶劣的心情一直到我二十八岁遇见我的丈夫。历史老师那时候已经结婚了，我好几年没回家，和陆嫂子也彻底断了联系。我感觉自己就是一座孤岛。我在超市买东西时因为疏忽忘带钱包，排在我身后的男人替我解了燃眉之急。后来他说，他在身后看见我的及腰长发，突然心生爱怜。也许我们初见就在彼此心中为对方定位了，他的情感成分里多半当我是女儿或家妹，而我亦是需要他这样的兄长；历史老师于我，又何尝不像是兄长？我不确定自己是否弄懂了爱情。交往半年后，我从文化馆给我安排的一个杂物房里搬出来，住到他那里。我们领了证，但没举办婚礼。公子哥后来跟我说，我看起来很像白痴，也许就是我的白痴相让我在他那里艰难过关了。

六

一年前，我和陆嫂子又有联系了，光叔来文化馆找过我几次，说陆嫂子想见我，她的身体不太好。他一直没结婚，不知道他和陆嫂子怎么又联系上了。光叔站在文化馆门外，他老了许多，依然为村人撑渡。

文化馆外有一株很高大的扁桃树，开满米粒大小的淡粉色小花，刚下一场雨，地上满是落花，很多毛毛虫爬在那些落花上。有一只毛毛虫被我踩死了，涂了一小摊黏糊糊的绿色尸水。

135

"我在找我妈。"我对他说。

他点点头。"你妈那天走得很平常，像去赶集，我没想到她会不回来的。"他说，"陆嫂子很想念你，她身体不太好，她不敢来找你。"我看了他一眼，突然很烦躁，不明白我为什么要和这些人搅在一起。我们身上相似的孤独和悲伤叠加在一起后被放大了，我不想再和这些人搅和了。

我淡淡地说："我有事情要做的。"光叔默不作声，然后走了。

而一年前，我已经开始为我的婚姻忧心了，我丈夫频频向我说一些无聊的谎言，常常几天不回家。我每天下班回来煮好饭，给他发条信息，回家吃饭吗？他有时回信息，有时不回，只有我和公子哥吃饭。公子哥似乎也觉察到我和他父亲之间出了问题，但我们什么都没交流，对这对父子，我有些心灰意懒了。陆嫂子又一次成为在我遭遇生活打击时给予我慰藉的亲人。再一次走进她家里，我们相互望着彼此，什么都没说，然后她就进厨房给我煮汤圆了。她在厨房流泪，我看见她擦眼泪时抬起的手臂，而我倚在厨房门口哭泣。

我流着泪水吃汤圆，她变得更瘦了，脸色隐隐透出一股黑黄。我看见饭桌上散落着几板甘草酸苷片，她说没什么，只是累了，肝气不顺。她静静看着我吃汤圆。

"怎么还不生个娃，也许我还能来得及给你带几天。"她说。她的话触及我的隐痛，使我无暇多想来得及是什么意思，我的泪水愈发汹涌了。她坐在我身边，拍拍我的后背，有一点责怪我。

"结婚也不告诉我。"她站起来，进房间去了，一会儿拿出来一个红色缎子盒子。"这几年想着给你，你总也不来，以为你过得好忘记嫂子了。"她把盒子放在我面前，我打开看见一条金手链，很精致。

"别嫌弃，嫂子给你的嫁妆。"她笑。这条精致的金手链成为我唯一的嫁妆，不是我的父母给的，也不是我曾经身心交付的历史老师给的，而是一个在我生命中不知道扮演什么角色，但无疑对我来说极为重要的女人给的。我坐在那张面色斑驳的饭桌前，把婚姻里的种种委屈和隐忍向她倾诉，她静静听着，偶尔充满温情地和我对望一眼。倾诉成为我以后往她那里跑的主要原因，我无暇顾及她越来越暗淡的脸色和饭桌上越来越多的药片。有时候去她那里，会碰见光叔，也会碰见不同面孔的老人。我敲门进去，陆嫂子就把他们送走了。有一次我见她气色实在不好，也吃不下饭，想起她爱吃的野菜，特意跑回去到后坡挖了一大把鲜嫩的带给她，谁知她一把扔掉了。她有些羞涩地告诉我，这东西吃了怀不上娃的，如今她不需要吃了。我惊讶地看她好久，她说在她们那边，女娃娃来了初潮后，母亲们都会告诉她们这种野菜的作用。

我最后一次见她是在年前，快要过年时，我给她送去一些单位发的福利，糖果饼干，一箱水果和几包粉丝，还有一副喜气洋洋的对联。她安静地坐在饭桌边看着我把东西搬进来。

"过年你能来陪嫂子吃顿饭，比什么都强。"她笑着说。我感到很心酸，不知道这么多年她一个人是怎么过的。但我没法答应她，忍着愧疚跟她开玩笑："你还缺人陪吃饭呀？"她也笑起来。我替她关上家门时，站在门外心如刀割。

我要买年货送回孤岛上的家，要打扫名存实亡的城里的这个

137

家，公子哥的年夜饭也要做好给他，我一次次忽略了最不该忽略的她，负了最不该负的人。公子哥最近变得很沉默，身后的喽啰们不见了，整天闷在家里，我在家时偶尔会可怜巴巴地瞧我一眼，像只受伤的小兽，还突然迷恋上收集各种各样的骷髅玩意儿，整天奔下楼收快递。他网购了大量的骷髅，木雕的，铁的，铜的，有钢笔帽大小的，也有锅盖大的，挂满他房间的墙壁。他置身那堆不可思议的骷髅当中，一天到晚不说话，只玩电脑。我知道他从我包里拿过钱，每次两三百，五十块也要过。我知道他并不缺钱，他老子对他一向是开口必应的。他好像只是想引起我的注意，指望我能说点什么。我们很久没说话了。

年夜饭只有我和公子哥一起吃，公子哥闷头吃了很多，还开了冰冻啤酒。

"喝一点？"他朝我晃晃酒瓶，我摇摇头。

"你们怎么了？"他问我。我瞧着他，也许该告诉他，他已经不小了，这事也跟他有关的。

"你怎么不问问你爸？"我说。

"我问你呢。"他说。我顿时打消了想和他交流的想法，他说话的口气带有不可置疑的优越性。我望了他一眼，埋头吃饭了。我打算吃完后去看看陆嫂子，不能陪她吃年夜饭，陪她看看电视也能给她点安慰吧。然而我还没吃完，光叔就给我打电话了，说家里出了事，叫我赶紧回家一趟，他已经在河边等我了。

我爸那天脑溢血，送医院及时，才捡回一条命，从此半边瘫了。我同父异母的弟弟年三十晚溺水身亡，我爸受不了这刺激，在江边突然晕倒。他在医院住院的时间倒不长，很快就出院了。他歪唇斜眼，口水横流，然而并非完全无意识。我坐在他身边，他就打盹，我要站起来，他就醒了，费劲地睁开眼睛，朝我颤颤巍巍伸手，拽住我的胳膊。我推开他的手，站起来，他便像坐在麦芒上，使劲扭曲他的身体，喊一些谁都听不懂的话，朝我瞪眼睛，我只好重新坐下。我不知道他怎么一下子就黏上我了，继母要给他换掉尿湿的裤子，被他推开了，傻人使蛮力，继母有时候趔趄得要摔倒。不过我也有办法治他，我找根棍子来，在他面前甩了甩，他马上缩着脖子安静了，惊恐地看着我，搭在轮椅扶手上的两只手微微颤抖。他这副样子几乎让我心碎，我们之间冰冻已久的亲情就这样一点点被瓦解了。我爸最多能忍受两天见不到我，两天后他就开始打那些试图靠近他的人，我频繁在单位和那座孤岛之间疲于奔命，城里的家和陆嫂子那里无暇顾及了。

直到今天，她待在我的包包里，很安静，再也不打算离开我的模样，极像我的孩子。

我打算带她回去一次，这是她的遗愿。她老家的地址我从历史老师那里打听到了。他们是老乡，一些话不便和我交流，但他们之间有交流。历史老师给我提供了大概的地址，在我出发之前又找那边的熟人在贵阳等我——我需要带路的人。

"你知道她为什么不回家吗？"我拍拍我的包包问历史老师，这个性情温和的男人不见老，变得更温和了，结婚后学会了抽烟，如今是教委办的主任；他的妻子是一位县领导的女儿，右脚有些轻微地摆，性子也很温和。临出发贵州之前，他送我到车站，抽了几支烟后，开玩笑地说："小妖，你一直是个坚强的孩子，一些人事，你不一定非得理解，但必须面对。"我点了点头。我们在车站聊了好一会，我几乎就要放弃这趟行程了，他劝了我，该完成她的遗愿，我只好上车。其实已经没必要再去了，真的没必要，于她，那里早已不是能给予她庇护的家了。一路很顺利。从贵阳四个小时到县里，县里三个小时到乡里，坐乡里的手扶拖拉机四十分钟就到一个叫香杉的屯子。顺利，但并不是说路好走，往屯子的路是人工劈出来的山路，极小的一条碎石带子。司机一路鸣喇叭，好让迎面而来的车提早知道会车，能及时找块稍微宽敞的地儿避让。一路上我在心里不断和她说话，告诉她到什么地方了，如今是什么样子，问她当年是什么样子。一路来折腾了三天，得等车。不知道当年她从这里出发到我们那座孤岛，走了多少天。那时候应该没有这条山路，没有拖拉机，乡里也不知道有没有班车到县里。她走过的是怎样一条路，路上是如何挣扎，我一无所知。

陪我的人我让他在乡里等我，他送我上拖拉机时，犹豫着提醒我，要不要买一点东西回去，我摇摇头。他好心地笑了笑。

她的父亲叫李逯，母亲叫韦万芳，一对双胞胎兄弟，脸上是一样的表情，满面笑容，开朗，连额头上的皱纹也是一样的，呈一个横着的川字。看起来他们的日子相当不错，都成家了，每人两间瓦房，一对儿女，媳妇们都相当精明，两个老人单独过，也是一间瓦房，都六十出头了。我在不大的村子里转了一圈，看到两栋夹杂在村子中间破败不堪的茅草房，其中一栋几乎坍塌的屋顶破了一个大洞，另外一栋则倒了一面墙壁，站在屋前看见里面长了杂草。她的两个兄弟跟着，说这都是几十年前的房子了，当年他们的姐姐还在时村里全是这样的房子。如今这屋人全到外边谋生去了，家也搬走了，只剩祖坟留在村里。我点点头，问他们当时他们家穷成什么样子。我知道这样问有些刻薄，但还是忍不住问了。"穷么，"兄弟中的一个说，"不然也舍不得我姐去那么远的地方。"我默不作声，我以为他们不知道，他们知道，只有她不知道，当时。在村里转了一圈后回到两个老人的瓦房里，一大家人围着我。

我跟他们说我是广西来的，她是我的家嫂。

"你说是广西来，我就知道了，这女子竟然摊上好人家。"老妇人很健谈，很瘦，脸上棱角分明，嘴唇很薄，刻薄相貌。我不知道我对她的评价是否过于主观，老妇人上下打量我，大概有我这样的小姑，嫂子过得应该不错的。

"当年她挂了电话到乡里，转好几趟才找到我，那时候么，连路都是没有的，不方便。她哭哭啼啼说要回来，我一口回绝了，回来我们拿什么还给人家，兄弟俩要吃饭要上学的。感情这东西，处久了不就出来了嘛。"老妇人相当得意，老头蹲在她旁边，一直盯着地面，黧黑的脸像雕塑一样静，看不出是悲伤还是高兴。老妇人当年大概认为她是要偷偷逃跑回来的，一口回绝异乡求助的女儿，她于是明白了她的宿命。

"如今她好吧？日子好过也不回来瞧瞧她这些兄弟，忘掉爹妈了。"老妇人说，口气有些埋怨，不过神情是欢喜的。

"好的。"我点点头。坐在我对面的是她那对牵挂的兄弟，他们一直笑着看我，很和善的一对兄弟。我无法想象如若我把包里的她拿出来，这一家人会怎么样。

我没坐很久，留下点儿钱就告辞了。两个兄弟一人一边拽住我的胳膊，说家里的女人把鸡杀了，无论如何也要吃完再走。我还是坚持走了，我吃不下这样的饭菜。

老头跟着我，暴喝一声，把欲送我的老妇人喝住了，也把我吓了一跳，他一直不怎么说话的。他坚持要送我，其实村子很小，出村口上一个土坡，就可到路边等拖拉机回乡里了。和我站在路口等拖拉机时，老头突然蹲到地上抱头痛哭起来。我从没见过老人这么哭过，我看见他慢慢涨红起来的额头和脖子，不知该怎么安慰他。最后我把包包递给他，叫他帮我拿着，我到路边一块种油茶的山坡地里去了，在里面抽了三根烟才出来。

我得带她回去，她只想回来看一眼，仅此而已，我不知道这两个回哪一个对她更有意义。这个地方，自己亲娘亲手把她卖掉的地方，她仅仅只想看一眼，她不愿意再回到这里。

我从老头手里接过我的包包，拦下一辆拖拉机，上去了。老头踉踉跄跄跟着追了几步，朝我挥挥手，我也朝他挥挥手。

我们不再回来了，我们永远在一起。我对她说。

七

回到家时，我发现衣橱里少了好多我丈夫的衣服，我突然感到一种尘埃落定般的轻松，从此就我和她，也挺好。我平静地走进厨房，想给自己下碗面条。我敲敲公子哥敲着的房门，那里头又增添了不少骷髅，好笑的是他居然弄来颜料，给那些骷髅一律涂抹上阴森森的暗绿色，不知道他在想什么。他转过皮椅，面对着我。

"吃面吗？"我笑着问。好吧，我们即将不再是一家人了，应该客客气气的。

"吃吧。"他点点头。

我进了厨房。我们的厨房装的是欧派橱柜，姜黄色的，不过我并不喜欢蒋雯丽"有家有爱有欧派"的广告，没那么简单的。

我烧开水，把清水面放进去，水再次开时把面条捞出来放进清水里。再重新烧水，水开时把打散放了调料的蛋花放进去，把面条放进去，切了葱花末，起锅前放进去，一锅香喷喷的鸡蛋葱花面条就好了。我自己盛了一碗，端到客厅。公子哥从卫生间出来，我听见马桶抽水的声音。

真好，能吃能拉，这孩子不用愁的，青春期叛逆，很正常。

我看见他从卫生间出来，顿时僵住了。他手里拿着那个油亮的琥珀色盒子——她待的盒子，公子哥端在手里，盖子打开，朝下在手上磕了磕。

"你包里这盒子好看，赏我吧，装我的骷髅们。擦，里面是什么鬼粉，你擦脸的散粉吗？一盒骨头渣子！"他朝我晃晃盒子。

我端着面碗，感觉有种急速向下坠的眩晕。

"东西呢？"我无比虚弱地问，抱着一丝希望。

"倒了，马桶抽水冲了。"他说。我手里的面碗应声落地。我失魂落魄地进了房间，坐在床边，我发现膝盖上的两只手神经质一样抖起来，我握紧了双手，整个人却抖起来，我使劲用双臂把自己

143

箍紧，身体却痛起来，说不出具体哪里疼，手，脚，眼睛，或者别的什么地方，那痛令人五脏俱焚。我有种想呕吐的感觉，冲进卫生间，马上又冲出来，跑进厨房，埋在洗碗槽里红头涨脸干呕。我觉得无法再在这个家待下去了，一分钟都不愿。我找来皮箱，心急火燎地收拾衣物。我发现我的东西其实很少，一口皮箱装满，一个大纸袋装进去几双鞋，这个家几乎就没有我的痕迹，阳台那些花们暂时无法带走，不过我不会丢下它们的。那个空骨灰盒我也带走了。

我搬了两次才把皮箱和纸袋搬到楼底下。

是的，我回到了陆嫂子留下的那套小房间里。她的衣物，她用过的饭碗筷子，喝水的杯子，饭桌上散落的药片，都在。我在阳台上发现几团她的头发，她把落发卷成拇指大小的小团子，塞在一个割开了口子的矿泉水瓶里，有好几卷。握着那只矿泉水瓶子，我身上的痛才一点点散去。

我开始收拾房间，把她的衣物收起来，整理好放进我的皮箱里，然后把我的衣服挂进她衣柜里。这里将暂时是我的家了。

我给我的丈夫发了条信息，告诉他我已经搬走了，若他愿意，随时可以解决他迫不及待想解决的事情。信息发出去后，我感到一阵钝痛从心底蔓延而来，我们无能为力的事情宛如数不尽的忧伤。

夜晚已经来到阳台上了，我打开屋里所有的灯，感觉有些昏暗。我打算明天换瓦数更大的节能灯，使屋里更明亮些，尽可能照亮那些阴凉的角落。

我进了厨房，开始准备我们的晚饭——和李姐姐的饭。我觉得她依然存在这间房子里，她叫李寻暖，享年四十四岁。

灿的葡萄

灿坐在后院菜园里的矮凳上，手里捏一只被摔得掉漆斑斑的口盅，里面有一小半炒玉米，搁了盐巴炒的老玉米。这是他们家今天白天的下饭菜，炒玉米送玉米粥，真滑稽。眼下临近傍晚了，剩下小半碗，妈全倒进口盅里，然后把灿赶到厨房后的菜园子来，叫她把早上放出去的那窝鸡仔唤回来。

"十八只，听见没？"妈说。

妈也许忘了灿才六岁多一点，得过完这个夏天，到秋天才能上学。不过她的个子倒是比同龄人要高出差不多一头，看起来相当健壮。虽然上小学五年级的哥平时教她一些简单的数数，但灿只能从一数到十。哥一直想要一双跑鞋，是跑鞋，不是球鞋。他和灿比画，尽管灿分不清跑鞋和球鞋有什么区别。哥说他们班的男同学上

145

体育课全都穿跑鞋，只有他还穿回力牌球鞋，像个女生一样，难看死了。哥不敢和妈说，任何吃穿用度上的要求，都会遭到妈一顿责骂。他在偷偷积攒废铜烂铁和破胶鞋，甚至积攒到一只鸭的毛——那是端午节赵巫婆家里杀了鸭，哥帮她拔鸭毛换来的。赵巫婆双眼不济，那些细小绒毛总是能蒙混过关，偏偏她是个讲究婆子，按照她的话——属于半仙的人——怎么能腌臢！腌臢，妈会说是齷龊，灿倒是喜欢赵巫婆说话的方式，不过有时候她并不完全听得懂半仙的话。哥帮她做一些需要好眼力的细碎活儿，当然，每次都有点儿好东西回报的，比如饼干、瓜果，灿能尝到不少。哥向来很疼爱她，哥只比灿大五岁，可在灿眼里，哥已经是个令她敬佩的大人了。端午节时哥提出要那只鸭的毛，赵巫婆抖搂抖搂湿淋淋的塑料布，把鸭毛包好给了哥。

"能卖两块五毛钱！你这个精灵鬼。"赵巫婆说。灿站在旁边，她担心赵巫婆会提出额外要求，比如叫哥帮她搬柴火，打一捆猪草等等，毕竟两块五毛钱真是太多了。还好，赵巫婆是心甘情愿给的，没叫哥再干别的活儿，灿因此觉得这婆子是个挺好心的人，并不像妈说的那样是"满脸鬼气的老婆子"。哥把积攒的可以卖掉换钱的东西藏在家里米罐子边的一个死角落里，包括那已经晒干的鸭毛。

今天整整大半天，妈一直带灿在花生地里拔草。妈蹲在茂密的花生丛里，把花生根下的杂草拔掉，甩到地头，灿负责把杂草捡拾到两只竹筐里，留给妈挑回家喂猪。灿很累，两只手背被镰刀草割了不少细长的口子，汗水浸过后火辣辣地疼。她没告诉妈。六岁多的灿已经学会对很多事情沉默了。她捏着口盅坐在那里，嘴里咕咕咕地叫唤。芦花母鸡在菜园子边的稻草垛下领着一群毛茸茸的鸡仔觅食，它们对灿的叫唤充耳不闻，灿于是住嘴了，疲惫地往嘴里塞一粒粒冷硬的玉米，她的两只胳膊酸软得都快抬不起了。稻草垛边上有一个深坑，足以埋下厨房里那口大水缸。原来那儿有一棵高大的小叶榕，夏季可以遮阴大半个菜园子，各色鸟儿把窝安在小叶榕的枝丫上，每天早上闹得不可开交。灿和哥很喜欢这些鸟儿，顺带也喜欢上这棵小叶榕了。可妈不喜欢，她早就想干掉这棵小叶榕了。当地有句话：榕树不容人。妈稍微有不顺心的事情，小叶榕就得承受她所有的唠叨和埋怨。真不简单啊，因为妈不顺心的事情太多了，几乎天天都有，假如失去小叶榕，很有可能那些没完没了的埋怨就得灿和哥来买账了，灿因此很为小叶榕担心。还好，妈一个人没法弄掉这棵硕大无朋的小叶榕。有一天，也就是去年夏天时，村里来了一个劁猪的刀条脸男人，瘦小个子，一双精明的小眼睛总是不安分地东张西望。他不仅劁猪，牛马鸡狗都劁。"主要是劁猪。"他这么说。那天村里倒有一户人家给他劁了十二只猪崽子，刀条脸说初来贵村，半价的，只收了些药水费。灿和许多人看见他把猪崽子一头一头绑在门板上，像人一样仰躺着，往猪崽子两条后腿之间稍微往前的肚皮上抹了些黄褐色的药水，小刀子就割上去了。灿惊恐地捂住双眼，那猪崽子看来必死无疑的，她想。不过很快的，猪崽子就被刀条脸收拾完了，重新放到地上时，它还低声哼哼，只是没刚才上门板前的欢实了，变得一副老成持重的模样。

"看到吧？把小东西贪欢的根子拿掉了，往后它只知道吃喝睡觉，长膘快！"刀条脸扬扬手里那把令灿心惊肉跳的长柄小薄刀。

"会不会死了？"她当时小声嘀咕一声。刀条脸男人的小眼睛饶有兴趣地盯住灿，妈把灿拉到身边，刀条脸的小眼睛于是转向妈。

"不会死，比以前更壮实了。"他盯住妈说。

"不会死的。"劁猪的那户人家也这样安慰她。灿于是相信了，并且隐隐有些佩服小个子的刀条脸男人。然而这个刀条脸男人却干了一件令灿和哥都很难过的事情。妈把刀条脸请回家，不仅让他给劁了两只大公鸡，还请求他帮忙砍掉后院菜园子里的小叶榕。刀条脸从松散的门板和歪了腿的饭桌看出这是个没有男人的家，爽快地答应了妈的请求。第二天他带来长条锯子和三把大小不一的利斧。拉锯和斧头糟蹋小叶榕的沉闷响声，在他们家后院响了整整三天，小叶榕终于被放倒了，劈砍出来的枝丫整整堆了大半个菜园子。刀条脸和妈又花了三天时间，把小叶榕连根挖掉了，菜园子因此留下一个可怕的大坑。那几天灿和哥极少到后院去，他们实在不忍心看到已经被肢解得七零八落的小叶榕。

"榕树不容人？树都容不下岂能容得人？"赵巫婆当时对灿哀叹，灿听不太明白，她也没心思多想。从此以后再也没有鸟叫声了，那些鸟儿们又去了哪儿？还会不会记得她？那片阴凉也不复存在了。灿觉得她的生活一下子失去了很多东西。

现在，她坐在光秃秃的菜园子里，那个大坑就在她的前方，挖出来的土堆在坑边上，隆成一个小小的缓坡。那只母鸡带一群绒球似的鸡仔爬上缓坡，然后快步冲下那口大坑里，多半的鸡仔简直就是滚下去的，很快，灿就看不见它们了。她也不急，缓缓地从口盅里捏出炒玉米放进嘴里，嘎啦嘎啦嚼起来。冷的炒玉米很硬，也没那么香，灿并不喜欢吃。妈可能觉得灿今天很勤快，所以赏给她吃了。以往妈是不允许兄妹俩吃零嘴儿的。

"灿，抱稻草进来！"妈从厨房后门探出头来，朝她喊一声。妈还很年轻，瘦高个子，脸上永远是一副严肃的夹杂着怨气的神情，仿佛她的生活没有任何值得欣慰的事情。她极少笑，总是绷着脸吩咐灿和哥做事情，就算兄妹俩把吩咐的事情做得都很好，她也难得笑，仿佛那是该他们做的，他们就该像大人一样做得很好，妈很多时候确实是把兄妹俩当成大人看的。不过妈的模样还是很好看的……她头上粘一根稻草，神色疲惫地看灿一动不动坐在那里，妈知道她是累着了，叹了口气。

"我也很累的，我不累吗？身上的汗衫早就干几回了。"妈继续说，她正忙着热猪潲水，他们家的老黑一个月前下了十六只猪崽子。往时老黑只喂早晚两顿，现在它要给那么多崽子产奶，得中午给它加一顿。灿心里暗暗感激老黑，假如不是回来给它多喂这顿，恐怕妈会一直在花生地里待到天黑才回来，可灿实在是支撑不住了。这时候她就很羡慕哥，哥去学校，可以少做不少活儿。不过哥一放学也会忙个不停的，妈总会有很多琐碎的事情安排他去做，直到吃晚饭时间。

灿站起来，把手里的口盅放在凳子上，头也不回地对妈说："就来。"

她朝那口大坑走过去。真可怕，这么深，那群傻头傻脑的鸡仔们肯定是爬不上来了。灿想着，越过坑边，到旁边的稻草垛扯稻草去了。一会儿她抱了一搂转回来，发现妈还站在厨房门口看她，直到灿快走到厨房门口时，妈才转身离开门口。

"跟你哥说过多少次了，叫他把坑填平了，这个懒骨头总是不动手。"妈唠叨。

灿一声不吭抱着稻草跟在她身后，撇撇嘴。哥哪有时间，我们哪有时间，我们总是被你支使得团团转。灿在心里抱怨道。她把稻草堆放在火灶边的墙角里，然后转身到后院去了。最好把鸡从坑底赶上来，然后给它们撒一把碎米头，喂鸡是灿必须做的家务活。灿拿起一根绑着红色塑料袋的树枝，站在坑边上，朝坑底扬了扬枝条。

"咕咕咕咕咕！"她噘起嘴叫唤起来。芦花母鸡领着它的孩子们，在坑底换了几个角度，却没能爬上来。灿只好扔下枝条，跳进坑里，一只一只捉住往坑口上放，芦花母鸡最后自己腾了翅膀飞上去了。灿把它们全都赶到厨房门口，拿出小半碗碎米撒在地上，鸡仔子们立刻乐不可支啄起来。

"灿！"妈又在叫她了，声音里透着困乏和气急败坏。

"灿！"灿小声学妈叫了一声，她实在厌烦至极，心想为什么有那么多事情叫她呢。哥估计快要放学了，太阳已经偏西很久了。灿慢吞吞走进厨房，妈正往潲水桶里舀潲水，一团团热气把火灶弥漫得一片模糊。

"你赶紧找一找，肯定哪里有只死老鼠了，我闻到味儿了。"妈在那片不断升腾的雾气里说。灿于是拿起捅火棍，踩着又沉又软的步子，在屋里各个角落东捅西戳起来。

"看来药有效了，该死的尖嘴怪，这回该安静一阵子了。仔细找，碗柜底下、米缸周围也找找。"妈说。

前几个街日，妈从镇上买回几包老鼠药，拌在放了猪油炒的米饭里，撒在屋里那些老鼠常常出没的地方。为了防止家里的母鸡和鸡仔们误食，哥还做了一些很奏效的防护。妈只用了一包，还剩两包放在厨房木板墙上的缝里。

灿最后在哥藏破烂宝贝的角落里扫出一只已经腐烂并生了虫子的死老鼠。她忍着臭味，捏住鼻子，用木夹子把死老鼠夹到大门外扔掉。对于老鼠啊，肥胖的菜虫啊，小蜈蚣啊这些小动物，灿并不害怕，不过她有点怕蛇，幸好蛇并不经常能见到。赵巫婆说蛇是灵物，除非大恶大罪之人，不然蛇不会主动袭扰。扔完老鼠，她习惯地朝屋前不远处的土坡上张望。那个矮巴巴的土坡顶上有一棵不算大的小叶榕。咦，那算什么小叶榕！每当灿看到这棵小叶榕时总是这么想。一条窄小的土路从小叶榕底下弯弯曲曲朝村庄伸过来，土路两边是大片的黄豆地和花生地。那是村里的旱地，稀少的水田在旱地的背面，种着水稻。此时小路上空无一人，灿有点儿失望，她又执拗地站了一会儿，终于看见一个小身影从缓坡背面慢慢升上来。灿立刻跳跃起来，挥挥手，那个小身影就一路朝村庄狂奔而来。灿迎着那身影跑去，在一个路坎下俩人碰面了。

"哥，书包给我！"灿满脸兴奋瞧着哥汗津津的脸，同时向他伸出手。哥一眼就看见她的手背和胳膊上满是被草叶割划的长短不一的细口子。

"今天妈叫你干什么了？"哥问。

"去花生地拔草。"灿说。

"不是说好等礼拜天才拔吗？"

"妈说怕下雨，蚂蚁在筑高窝口了。"

灿说着，一只手已经抓住哥的书包带子了。哥弯下腰，书包带从他的头上顺过去，转眼就背到灿身上。

"哥，哪天你把后院的坑埋了，我想在那里种棵葡萄！妈不准我在别处种。"灿在前头走着，书包垂到她的膝盖上。

"嗯。你哪来的葡萄苗？"

"赵婆答应给我一棵，她育了不少葡萄苗。"

"嗯。不过不会那么快的，你要等。"哥说。

"妈老是叫我们干那么多活。你的纽扣又掉了，你老是掉纽扣，妈知道了你又该挨骂了，不过我能帮你钉上……"

二

三天后果然下雨，不算大。雨从哥早上去上学时就下了，哥没有雨伞，披一张塑料布就出门。灿知道到傍晚回来时，他身上肯定蹭上不少污泥。几乎每次下雨，他都在路上摔几个跟头，像个泥猴一样回到家。不过哥的书包从来没弄脏过，真不简单。灿不喜欢下雨，尽管下雨时妈给她干的琐碎杂活不会那么多，她可以安安静静待上一天半天，玩一些小女孩的把戏。但一到雨天，刀条脸男人往往便像那些雨一样令人生厌地从天而降。妈往往会给她一两角钱，把她打发出去给自己买点小零嘴儿吃。灿捏着钱出了家门总是拐到赵巫婆家里，留下钱晚上交给哥。哥积攒了差不多八块钱，当然是背着妈干的。对灿的心意，哥很珍惜，从学校捡回各种颜色的粉笔头送给她，灿很喜欢。

灿坐在家门口，雨水从瓦檐边滴下来，砸在铺石块的屋檐下，溅起细小的水珠子，一阵阵夹杂水汽的清凉气息扑向她裸露的圆润小膝盖，不过她并不觉得冷，倒是凉快得蛮舒服的。灿每只手里攥着五颗如她的拇指头般大的小石子，她刚才在玩称石子。这种游戏一般是两个人玩的，灿在村庄里有几个小伙伴，不过她并不常常和她们玩，她需要做的杂活儿太多了。今早哥出去上学后，她一个人玩着，没多久便没了兴趣。妈在厨房烧水煮麦麸，打算洗头发，一般要花不少时间，不会再找灿了。她望向正对家门的那个缓坡，坡顶的小叶榕容光焕发地站在雨中，那条从树下经过的窄小土路上此时空无一人。路两边的旱地里倒有几个人影，戴着斗笠在花生地里走来走去，大概在蓄水。旱不少天了，得蓄水把地浇透。灿很想问妈家里的花生地蓄不蓄水，但担心妈叫她去看地，便不问了。蓄水也不难，绕地埂走一圈，看见有豁口的挖土块堵死就行。但灿实在不想动，雨天的路那么泥泞，她又极讨厌披塑料布，假如有一把自动雨伞，拇指一捻按钮便砰地打开，也许她会乐意去的。灿和哥能做不少本不该他们这个年龄做的事情，不过兄妹俩极少抱怨。她像个大人一样叹了口气，仍然一动不动坐着。午饭的时间还没到，哥还要过很久才回来。他们的村庄小得没几个孩子，上学全都要从缓坡顶那棵小叶榕下经过，到差不多五里地远的邻村去上学。哥早上去上学，带上午饭，傍晚才回来。秋天，秋天灿也要和哥去上学了。灿充满憧憬。这个小村庄灿如此熟悉，每个角落，每一户人家，每一个人，没有灿不知道的。他们的房子彼此之间往往相隔不少路，独立在某一块平地上，都带一个很大的后院。和灿家相邻的是赵巫婆家，灿每次去她家都得小跑上一阵子。

一个黑黝黝的身影突然出现在小叶榕下，戴一顶巨大的斗笠，走路摇摇晃晃的，不过动作极为敏捷。灿分明看见那人影要滑倒了，人影随便甩一下手，仿佛往空中抓住什么东西，步子又稳稳当当了。人影再走近一点，灿的嘴角噘起来，分明就是劁猪的刀条脸男人，妈让她和哥叫他叔。灿不怎么喜欢这个小个子，哥再长三五岁，肯定比他还高，她常常这样想。刀条脸男人比妈矮整整一头，但是妈……她希望听到的闲言碎语不是真的，灿真不喜欢他。这很奇怪，对一个人的喜恶好像是天生的，你说不出任何理由来，完全被一种本能的情感支配。

“喂，灿，你怎么傻头傻脑坐在这里？”刀条脸走到家门口，在离屋檐稍微远一点的地方轮流跺两只脚，把沾在黄色塑料凉鞋上的泥巴磕掉，扬了扬尖尖的下巴，朝灿打招呼。

“这是我家。”灿懒洋洋地说。假如刀条脸够聪明的话，马上能听出灿对他的反感。雨好像又大了点，她有些苦恼，如果妈打发她出去玩，她该去哪里？赵巫婆家吗？今天是十五吧，要不就是初一？灿搞不清楚。今天早上她看见几个陌生女人从家门前走过去，灿知道肯定是来找赵巫婆的。每月初一、十五，总有邻村陌生女人来找赵巫婆。她们带来一把香，两三斤大米，一些散装糖饼，五块十块钱，神神秘秘来找赵巫婆。灿有些羡慕她，这个老婆子从来不缺吃的货。

刀条脸并不介意灿的冷淡，他走进来，脱掉斗笠挂在墙上的钉子上，右手拇指和食指一夹，夹住灿右边的腮帮子。他夹得很用力，灿顿时感到腮帮子钻心地疼起来。她抬头恼怒地盯住刀条脸，尽管她疼得差不多要哭了，但她还是忍着一声不吭。刀条脸被灿的倔强和有些凶狠的目光弄得很不舒服，两只手指又使了点力，灿的双眼立刻模糊起来，蒙上一层泪光。妈大概在厨房里听见有人说话，顶一头湿淋淋的头发出来，刀条脸的两根手指立刻松开，灿感觉到一阵疼痛像水一样流淌过整张脸，她已经看不清妈了。

"嘿，这小丫头，倔！"刀条脸笑起来，丢下灿朝妈走过去，妈转身进厨房了。一会儿她的头上包着一条蓝色大花朵毛巾出来，走到灿跟前蹲下。她看见灿脸上两个紫红的掐印子和眼眶里的泪花，轻轻叹了口气，把一张蓝色的两毛钱票子塞到她的手掌心里。

"去买点零嘴儿吃吧。"妈摸了一下灿的头。灿并不想要那两毛钱，她哪儿都不想去。这又不是刀条脸的家，为什么非得她出去？不过灿很快想到哥的跑鞋，又实在不想和讨厌的刀条脸待在一起，于是站起来，拿一顶草帽戴上，一声不吭地从一脸哀愁的妈身边走过，钻进密密麻麻的雨中。

沿着小路一步三滑慢慢爬上一个缓坡，下坡后走一段平路就到一棵楝树下，赵巫婆家就在楝树边上。灿还没进门，就闻到一股浓烈的檀香味，灿还是蛮喜欢这种味道的。她站在门槛外深深吸了一口气，然后进去了。

厅堂里没人，神堂上的大米碗插着一大把点燃的檀香，灿听见一种极为神秘的呓语般的吟唱从厅堂边一间挂着蓝色帘子的小房间里传出来。她知道赵巫婆又坐庵了。她靠近那间小房间，撩开门帘，脸贴在缝上朝里看。小屋里很黑，一个神台烛火通明，摆满信女们供来的大米和糖饼。赵巫婆双目微闭，穿一身大红色巫服，坐在神台右边一张铺红丝绒布的扶手靠背椅上，两只手搁在并拢的膝盖上，穿红色布鞋的双脚下垫一把矮凳子，两只脚不住颠颤，她又骑马上天了。坐在黑咕隆咚里的几个女人不断窃窃私语和点头，显然她们是听懂赵巫婆的吟唱的。赵巫婆在掐算她们的家庭情况和子女福祸，有病去病，有邪辟邪，有祸改祸，这就是赵巫婆异于常人的能力。更令灿吃惊的是，她给那些信女们去除病痛和灾祸的神药，居然是一张张由她画上奇怪符号的黄表纸燃烧后的一撮灰烬，给某个有灾祸的人按照她掐算好的时辰兑水喝下去，药到病除。灿亲眼见过一个小女孩，糊涂得连妈都不认得了，满口胡话，把妈当妖怪来抓打。赵巫婆画符焚烧后，化在柚子叶泡的水里，拿浸了神符水的柚子枝条边抽打女孩儿边念唱驱邪咒语，神志不清的女孩儿不到半炷香就安静下来，趴在她妈怀里喊饿了。真不简单！

　　灿放下帘子，来到赵巫婆的后院，这是灿最喜欢待的地方。

　　唉，那些葡萄苗又长了不少！那是一棵非常茂盛的葡萄，仅仅一棵，躯干有灿的大腿那么粗，分出来的枝丫爬满赵巫婆搭的架子，叶子茂密得可以钻到底下去避雨了。每年初夏，一串串碧绿的葡萄垂挂在浓密的叶子之间，水晶一样鲜嫩，灿眼看它们慢慢褪了绿，变成紫。赵巫婆允许她和哥来吃，当然，兄妹俩也给她做不少零碎活儿，那些葡萄苗坯子就是灿和哥帮忙弄了一个上午做出来的。去年赵巫婆育二十棵葡萄苗，答应给灿一棵。如今葡萄架下还有五棵葡萄苗，其中有一棵将是灿的，其余都会被赵巫婆拿到镇上去卖掉。

"你哥把坑埋好了，小乖乖？"

灿正在出神望着葡萄苗，赵巫婆突然来到她身后，两只手扶住她的肩膀。灿感觉到赵巫婆的双手在害冷似的微微颤抖，显然是忙累了。

"还没。"灿说。

"怎么回事？"赵巫婆问。

"哥要做很多杂活。"灿有些伤心。

"唉，那是顶要紧的，流汗吃饭，天经地义，鬼神亦不能免。"赵巫婆说得灿一脑袋迷糊，她往灿的衣袋塞了一把糖饼，灿乐坏了。

雨下得大起来，这场雨过后葡萄苗又该长不少了，那棵属于她的葡萄苗不知什么时候才能种到她家的后院里。灿摸着胀鼓鼓的满口袋糖饼有些遗憾地想。

三

这些天妈常常赶集，镇子上三天一次的集，离他们村庄五里地，要经过哥去读书的村子。他们家在二月时种了两分地长豆角，妈精心侍弄了好几个月，如今已经可以摘卖了。妈给豆角搭了比灿

157

还高的架子，因此不用摸黑和妈去地里摘豆角。但等哥去上学后，灿起来吃过早饭喂过鸡，就得到豆角地里去。她得坐在地头给妈刚摘下来的新鲜豆角不断淋上清水，保持豆角新鲜饱满，通常要差不多半个早上，妈去镇上后灿才能回家。妈从来不会买回什么好吃食，她只会买盐巴、肥腻腻的猪板油、预防鸡鸭发瘟的药水，甚至害死老鼠的毒药。不过每次灿还是暗暗抱着希望。她曾经在镇子上吃过一种糯米油炸团子，那滋味令灿难以忘怀。

　　灿从地里回来时，天已经热得相当厉害了。她脑袋上顶一顶硕大的斗笠，把整个人都兜在下面，像一朵蘑菇似的。她一路走，一路仔细观看路面和沿途的田埂，像一只机警的小猎物在寻找填肚子的东西，还真让她发现了宝贝。那是一只棕色塑料拖鞋，当然是破鞋了，前半截埋在泥土中，只露出小半截后跟，戳在路边的沟渠埂上。灿几乎是雀跃般扑过去，一拽，就把那只破塑料鞋拽出来了。她磕掉上边的泥巴，又伏下身捏着鞋跟伸进沟渠里搅，想把破鞋彻底洗干净了。灿头上那顶竹斗笠又大又重，拽着灿直往下沉，很利索的，她一跟头就栽进沟渠了。还好沟渠并不深，水只到灿的腿膝盖上，她在沟渠里挣扎了一下，便在水中站稳了，一口水都没呛到，但她却吓得脸都白了，浑身精湿，滴滴答答挂着水，幸好那只破塑料拖鞋还紧紧捏在她手里。她打了好几个嗝，然后把鞋子扔到沟上，费劲地从沟渠里爬上来，吸了水的竹斗笠变得无比沉重，歪歪斜斜罩在灿的脑袋上。周边的田地里空无一人，女人们全赶街去了。没有一个人帮灿一把，她喘着气坐在路边，心里因为恐惧而委屈，她撇了撇嘴，抽抽搭搭哭起来，像只受伤的小动物。不过她很快就好了。灿和哥都这样，受了委屈哭一哭就自己好了，不要指望妈来哄他们，妈没那个时间和心情。哭一哭，也好，晓得什么是痛什么是痒。妈常常这样说。灿捏着破鞋站起来，顶着湿漉漉的沉重斗笠回到家，却发现平时放在屋檐下的那把靠背竹椅不见了，她要站上竹椅才能够得到妈藏家门钥匙的地方。灿在院子里转来转去，找不到竹椅，想必是被放进家里了，院子里又没什么可垫脚的东西，她捏着那只破塑料鞋，浑身湿嗒嗒站在院子里，满心懊恼。站了一会，她朝赵巫婆家走去。今天没什么女人来找赵巫婆瞧三灾六祸，她清闲地坐在后院茂密的葡萄架下，看见灿捏着只破鞋浑身泥水进来，吓了一跳。

"唉，这怎么弄的？又淘气了？"赵巫婆从椅子上起来，给灿揭开沉重的斗笠，扯张干毛巾给她擦头脸。

"掉水沟里去了。"灿灰心丧气地说。

"怎么不回家换衣服？你妈呢？"

"卖豆角去了，钥匙够不到，婆去帮我取下来。"

赵巫婆仔细瞧了她一眼，这孩子平时极为机灵，若不是为那破鞋断不会弄成这样的。她知道灿肯定是帮她哥积攒破烂了。赵巫婆搂着灿的肩膀穿过堂屋，顺手从神台上取下一只黄澄澄的橘子给她，灿高兴得使劲捏了捏赵巫婆骨节嶙峋的手指，却并不说话，弄得鬼婆子心里钝钝地疼起来。这婆子年轻时候是过得极好的，有儿有女。忽然有一天莫名其妙发了场痧，烧得两眼血红，请邻村的赤脚中医来看。中医还没把脉，她就微闭双眼开始摇头晃脑，把老中医家里死的活的人全报出来，连远嫁的女儿缺了左边耳坠都给掐算

159

到了。老中医大吃一惊，摇摇头，走了，连出诊的脚路费都没敢要。赵巫婆从此半仙附体，家里人极为恐慌。果然，好端端一双儿女先后暴病夭折，丈夫愤恨交加也离家出走，至今死活不知。按照乡间上的说法，这女人是半仙了，再也不能享俗世红尘的悲喜欢爱，已有的，都会失散流离，灾祸连连，最终还是落得孤身一人……很多时候，老婆子对上天赋予的特性实在痛恨至极，人人羡慕她，只当她过得极好，只有她自己知道，一去不复返的美好旧时光支撑她得以度过这么多凄凄年岁。灿兄妹俩相亲相爱得令老巫婆动容，她是极为喜爱这两个孩子的，只是孩子们命运不济，早早没了父亲，妈对他们顾头不顾尾……

"婆，你真有法术吗？"灿边剥橘子皮边小声问。

"你信不信？"赵巫婆问她。

"信！"灿飞快回答，看在橘子的份上。

"嗯，信则有，不信则无，凡事心诚则灵。"赵巫婆说，她总是说些灿极难理解的话。

"婆，你做个法，帮我把坑填了吧！葡萄苗都长高了。"灿央求道，她很担心苗子哪天全被老婆子卖掉了。

赵巫婆看了灿一眼，发现这孩子眉宇间有缕阴霾之气，心里一怔。

"乖，一会儿你进家拿一件衣服给婆瞧瞧。"

"瞧什么？"

"嗯，是要瞧么，看几时帮你做法填坑了好。是要选时辰的，时辰不对，做法不灵的。"赵巫婆说。

钥匙放在墙上一条缝隙里，赵巫婆取了后帮灿开门，却并不进去，站在门口等灿拿衣服给她。赵巫婆能往前往后看常人见不着的东西，乡间人对她这类人敬畏有加，但无缘无故的，是极忌讳她进家里去的，老婆子因此从不串门。

　　灿很快找了件衣服给她，神婆子站在门槛外摸摸她的头，嘱咐她不要对人说拿衣服的事情。

　　"我知道，说就不灵了。"灿笑着，脸上稚气的鬼祟神情使赵巫婆很开心，她捏捏灿的脸，拿衣服走了。灿站在门里看赵巫婆离去的背影，想到后院那口令人生厌的深坑很快就要被填满，种上惦记已久的葡萄苗，她乐不可支起来。

　　妈的房间黑咕隆咚的，灿没拉灯绳，踮着脚尖扯下搭在竹竿上的干净衣裤换上。她抱着湿衣服出来时，差一点撞到站在房间门口的人身上，惊骇得尖叫起来。

　　"叫什么，见鬼了？黄毛丫头。"人影从房门移开。灿看清楚了，是刀条脸，心里又惊又气恼。

　　"我妈不在。"灿不高兴地朝他嘟囔，抱着湿衣服进厨房放进洗衣盆里。她很奇怪，今天没下雨嘛，真是活见鬼了。回到厅堂里时，看见刀条脸舒服地躺在长竹椅上，并没打算走的意思。灿又大声说："我妈不在。"口气里赶人的意思非常明显。

　　刀条脸倒不急脑，吊着眼角瞥了灿一眼，说："不在我也来。"说完闭上眼睛，打算睡一个长觉似的。灿觉得这人实在无趣，她本来打算换了衣服回到赵巫婆家里去的，想弄明白赵巫婆拿她的衣服去做什么法，现在又不好扔下这条癞皮狗在家里，毕竟是个外人。

灿于是气鼓鼓抓了把碎米，到后院去喂鸡。芦花母鸡又带它的仔们钻到坑里去了，在坑底迷路似的转圈子。灿看见了，对屋里躺着的刀条脸不由又多几分厌恶。她嘟嘟囔囔小声骂了无数次癞皮狗，跳进坑里把转晕头的鸡仔一只只抓起来，然后解恨般地在坑底狠狠踩几脚，才爬上坑口。这是午时了，太阳正正悬在头顶上，阳光白而炽热，灿踩着自己的影子回到屋里，把装湿衣服的盆子端到后院，她想把衣服洗了，免得妈傍晚回来又要唠叨。不是太厚重的衣物，灿和哥都得自己洗。洗衣粉放了一点，搅出泡沫，湿衣服一股脑儿泡下去，通常是要泡一会儿才搓洗。她把满手的泡沫甩进白花花的阳光下，那些泡沫顿时魔幻般变得五光十色起来，哎，美妙！小女孩乐不可支，不断搅拌木盆里的洗衣粉水，搅出的泡沫全被她捧起来甩进阳光里，厨房后门一小片天地顿时色彩斑斓。这游戏灿玩过很多次，不过每次都被妈制止，骂她蠢丫头，泡沫被甩干了衣服是洗不干净的。灿意犹未尽，收了手。她走进厨房，想舀瓢水洗掉滑腻腻的双手。厅堂里的癞皮狗看来睡死了，粗鲁响亮的呼噜把灿刚才那点快乐心情打跑了。在别人家里睡觉，真奇怪啊！灿想着，绞着手走进厅堂。

　　那竹躺椅平时是妈躺的，她从地里回来总喜欢躺在上面歇，哥有时候也会躺在上面，但灿很少躺那张竹椅，对于她来说那竹椅太大太长了，她觉得不舒服。该死的刀条脸如今躺在上面，像狗一样张开嘴巴，他还支起一条腿，脚掌踩在竹椅边上。灿看见那只脚趾缝里都是黑乌乌的污痕，一只苍蝇围着那只脚飞来绕去，总也找不到落脚的地方。灿一阵恶心，妈是不允许兄妹俩有这样肮脏的脚的。她朝那只脚撇了撇嘴，顺着那只脚往上看。刀条脸穿一件灰黄色长裤，上面布满形状不一深浅不同的明显污渍。嘿，真像抹布啊！她逐一数那些污渍斑块，目光盯在一处奇怪的地方不动了。刀条脸裤裆的拉链处不知怎么回事支棱起来，仿佛里边戳一个玉米棒子。灿站在那里，一动不动盯着那地方，偶尔，那地方还会轻微动一下。灿极快地看刀条脸一眼，他居然还在那里安然沉睡，那模样用妈平时的话说就是蠢得像只会拱墙角的猪。灿想着是不是老鼠趁刀条脸睡着时从他的裤腿钻进去了，她有些幸灾乐祸起来，等哥回来时灿得好好跟他说这事情。这会儿老鼠最好咬他几口，咬裤裆——哈，灿忍不住笑出来。刀条脸长短不一的鼾声停住了，一只苍蝇正好落在他的眼皮上。他闭着双眼晃晃头，苍蝇飞起来，片刻后又落下来了。刀条脸这回睁开眼睛了，挥手赶走苍蝇，一双还没睡醒的发红眼睛莫名其妙盯住几步之外死看着他的灿。

"看什么，小丫头片子！"他有些不耐烦。

灿到底没忍住，指着他的裤裆说："老鼠，老鼠钻进去了。"

刀条脸一愣，欠起身朝裤裆看了一眼，然后朝灿看了看，突然笑了。

"去看看你妈回来没。"他说。灿撇了一下嘴，朝门口走去向外张望。小叶榕下那条窄小的泥巴路此时空无一人，白花花的阳光下田野一片葱茏碧绿。其实不用看灿也知道无论是妈还是哥这时候都不会回来的。灿重新走回厅堂，没好气地说："没回。"她希望刀条脸能知趣快点走。

"哎，你过来。"刀条脸倒是不想走，朝灿笑得极热情，他从裤袋里摸出一些零散的钱，抽出一张五毛的，朝灿晃了晃。

"这是多少？"他弹着纸币。

"五毛嘛。"灿有些鄙夷地说。

"五毛多不多？你有过五毛钱吗？"他又问灿。灿不得不承认她确实没有五毛钱。不过那又怎么样呢，刀条脸反正不会给她那么多钱的。

"给你了。"刀条脸的手朝灿伸过来，笑眯眯望着她。灿站在那里一动不动，她看看那张纸币，又看看刀条脸，脸慢慢涨红起来，两只手不知所措地拽住衣角。滑腻腻的洗衣粉水渐渐干了，两只手的皮肤渐渐变得紧绷干涩起来。

"过来拿呀。"刀条脸又朝她晃晃手，灿朝他挪过去，目光在刀条脸和纸币之间来回游移，最后终于落在那张暗红色的五毛钱纸币上了，她朝纸币伸出手，却被刀条脸一把拉到身边。

"你的手沾了什么东西？"刀条脸皱着眉头问。

"洗衣粉水，刚才洗衣服了。"灿小心翼翼地说，担心那张纸币被刀条脸重新放进口袋里。

"去洗干净，洗干净再来拿。"刀条脸放开她的手，捏捏她的脸蛋。还好，他没像以往使劲钳住。灿飞快跑进厨房舀水到后门去洗了，一瓢水冲了又冲，擦干后又举到鼻子底下闻了闻，确定闻不到洗衣粉味儿才回到厅堂。刀条脸不知什么时候把门合起来了，并不关死，留一条巴掌大的缝儿，可以清楚看见任何走进院里的人。他依然坐在长竹椅上，脸上有种灿难以理解的表情。还好，他手里还捏着那张五毛钱纸币，灿松了口气，在暗下来的光线里朝刀条脸走过去。刀条脸拉住灿的手按在他拉链豁开的裤裆上，灿碰到一根梆硬的温热东西，惊骇得使劲抽回手，却被刀条脸死摁住了。

"五毛钱，五毛钱，要不要？嗯，要不要？"刀条脸急迫的气息喷到灿的脸上，把那张纸币扬到灿的眼皮下。

"要不要啊，哦，五毛钱。"刀条脸几乎呻吟般地叫起来。

灿犹豫着，身上使了劲儿，硬邦邦挺直身子和刀条脸在暗中拉扯。刀条脸把那张五毛钱纸币塞到灿另一只手里，灿捏着那张软塌塌的纸币，僵直的身子渐渐松下来，刀条脸捉住她按在裆部的小手动起来，灿感觉像是在搓洗衣服。

"哎，真是乖孩子，好姑娘，哎……"刀条脸紧闭双眼，灿看见他脸上眉眼鼻子嘴巴奇怪地扭曲起来，活像身上什么地方疼痛不堪……

灿的口袋里装着五毛钱，她坐在厨房门槛上起劲搓洗衣服，不时停下来，把那张纸币掏出来看一看。那感觉真是奇异啊，五毛钱，整整五毛钱，灿从来没有过那么多钱。她想到晚上把五毛钱给哥时，看到哥惊讶的模样就使她感到开心。哥又多了一笔买跑鞋的钱了。五毛钱使快乐在灿的身上不断放大，很快她就把衣服洗完晾晒了。她回到厅堂里时，刀条脸已经走了，那张竹椅空落落摆在眼前，灿站在长竹椅边上，有那么一刻心里感到极为不安。灿偷偷低头看了一次，感到很惊讶，那像什么？鸡棒腿吗？除此她无法再想到别的什么东西了。她还隐隐觉得有些不安，像是做了什么妈肯定会责骂的事情。不过，就那么一会，就搓动那么一会，只是这个，灿倒也没觉得有什么不妥，比洗碗还轻松，刀条脸就给五毛钱了。

她摸摸上衣口袋，一种隐秘感使灿觉得突然之间长大许多，灿从没有过这样的感觉。她又帮哥洗了几件薄衣服，看看太阳已经斜到后院芭蕉树顶上了，这个时候哥就快回来了。妈通常是要在哥回来把饭烧好后才到家，每次妈赶街都是这样。灿又喂了一次鸡，锁好家门，她打算到半路上去等哥。在小叶榕旁边的地头摘了一片大如蒲扇的猪头草叶倒扣在脑袋上，无端地，灿在那片小小清凉下笑了起来。

　　过了土坡上的小叶榕后田地渐渐属于别的村庄了，灿是极少走过那棵小叶榕的。一条弯弯曲曲的小路穿过一片已经开始灌浆的稻田，灿记得顺着小路穿过这片稻田有一条相当宽的沟渠，上头横一座石砌小桥，她打算在那里等哥，再也不能走远了。爬上那坐石头桥时，桥底下的水很清浅，灿比量一下，觉得可以钻到桥底下，那水大概只淹到她的膝盖处。她很顺利地从简易码头下了水，钻到桥底下了。稳稳站在水中时，灿觉得今天如此美好。她用宽大的猪头草叶盛了些水，又捉几只蝌蚪放到里边，自顾自在桥底下快活地笑起来。猪头草叶里的蝌蚪越来越多时，远远地，传来一阵孩子追逐嬉闹的叫声。灿立刻倒掉猪头草里的水和蝌蚪，快速爬上简易码头。不过当她的脑袋刚好够着桥面时，她又往桥底下钻了。哥来到桥上时，在桥底下突然大叫一声哥，他一定给吓得不轻。想到这，灿快乐得浑身直打颤。一会儿乱七八糟的脚步声和打闹声就到桥面上了，灿却听不到哥的声音。

　　"快点，快点呵小毛贼！不然明天我就报告老师了。"一个孩子在桥上一边跺脚一边大叫起来。灿听出来了，是村里收电费老秃

166

子的孙子毛利，顶爱折腾人的浑小子。老秃子每月来抄电表收电费时，总喜欢在灿家东拉西扯磨磨蹭蹭，他老婆每次都气急败坏地派孙子毛利来叫他回家。灿不知道这混账小子叫谁小毛贼。一会儿，一个急促的脚步声踏上桥面了。

"书包拿来。嘿，你这穷酸的小毛贼！"毛利大声叫嚷起来。

"我又没偷，我只是摸一下你的跑鞋，你告诉老师我也不怕！"一个男孩气喘吁吁着急辩解。灿很震惊，毛利嘴里的小毛贼居然是哥！这怎么可能，哥怎么会是小毛贼？灿趔出桥底，飞快爬上简易码头。

"哥！"她大叫一声，桥上五六个十来岁的男孩子都吓了一跳。灿看见哥身上背了五六个书包，书包带子横七竖八缠在他身上，把他缠得活像个粽子。哥满头汗水，脸涨得通红，他瞧见从桥底下钻出来的灿，吃惊不小。灿很快蹲下来，两只手各抓一块大土疙瘩，脸上一副农村孩子撒泼的蛮横表情。这是灿一贯的自卫方式。一帮孩子见了顿时炸起来，一窝蜂朝哥冲过去，七手八脚扯出各自的书包大呼小叫跑了。

"哥。"灿扔下土疙瘩，朝哥跑过去，一只手迅速伸进上衣口袋里。哥却不理她，他觉得被妹妹看见自己受欺负，面子上实在过不去，刚才被人欺负的委屈和愤怒一股脑发泄到灿身上。

"谁叫你来这儿了，讨厌鬼！"哥朝她大声嚷，转身撇下灿也跑了。

"哥，哥。"灿不明白哥怎么回事，在后头紧追着，但她和哥之间的距离却越来越远了。

灿口袋里的五毛钱仿佛在咬她，干什么事都心不在焉。饭烧煳了，洗碗时打碎一只瓷碗，妈望着她唉声叹气。这个女孩子，妈在心里是不怎么疼的，多少有些偏向儿子。女孩子有什么神奇呢？不用想就知道她将来的全部生活会是什么样子，譬如她这样，长大了嫁人生子，假如生活出个差错，也该像她注定泡在苦水里，她是指望不了女儿什么的，更没法靠上她。因此在做零碎家务活上，妈并不怎么心疼她。当然，妈会给她和男孩子一样的吃穿和上学待遇。还好，灿似乎并不计较妈对她有时候过于生硬的态度，也不顶嘴，做的零碎活儿虽不尽人意，倒是有做的端正态度，这点极为难得。大部分时候妈并不怎么在意她的委屈和眼泪，家里地里要操心的活儿太多，妈实在没有多余的心思放在女孩子身上。

灿收拾碗筷时，哥把鸡赶进鸡笼里，仔细数了一遍鸡仔的数目，然后进房间写作业了。灿一直想找机会和哥说话，但哥很不乐意，一直绷着脸。灿在烧火煮饭时，哥甚至趁着来厨房找水瓢淋菜时揪她的耳朵叫她讨厌鬼。灿委屈得直想哭。她摸摸口袋里的五毛钱，有那么一刻真不想给他了。不过吃饭时，哥又像以往那样先盛灿那碗，并且端到灿通常坐的饭桌跟前，灿心里的委屈便烟消云散了。她走到哥房门口，叫了声哥，刚要进去哥就从小木桌边跳起来，冲到门口使劲推上门，灿几乎整个人扑上来抵住那扇即将合上的房门。

"哥，哥，你干吗呀！"她几乎要哭出来了。

"走开，讨厌鬼。"哥在门里气哼哼的。

"哥，你给我进去，我有……"那扇门眼看就要合上了，灿使劲抵门，到底抵不过哥，灿一松手，攀住门框，那扇门砰地合上，夹在灿四根肉嘟嘟的手指上。她脸色顿时漫上一层血色，尖叫起来，声音里透出无法形容的痛苦，跟着哭出来了，一串晶莹的泪珠迅速顺着涨红的小脸蛋滑落下来。

"啊，你怎么又攀住门框，说多少次了，那是极危险的。"哥慌了手脚把门打开，捧住灿那只手不断吹起来。灿抽回手，尽管那几只手指疼得似乎要断掉了，她还是摸进口袋里，红头涨脸大声呜咽着，摸出那五毛钱纸币，甩到哥身上，哭着离开哥的房门了。灿没打算去找妈告状，在这个家里，凡是兄妹的争执和打骂，妈一向不管。妈已经无数次告诫兄妹俩，他们是再亲不过的亲人了，这世上再也没有任何人和他们更亲了，相互打骂是不该的，一个人哭是两个人流泪，一个人痛是两个人在疼……灿坐在大门槛上不停哼哼哭泣，几根手指火烧火燎地疼。天已经黑透了，恼人的蚊子一团团在黑暗中嗡嗡旋转，灿裸露的小腿肚和胳膊时不时被蚊子碰撞，不过蚊子似乎并不怎么爱咬她。哥在她身边转来转去，急得抓耳挠腮，也不好意思哄她。灿终于哭累了，不再哼哼，但大声大气打着哭嗝，那副委屈和伤心令哥很揪心。哥忍不住在她身边坐下来，拉过她的手又吹了吹。

"我给你打手电洗脚吧。"哥小心翼翼地说。晚上他们一向在厨房后门外洗脚，那里没有灯火。灿站起来，在门后边找到她的小拖鞋朝厨房走进去了。哥赶紧找来手电筒，帮灿打了一盆洗脚水端到后门外。

"还疼不疼？"哥问。

灿依旧一声不吭，很快洗了脚，站起来，把洗脚水倒进一兜茂密的魔芋根下。

灿和妈睡在一起，妈去碾米还没回来。她爬上床，扯下擦脚巾擦了双脚就面朝里躺下了，她觉得今天很累。

"哥，小个子给的。"灿迷迷糊糊地说，她知道哥一直坐在她身后，在即将睡去前，灿忘记了今天所有的不快。很快她就沉沉睡去，在睡梦中偶尔打一个饱含委屈的哭嗝，哥听着像被电着一样，跟着浑身打激灵。

四

灿又给哥两回五毛钱，哥高兴得晕了头，并不细问小个子给她钱的原因，这使灿松了口气。刀条脸给她编了借口，可灿不想对哥撒谎。晚饭后把妈安排的零碎杂活干完，兄妹俩就在哥的房间里一件件细数那些宝贝破烂玩意儿。几只破塑料鞋，几截废铜烂铁，还有那包得极好的鸭毛。如今哥手里的现钱差不多有八块了，算是一笔可观的钱，但买跑鞋却远不够。三十五块，呵，想到积攒够那么大一笔钱时，哥就感到很高兴，伸手捎了灿肉嘟嘟的脸颊，说："以后你想买什么，我也给你攒。可是你想要什么呢？九月你该上学了，书包本子和铅笔，妈是会买给的，你还想要别的什么？"

哥那模样仿佛他有多余的钱给灿买东西似的。灿想了想，想到后院那口大坑上。在桥上目睹哥受欺负使灿对上学产生恐惧感，对上学的事情不再那么热心了。她说："我想早点种上葡萄。"哥脸上就有愁容了，但他很快就拍灿的肩膀安慰她："哪天晚上瞧月光好了，我们一起埋掉，白天怕是不行的。"哥说得信誓旦旦，怕灿不相信似的。但灿心里明白，那口大坑，非得等到哥放暑假才能填上。

好几个雨天刀条脸不来了，今天又下雨，妈显得失魂落魄的，在鸡毛蒜皮的事儿上唠叨得愈发不可收拾。灿一声不吭，扔一粒米饭在门口的一窝蚂蚁洞口，坐在小马扎上看蚂蚁为一粒米饭不要命地忙碌。除了灿，家里没人知道刀条脸在不下雨时也会来，而且总是来得极巧，往往是妈出去盘田水或喷农药时来，在妈还没回来前像个醉鬼似的脚步飘摇走掉了。灿是极讨厌刀条脸下雨天摸到家里来的，妈把她支使出去时灿往往出了家门还没想好要去哪里，尤其是下雨天，她哪儿都不想出去，一出门两脚烂泥……下雨了，妈在门口不断张望使灿有些心烦。

"妈，你不要老是踩门槛，蚂蚁都被你吓了。"灿嘟噜嘴巴说。

"你说什么？蚂蚁？你多大了还玩蚂蚁？什么时候才懂点儿事情？雨总也下不停，花生地要涝了。你哥又要钱交试卷费，索命的小鬼，这日子头尾都不知道在哪里……"妈自顾自唠叨起来，话题已经和蚂蚁毫不相干了。妈总是这样，说着说着就扯上别的由头，兄妹俩习以为常，是不敢多嘴的。灿今天不知道怎么回事，顺口回了妈一句："他不来又不会死人。"妈立刻僵在那里。这原本是一句孩子话，没面子没里子，妈却听出别的意味来，又恼又羞，终于恼羞成怒，她伸手拍了一下灿的头，灿的脑袋响亮地磕在门框上。那门框不知何时挂了颗钉子，灿觉得耳朵尖上一阵尖锐刺痛，脸蛋扭曲起来。她摸摸头，一些黏糊糊的东西顺着手指流下来，伸手一看

171

几根小手指鲜血淋漓的，眼眶里打转的泪水夺眶而出，揪心地哭起来。妈慌了，扳过灿的脑袋一看，一缕细软的头发已经泡在血里了。灿又疼又恼，推开妈站起来，撇下那窝忙碌的蚂蚁跑出家门，小而结实的身影在雨中歪来扭去地奔跑。

"灿，灿……"妈心里又痛又悔，追到院门外时灿已经差不多快要跑到赵巫婆家门口了。妈于是不再追，返回来找斧头把钉子敲进门里，她凄然地望着门外纷乱的雨线，想到两个孩子漫长的成长岁月，深深叹了口气。

一直到暮色来临，哥才戴一顶斗笠来接灿。他把四颗白花花的鸡蛋放在赵巫婆饭桌上，告诉她是妈给的。赵巫婆拿了鸡蛋进厨房，她把兄妹俩留下了。哥查看灿磕破的脑袋，灿闷闷不乐的，垂头坐在椅子上任哥撩拨她的头发。在灿右边耳朵上方的头发根里，粘了一粒指甲盖般大小的黑药末。那是赵巫婆从屋后菜园摘来的薄荷叶和松子草尖捣烂制成的止血消炎药。

"疼不？"哥像个大人般叹了口气。

"不疼了。"灿小声说，脸上没有以往和哥在一起时的快活神情。哥捅了捅妹妹的胳肢窝，想逗她笑一笑。灿扭扭身，躲开哥的手，脸上神情木然。

"啊，你笑一下，笑一下就不疼了。"哥故作轻松地说，其实他心里已经对妈满怀怨恨了。

"哥，我不疼。"灿说，伸出手摸摸哥胸前的衣襟。领口以下的第二颗纽扣又掉了，这使灿想到哥被欺负的事情，她浑身打了个激灵，幼小的心灵第一次模糊感受到人类一些卑劣品性。人为什么这

172

样？她感到很茫然。

赵巫婆端出两碗香气扑鼻的葱花蛋汤。那葱花切得极细，绿汪汪漂在蛋汤面上，葱香中夹一缕芝麻油味儿。

“来喽，好吃的来啦！”她把蛋汤放到饭桌前，喜气洋洋地招呼兄妹俩。

“婆，那是妈给你的。”哥说着，人却已经扑到饭桌边上了。

兄妹俩吃了葱花蛋汤，浑身热乎乎的出了赵巫婆家的门。赵巫婆倚在门框上，望着模糊进暮色里的灿的身影，伸出右手掐指算起来，浓醇的暮色带着黑夜的光影爬上她逐渐模糊的面孔。

兄妹俩在赵巫婆家吃了葱花蛋汤，把妈的水煮蛋给冷落了。妈似乎为了安慰灿，给兄妹俩煮了几个水煮蛋，还特意染上红皮。兄妹俩慢吞吞剥开蛋皮，和赵巫婆味道鲜香的葱花蛋汤比起来，妈的水煮蛋显得寡淡多了，灿咬了一口，有滋没味地咀嚼起来，水煮蛋的腥味使她一阵恶心，她干巴巴咽下嘴里的鸡蛋，剩下半只搁到哥的饭碗里。

“我不吃了。”灿说。

妈举着筷子盯住她：“怎么不吃？”

“不想吃，饱了。”灿说。

“这不是你爱吃的吗？”妈耐着性子劝她。

“我就是不想吃。”灿噘着嘴巴。

妈觉得灿还在和她耍孩子脾气，一时来了气，筷子朝饭桌上一拍，碰到碗口上，飞散起来，一只筷子直直戳到灿的右眼皮上。灿感到眼睛一阵胀痛，飞快捂住眼睛，嘴巴歪起来，哭相挂在脸上，却没有声音，眼泪顺着脸颊迅速滑下来。哥惊慌地捉住灿的胳膊，想把她的手拉下来看看她的眼睛，妈也从饭桌一头奔到灿身边。

"破鞋！"灿歪着嘴巴朝妈喊，甩掉哥的手，跑进哥的房间锁上门，尖锐的哭声从那些木板缝隙中倾泻而出。哥看了妈一眼，碰上妈哀求的眼神，他朝她厌恶地翻个白眼。妈顿时泪雨纷纷。

很快哥就要放暑假了。灿在房门背后用蓝色粉笔写一个数字，眼看那个数字一天天变少，灿又高兴又着急。赵巫婆后院里只有两棵葡萄苗了，长得很高，她说再长就不好移植了。放假有那么多活儿要干，甚至比平时更忙了。早稻得赶紧收割，得晒谷子和稻草，犁田播种育秧苗，每一件事情都得赶做，又逢多雨季节。去年收割早稻时，灿负责早上煮粥，然后送到稻田里去给忙着收割的妈和哥。不管天多么炎热，妈和哥一整天都待在稻田里，而灿需要无数次往返于家与稻田之间，不断给妈和哥送清水，还有煮得稀薄的大米粥。这样的苦役差不多要忙上一个星期，他们家的稻田并不多，可家里实在缺乏像样的劳力。收割完稻田后，妈会到外婆家去借来耕牛犁田，灿和哥负责晒谷子。这个多雨季节常常捉弄兄妹俩，好不容易把成堆的谷子摊平晒开，一朵浓云突然飘过来，兄妹俩手忙脚乱重新把谷子收拢起来，满头大汗忙完后，黑云又飘远了，明晃晃的阳光射得人不敢仰头直视天空……不管怎么忙，无论如何都得让哥把那口大坑填了，灿想。

妈每年在哥临近放暑假前都去一趟外婆家，带上鸡蛋、木薯粉丝以及一块猪后腿肉庆祝外婆的生日。以前妈会计较这笔生日支出，甚至发脾气。每年去外婆家借耕牛的种种难堪这时全被妈拿出来没完没了数落。不过，去年妈不再唠叨，刀条脸在妈出发那天早上把这些东西送来了。妈极少带兄妹俩去外婆家，灿也不乐意去，不过过年是一定要去的。每年妈带兄妹俩去拜年时，外婆会给红包，但这些钱从没在兄妹俩的口袋里待过，全被妈收起来了。而且灿多半会在外婆家里哭一两回才算把年拜完。一些小孩子惯常犯的小错误这时常被妈揪住不放，挨一顿打在所难免。灿一哭，倒好像是妈受委屈了，也在外婆面前垂泪起来。灿因此暗暗下决心，去的时候一定要把去路记得一清二楚，妈若是再打她，灿肯定会连红包都不要就回家，她相信哥一定会跟回来的。无奈她每次去的时候总是忘掉记路的事情。

今天刀条脸早早地把东西送来了，还给妈裁了一块花里胡哨的衣料。妈在房间里披着衣料比比画画，招呼刀条脸进去看，刀条脸却挨着灿坐在门口不动。妈从屋里出来，摸摸裤袋，掏出一把零零碎碎的纸币。

"我不要！"灿气呼呼站起来，转身进哥的房间，拿彩色粉笔头在木板墙上胡乱画。妈捏着一把钱难堪地在那里僵站。这孩子最近对她的敌意如此强烈，虽然她还肯做家务活，但不再像以往对妈吩咐做的事情娇憨嘟哝，也不再说些令人发笑的幼稚话，像个大人般闷头干活。除非哥放学回来，要不这孩子在家里一整天一声不吭。

妈有些难堪，满脸忧容地对刀条脸摊开双手，小声说："你看这孩子……"

灿这时却从哥房间里走出来，口袋里装满各种色彩的粉笔头，

175

她充满怨恨地白妈一眼，要出门槛时却被刀条脸一把抱住了。

"没事没事，待在家里，灿哪儿也不去的。"刀条脸说，手掌在她的脊背上不断摩挲。"你去嘛，我坐一会就回去，跟我们灿聊聊天。这段天气怪，腿脚腰身酸麻，不得劲。"他朝妈意味深长地笑。妈半怨半哀回他一个白眼，换了衣服收拾礼品就出门了。

当灿那几根略带凉意的细嫩小巧的手指触及刀条脸的罪恶部位时，这个造孽的人发出疯子一样的呓语声，整个人挺在长竹椅上浑身绷紧，害冷似的不断打颤，那模样每每令灿感到奇怪和不安。她想不出这和他们小孩玩的哪种游戏相似，能令灿和她那几个小伙伴们如此快活忘形。她断定刀条脸是快活的，没有哪个傻瓜老是乐意做一件没意思的事情……刀条脸突然坐起来，摸出五毛钱塞给她，迅速扯下灿的小花短裤将她抱到膝盖上。灿被硬邦邦顶了一下，尖叫起来，踢蹬两条壮实有力的小腿，想挣脱刀条脸的手。无论如何，灿知道在外人跟前光屁股是羞耻的。刀条脸似乎有些害怕，掐在灿肋下的双手松了松，灿挣脱掉了，她迅速拉上小短裤跑到门边拉开大门。

"叔跟你玩呢，"刀条脸朝她走过去，双眼发狂般看她，"叔以后不这样了，叔保证，看，我们以前玩得多好，每次叔都给钱的，这次再给五毛——只是灿别告诉人。"刀条脸又摸出五毛钱塞进灿的口袋里。灿满脸通红，一只手紧紧捏住小花短裤头。刀条脸摸摸灿的腰，灿立刻绷紧捏住裤头的手，他顺势帮她往上提了提裤子。

"我要锁门了。"她急促下逐客令。刀条脸不甘心，看灿的模样显然不好再劝了，有些恼羞盯着灿，然后拍一下她的头，出门去了。

灿惴惴不安来到赵巫婆家里，这个注定一生寂寥的神婆子令她安心不少。她正在后院给葡萄苗搭架子，四跟削尖的小木棍在葡萄苗四周戳进泥土里，比灿的个头还高。赵巫婆在小棍子上绕上一圈麻藤，把早就耷拉在地上的葡萄苗子扶起来，尖嫩的芽子绕在麻藤上，葡萄苗算是安家了。灿揪心起来，搭了架子，还能移种吗？

　　"婆，苗子不是说留给我吗？"灿的声音里拖出哭腔了。

　　赵巫婆在宽松的衣裤下顿了一下，被灿给吓着了。她转过身，两眼直直盯住灿，就在她转身看见灿的瞬间，她分明看见一些模糊不清似形非形的灰突突的东西盘旋在孩子脑门上。她早就看出这孩子有些不对劲的，拿她的衣服来做了法，但少了孩子的生辰八字，她几乎无能为力了。指望她妈正儿八经来望一望想都别想。赵巫婆转身从柚子树上折了几根柚子枝条，跳到灿身边，口中念念有词，从头到脚不断抽打她，灿挺直身子一动不敢动。

　　"婆，是什么东西？"她有些害怕起来。赵巫婆这套动作灿见得太多了，生病的人，着魔的人，沾上不干净东西的人，来找赵巫婆，她通常这般做法。赵巫婆把柚子枝条狠狠往地上甩，进屋抓了把灰出来撒在柚子枝条上，才洗了手。

　　"灿从哪里来？"赵巫婆汗津津地仔细瞧她。

　　"家里嘛。"她不安地说。

　　"家里来人了？"赵巫婆问。灿心里不禁惊叹起来，对这神婆子简直佩服得不得了。"嗯。"她点点头。

　　"是什么亲戚来了？"

　　"哪里是什么亲戚。"灿撇撇嘴巴，神婆子于是明白了，忧愁地叹了口气。"你妈呢？"她问。

"去外婆家了。"灿心不在焉地望向葡萄苗。

"妈不在他来干什么？"赵巫婆疑惑起来。

"他来时妈在，后来妈走了。"灿有些心虚起来。

"他没跟你妈走？"神婆子看起来似乎有些恼了，灿又吃惊又有些怕。赵巫婆可从未对兄妹俩凶过。

"没。"灿小声说。

"好嘛，跟婆说说，他到底在家干什么？"赵巫婆有些心惊肉跳的。对于那个小个子，她实在没什么好说的，只担心他为了兄妹俩那刻薄妈做出什么伤害孩子的事情，于他而言，这两个拖油瓶实在是碍事。她摸摸灿的头，这个不知什么时候才能自己刨食找吃的雏子令她深深发愁。灿低下头，动了动嘴巴。她明显感觉到脑袋上那只手变得沉重起来，然后那只手突然挪开，赵巫婆突然朝自己的胸口砰地拍了一下。灿吓了一跳，看见赵巫婆脸上一片盛怒。

"你没骗婆？他真叫你这么做？"巫婆在灿跟前蹲下来，两只手紧紧捉住灿的胳膊，严厉凶狠的目光使灿感到惧怕，她朝赵巫婆点点头。赵巫婆几乎跳起来，奔进屋里的模样像赶去救火，出来时手里拎根捣火棍子，她上下挥动捣火棍，细长的棍子被甩得嗡嗡响。灿抱起胳膊，赵巫婆一定在抽打一些只有她看得见的东西。她睁大眼睛仔细往四周看，那东西若落到她身边，神婆子的棍子难免也挥到她身上的……赵巫婆叹了口气，扔掉棍子。

"好吧，灿。"她在葡萄架下的矮凳上坐下来，喘着气，打这不知天高地厚的孩子是枉然的，她把灿拉到身边。

"这件事情不是什么坏事情，但肯定也不是好事情，我们要忘掉它，忘得一干二净的，就像忘掉一个噩梦一样。"她说，盯住灿。灿点点头。

"以后那东西再来家里，你不要跟他说话，到婆这里来，一刻都不要待在家里，帮婆做点儿事情。婆老了，做不动，灿愿不愿意？"灿望向那棵盘在架子上的葡萄苗，又点点头。赵巫婆捏捏灿的上衣口袋，把里边两张皱巴巴的五毛钱纸币掏出来。

"喏，灿喜欢钱，钱是好东西，婆也喜欢钱。灿做了事情，换来钱没什么丢人的。但不是什么事情都能做的，有些事情我们做了，别人看不见，但是老天看得见，老天会惩罚人，灿明白婆说的话吗？"灿依然望着那棵葡萄苗，细长的藤子上长了几片淡黄色的嫩叶子，瞧得她心花怒放的。赵巫婆打了一下她的手："灿不听婆的话吗？"

"听呀，听的。"灿笑起来。她扑到葡萄苗架子边，鼓起嘴巴轻轻吹动那几片嫩黄色的叶子，叶片上那些细致的绒毛都让她看得满心欢喜。

她竟然还笑。神婆子叹了口气，沮丧地坐在矮凳上发呆。在她的心里，那具披着被诅咒灵魂的肉体早就爬满了肮脏的蛆虫了。

五

当六月底白天灼热的阳光渐渐消退后，黄昏的晚风送来一阵阵稻香时，妈开始忙碌起来了。白天去稻田排干田里的水，收割时稻

179

田仍然一片烂泥，无疑增加了收割的难度。这时候雨水是不受欢迎的，偏偏却是多雨的季节，一天两三场倒豆子般的急雨是常有的事。因此妈整天不停奔跑在各块稻田间。黄昏来临后，她又开始倒腾收割的家伙了，磨镰刀，把装谷子的编织袋翻出来查看是否有老鼠咬的口子，大缸里的陈稻也要清干净。妈是个会算计的人，他们家在新稻收割前大缸从来不会见底，往往还能剩余百把斤稻子卖掉。这实在不简单，人的口粮，家畜吃的，你都得算计好，不然很可能种田的人就要回买米吃了。村里有些人家看见围囤里的稻子还冒尖，毫无节制地卖掉换钱，或者拿去干三斤稻子换一斤白面来吃的事情，往往在稻子灌浆时围囤就亮底了，只好尴尬地四处借粮。妈很瞧不起这些人家。谁不知道白面比米好吃？吃饱肚子总比吃好嘴巴强，妈说。她正在清理缸里的陈稻，整个人钻进缸里，拿簸箕在里头刮稻子。她显得很兴奋，说话声在缸里嗡嗡回响，怪异得令灿只想发笑。大概有两担子余粮，对于家里来说是一笔不小的收入，妈很兴奋。灿也很兴奋。哥明天就开始考试了，正在房间里面对墙壁念念有词——他说在背成语，那样子看起来傻了一样。哥考得好不好灿并不在意，妈似乎也不在意。在他们家里，孩子学习是一件比干家务活还轻松的事情——妈更在意他们的家务活是否干完，学习是从来不管的。妈说我给你们念书，念得好不好是你们的事——真是好妈——村里那些当妈的听到这番话时气哼哼地说。这些又关灿什么事情呢？尽管过完这个暑假她也该上学了，她现在一点儿也不操心念书这事情，令她揪心的是那棵还没种到她家后院来的葡萄苗。好了，哥要放假了！灿心里快乐得难以形容，她拿一块垫缸的石头当当当地敲缸子，发出清脆的响声。妈从缸里探出头，看见灿神气活现的模样，很欣慰。她倒是希望孩子们这样快活地长大成人。她想到那个人，孩子们白天上学了，以后来往总方便些。只是，这也不是长久的事情，人家那头即便没有家，也是不肯来白白吃跟她养儿育女的辛苦，那是个不肯吃亏的人，她太清楚了。对她的种种好处，不是全从她身上补回去了？那么就早一点了断吧，孩子们大了，终究是不好，只是……妈想到一个人的种种难堪处境，惆怅万分地看着灿挥动的结实的小手臂。

妈第二天到镇上去卖米，哥期末考试去了。要考两天，每天考一个上午，哥应该在中午以后就能回到家的。哥回来若是不复习功课，灿打算叫他把那口大坑马上填平了，实在等不及了。妈不允许把葡萄种在别处，存心逼兄妹俩把后院的大坑整平了。灿站在厨房后门外，上午的阳光明亮地裹着她，她死死盯住那口大坑，坑在她眼里渐渐平整起来，葡萄苗也栽上了，细嫩的藤子攀在竹条上，哥说要砍竹条扎架子，嘿……她忍不住笑起来。一双大手从背后按在她的肩膀上，摇晃一下，灿脚下趔趄起来。葡萄架子连同葡萄苗消失了，那口大坑可恶地撞进眼里。灿生气地跳起来，看见刀条脸朝她龇牙笑。她甩着两只手，又跳开几步。

"我妈不在。"她朝他瞪眼。

刀条脸却在门槛上蹲下来，从口袋里摸出两只闪闪发亮的发夹摊在手掌心里。那是两只要命的发夹，粉红色的，镶嵌一些耀眼的小石子，发夹尾巴上翘起两片能颤动的蓝得发亮的翅膀。刀条脸心满意足地看到灿骤然亮起来的双眼。

"给你的。"那两只诱人的发夹伸到灿的眼前，灿的目光在刀条脸和发夹之间游移不定。那只手又朝她伸过来，简直是只无法抗拒的魔手。灿心里对两只发夹赞叹一声，两根肉嘟嘟的手指小心翼翼捏起那两只发夹，刀条脸顺势一拉，灿已经到他的怀里，他把她抱起来。

　　"进屋里，我帮你带上，带上发夹我们灿马上就变成镇上的小姑娘了。"刀条脸搂紧怀里的孩子，穿过厨房，来到厅堂，灿并未感到任何不安，两只魔幻一样的发夹让她沉醉其中。大门被关上了，刀条脸坐在长竹椅上，在暗下来的光线里给孩子别上那两只魔鬼般的发夹。

　　"很好看呀，你比你妈好看。"刀条脸说，灿静静站在他跟前，刀条脸又变法戏似的摸出一面小圆镜，递给灿。灿扭捏了一下，有些羞涩地朝小圆镜看了一眼。她觉得小个子今天没那么讨厌了，朝他笑了笑，刀条脸兴奋得两腿打颤，拉过灿的手按在老地方，牙疼般龇牙嘶嘶呻吟起来。

　　"还有，还有。"刀条脸哼哼地说，摸出一张钱币，一块钱。灿紧张得紧紧捏了一把刀条脸，刀条脸兴奋地叫起来。他没把钱给灿，捏着钱像个喝醉的人那样盯住她。

　　"灿肯不肯？坐到叔叔膝盖上来？"他弹弹那张纸币，灿望着那张淡粉绿色的纸币，有些犹疑起来。刀条脸像受刑一样，满脸扭曲，一把抱起灿扯下她的淡黄色裤子按到自己的大腿上，灿被热乎乎地戳着，丑陋的玩意儿夹在灿肉乎乎的两条大腿之间。灿吓得不轻，扭动挣扎起来。

"不脱裤子，不准脱裤子。"她几乎要哭出来。刀条脸两只手钳子一样按住灿的两条腿，自己像只大菜虫般扭来扭去，长竹椅被碾得吱吱呀呀响。

"要不要钱，嗯，要不要？"他在灿耳边咬牙切齿地哼哼。

"不要，不要，放开，啊……"灿放声哭起来，刀条脸慌了，腾出手捏住灿的嘴巴。灿的哭声给捏回去了，她抽抽搭搭的，刀条脸从膝盖上抱下她，拉住衣下摆盖住丑陋玩意儿。

"不要哭！"他几乎恼羞成怒，同时把那张纸币塞回口袋里，"不听话，不给。"

"我不要！"灿手忙脚乱穿上裤子。

"发夹也不要？"刀条脸有些凶狠起来。灿惊恐地摸摸脑袋，那两只发夹还别在头上。

"我不要钱，我要这两只发夹。"她说，满脸委屈。

"不听话，发夹也收回来。"刀条脸吓唬她。

"听话，但不脱裤子。"灿瞧着刀条脸，口气里带着可怜的商量。刀条脸扭头往门口那边看，静静听一会儿，好像横下了心。

"想要发夹就得脱裤子！"他极快地伸出手，一只发夹已经被他摘下了，灿灵巧地扭身闪了一下，另一只发夹还安然无恙地别在她头上。刀条脸捏着那只发夹，似笑非笑朝灿看。灿心里委屈极了，实在舍不得那只发夹。

"手不行吗？"她说，她希望那只发夹重新别回她的头发上。

"不行。"刀条脸胸有成竹地说，"嘿，只有一只发夹，丑丫头！"这真使灿受不了，她泪光闪闪地盯住刀条脸手里的发夹。

"好了，要脱裤子才能拿到这只发夹的。你应该早一点知道，什么东西都得付出汗水才能得到的，小孩也应该这样。你不懂吗？你妈没教你？"刀条脸嘿嘿笑起来，像只逮到猎物的怪兽。"说不定连你头上那只我也会拿回来，只要我愿意。"他又说。灿几乎心碎了，摸摸头上那只发夹，她知道该死的小个子说得对，拿回这只发夹很容易的，她跑不过他，只要他站起来就能轻而易举拿走的。灿的眼泪流下来了。

　　"好了，现在你去厨房给我倒碗水来，叔渴了，去吧。"他推着灿，看她一步一步走向厨房。刀条脸几乎要在长竹椅上笑起来。这个细嫩的雏子，简直让他快活得要发疯。灿端一碗明晃晃的清水回到厅堂里，刀条脸拍拍听话的孩子，一碗水直直倒进喉咙里。灿退回到厅堂连接厨房的门槛边上。厨房后门没关，假如刀条脸执意要拿回唯一的那只发夹，她可以轻易就跑出厨房后门，在后院朝赵巫婆家大声叫喊。她明白，刀条脸害怕人来家里。灿静静站在那里，看刀条脸喝完水，把碗搁在饭桌上。刀条脸也饶有兴趣地盯着她，像盯住即将到手的猎物。然后灿看见他的脸慢慢痛苦扭曲起来，两只手紧紧捂在肚子上，仿佛要把手伸进肚里掏什么东西。很快刀条脸就呻吟着从长竹椅上滚到地上了，他伸长脖子，使劲蜷曲身子，朝灿张望，目光满含不解和惊恐。

　　灿又朝身后退了几步，害怕刀条脸突然站起来。刀条脸像虾子一样弓在地上，脖子有趣地直挺着，脸孔可怕地扭曲着，一些肥皂泡一样的东西从他的嘴角溢出来。灿有些害怕，扭身跑出厨房，然后把门合上，身后传来椅子绊倒的声音，把她吓得不轻。

嘿，一只死老鼠！灿有些惊恐而又得意地想。她摸下头上那只发夹，发夹像一枚发光的宝石一样落在她的掌心里，两只蓝色的小翅膀轻颤不停。她朝赵巫婆家走去，口袋里藏着心爱的宝贝，她好像已经忘记另外那只发夹了。

　　灿一直在赵巫婆的葡萄藤下玩耍，从茂密的葡萄叶中抓出不少毛毛虫。赵巫婆家里来了女看客，忙着坐庵，没时间理灿了。当太阳移到葡萄藤正顶时，哥像见了鬼似的满头大汗跑来找灿，拉住灿就往家跑，绕过紧闭的前门来到后院，厨房门开着，他却不敢进去。灿要进去，哥死死拽住她。

　　"死老鼠！"灿嘟哝起来，哥惊骇得大张嘴巴。

　　"怎么回事？"他朝厨房门里指，脸色惨白。

　　"他欺负我！"灿说。

　　"欺负你？"哥的声音轻飘飘的。

　　"他脱我的裤子。"灿有些难为情。

　　"脱你裤子？"哥吃惊地盯住她。

　　"嗯！我给他喝的水放了老鼠药。"灿看起来相当得意。

　　"你这个疯丫头，闯祸了，人又不是老鼠，怎么办？啊？"哥却怕得哭起来。

　　灿没见过哥这副六神无主的模样，心里也有些怕。她朝厨房门口胆怯地望了一眼，走过来拉住哥的手，发现哥的手抖得厉害。

　　"我们去找赵巫婆，她会法术，能帮我们。"灿轻声说。哥觉得是好办法，拉住她往赵巫婆家狂奔。赵巫婆正送客，看见兄妹俩满脸惊恐，摆了摆手，灿的眼泪一下子夺眶而出。赵巫婆的客人刚出

185

门，灿就朝她扑过去，也不说话，呜咽声埋在她那身繁杂隆重的巫服里。

"哎，我们的灿怎么回事？"她把灿拉开。

"婆！"兄妹俩叫起来。赵巫婆无缘无故的，打了个激灵。

"你帮我们！"哥说，"你要帮我们。"

"说清楚，要婆做什么？"赵巫婆搂住兄妹俩朝后院走去。这两个小东西，无非就是要倒腾她的葡萄苗。兄妹俩却不走，把赵巫婆拽进她幽暗的庵房里。

"婆，你做个法！"灿说。

"做什么法？"赵巫婆坐进铺着大红色绒布的椅子里，在油灯下饶有兴趣地看兄妹俩。

"我们要埋东西，把东西搬到大坑里，不过我们搬不动。"哥飞快地说，说完他有些兴奋，自己想了一个多么好的办法。

"要埋什么宝贝？"赵巫婆问道，拨了拨神台上的灯芯。

"埋人！"灿脱口而出。

"木头人！"哥慌忙说，打了一下妹妹的手。赵巫婆感到极有趣，两个小家伙在她眼皮下扯谎，不过她倒没点破。

"哎哟，那要婆怎么做呢？"她说。

"你做法，把木头人搬进我们后院那口大坑里埋了。"哥轻快地说，仿佛已经完成了一件麻烦而急迫的事情。

"我们要在上面种葡萄苗！"想到葡萄苗，灿兴奋起来。

"你们妈呢？叫你们妈搬去，不知道疼惜婆这把老骨头呀？"赵巫婆坐在高高的椅子上，望着脚下的孩子。

"妈卖米去了！"灿说。

"哎，这倒是了。法是可以做的，"巫婆笑眯眯地说，"不过，你俩拿什么来供神灵？没有贡品，法就不灵了。"她指了指神台上的瓜果香烛。兄妹俩立刻沮丧起来，在幽暗中面面相觑。

"我们没有，"哥轻声说，"不过，我们可以帮婆干活，什么活儿都能干，我们保证。"

"嗯，这个办法不错！说吧，木头人放在什么地方？"

"在家里，厨房后门没关！"兄妹俩同时叫起来。赵巫婆在神台上点了两支香火，分别交到兄妹俩手里。

"拿着，坐在这里，这支香火点完之前不能出这房间，不然法术就不灵了，明白吧？"赵巫婆说，兄妹俩拼命点头。赵巫婆出去了，房门在外头上了锁。

"哥，"灿闻着浓烈的香火味，有些头晕脑涨的，"婆的法术能行吗？"

"能的！"哥很肯定。其实他心里是不相信的，老师说那是迷信，不过，现在，哥也没辙了。

"哥……"灿又说，往哥身边挪了挪凳子，靠到哥身上了，哥闻见她身上淡淡的汗味。"我不想去念书。"她说。

"为什么？"哥有些吃惊。

"妈不乐意为我花钱的。"灿小声说，有些委屈。

"别瞎说。妈还问你要什么样的书包来着。"哥轻轻碰她的膝盖。

"我知道的，她老骂我，还打我。"灿说。

"妈是要打骂孩子的，村里的孩子都被自己妈打骂。"哥安慰她，心里却非常难过，他暗暗发誓，只要他在，绝不允许妈再碰妹妹一个手指头。妈听他的，他知道。

"哥，蚊子……"灿迷迷糊糊地说，靠在哥身上打起瞌睡了。哥从灿的手里抽走那香火。现在，两支香火已经燃一大半了。屋外静悄悄的，也不知道赵巫婆在做什么。他盼望她的法术能够成功，那是一件多么可怕的事情啊！他想着，不由自主打了个寒战。中午回到家时，从厨房后门进去看见刀条脸口鼻流血躺在地上，他几乎吓破了胆……香火终于燃尽了，赵巫婆却还没进来，灿靠在哥身上轻微地打鼾，一轻一重，一轻一重。

门被很大声地打开时，兄妹俩背靠墙壁相互倚靠着都睡着了，开门声把他们吓了一跳。赵巫婆很快走进来，一声不吭把两个孩子紧紧搂进怀里，兄妹俩因为害怕也沉默不语，三个人有些紧张地相拥着静静站在幽暗中。

"好了！"赵巫婆把兄妹俩带出幽暗的庵房，厅堂里明亮宽敞，三个人顿时轻松不少。"现在，听婆的话，什么事情都没有了，什么事情都没有发生，能做到吗？"她严肃地看兄妹俩，兄妹俩郑重地点点头。

"婆已经做了法，灿和哥都不能往外说这件事，包括你们妈，说了法就不灵了，埋下的木头人会重新爬出来！能不能保守这个秘密？"兄妹俩再点点头。赵巫婆离开厅堂，回来时手里提一只轻巧的提篮，里面装着灿日思夜想的葡萄苗，灿尖叫着跳过去，接过那只提篮，挺重，葡萄苗根部拖了一大块泥巴。

"现在回去，把葡萄苗种上。婆已经做法帮你们挖好了坑，不要再挖了，苗子放进去，埋上土后到婆家里来，婆还要给你们做法，让葡萄苗长得更好些！"她撇开灿，目光严厉地盯住哥，哥点点头。

兄妹俩回到家时，看见大门大开，厅堂里一片明亮，桌椅规规矩矩立着，地上干干净净的。他们相互对望了一眼，小心翼翼进了家门，一直朝厨房后门走去。他们的家和以前一样，什么都不少，也没多出什么。在厨房后门口，灿几乎惊叫起来，那口可怕的大坑已经给填平了，露出一片潮湿的平整地面，中间有一个脸盆大的深坑，想必就是赵巫婆做法弄出来的葡萄苗坑了。兄妹俩提着葡萄苗朝那片平地走去，不放心地在上头狠狠踩了几脚，地很结实，稳稳的。他们把葡萄苗放进坑里，飞快埋上土。最后一把泥土填好了，灿又狠狠地在葡萄苗根下踩了几脚。灿飞快跑回厨房，舀来一瓢清水淋到葡萄苗根下。

"明天，我考完试回来再给葡萄苗搭架子。"哥有些不放心地盯着地面说。

"哎！"灿更兴奋了。

"现在，我们到婆家里去。"

兄妹俩扔下水瓢和锄头，飞快地穿过厨房。灿顺便从米缸里抓一把米，撒到大门外的屋檐下。已经长了不少的鸡仔们从院子各个角落直着脖子朝灿飞奔过来，灿跳开了，追着哥的背后跑去。下午的阳光跟随着她不断晃动的胳膊跳跃着，明亮如水。

病 人

一

　　我是在秋天的时候离开竹溪乡幼儿园来到鹅城的。我是竹溪乡幼儿园的一名老师，在那里工作将近九年。九年前竹溪乡并没有幼儿园，竹溪乡幼儿园是该乡的第一所幼儿园。刚开办时只有不到十五个孩子，如今已经有一百零八个了。到了秋季开学，我估计会有超过一百二十个。因为我在带暑假班时有不少新家长陆续前来咨询，想在新学年把孩子送来我们幼儿园。我本来打算放暑假时就离开的，但园长恳求我，叫我无论如何帮她带完这个暑假班再走。有些孩子的家长都是双职工，尽管在单位并不担任任何职务，比如乡邮政所的投递员、文化站的宣传员等，和我这个幼儿教师一样普通，但也无法在一天中抽出大部分时间来照看孩子，而家里又没老人帮忙带，因此假期的来临很让家长们伤脑筋。幼儿园刚开办头三年，园长并不打算开假期班，一是孩子比较少，二是假期对于幼儿教师来说实在太难得了，大家都想休息。很多父母带一个孩子都觉得累，而我们一个老师往往要带二十个左右的孩子，一天下来累得连饭都不想吃。后来家长们和园长反映，外地都这么办了，学费虽然贵了点，但他们也愿意。园长于是就尝试办起假期班，付给老师的工资也比正常上课的时候高。结果还不错，每个假期都有二三十个左右的孩子。假期班其实就是帮家长看孩子，教一些画画唱歌跳舞，比正常的教学稍微轻松一点。而假期班不管寒暑假，一般都是我带的。其他的老师都不愿意，她们需要休息，一放假整个竹溪乡都别想找到她们的人影。我不需要，那时候陈和还在竹溪乡司法所上班，只要上下班能一起做饭吃饭，晚饭后一起打打羽毛球，或者到水库去游游泳，我就很满足了，我不需要额外的假期。当然，主要还是园长对我比较放心。这个幼儿园从开办到现在，我就一直没离开过。

我待在竹溪乡幼儿园的第六年暑假，陈和从竹溪乡司法所调到县里司法局，一年半后又调到鹅城一个区的司法局，离竹溪乡不近了，来回一趟得九个小时。以前并不介意的假期对于我来说变得重要起来。到了这个暑假，我不仅连假期都要，甚至向园长提出辞职了。因为今年以来，陈和主动给我打电话的次数越来越少，我打过去往往找不到他，要不然就是关机，过后陈和也不给我一个解释。园长是过来人，从我越来越忧虑的眼神中看出了点苗头。我提出不想再接暑假班时，她点点头，说她可以亲自带。接着当我犹犹豫豫提出辞职时，园长显得很吃惊，然后教导我，爱情对于一个女人来说很重要，但千万不要为了爱情而把自己都给弄丢了。我问她怎么会丢了，我这不是好好的吗？她很担忧地看我，摇摇头，然后说："你真想好了就去，哪天你想回来了，我这还有你一碗饭。但你得帮姐一个忙，把这个暑假班带完了再走，这段时间我得重新物色一个人来顶你的位置。"

我答应了。整个暑假，陈和依旧没主动给我打过一个电话，我给他打电话时，他甚至都没问放没放假。这使我更加坚定辞职去鹅城的决心。我感觉再不去，我可能要失去守了将近十年的爱情了。虽然我还无法确定陈和现在是怎么想的。

暑假班有二十五个孩子，倒还是些乖孩子，不怎么闹，没怎么让我费心，一个暑假班就在我心事重重当中结束了。

陈和对我的决定没有什么惊喜，也没有明确反对。他只是在电话里犹豫了一下，说那得找房子租。这个我知道。陈和在鹅城住他同学那里，那同学我见过，那地方我也去过。以前每次去鹅城，我们都住招待所。我告诉陈和，这些我都联系好了，等我到了一起去看房子，表姐帮找的，她说房租不贵，而且还在小区里，有门卫有保安，看样子挺安全的。行的话我们就租下来，安定下来我再找个幼儿园进去。

我不想给陈和心理负担，在城市生活消费高，这个我理解。陈和刚调到鹅城时曾兴致勃勃和我探讨过要在鹅城买房子，后来就没再提了。这些年来，我从来没和陈和提过结婚的事情，并不是不想，而是，我内心始终有一点自卑，尽管幼儿园的工作也不错，但那是临时的活儿，并不像陈和那样是个旱涝保收的公务员。我估计陈和喜欢我的原因也是因为这一点，不纠缠不要求。但表姐很多次差一点就把指头戳到我脑门上指责我了，她说："女人势利一点有什么不好，不势利一点就对不起自己了。你等着吃亏吧，有你哭的时候，我看你清高！"表姐在鹅城中医院工作，她看起来不像学中医的，倒像个理性十足的西医。

我帮园长把幼儿园新学期开学的准备工作做好以后就离开了。以前每次坐上离开竹溪乡的班车，心里都没什么感受。这次有点儿心烦意乱的，莫名其妙的忧虑在我心里蔓延，我不知道等待我的将会是什么，因此顾不上对竹溪乡的依依惜别。一个水木丰茂的地方，对我生命的八年恩泽，竟然抵挡不住一个男人对我的冷淡。生命中到底孰重孰轻，有时候真令人难以搞清楚，或者不想搞清楚。

表姐帮我找的房子在鹅城一个叫竹排冲的小区里，我很喜欢这个名字，竹排冲。里面当然一根竹子也没有，但有一个周边长着非常茂盛的玉兰花的湖，还有一条两米来宽的铺满鹅卵石的小道。"这个小区在鹅城属于开发比较早的，别看显得有些旧，以后你就知道了，能在小区里有这么大一个湖的，你再也找不到了。而且，"表姐顿了一下，脸上有些难以理解的表情，"这房是我在网上看到的，属于小户型，六十多平米，两房一厅，高了点，在六楼，家具俱全，房租低得我都感到吃惊，才五百五，你便宜赚大了。"我不吭声。我的心思并不在这上面。我来到鹅城是表姐到车站接我的，出发前陈和给我打电话，说他出差了，得一个星期后才回，房子的事情叫我看了自己定，定下后等他回来再交房租。我到鹅城三天

193

了，他一个电话也没给我打，问都不问关于房子的事情。我和表姐看了房子后，决定租下来。房东是一个胖大姐，姓木，人很和气，她说在另外的小区又买了套房子，到那边去住了，换个环境。我告诉她不仅我一个人住，还有我男朋友。她说谁管你们这些年轻人，只要不在这屋里干违法的事情就行，但至少得租一个季度以上。表姐多了个心眼，开玩笑问木姐："这房按市面价来租，看交情都得七八百，您这不会是有什么……忌讳吧？我妹子乡下来，胆子小。"木姐说："能有什么忌讳？我不图这点房租，想凑点人气暖房子。这几年孩子在外面读书，等他回来我们老两口就把新房让出来回来住旧窝。现在的孩子，靠不得，一辈子欠他的。"木姐说得合情合理，我也没什么忌讳。能有什么忌讳呢，无非这房子以前死个把人什么的。我不怕，只要和陈和在一起。我没等陈和回来就交了三个月的房租费，房东让我多交一个月，说是押金，还说这是规矩，谁租房子都一个样。租房的事情很快就谈妥了，当天早上就在房子里签租契交钱，木姐领着我们查看各种家电，教怎么使用，然后就把房子钥匙交到我手上。一共三把，一把单元门的，一把房子防盗门的，一把房门的，两间睡房的钥匙挂在门上。

木姐在临走前开玩笑地和我说，要是提前退租，房租可不退的啊。我也笑说，要是她提前叫我们走，得多退一个月的房租。

表姐帮我把带来的行李从她宿舍里搬到竹排冲后也走了。她说等陈和回来，我们弄顿饭，请她过来开火，就算是进宅大吉了。我答应了。

送走表姐，捏着那三把钥匙站在客厅里，一屋子陌生的东西，包括这个陌生的屋子，有好一阵子，我神思恍惚，感觉有种冷冰冰的东西从四面八方朝我漫过来。我特别想念陈和，于是给他打电话，那端正在通话，隔十分钟再打还是在通话，我就不再打了，默默把铺盖铺到床上，然后转到阳台上。令我感到稍微有点安慰的是，阳台上居然有一棵玉兰花，种在一个白色的大瓷盆里，个头比我还高，而且还有很多花苞，只是有些缺水。我进屋端了盆水出来，洒在玉兰花根部。秋天了，玉兰花会开得更旺，我希望它能给我带来一个充满清香气息的秋天。

二

我捏着手机睡了一夜，依旧没等到陈和一个信息或电话。起床洗漱后，我打算出去买些日用品和菜。走到阳台上望望天，天色有些灰暗，要下雨的样子。黯淡的天色使周围的一切看起来都显得有些陈旧，我想我的脸色一定也是黯淡的。为了使自己看上去精神些，我从箱子里找出一件接近裸色的两件套连身裙，外面那件是镂空的。我很喜欢这件裙子，去年八月十五我来看陈和时他给我买的。换好衣服拿上钥匙和背包，我便拉开门出去了。

这时候我才留意到，这栋楼是一梯两户，楼层的公摊面积还挺大的。邻居就挨在我的左手边，没装防盗门，一扇褐色的木门上倒贴着一张陈旧的福字。我只是在拉开门的瞬间顺便扫了一眼楼梯和隔壁的邻居，时间不会到三十秒。后来我猜想，冰花一定整天这样守在她家的门后，从猫眼里看出来，发现邻居开门，她立刻也跟着开门。不知道我租的这房子有多少个女人被她这样伏击过。我觉得那真是伏击，而且是专门针对女人的。

我拉开门还没来得及关上门时，旁边褐色的木门也跟着咔一声开了。我未曾谋面的邻居站在我面前，让我稍稍感到有些吃惊。这个女人起码有一米七，苗条，穿一件很合身的藕色连衣裙，高跟拖鞋，高绑的马尾辫发梢只齐脖子，露出一片光洁的额头，年龄大概比我大一点。我不得不承认，这实在算得上是一位芳邻。她倚靠在门框上，在黯淡的光线里打量我。她看我的样子令我很不舒服，给人一种居高临下的被审视的感觉。但毕竟是邻居，第一次见面，我赶紧弄出一点笑意，还没等我打招呼的话说出口，她就在黯淡的光线里开口了。

"长得这么丑也穿裙子，个子还这么矮，你妈到底怎么生你的，你到底怎么长的，嗯？"她朝我很认真地说这句话，并且极为自然地把一支细长的烟叼到嘴上，吧嗒地点火了。当时我并没有看见她手里拿着烟和打火机。

我愣在那里，感到有点莫名其妙，这里只有我们两个人，是对我说吗？我不太确定。因为她身后那扇门是开的，也许她正和家里的某个人说话。我朝她笑笑，关上门挨过她面前要下楼梯。她的家门是正对下楼楼梯的，而我的家门则正对上楼楼梯，我必须得稍微偏过她家门才能下楼梯。就在我越过她面前时，她朝我吐了一口烟。她比我高，又穿高跟拖鞋踩在门槛上，这样比我高得就不止一头了，那口朝我吐的烟结结实实扑到我脸上。烟草的味道着实令我恶心，我感到浑身的细胞都紧起来，觉得这玩笑也开得太大了。我摇手使劲扇开那些烟，快步走到楼梯前。

这些年在幼儿园工作，我渐渐培养出一项本事，就是反着表扬人，板着脸说好话，嘴上一套脸上一套。那些不断哭泣或者不断捣乱的孩子，我常常会满脸不耐烦甚至厌恶，但嘴上却哄他们说："婷婷乖啦，小辫子扎得这么好看，再哭就变丑了。"或者满眼喷火地看一个总是喜欢把鼻涕往我身上抹的孩子说："哎哟，这口香糖真香，可是老师现在不吃口香糖，快点儿，把你的口香糖从老师身上擦掉。"这招对孩子们很管用，他们还辨别不出老师的脸色有什么不对劲。很多时候，我总会不由自主地把这套把戏用在大人身上，大概是习惯了。

我站在楼梯前，确定这无聊女人确实是在对我说话后，满脸恶心地对她说："你长得真漂亮，个子好高啊，你妈到底怎么生你的，你到底怎么长的，嗯？"

说完我使劲盯她一眼，发现她脸上有种愕然的神色，仿佛意料不到我会这么回答。我站在昏暗的楼梯前，想等等第一次见面的芳邻还会说出什么更离谱的话来。这时从这个女人身后的门里出现一个比她矮半头的老头，头发完全灰白了。他一把拽住女人的手臂拉进屋里，然后砰地一声关上那扇褐色的木门。

有毛病。我在心里嘀咕，快快不乐下楼梯了。

在竹排冲小区附近有一个叫金三角的菜市场，挺大的。蔬菜品种很多，也很新鲜。从马路上拐进一条下坡巷子大概三百米，就到金三角菜市场。小巷很简陋，本来是通道的，没有城管来时，小巷两侧摆满乡下人挑来卖的菜。他们的菜不仅比菜市场摊子上卖的新鲜,而且还便宜。很多人还没走进菜市场,菜就已经买好了。这条巷子因此常常拥堵不堪。不过我倒是很喜欢这种热闹劲,这让我想起竹溪乡的街天。每五天一次的街天,竹溪乡那条唯一的街道也是这样拥堵,各种新鲜野菜野果摆得到处都是,还有散养的土鸡土鸭。每次到街天,我总喜欢从头到尾把竹溪乡唯一一条街道逛好几遍。其实那条街从头到尾也就五百米左右。我喜欢那种粗糙而古朴的热闹气氛。我常常会在街天时买到新鲜水嫩的竹笋,再买上一只两斤左右的土鸡,竹笋炖土鸡,那是陈和最喜欢吃的。

哦,陈和!我有些心酸,掏出手机看了看,手机屏幕上只有网络运营商名和时间,时间是九点五十二分。我差一点就流泪了。

我买了很多新鲜蔬菜,还在金三角小超市里买了日用品,给陈和买了一瓶力士嫩白沐浴乳。看着沐浴乳,我心情好了点。陈和一直喜欢这个味道,用好几年了。每次洗完澡他都会很自恋地抽鼻子闻来闻去,那时候我感觉他就像个孩子,而且,他的模样也长得好。

回到竹排冲时,我又想起刚才出门时遇见的邻居。好起来的心情又沮丧了,摊上这么一个邻居,谁都开心不起来。

我提着两袋沉甸甸的东西上楼,在家门前放下东西,就在我把钥匙插进锁孔扭开门时,邻居的木门又咔的一声开了,又是那个女人。我的职业习惯又上来了,朝她冷笑,说:"你长得真漂亮,比慈禧漂亮。你个子很高,比姚明还高。"然后迅速提起东西进门,摔给她一声响亮的关门声。进到屋里,我都能听见自己的心在慌乱地跳,放下东西后一屁股跌坐进沙发里,抚着胸口大口大口喘气。平静下来后,我想,自己是不是有点儿过分?这次她又没招惹我，而且我并不是个主动惹事的人。可是，到底我哪儿得罪这位芳邻了？我搬进来还不到两天，面都没照过。是不是我在房间里弄出什么响声叨扰到她？我记得昨天下午我确实在屋里搞卫生时搬动过一些东西的。我坐在沙发上，望着周围这些我还没有熟悉起来的东西，窗外黯淡的天空，想想不知道用意何在的邻居，陈和让人受不了的冷淡，感觉自己像置身于一个虚幻的梦境一样。我摸摸自己的脸，摸到一些湿漉漉的东西。

晚饭过后，我搬一把椅子来到阳台上坐。本来想出去走走，但想到有可能会遭遇那位莫名其妙的芳邻，而且，我也没什么心情，就罢了。我坐在那棵玉兰花旁边，看见一些叶子被虫咬出月牙一样的形状，便一张一张翻看玉兰花的叶子，果然发现两只肥胖的毛毛虫躲在一张叶子下面。我拿筷子把毛毛虫挑出来，就在我准备碾死第二只毛毛虫时，我听见有人敲门了。声音很轻，仿佛担心惊扰到屋里的人。

我想到表姐，然后很快否定了。她来会事先给我电话，房东木姐也不可能，我刚刚交了房租……走到门边，把眼睛贴在猫眼上，看见一个灰白头发的老头，也正往猫眼里张望。是今早拽走芳邻的那老头。我犹豫了一下，开门了。老头很拘谨，站在门外想笑又笑不出的样子。他说："小妹，没打扰你吧？"

这老头看起来还正常。我说："没事。大叔有事情？"

他点点头："有几句话。"

我有点儿疑惑，不明白老头有什么话和我说。我把他让进家里，门没有关上。老头坐在沙发上，我想给他倒杯水，他忙起身说不用了，我就没再客气。

"这个，小妹贵姓？"老头很客气。

"免贵姓方，您叫我小方吧。刚刚搬来，还请您多担待。我爱人这段时间出差去了。"我说。我想还是坦诚说开好，免得大家相互猜疑，产生不必要的误解。再说，这也没什么可隐瞒的。

老头点点头，脸上露出些欣喜的神色，大概他对我的坦诚相告感到很满意。老头说他姓木。看来鹅城姓木的还挺多。我就叫他木叔。当得知他是一名小学退休老师时，我就改口叫他木老师了，他却坚持要我叫他木叔，说这样亲切，于是我又叫他木叔了。

"今天早上……"木叔说，脸上有些为难的神色，他看了我一眼，我朝他微笑，表示我并不介意今天早上的事情。

"那是我家冰花，小女，我还有一个大女，另外住了，平时就我和冰花两个人，冰花她……"木叔说到冰花，叹了口气，"她脑子有时候不清醒，好多年了。她喜欢挑人的毛病，认识不认识都挑，但你顺着她说话就没事了。她不伤人的。"

我想起今早我并不是顺着她，而是嘲讽她，心里不免有些歉意。

我说："她看起来挺好呀，长得挺好看。"

木叔说："她要是看起来像个疯子就好了，别人也不会和她计较，她就是看起来正常，又爱挑人毛病，喜欢人说她好话。谁有耐心老哄她？这小区里的人都快被她得罪完了。"

我感到很诧异，说："她平时也出去？"

木叔说："出去的，她就这点毛病。往后小妹多担待一点，别和她计较，当她是个疯子就行，木叔在这先谢谢你了。"

木叔的话让我感到有些不好意思，我点头答应他，本想问问他冰花的病是怎么落下的，但又觉得这样问不太礼貌，便没问。

木叔走后，我坐在沙发上好一阵发愣。假如今早不是我的职业毛病，对冰花恶意般的发话报以恶语，结果会怎么样？后来，当我进一步了解冰花的病情后，我见识到了这种后果。

那天晚上，就在我临睡前，大概十一点半，表姐给我打来一个电话，她在电话里气急败坏地朝我嚷嚷："我看见陈和了，就刚才。我看见他在买啤酒，这个混蛋根本没出差，他在骗你。"

我咕噜从床上爬起来，感觉拿手机的手有点儿抖。我问表姐是在哪儿见到陈和的，是不是看错了。表姐更气了，她说就在陈和同学家附近一个小超市旁边。那儿有一家老姜洗头店，表姐患有偏头痛，喜欢去搓姜。

"我能把陈和看错了？你真是天真。"表姐在那头发誓一样地说，我想她肯定是在咬牙切齿。她闹失眠很长时间了，偏头痛也是失眠引起的，而失眠是因为和她已经到谈婚论嫁、我已经叫了好几年姐夫的男人离开了她。据说一个女人帮他调到省城中医院，他就离开表姐了。所以我能理解表姐见到陈和时的心情。

我告诉表姐，让她在那里等我，我马上过去。在路上我不断拨打陈和的电话，陈和没接，给我回了条信息：在忙。

三

那天晚上我没见到陈和。我和表姐去了陈和同学的家。他的同学叫张惊鸿，在档案局工作，还没成家。他常常说自己快要成为档案局里的老文件了，就等着到期销毁。陈和常常叫他惊鸿一瞥。在去他家的路上，表姐信誓旦旦，她说绝对不会看错的，一个人，又不是只猫狗，哪里会错。"我当时还在吹头发，不然我早就追出去了。"表姐说。我和表姐敲开张惊鸿家门时，他很惊讶，显然他并不知道我已经来到鹅城了。我的目光越过张惊鸿，迅速扫一眼客厅，我发现陈和的吉他竖放在张惊鸿的电视柜上，但没有发现他的人影。

"张哥，陈和他在不在？"我急切地问他，想从他脸上看出一些关于陈和的信息。

"在的。"张惊鸿说，然后把我们让进家里。张惊鸿的家是两室一厅，他对一间紧闭房门的房间喊："陈和，陈和，出来，小方来了。"

我和表姐迅速对望一眼，表姐脸上是愤怒的表情，而我感到心仿佛被一只手用力揉搓一把，疼得收缩起来。我快步越过张惊鸿，扑到那扇紧闭的房门上。

"陈和……"我终于忍不住号啕起来。张惊鸿非常吃惊，不明白发生什么事情。表姐过来拉住我，说："别哭，别哭，吵得四邻不安的，别哭，为这种人哭不值得。"

我于是拼命抿住嘴唇，满腹的委屈堵在胸口，感觉自己快要窒息了。表姐对张惊鸿："陈和骗了她，她辞了工作来城里，房子都租好住下了，陈和不肯见她，骗她说出差了。"

张惊鸿有些忧虑地看着我们，说："陈和没出差。"

"我没说错吧，"表姐拽住我，"他就是一个骗子。"表姐咚咚地拍房门："陈和，别以为你有什么了不起，你又不是金打银造的，没谁会黏住你不放。有事说事，有话说话，说开了该怎么办就怎么办，你这不是明摆欺负人吗？陈和，给我开门！"

张惊鸿把表姐拉到一边，并从茶几上抽了些软纸给我。我捂着鼻子哭泣，对着房门说："陈和，你开开门，我只……需要你一句话，你当面亲口对我说，一句话，告诉我，你还要不要我，其他的，我不想问……"

表姐立刻嚷起来，责备我："你说的什么话？你又不是个东西，什么叫要不要？他配吗？连个脸都不敢露。我最瞧不起这种男人，自己狗屁都不是，还捏腔拿调的。"

张惊鸿脸上掠过一丝焦急，赶紧制止表姐的话。

房间里依然静悄悄的。张惊鸿走到门边，轻声敲门："兄弟，开开门，这是小方，你女人，不开门就不像话了。"

我们三个人静悄悄站在门外，倾听房间里的声音。张惊鸿有些担忧地看我们。这时我听见包里的手机叮的一声响，掏出来一看，是陈和发给我的：你先回去，我会给你说清楚的，给我点时间。我看着短信，拼命忍住的哭声再也忍不住了。表姐从我手里拿过手机一看，很生气地踢了房门一脚，骂道："王八蛋！"我感觉再待下去有点儿自取其辱，捂着嘴出了张惊鸿的家门，表姐也出来了。

表姐一路劝我，并且愤愤责骂陈和。我们刚到张惊鸿家小区门口，张惊鸿就追上来把我们拦住了。他叫我们到小区里一张水泥桌前坐下。那里有一盏并不很亮的白炽路灯，灯光被几棵高大的玉兰花遮得斑斑驳驳的，桌子这一块几乎是黑暗的。玉兰花，鹅城的人似乎很喜欢玉兰花。张惊鸿说有点情况和我们说。

我记得张惊鸿当时说的是"情况"，而不是"事情"。

我们坐下后，张惊鸿就开始扳他的手指，十根手指头被他挨个扳得嗒嗒响。显然他在想怎么开口比较好。

表姐沉不住气了，问张惊鸿："陈和有别的女人了？"表姐的口气很冲，简直是在质问，仿佛张惊鸿也有不可推卸的责任。我当时的想法和表姐一样，除此还能有什么？大部分的爱情变故，似乎都只为这个原因。尽管在心里有了这个想法，但被表姐说破了，我还是感到心被割裂一样疼。我在黑暗里默默流泪。

出乎意料的是，张惊鸿回答得很果断："没有，我敢保证，陈和没别的女人。"

我感觉自己深深舒了口气。"那他到底是怎么回事？为什么对我避而不见？"我焦急问道。

张惊鸿顿了一下，说："陈和，他，实际上已半个多月没上班了，他请了长假。"

我感到很惊愕。表姐的思维倒也转得快，说："是不是病了？"她在黑暗中朝我这边望了一眼，"很难治？"她已经恢复了一名医务工作者应该有的冷静了。

张惊鸿在黑暗中垂着头，似乎是默认："不过，这也只是我的想法。他的身体没病，我感觉他有心病。"

"身体没病？心里有病？你这是什么意思？"我一时疑惑起来，"心里有病也不至于对我避而不见吧？"

"你安静，听……"表姐按住我的手。

张惊鸿赶紧介绍自己：张惊鸿，三十四，目前单身。也许张惊鸿为了缓解一下气氛，把自己介绍得跟来相亲似的。表姐说："嗯，该叫你小张了，我比你大半岁。"张惊鸿赶紧说，年龄不是问题。表姐短促地笑了一声。

那晚我们在小区里的水泥桌边谈到很晚。据张惊鸿介绍，陈和心理发生变化已经好长一段时间了，该死的是我竟然没有意识到，本来在他越来越少的电话中我就该觉察到的。张惊鸿和陈和是大学同学，八个人同住一个宿舍四年，陈和跟张惊鸿的关系最铁。两个人都没什么家庭背景，毕业后张惊鸿托了在学校时谈的女朋友的福，女朋友通过家族关系帮张惊鸿留在市里的档案局工作，而陈和则到竹溪乡司法所。这些年陈和一直都很努力，从乡里到县里，又从县里到市里。按照张惊鸿的说法，陈和简直就是个奇迹。如今不要说进市里，要离开乡里都难，假如没有靠山的话。而我知道陈和是没什么靠山的，他的勤奋和努力，加上好运气，碰到好领导，就这么一路走来了。在差不多九年的接触中，我对陈和唯一有些微词的就是，他有时候要求得过于完美。当然并不是针对别人，而是要求他自己，他从来不要求我要考个公务员或者找一份比幼儿园老师更好的工作。他一直安慰我，一个女人不要那么辛苦，整天和孩子玩玩，心思没那么杂，挺好的。有时候他还会伸手摸摸我的脑袋说，这个社会，可不是你这个小脑袋瓜能对付得了的。我就一直心安理得地待在幼儿园了。我记得有一次，陈和写了一份讲话稿，据说是所里的领导要到县里去汇报的。讲话稿写得很棒，汇报也很成功。只是过后所长指着结尾那段说有一个错别字。领导其实也没有责怪他的意思，无非就是提醒他以后要细心一点。结果整整一个星期，陈和都闷闷不乐，总是自责太粗心，我怎么劝慰都无济于事。还有一次，他们所里年底评优秀，陈和平时在工作中严格要求自己，对同事也很不错，因此大部分同事都投他的票，票数当场就公布了，事后评上的却不是他，而是一个新来的同事。据说这同事和乡政府一把手是亲戚关系。这事儿对陈和打击很大，很长一段时间，陈和晚上总是一个人默默喝啤酒。他的酒量并不大，三瓶啤酒就差不多了。我每天晚上看他一个人在那里喝酒，心里非常难过，也不知道该怎么劝他，该说的都说很多次了。直到有一天晚上，当我又一次看见他摸向啤酒瓶时，我终于哭了起来，并过去把他的头抱进怀里，他抱住我的腰也哭了。他说他真没用，他说这个社会真是太可恶了。我摇摇头，劝他说想开一点，我们好好地过日子就行。他在我的怀里闷着声说，他是努力的，凭什么就不该他得？是啊，凭什么？陈和说得很有道理，但是这个社会，很多时候是没道理可讲的。那时候，我感觉他像个孩子，幼儿园大班里的孩子。

张惊鸿在黑暗里说："陈和凡事都比较较真，这个人直。"

我说："这有什么不好，一就是一二就是二，我最烦心肠曲里拐弯的人。"

张惊鸿说："我说的不是这个意思，而是，很多事情我们得学会变通去看。比如，这个位置本来是你的，但是，因为某种原因，却不属于你了。你就得接受现实，不能死钻牛角尖。"

不知道怎么的，我心里有些酸涩起来，预感陈和又在工作上碰到事了。我说："张哥，陈和他，是不是在工作上遇到什么事了？"

张惊鸿点点头："陈和也没和我多说什么，只说办公室副主任没评上。这个位置倒也不是陈和主动去争取的。我听他说年初时组织部门下来考核，领导推荐他，同事对他的评价也很高。只是名单公布时，却没有他，一个连考核都没有份的同事上去了。"

表姐说："嗽，我还以为多大的事情，如今这样的事多了，要为这种事发愁都能愁死一大片人。我还真没看出，这个陈和还挺有官瘾的。"

张惊鸿说："他不是为这个。"

"那为什么？"表姐问。

张惊鸿答非所问地说："人和人对这个社会的想法不一样，所报的期望也不一样。"

我在黑暗中静静流泪，没有谁看见我脸上的泪水。它们沿着我的脸颊流到下巴，最后滴落在我面前的水泥桌上，无声无息。现在，我唯一所想的，就是见到陈和，叫陈和到竹排冲和我在一起。其他的，我什么也不想了，也没能力去想。但张惊鸿摇摇头，他说陈和怕见我，我让他感到有压力。

我给陈和带来压力？我实在难以理解，也让我感到很伤心。

张惊鸿说："陈和常说你比他强，凡事你都做得比他好，这个社会常常让他有挫折感。"

我终于忍不住小声抽泣起来。

四

那晚我在张惊鸿家里拍打陈和的房门后，我给他打的电话他再也没接过，发的信息也不回。张惊鸿给我一把家门钥匙，让我自如出入他的家。可是每当我来到他家里时，陈和已经出去了。我走进他的房间，房间倒还算干净。在个人卫生上，他还是让我比较满意的。而且他也没有脚气，经常嚼口香糖，胳肢窝有点儿汗味，我曾经开玩笑说他充满男子汉味道。他于是买了一瓶走珠香液，每晚洗澡后往胳肢窝里滚一滚，然后举着胳膊让我闻闻，问我："丈母娘，满意了吧？"他说我像个挑剔的丈母娘，不像老婆。一些很特别的时候，他会叫我丈母娘。此时我看见一瓶走珠香液滚在床脚，我走过去捡起来，发现已经用完了，于是扔进放在门边的纸篓里。我还发现他的布衣柜拉链没拉上。布衣柜像一个被开膛破肚的人，敞着两片肚皮。我走过去，里面的几件衬衫和裤子是我所熟悉的。自从我们在一起后，陈和从没自己买过衣服，从里到外从上到下，全由我张罗。我发现衣柜里少了那件铁锈色的短袖 T 恤和米色休闲裤，今天陈和一定是穿着它们出去了。这让我心里感到有些许安慰。因为我非常喜欢那件铁锈色短袖 T 恤，而陈和却不太喜欢。他说一个男人穿那些女里女气颜色的衣裳，不好看。昨晚我在他的房门外哭了，他今天穿上它，也许表示对我有些许内疚，或者别的什么。哦，曾经那么心思透明的爱人，如今我却无法知道他心里在想什么。我一件一件抚摸布衣柜里的衣服，心想，今天无论如何我都要等到陈和。

那天我一直在张惊鸿家里等到黄昏，陈和也没回来。张惊鸿下班回来又去上班了，上班又下班了，陈和依旧不见踪影。张惊鸿有点不安地看我。他说平时陈和也没什么地方可去，偶尔他们会去一个叫"陈旧时光"的酒吧喝啤酒，但陈旧时光白天并不开门。我对张惊鸿笑笑，故作轻松地说不要紧，他只是心里不舒服，过一阵子就会好的，他这德行我已经习惯了，他像个任性的孩子。夕阳开始在天边沉没时，我离开张惊鸿家了。有我在，张惊鸿显得有些拘谨，而这是他的家，我不能鸠占鹊巢。我在街上神思恍惚地游逛，去了几个以前我来看望陈和时他带我去的地方。我并不指望能在这样的地方见到他，陈和不是一个喜欢逛街的人，一个人更不会逛街了。我走过那些地方，甚至在一个绿化地里我们曾经坐过的一张水泥长椅上坐下来。不知道为什么，我老是会突然转身回头张望，仿佛身后跟着什么人。可是身后除了渐渐暗淡下来的时光，什么也没有。我感觉非常累。

天完全黑下来的时候，我按照张惊鸿给的路线，来到陈旧时光酒吧。它在一条非常偏僻的小巷中间，小巷其实就在市中心，隐匿在繁华之中，出了巷子就是浮华世界，走进巷子则是陈旧时光。巷子两边全是一层两层的居民楼房，门脸窄小，一层狭长的大厅全被居民们改成各式各样的小酒吧、小茶馆、小咖啡馆。店名也起得很有意思，我看见有四家挨着的小酒吧，它们分别是：默然、相守、寂静、欢喜。而陈旧时光酒吧的左邻右舍分别是：向内行走、逆行时光，都有怀旧的意思。我推开陈旧时光酒吧的门时，发现自己是第一位客人。陈旧时光因此赠送给我一瓶啤酒，说这是规矩。我就坐在墙壁上挂满各式各色酒瓶子的陈旧时光开始喝起来。到了九点钟时，陈旧时光陆陆续续来了些头发五颜六色的年轻客人，有男有女，耳朵上缀满闪闪发光的耳钉子，一进门就很熟稔地和服务生打招呼，看来都是熟客。我想象陈和、张惊鸿两个半大不小的男人混在这群年轻人里喝酒的情景，感到有些滑稽。不过，十点过后，就开始来了些和我一样年纪的人，大都是成双结对来的，坐在角落里小声说话。十点后，陈旧时光开始放些舒缓的音乐，类似瑜伽音乐。我们园长经常在下午放学后在教室里做瑜伽，因此我对瑜伽音乐比较熟悉。一个酒吧放瑜伽音乐，有点儿稀奇。到了十点半时，我的面前已经空了三个啤酒瓶，我把自己喝得晕头转向，来这儿干什么也已经忘记了。我把胳膊支在小桌子上开始抽泣起来。旁人一定认为我是个刚失恋或者离婚的女人在借酒浇愁。别人怎么想我已经顾不得那么多了，只是伏在桌子上专心哭泣。后来我肩膀被谁拍了两下，我勉强抬起沉重的头，感觉脖子快要被撑断了。蒙眬中我看见一个胖女人，问我怎么了，需要什么帮助。我朝她摇摇头，然后摸索出钱包，掏出足够五瓶啤酒的钱给她。她收了钱，见我并没闹什么事情，就走开了。估计在陈旧时光酒吧像我这样的客人已经司空见惯。没办法，这个社会不快乐的人太多了，喝啤酒来排遣一下总比黄赌毒要好得多。况且，我只是哭泣而已，并没有做什么影响陈旧时光营业的事情。服务生又把两瓶已经开瓶的啤酒摆到我面前，在混混沌沌中，两瓶啤酒又被我喝光了。喝完之后，我连哭泣都不会了，整个世界在我面前旋转起来，脑袋里像有一群蜜蜂在飞，我伏在桌上，像晕过去一样。

后来，我感觉有什么人在搬动我，但我已经没有力气睁开眼睛看一眼了。

清醒过来时已是第二天的黄昏。我发现自己躺在租房的床上，穿那件淡蓝色的无袖蕾丝睡衣，脱下来的衣服搭放在床边椅子上。我从床上坐起来，还好，头不太晕，只是非常口渴。我看见床头柜上放着一瓶矿泉水。那是一瓶娃哈哈矿泉水，500毫升的。我望着矿泉水怔怔发了一会儿呆，然后起来找背包，钱包还在，手机也还在，翻看手机通话记录，发现上面没有给表姐拨打或者表姐打进来的电话。依我的想法，昨晚那个胖女老板还算厚道，见我醉得不省人事后，翻出我的手机查看通讯记录，在上面找到标有表姐的电话号码，然后拨出去了。显然，并没有我一厢情愿想的活雷锋。我拧开矿泉水瓶盖，坐在沙发上慢慢喝起来。我不用去费心想了，我知道谁送我回来的，我一直都在他的视线之内。

懒懒地喝完一瓶水，表姐打电话进来，说要过来和我吃饭。我没答应，告诉她我有点儿不舒服，改天吧。表姐在电话那头沉默了几秒钟，然后说几句安慰我的话。后来我忘记她都跟我说了什么话了。

天将黑的时候，饥饿使我手脚发软冰凉起来。我有低血糖，只要挨饿我便会头晕目眩，特别想吃鸡蛋红糖汤，但冰箱里只有鸡蛋，没有红糖。我便换了衣服，想到楼下的小卖部去买半斤红糖回来。我留个心眼，在拉开门前往猫眼看看，外边什么都没有。于是我打开家门，几乎同时，邻居家的门也咔地开了，冰花站在门口，穿戴整齐，她身后家里开的灯把她的身材衬出一个窈窕的剪影。

造化弄人，我想。紧接着我主动朝她说："你是这栋楼里最漂亮的女人。"

"你看起来很老，脸上还有雀斑，难看死了。"我们几乎是异口同声朝对方说话，这是冰花对我说的。

我朝她点点头，说："是的，我又老又丑。你是天鹅，我是癞蛤蟆。"我说着已经越过她下了楼梯。还好，冰花没有再开口，让我得以顺利下楼。我非常忧愁，没有人愿意老是被人这样贬损，也没有人愿意老是去夸奖贬损自己的人，即使是个神经不正常的人。而我实在想不出什么办法来解决这件令人烦恼的事情。我终于理解木姐降低房租的苦心了。有这么一位邻居，简直就是凶宅。

我没买红糖，而是到小区外边一个小吃店吃了一碗姜糖煮汤圆。吃完汤圆，才感觉到身上有点精气神。我本来打算去陈旧时光，想向那个胖女人打听一下陈和，走到半路，又不去了。我为什么要去和一个陌生人打听我最熟悉的人呢？我不是一个无聊的人。

天色黑透的时候我拐进竹排冲小区附近一个绿化地里。我在鹅城总共待了三个月。那三个月在我所走过的绿化地中，我觉得这片绿化地是最好的，叫金三角绿化地。绿化地挺大，里面种满茉莉花、夜来香和玉兰花，还有些矮灌木、身材曼妙的法国梧桐。走进绿化地就像走进一间装满香料的屋子。绿化地晚上人挺少，因为这个地带的居民小区并不多。几位母亲带着孩子在一处有灯光照亮的地方玩游戏，一些小情侣坐在灯光照不到的椅子上，依偎在一起，因为幸福而沉默不语。我心绪烦乱地绕过所有的这些人，沿着一条鹅卵石小道走进一片路灯照耀不到的夜来香中。我害怕脸上的忧伤被灯光暴露无余，尽管也许不会有谁留意我一眼。这条小道两旁的夜来香长得很茂盛，齐我的腰高了。假如有个人躲在花丛中，我肯定看不见。就在我渐渐往里走时，我听见一声女人的笑声从花丛中传来，接着是一句娇嗔："哎呀，是这里……"

我吃了一惊，因为这声音听起来很熟悉。就在我疑惑时，可能是我的鞋跟叩着鹅卵石的声音惊扰到了她，一个高挑的身影从花丛中倏地站起来，一边低头整理身上的衣裳，然后跳过花丛，从我的身边飞快小跑过去。我非常惊愕，那身影，像极了冰花，不，那就是冰花。尽管黑暗中我看不见她的脸，但她的声音和她的身形，我应该不会弄错的。我又朝花丛中看，一个显然上了年纪的男人也从那里钻出来，走过我身边时还故意大声清嗓子，并朝夜来香吐一口痰。

我站在黑暗里有点儿尴尬，仿佛花丛中的人是我。这个冰花真有意思，我想。而那个男人更有意思，他用什么方法才能和冰花谈上恋爱呢？

哦，连冰花这样的女人都有恋爱可谈，而我却孤独走在充满花香的夜色里，也许真正可怜的人是我。

五

那段时间，我想了很多办法，希望能见到陈和。有时候我在张惊鸿家里从早上等到深夜，有时候则在他的小区里某个能看见他家

213

单元门的长椅上坐一整天。我感觉陈和像在和我捉迷藏，他在暗处，我在明处，我知道他就在这座城市里，但永远无法知道他的准确位置。我给他发了很多短信，安慰，哀求，责骂，我们之间难以割舍的感情和美好的过去，我都发给他，但都如石沉大海。期间，表姐来陪我几个晚上，都是过了晚上十一点就走。那些晚上都是下雨。我讨厌下雨，特别是晚上。假如晚上下雨，并且我一个人待着，我会变得非常烦躁，仿佛那些密集的雨点变成令人厌恶的毛毛虫一样。以前到晚上我给陈和打电话，他马上会开玩笑地问是不是竹溪乡又爬满毛毛虫了。来到鹅城之后，下过四个晚上的雨。我缩在沙发上，听外面的雨落在窗户上的声音，两只胳膊紧紧抱住自己的膝盖。表姐和我说了很多话，都是以前我们在老家时候的事情，偷过谁家的瓜，踢过谁家的狗，还说到曾经在青春期暗恋去当兵的马文明。这我倒是第一次听到。马文明啊，这是所有乡村女孩都会暗恋的男人，长相简直和阳光一样，阳刚、明朗，看见他心情都会莫名其妙地好。我牵动一下嘴角，做出一个浅笑的模样。表姐在那里自说自乐，看不见我脸上像窗外的秋雨一样冰凉的哀愁。这段时间，我明显感觉到表姐快乐了不少，这挺好的。我希望我所有的亲人都快乐，包括——陈和。她没提到陈和，估计担心我伤心。

　　每次下雨之后天气都会变得更凉，阳台上的玉兰花开得也更多了，花香飘荡进屋里，我闻着花香开始整夜整夜睡不着。我翻出针织开衫，把夏天的裙子全都卷起来放进行李箱里。卷着卷着我就瘫坐在床上哭起来。

　　我又在家门外四次"碰见"冰花。有一次我实在心烦，没搭理她的"恶语"，结果她一路尾随我下楼，把高跟鞋踩得嗒嗒响，很有节奏感。她喋喋不休在背后对我品头论足：我走路的姿势多么难看，我穿的是三年前流行的鞋，我的包不是真皮的，我头发干枯没有光泽。我非常恼怒，憋在心里多日的委屈和怨恨爆发了，我转身朝冰花大喊："你这个神经病，你是这栋楼，不，这个世界上最神经病最难看的女人，满意了吧？嗯？"

冰花站在比我高四个台阶的楼梯上，俯视我，脸上一副错愕的表情，嘴角神经质一样轻微颤抖。我迎着她的目光注视她，我相信我的眼光肯定充满了恶毒和鄙视。

姐们，这个世界不是由你主宰的，地球不是为你转的，没有人会永远迁就你，即使你是个神经病，即使你病入膏肓。我站在那里充满恶意地想。

冰花脸上的表情突然凌乱起来，哭笑怒皆不是，她死死盯着我，但她的眼神分明是涣散的，你不知道她盯住你身上什么地方。

"谁是神经病？我哪儿神经病？我让你看看我哪儿神经病！你看！你看！你仔细看！"冰花无比激动起来，她站在台阶上，大声喊叫并开始脱衣服。我大吃一惊。眨眼间她就把米色薄针织开衫脱掉扔到地上。她里面穿一件浅蓝色吊带直身长裙，浑圆但并不显胖的肩膀露出黑色内衣带子。有一刻我非常感叹，不知道这个患有精神疾病的女人是如何保持她的身材，并且懂得搭配颜色协调的服饰的。现在，她开始拉开右侧腋下的浅蓝色直裙拉链，并且弯下腰从膝盖处把裙子往上褪。

"看吧，仔细看，我哪儿比不上你？不要脸的婊子！"冰花继续大叫，并开始莫名其妙地骂人。这时我们所处的那个单元的两户人家纷纷开门，两个四十来岁的女人同时出现在两扇门里，看见正在脱衣服的冰花，脸上都带着幸灾乐祸的表情。我估计她们也像我这样被冰花骚扰过。

冰花很快把裙子脱下来，现在，她只穿着黑色内衣和连裤肉色丝袜，整个窈窕身材暴露无余。我彻底被她的举动吓坏了，手足无措地站在那里。这时木老师跌跌撞撞从楼上跑下来，他一把抓住冰花的胳膊，不让她把身上的黑色胸罩扯掉。

"冰花，冰花，听爸说，你是最懂事最漂亮的孩子，快跟爸回家。冰花是最听话的孩子了，回家，啊。"木老师完全是在哄孩子，他捉住冰花赤裸的胳膊，在台阶上求助似的看我。

"不，我不回家，我要让她知道，我要让这个婊子知道，我比她漂亮，我比谁都漂亮。"冰花叫喊挣扎，木老师被拽得在台阶上趔趔趄趄，父女俩随时都可能摔在台阶上。

很快，木老师劝冰花的口气里带出了哭腔。我不知道冰花为什么骂我是婊子，虽然出自一个神经不正常人之口，心里还是感到很屈辱。木老师渐渐暗哑和颤抖的口气终使我于心不忍，我捡拾起被冰花扔在台阶上的衣服。

"冰花，大美人，"我说，"我承认了，你确实比我漂亮，比我强。你不用脱衣服我也知道你比我好，快穿上吧，我承认了。"我把衣服披到冰花身上，哄劝她，和木老师一起把冰花往楼上拉去。

冰花好像忘记自己在骂谁了，我和木老师在前边拽她，她一个劲往后蹭，扭头朝后边骂人。

"我比她漂亮！"

"我比她漂亮！"

"我比她漂亮！"

从三楼到六楼，我们东拉西扯差不多二十分钟，冰花怎么都不肯穿上衣服，在五楼到六楼的楼梯拐角处，她终于扯掉身上最后一件衣服，我赶紧把手里的薄开衫遮到她的前胸，并且抱住冰花。木老师终于忍不住，甩掉冰花的胳膊蹲在地上号啕起来。

我至今记得那个令我无比滑稽和心酸的场面。一个上了年纪的老头蹲在地上哭，一个半裸的女人在破口大骂，而我则死死抱住她，我们三个人像在演一出怪诞不堪的虐心戏。

那是一个临近黄昏的下午，等我们把冰花成功哄劝回家里时，暮色已经在窗外张望了。那是我第一次进冰花的家。她的家，像她这个人一样，令人不可思议。木老师有点儿不好意思，这个老头悲切地哭过一阵之后，感觉他心情轻松多了。他给我指一间房间，意思是叫我带冰花进去穿好衣服。木老师肯定经历过很多次这样的尴尬，我不知道每次他是怎么对付几乎赤裸的女儿的。冰花的房间，不，她的家，几乎每面墙壁上都镶有落地镜，随便从哪个方向转身，你都能在镜子里看见自己。想必冰花整天在这间屋子里，不，在她家里，各个角落，不同方位，像个自恋狂一样对镜自怜。我从冰花的床上捡一套淡蓝色碎花长袖睡衣裤给她，结果被她扔到地上。

"又不是睡觉，穿什么睡衣。我要穿裙子！"她像个任性的孩子。和冰花正面接触过几次，我还没这么近距离地看过她。她长相偏年轻，但应该有四十岁了，背后的皮肉有些松垮。她并不忌讳在我面前这样赤裸着，仿佛她也知道自己有一副令人羡慕的窈窕身材。冰花自己打开衣橱，从一大堆挂着的衣服里挑出一件杏色针织裙。

怎么说呢，冰花的衣橱，是我长这么大所见过的衣橱中最大的，整整占据房间的一面墙，白色的大衣橱。我不仅没见过这么大的衣橱，也没见过哪个人有这么多的衣服。我们的园长，我曾认为是拥有衣服最多的女人，你不会在一个月里看见她重复穿同一件衣服。但是眼前这一大橱衣服，让我彻底傻了。这应该是近期才挂上的秋季衣服。这些衣服大部分是浅颜色，对于鹅城炎热的夏季来说显得太厚，而对于湿冷的冬天来说则太薄了。这橱衣服应该只是秋季穿的。衣柜里能悬挂的地方密集悬挂，不能悬挂的层层叠放在一起，满满当当铺满每一格橱柜。就算是把我一年四季的衣服全都挂上去，也不会比冰花一个季节的衣服多，估计连一半都比不上。这个满得不能再满的衣橱使我有种窒息感。我终于理解她家满墙壁的镜子了。这么多的衣服，确实应该有这么多的镜子。

"嗯，非常漂亮！"等冰花穿好衣服，我兴味索然地赞美她一句，然后走出她魔幻世界一样的家。

木老师送我到门口。他一直坐在客厅里，我在冰花房间里看到客厅墙柱上的镜子，镜子里的镜子，木老师像个木偶般动也不动地呆坐着。这个老头肯定比我的父亲年纪大。我有些难过，懊恼自己和那个神经病计较。我为什么要和一个神经不正常的人较真呢？伤害这个比自己的父亲还老的老头，也把自己弄得精疲力竭，满心不快，而那个神经病却不知羞耻地赤裸显摆她已经显得松垮的腰身。

木老师连声向我道谢，我却为自己的内疚纠结。我看见他的眼眶还湿漉漉的。也许他坐在客厅时一直默默垂泪。

哦，各个角落，都充满令人厌倦的伤心。我快快地开门进家，已经忘记刚才为什么要下楼了。

第二天中午，冰花的大姐敲开了我的家门。我估计是因为昨天的事情来的。我不想卷进别人的家事中，我自己也有烦心事。但这个叫冰雪的女人站在门外，露出和她老子一样一副令我无法拒绝的哀求神色。我讨厌这种表情。

木老师有两个非常出色的女儿。大女儿冰雪和神经病冰花，姐妹俩都是鹅城文艺界的著名人物。冰雪是歌舞团的民俗歌手，据她说嗓音和宋祖英可媲美。冰花是编舞的，拿过很多大奖。冰雪对我说这事时，我想起冰花傲人的身材和异于常人的着装，以及她家满屋子的镜子。冰雪说冰花在大染缸一样的人际关系中，简直像个洁癖患者一样，完全生活在世俗之外。她编的舞蹈不断被要求挂上歌舞团领导的名字，获奖、评职称却是领导的事情。奖项和职称对于冰花来说其实没多大意义。她在意的是每一个动作都饱含她个人情感的舞蹈被人无端分享，她无法忍受。冰花一直活得很抑郁，但她热爱舞蹈。她简直就是为舞蹈而生的。她的丈夫，和她一起在歌舞团成长起来的著名舞蹈创作员，把他们一起创作的一个舞蹈给一个新招进来的女创作员拿去参加群星会演，直到演出结束，女创作员领奖归来，冰花才知道被自己的丈夫骗了，不仅把自己创作的舞蹈拱手相让，变成女创作员的作品，而且丈夫和她早就同床异梦。这个打击对于冰花来说简直就是毁灭性的，一个极具编舞天赋的女人变成如今这个样子，三年前便办理病退在家。

"你不知道，"冰雪坐在沙发上，十指交织，脸上表情悲愤，"冰花为舞蹈付出太多了，她甚至都不肯生孩子，怕影响体形。"

"假如他们有一个孩子，冰花也许不会变成这个样子。"

"这个你能理解吧？女人太过于专注一件事情，绝对不是什么好事。你有孩子了吗？哦，我父亲说你还没孩子。"

"她挑剔所有的女人，所有的，我，我妈。所有的女人都是她的敌人，我妈也被她气走了，搬到我那边去住了。"

"冰花在谈恋爱。"我好不容易插上一句。

冰雪显然没想到我会蹦出这么一句，思维被打乱了，她像口渴似的舔了几次下唇，才重新回到正常的思维中。接着，她从牙缝里挤出一声意义不明的笑。

"一个神经不正常的人能谈什么恋爱，真作孽。"她说。

我不知道为什么作孽，也没多问。冰雪好像很容易相信人，至少我是这样认为的。第一次见面就对一个陌生人说这么多家长里短。

"父亲说你很照顾冰花，"她说，"谢谢你了。"她道谢的口气干巴巴的。"冰花把这栋楼的女人全都得罪了，"她说，"这些女人也不是什么好人，明知道她有病，还死心眼和她计较。"

"以后请你多关照了！"她说，这次口气倒算诚恳。

我说："我也没怎么关照她。在幼儿园里比她难缠的孩子多了，我当她是个孩子就行。我以前是个幼儿园老师。"

冰雪当时眼圈红起来，但她克制得很好，红眼圈很快就消散了。冰雪在我家大概待了四十分钟，然后告辞了。我关上门不到十分钟又被她敲响，这回她给拿了两个菠萝和两大串紫得发黑的葡萄。我没过多客气，就收下了。假如这样能让她和木老师稍微感到有点儿安慰，我为什么不呢？

到鹅城的第三个星期三，是中秋节。那天天气很好，明亮的阳光使鹅城的节日浮动一种桂花香般的温馨。街上不仅卖月饼和柚子，还卖玫瑰花。我能理解，因为……我也在中秋节收到过玫瑰花，一支，包装在透明的精致玻璃纸里。那时候我觉得各个角落都荡漾爱意，每个人都那么正常和善。表姐给我打电话，用充满歉意的口气说她晚上不能和我赏月了，连晚饭都没法吃。因为她们单位搞活动，集体活动，不参加不好。其实我并不希望表姐来陪我过中秋节，她只会让我感到自己更孤单。一个人挺好的。我给张惊鸿打电话，他没接到，于是发了个祝福短信给他。我也给陈和发信息了，告诉他我想念他。但不管是张惊鸿还是陈和，都没给我回一个信息。已经一个多月了，我慢慢接受陈和对我的疏远，然而我并不绝望，我相信，他只是暂时想不开。事业在绝大部分男人心中，确实比女人重要得多。

晚上，我在阳台上那盆玉兰花旁摆一张椅子。我只买了一只柚子，没买月饼。我在柚子身上插满香，然后点燃，就算拜月了。我把屋子里的灯全部熄掉，来到阳台上，一个人坐在黑暗里。除了对面楼和上下楼的灯火，看不见一缕月光。城市太令人乏味了。乡下很轻易得到的东西，在城里竟如凤毛麟角一样难寻。乡下的清朗的月色，潺潺流动的河水，四处蛙鸣，八方鸟叫，还有……爱情，在城市里全都变得遥不可及。我在黑暗中一直这样坐到差不多十点时，我的家门被急促敲响了。那一刻我的心剧烈地跳起来，我立刻想到陈和，连灯都没开，跑进黑屋里，穿过客厅打开门。

不是陈和。木老师站在门外，莹亮的走廊白炽灯照出他脸上的焦虑和不安。我立刻想到冰花，肯定又在哪里发神经病了。

木老师显然费了很多努力才来敲我的门，直到我站在他面前，这个老头仍然显得有点犹豫不决。

"木老师，有事情？"

木老师点点头："冰花在金三角绿化带那里，我想请你帮我劝她回家。给她姐打电话一直没人接，你方便吗？"

我立刻想到那天晚上在绿化带里见到冰花的事情，赶紧和木老师下楼了。

事情比我想象的要糟糕。冰花被一群女人围在绿化地里一盏路灯下，一个女人把无数声"婊子"粗鲁地砸在中秋节的夜色里。我们还没走到人群边，就听见几声响亮的巴掌甩在人脸上的声响和尖叫声。木老师飞快跑向前，扒开人群钻了进去。

冰花坐在水泥地上，头发散乱衣衫不整，双手护住脸尖声在那里哭。一个脸型棱角分明的健壮女人不住朝她头上脸上练掌功，手臂甩得很欢快。

事后，我才知道冰雪在我向她告知冰花在谈恋爱时，她那声意义不明的笑的含义。冰花视所有的女人为敌，但她却并不排斥男人，这也是她家里只有木老师能与之共处的原因。冰花和男性交往可以说没有什么明显的障碍，假如男人再对之甜言蜜语赞美两句，冰花简直来者不拒。她常常晚上流连于金三角绿化带，很多无聊而无耻的老头便如蝇逐臭而来。

我感觉冰花的内心一定有太多的孤寂，她需要很多男人来温暖她的心。

八月十五那晚，野鸳鸯在花丛中约会，被人家老婆逮住了。我很想细说那晚的一些细节，但就在那晚，陈和出现了。我和木老师钻进人群哄冰花回家，冰花说什么都不肯从地上起来。

我只好说："冰花，起来啦，美女是不坐在地上的。她们都是丑八怪，神经病，别理她们。"

结果我这句话把那个怒火中烧的女人彻底惹毛了，她像捉一只小鸡一样一把抓住我的前襟，然后把我推倒在水泥地上。

"全他妈一群婊子！"她同时恶狠狠把这句话砸过来。

也许陈和一直在我身边。也许自从我来到鹅城后，他就一直在我身边，我只是看不见他罢了。他肯定知道我每天都干了些什么，知道我去哪儿买菜，走过哪条路，也看到了我脸上的忧伤。我被推倒在荡漾着桂花和夜来香味道的绿化地里时，陈和出现了。我不知道他是从哪个角落里出来的，也许他一直跟在我身后。当我的手掌和水泥地面相互摩擦出一种令我直吸冷气的痛感时，我被一个人扶起坐在水泥地上，并把我那只受伤的手掌捧到眼前。我看见我的右手在轻微颤抖，掌心一片模糊，细小的血珠慢慢渗出。然后我看见陈和。当时他背对路灯，他的脸一片昏暗，但我还是看见他下巴上的胡茬，黑黝黝的。我从来没见过他留胡子，但我依旧觉得他是那样熟悉。

看见陈和，我忘记我那只正在流血的手掌，笑起来。

六

我以为陈和回到我身边，一切都会回到从前了。我们依旧会相亲相爱，像一对夫妻一样，买菜，做饭，吃饭，说一些以后生活的样子，做一些夫妻之间该做的事情。假如他需要，我也还会一直沉默，不谈婚论嫁，我不会勉强他。我很幼稚，这世上有什么东西能回到从前呢？没有了。

陈和好像总是不睡觉，他好像不需要睡眠了。无论我什么时候醒来，我都看见他靠在床头上，静静看我。要不就朝我侧身，一只手支着脑袋，看我的模样像一位考古学家面对他所研究的一件文物。

"你为什么不睡？"我从被窝里伸出手摸摸他刺拉拉的下巴。

"你看我做什么？"我朝他缩过去，钻进他的怀里。

只有这时候，陈和才变得和以前一样，蛮横地把我卷到身子底下。然而一对恋人之间，需要的不仅仅是这些。我们没有了以前的亲密、默契、无话不谈，甚至打情骂俏。很多时候陈和喜欢躺在沙发上看电视。我走过去，削一个苹果或者柿子果给他。陈和不喜欢吃雪梨。他接过去咬一口，然后捏捏我的手心。我感到他还是在意我的。他和我说得最多的话题是耍猴。他说在芳洲桥附近一片绿化地里，每到晚上会有一个江西人带三只猴子在那里表演。那三只猴子非常乖巧，穿着可笑的衣服，按照江西人的吆喝卖力表演各种动作。耍猴人一手拿鞭子，一手拿各种瓜果，威逼利诱猴子倒立、翻跟头、钻火圈、拿大顶。猴们把绝活完成后，伸手朝江西人要奖赏，江西人甩下一鞭子，猴们被耍了，急得抓耳挠腮。观众们这时哈哈大笑，纷纷朝铁盒扔纸币。耍猴人看见纸币也笑了。整个耍猴表演，人们最快乐的时候并不是猴子卖力表演绝活的时候，而是猴子被耍猴人耍之后的窘态。

为此，我们还连续三个晚上去看那个江西人耍猴。当看到耍猴人甩下鞭子时猴子们气急败坏的神态，我也忍不住笑了。然而我惊讶地发现陈和并没有笑，他满脸严肃地看那三只猴子。

"你觉得很好笑吗？你也笑了。"这是陈和主动和我说的一句话。那是看完耍猴回来的路上，已经到竹排冲小区我们住的那栋楼下了。陈和停下来突然对我说这句话。在明亮的路灯下我看见陈和脸上的不耐烦，和一种拒我千里之外的神色。我预感到陈和将不会和我上楼。我看着他，眼里渐渐蓄满泪水。我感到委屈，大家都笑了，为什么我不能笑？我继续盯着他，直到泪水模糊我的视线，直到泪水滑落下来。我转身上楼了，没叫他。后来他还是跟我上楼了，也许他不忍心看见一个女人流泪。一个男人对一个流泪的女人视若无睹，那他简直就不配叫男人。还好，他到底跟我上楼了。我把包甩到沙发上，踢掉鞋子，然后缩到沙发角，抱着膝盖默默流泪。

我想到前一段时间陈和对我避而不见，见之后他至今没对我说过一句心里话，他把自己整个包得严严实实的。我一直在等他主动开口，至少向我解释一下为什么对我避而不见，难道在他心里我连

225

张惊鸿都不如，比不上和他的关系更亲密？但他什么都没说，他就像什么都没发生过。我倍受煎熬的这段时间，被他当作是——度周末了。

陈和坐到我身边，我一直没理他，下巴搁在膝盖上，一门心思流泪。后来他给我倒了杯水放在沙发前的茶几上，就打开电视自顾自地看起来。我失望透了，一股怒火从心里冒出来，把我烧昏了头。我抓起茶几上的水杯朝客厅一个角落砸过去。茶杯和水一同在角落里粉身碎骨。我从沙发上跳起来，光脚跑过去拉开家门，指着门对陈和像个疯子一样哭叫。

"滚！马上！立刻在我眼前消失！"

"我不缠你！"

"不要以为离开你我就活不下去！"

"你以为你是什么？观音菩萨净瓶里的圣水？！"

"不食人间烟火的莲童？！"

"你其实就是个十足的自私鬼！"

"你把我扔在这里不闻不问，有什么资格去可怜那几只可笑的猴子！"

"我连几只猴子都不如，在你心里，嗯？"

陈和坐在沙发上静静看我，没有立刻消失的打算。我相信那天晚上我歇斯底里的叫喊声整栋楼的人都听见了。神经病冰花很不知趣地开门出来观望，永远穿裙子，高跟拖鞋踩在门槛上，下巴高高抬起，脸上是一副藐视一切的神情。陈和来这里住之后，我很少被冰花"伏击"了，也许她一直在门后朝猫眼观望我，但不再人为制造愚蠢的"巧遇"了。这个女人显然忘记或者并不在意她在绿化带里那些不要脸的丑事情。真是太荒诞了。相对于陈和来说，我更讨厌见到冰花。我冲她大叫："滚吧，大美人！"然后使劲把门摔上。

现在，我无处可去了，光脚在房间里像困兽一样走来走去。陈和一直那样安静，他的无动于衷彻底使我从狂躁中安静下来，失望的安静。我把自己关进卧室里，关掉灯，把眼泪流进黑暗里。下半夜的时候，我听见一阵轻微的脚步声慢慢朝房门走来，然后听见门把手转动时被卡住的声音。陈和大概在房门外站了五分钟，轻微的脚步声就离开房门了。我听见家门开了，又关上。在黎明前，家门又开了。我终于沉沉睡去。

在我们相处的那段日子，我发现陈和有一个令我啼笑皆非的毛病。当我表现得比较能干时，他就会带着嘲笑的口气说我像个能干的小官吏。就连我把家收拾得井井有条时，他也会倚靠在门上，发挥他的想象力：假如我是个领导，一定能把一帮人治得服服帖帖的。他指那些桌子椅子说，看，它们就被你治理得服服帖帖的。我有时候受不了他的口气，朝那些桌椅踢一脚，反驳他，这是木头，不是人，我不治理它们也服服帖帖的。这样争执几次后，我不敢再开口。每次陈和都会从桌椅开始，给我上纲上线，诸如，你是具有领导才能的，你能管那么多的孩子；对了，那些孩子是不是常常被你摆布？我错愕不已，手里捧着拖把或者笤帚不可思议地看他。

这样过一段时间后，我打算出去找一份工作了。我的积蓄并不多，而且，我不希望整天和陈和面对面，我怕哪天我们会彻底失去耐心，说出伤害彼此的话来。陈和他说请了长假，有多长，我并不问，他也没说。他非常不情愿和我谈工作上的事情。我发现他一谈到工作就显得非常焦躁，仿佛所有的人都欠他的。陈和到竹排冲小区来住后，我们请表姐和张惊鸿来吃过一次饭。我和陈和说话很少，张惊鸿和表姐却说得很多，仿佛他们才是主人，而我们是拘谨的客人。客人们发现主人明显有些冷淡后，也不说话了。有那么几次，饭桌上气氛尴尬，大家都沉默，仿佛在思考一件什么重要事情。还好开着电视，恶心的相亲节目倒缓和了不少尴尬。饭后我送表姐他们下楼，表姐有些担忧，问我们之间是不是出了什么问题。我摇摇头，不知道该怎么回答。我分明感到一种像玻璃一样的东西隔在我和陈和之间，透明，冰凉。我们隔着这层东西看见对方，却无法靠近和走进对方。

七

　　我在超市里找了份导购员的工作。如今已经开学过半了，幼儿园不再招老师。鹅城并不是个大城市，对幼教工作管得还不算太严，幼儿园招老师，和超市招导购员差不多。假如在简历表上注明有幼教工作经历，几乎百分之百是能找到幼儿教师工作的。因为幼教工作烦琐而辛苦，因此几乎每个幼儿园每个学期都有老师跳槽。我所在的竹溪乡幼儿园，在我待的将近九年里，换过的幼儿园老师几乎有上百个。有些才来几天，就被整天哭闹的孩子吓跑了。我不烦孩子，孩子没有坏心机，孩子快乐起来时简直就是天使，他带给你的快乐是你所想不到的。当然，捣蛋起来时也让你烦得想撞墙。我打算等到新学期开学再找份幼教工作。我喜欢和孩子们待在一起，孩子们的世界相对来说比较干净。

我上班的时间是每天早上八点到下午三点，倒班时是下午三点到晚上十点，隔天倒一次班。每天7个小时我必须站在日用品货架旁，对走进日用品区的顾客不断询问：需要点什么，沐浴露还是洗发水，要什么功能的焗油膏，牙龈容易出血，用两面针吧。含有老姜的洗发水能改善头部血液循环，对头风和偏头痛有一定辅助治疗，对头皮也很有好处，还能防止掉发。顾客稀少时，我要不断阅读货架上每一种产品的说明书，熟悉并牢记产品功能，以便顾客需要时能很快为他们推荐。我每个月的底薪是1200，加上提成和满勤奖金，能领到2000到2500。在超市里站7个小时下来，我的双腿几乎爬不动楼梯了。下班后我还要跑菜市场买菜，回家做饭。我要保证一天必须和陈和一起吃一顿饭。有时候陈和见我满脸疲惫地站在洗菜盆旁洗菜，他会建议各自在外边解决。他不会想到自己去菜市场买点菜回家，哪怕等我回来再做饭。而以前陈和不是这样的。我不知道我们之间哪里出了错。我们的日子还算平静，没有那么多时间厮守，摩擦也少了。我不知道我上班时陈和都在忙些什么。每次我下班回家，要么见他在看电视，要么就是租碟子看。令我匪夷所思的是，有一次我居然见他租回美国动画片《猫和老鼠》，在沙发上乐不可支地看。吃饭时我试探问他打算什么时候上班，他马上放下碗筷，又躺回沙发上看《猫和老鼠》，只是这回板着脸看。他的模样就像一个厌倦幼儿园的孩子，我不知道该拿他怎么办。

进入十一月份时，鹅城真正冷下来。我给竹溪乡幼儿园的园长打了个电话，请她帮忙把我寄放在她那里的衣服通过班车托运给我。我每天早上起来时，天才蒙蒙亮，从被窝里钻出来，满屋子飘荡的冷空气把我最后的一丝睡意给带走了。洗漱后我得给自己弄碗面条吃才去上班。我不喜欢到外面去吃东西。陈和依旧在睡觉。有几个早上，我把面条留出来一碗，用一个保鲜袋把碗包住，保暖。但到了下午我下班回家时，厨房里那碗面条依旧纹丝不动，我就不再留了。陈和把他的工资卡交给我，叫我安排生活。那张工资卡我放在他的床头柜里，一直没动。十一月中旬，我领到在超市工作的第一份工资，2182元。我们的领班是一个四十来岁的矮个子女人，很瘦。听说她的丈夫是个残疾人，是什么地方残我不太清楚，而她的儿子，也听说有点智障。但我从没听到她抱怨过生活。她为人热情，一天到晚总是一副精力充沛的模样。我去领工资时，她把我这个月的销售单子打出来给我，叫我回去后再仔细算算，假如不对数再回来找她。她拍拍我的后腰说，干得不错，但不要整天愁眉苦脸，开心一点。"每个人都有些想不开的事情，想不开也得过下去是不是？要多笑，一笑好运气就来了。"我很感谢她。吃过晚饭，我便在沙发上开始核对销售单子，并且仔细核算我该得的提成，看是否和工资相符。陈和坐在沙发一端看电视。我们一句话都没说。后来，他冲我说一句：你真能干，挣那么多钱。我没理他，埋头继续核算提成。一会儿他又说了一句：你该去当领导了，你当领导一定很会算计。他说的是算计，假如他说计算，我不会和他计较，但是他说的是算计！计算和算计，即便我只是一个超市导购员，也不会愚蠢到认为这是两个相同的词。我不得不抬头认真看他。我发誓，他肯定看出我眼里的失落和厌恶。我本来打算算完账后请他出去吃宵夜的。在鹅城的第一份工资嘛，得庆祝一下。但这一刻我兴味索然，连家也不想待了。我放下一堆纸片，走到阳台上。

那棵玉兰花倒是活得很好，独自绽放。黑暗中我只闻见花香，想必开得差不多了，隆冬很快就来临了。我给表姐打电话，叫她出来走走。

那晚我们一直在路边一个烧烤摊子待到凌晨一点。和表姐也没谈什么，她一直不间断发信息，脸上是我久违的神采飞扬的神色。我感觉把表姐叫来是一件错误的事情。表姐年纪不小了，应该留给她更多的时间去做让她快乐的事情。我们每人喝了一瓶啤酒，点的烧烤没怎么吃，表姐都打包带回去了，她养了一只叫苔丝的通身雪白的猫。

回到家时，陈和还歪在沙发上看电视，我只简单洗漱一下就上床睡觉了。陈和关掉电视机，轻手轻脚进房间上床。他从背后抱住我，脸埋在我的头发上。我感到很累，一动不动睡着了。一会儿，我感觉到贴着我后背的陈和害冷似的轻微颤抖。

"对不起！"他像咬着我的头发似的含含糊糊地说。

"我不是故意的，我也不知道自己怎么了。"

"我害怕上班，害怕见那些人。"

"这个世界很肮脏。"

最后这句话有点莫名其妙。陈和最后哭了。我很想转过身抱抱他，最终没有。我不是救世主，我很累。我发现自己变得心肠越来越硬了。

八

到底那件事情是怎么开始的，什么时候开始的，我一直毫无觉察。对于我们的生活，我似乎不打算往深处想，往以后想。我只想等待，等待陈和从心里的死角走出来。他并不是一个愚钝的人，只是有些单纯而已，我不想说他幼稚。说一个男人幼稚会让他很受伤。但这个单纯的男人，却干了一件让我觉得自己是个愚蠢的人的事情。

那天我在超市上班，大概是下午一点吧，还差两个小时就可以下班了，但我连两个小时也忍不住了。我一直有痛经的毛病，每次搞得比生孩子还难受，痛得像拿刀子在绞。我只好向领班请假，一脸铁青地回家了。陈和的胆子很大，或者他干脆就没觉得他干的是一件足以葬送掉我们差不多十年感情的事情。他连门都没反锁，甚至都没想到这个时候已经接近我下班的时刻。我像平时那样很轻易就打开家门，然后我就看见那件荒唐透顶的事情了。

陈和和冰花在沙发上搅成一堆，那个神经病两条修长的胳膊把陈和箍得仿佛要勒断他的腰。他们的衣服在沙发下扔得满地都是，冰花的肉色丝袜很妖媚地挂在陈和的脖子上……

我站在门外，有那么一刻脑袋一片空白，然后我就扶着门软软地坐到地上了。我的肚子实在很痛，痛得我直冒冷汗，我在地上坐了一会儿，才开始哭起来。我像个挨打的孩子那样张大嘴巴哭。沙发上的两个人仿佛被我惊吓了，像两个恶心的裸体雕像一样凝固在沙发上。木老师很快开门出来，他肯定在家里听见我哭了，他也肯定不知道冰花在我家里。有那么一刻，木老师也像雕塑一样凝固了，接着他飞奔进我家里，把赤身的冰花从陈和身下拽出来。木老师一边拽一边流泪，然后我见他抬起一只脚，扯下深蓝色的拖鞋劈头盖脸朝陈和与冰花痛打，陈和很快爬起来，跑进房间里去了。冰花又开始叫骂起来，木老师则一句话都没说，飞快甩动胳膊，拖鞋很响亮地砸在冰花的头上，脸上，身上。冰花赤身裸体从我面前跑过去，跑进她家门里。木老师扔下拖鞋，默默流泪收拾地上冰花的衣服，然后到门边把我扶起来。我们之间没有说一句话，也不知道该说什么。木老师一直抱着冰花的衣服，陪我坐在沙发上默默流泪。我依旧很响亮地哭。

那件事情之后，我就辞掉超市的工作了。我并不是想守着陈和，我只是觉得很累。我没把这件事情告诉表姐，这不是什么光彩的事情。木老师给我买来很多水果，表示歉意。他只对我说了一句话：不要和一个神经病计较。我心里是有些恨他的，也有些可怜他。他这张老脸，估计早就被冰花丢尽了，因此我无法责怪他。只是陈和，难道他也神经不正常吗？他到底怎么了？我有些心灰意冷。连问为什么都没问，这使我对自己都感到奇怪。

陈和想弥补他对我的伤害，很勤快地做家务活，还去买菜做饭了。很多时候我都静静坐在阳台上的玉兰花旁边。十一月了，玉兰花还长出不少尖尖的白色花芽，看样子还会开一阵子，只是叶子落得越来越多了。这件事情过了一个星期后，有一天下午，我坐在阳台上晒太阳。那些天我一直在想以后该怎么办，我和陈和怎么办，我还要不要留在鹅城。我实在找不出任何理由留在鹅城。我们之间将近十年的感情，难道就这样了断？每当想到这些，我连死的心都有了。

然后陈和走到阳台上，蹲在我身边。

"冰花她，并不是个神经病，她只是被伤害了。"他说。

我感觉脑袋像被狠敲了一棒子，有一刹那我头晕耳鸣，一股热浪电流一样传遍全身，整个人软得跟虚脱一样。这就是陈和给我的解释吗？这算什么解释？难道他还要和冰花继续下去？

我沉默良久，说："嗯，她没病，你也没病，是我有病，我伤害了你们。"说完我感觉喉咙被掐住一样，嗓子眼生生地疼。我把脸偏向那棵玉兰花。我不哭，我咬着嘴唇告诫自己。

连续好多个晚上，从冰花家里传出她的哭叫和咒骂声。她不断叫嚷："放开，放开我，让我出去！神经病，你们全都是神经病，你们都不正常。这个肮脏的世界啊。呜呜……"我感到有些吃惊，难道木老师把冰花锁起来了？我朝陈和看了看，他显得有些坐立不安，从客厅走到阳台上，又从阳台上走到客厅。大概他觉得自己的情绪太过于突兀，最后他出门了。我朝那扇关上的门笑了笑。

有一天晚上，大概十点吧，木老师敲开我家的门，站在门外讪讪的，说："小方，那个，小陈在吗？"我看着木老师沉默了几秒钟，对他说在，陈和在睡觉呢。说完我还朝客厅里的过道望望。木老师长舒一口气，然后说："哦，好，我就不打扰你们了。"

我关上家门，到阳台上站了一会儿，然后穿好鞋子出门了。陈和并不在家，九点多一点他就出去了，他说要出去走走。

出了小区穿过马路，我径直朝金三角绿化带走去。绿化带显得更安静了。进入十一月后，鹅城的晚上已经开始冷，在绿化带里活动的人渐渐少起来。只有一些学生模样的小情侣在路灯照耀不到的长椅下安静依偎，那模样像两只相互取暖的小动物。

我在两棵高大的玉兰花之间的长椅上发现了他们，就站在他们背后。陈和一只胳膊搂住冰花的肩膀，冰花像一个温顺的恋人靠在他身上。

冰花似乎在轻声哭泣，陈和则什么都没说。我在他们身后站了一会儿，冰花把头从陈和的肩膀上抬起来，陈和顺势在她的额头上亲了一下。

我闭上眼睛，有尖锐的痛从心里漫出来。真滑稽，他们活像一对受尽磨难的悲惨恋人，而摧残他们的则是我和木老师，也许还有他们口中的肮脏的世界。太滑稽了！

假如冰花是个正常的人，我肯定不会这样隐忍。但她不正常，包括陈和，也许他也不正常了，我能拿两个不正常的人怎么办呢？站在黑暗中，我满腔委屈和愤怒。没有人知道此时我多么痛恨这一切，所有的一切。

我默默流泪回到家里，进门之前，鬼使神差地敲木老师的家门。木老师看见我满脸泪水，有些惊慌。我冲他笑笑，然后转身进家，并关上门。

我告诉陈和，我要离开鹅城回竹溪乡，他留下来或者跟我回

235

去，由他决定。这等于叫他在我和冰花之间选择。我跟他这样说时，恨不得给自己两个耳光。直到现在，我还爱他，和一个神经病女人共同爱一个男人。尽管我不知道他们之间是怎么回事，又算怎么回事，冰花却是真实存在的，我必须面对这个现实。我一直在收拾东西，并且寄走一部分衣物。竹溪乡幼儿园园长在电话那端高兴得仿佛远嫁的女儿回来。我还听见孩子们快活的吵闹声，那些声音使我的心钝钝地疼。

陈和那几天有些失魂落魄的，动不动就站在阳台那里发呆，一站就是半天。我在心里惨笑，莫非他们之间真有感情？多么不可思议的两个人。

陈和到底没扔下我，选择和我回竹溪乡，我不知道他心里经过怎样的挣扎。说心里话，陈和的精神状态让我对我们以后的生活感到很担忧。他抗拒很多世俗的人情世故，而我们却生活在充满世故的社会里。比如，我给我们园长买了一套护肤品，我觉得这是应该的，她像一位大姐一样，体谅我的来去，始终对我充满信任，我应该感谢她。但陈和对我的行为很不屑。他说我没在体制内工作可惜了，不然我怎么都能当个小官。在他的眼里，我成了一个精通溜须拍马有心计有手段的圆滑女人。我没和他计较。我们就要离开鹅城了，回竹溪乡去了，我没必要在这个时候和他计较。

我们走那天，基本上没带什么东西。东西全被我们托班车运回去了。我只提一些日用品和我的包，陈和拖一个拉杆箱。他请了长假，他跟我说想调回竹溪乡。我觉得这样挺好。我希望一切已经发生的事情成为过去，毫无痕迹地成为过去，一切重新开始。张惊鸿和表姐来车站送我们，我看见他们靠得很近，表姐舒朗的眉眼泄露了他们之间的秘密。我使劲捏捏表姐的手心，表明我已经看出来了。表姐有些不好意思。

九

回到竹溪乡后，我依旧在幼儿园上班，住在原来那间宿舍里。园长把钥匙交给我时，促狭地朝我笑，然后贴着我问：是不是有了，回来生？我说托你的福，但愿早日有。她笑着走开了，说要好好睡几天觉，这些新来的老师没有一个让她放心的，整天像盯牛一样盯，累得她连做瑜伽的力气都没有。她叫我帮她掌门。以前她也常常这样，当甩手掌柜。才离开三个月，房间里地板上就积了一层厚厚的灰尘，踩上去连鞋印都出来了。陈和回到司法所和他一个要好的同事住。我叫他来幼儿园和我一起住，但他拒绝了。他每天会过来和我一起做晚饭吃。晚饭后有时候他会待一会，有时候则回去打球。没有人知道我们之间发生了什么事情，也没人注意到陈和发生的变化。竹溪乡很小，住在街上的居民两千来人，做些小本生意。居民们本分，没什么太多的想法。假如出太阳，陈和会到拉河去钓鱼，一去就是一整天。那是条一年四季水流量稳定的河，河水静静流淌，像个脾气温顺的绅士。傍晚时他会带回来几条还活蹦乱跳的罗非鱼或鲤鱼。陈和好像很享受这样平淡而平静的生活。只是，有时候，我会发现他长久盯着一个地方发呆，不知道在想什么。我努力说服自己，要有耐心，一切都会过去的。就像拉河里的河水，昨天的水永远不会停留到今天。

有一天晚上，我们吃完晚饭后，陈和突然和我说，他想在街上租一间店面，做一点生意，也许他会辞掉工作。我感到有些难以理解，不知道陈和这个样子能做什么。然而他好像已经下定决心了，和我说只是告诉我他要这么做，而不是征求我的意见。我什么都没说。我们之间，就像亲人一样，熟悉的亲人。我们已经很久没有恋人之间任何该有的亲昵行为了。接着陈和又说了一句，他喜欢竹溪乡，不打算离开了。这多少让我感到有点儿安慰，只要他人在这里，其他事情，我只能交给时间。

然而陈和走了，没和我说一声。傍晚我把饭做好，直到天黑透了还没见他来吃饭。我给他发了条信息，他很快就回复了：我去鹅城。我捏着手机看那条信息，有那么一刻，感觉自己像被人扔在四周茫茫水域的孤岛上的孩子，委屈、恐惧、绝望瞬间纷沓而至。

我到底做错了什么？

我坐在光线渐渐暗淡下来的屋子里开始哭起来。园长刚刚做完瑜伽，跑到我的宿舍来讨开水喝。她带着汗味出现在宿舍门口，看见灯也没开，顺手在门口墙壁上按了开关。她看见我坐在饭桌旁流泪，吓了一跳。我赶紧说，我痛经。园长显然并不相信，她知道我有痛经的毛病。然而此时她从我脸上看到的肯定不是身体疼痛的神情，而是撕心裂肺的模样。她走进来，也在饭桌旁坐下，扫了一眼桌上的饭菜和摆好的碗筷。

她说："我陪你吃饭，有鱼汤，太好了，很久没喝鱼汤了。"

我赶紧给她盛满一碗熬得像牛奶一样白的鱼汤。喝完鱼汤，她说："我今早见到陈和上班车了。"显然，她从饭桌上的碗筷明白我并不知道陈和离开竹溪乡。

"你们，出事了？"园长犹疑地问。

我摇摇头，摇下来一串泪水。她叹了口气，没再问什么，专心吃鱼。一条斤把重的罗非鱼被她吃得只剩下头尾和中间一条透明骨架。我真羡慕她的好胃口。吃完后她收拾了碗筷，然后坐在饭桌旁点一支烟抽起来。园长说她以前抽烟，后来戒了，现在不知怎么又抽上了。她说，人生苦短，没有什么比善待自己更重要的。我有点茫然地看她，难道真心实意爱一个人，体验这种爱给自己带来的甜美，不是善待自己吗？

陈和去鹅城三天。那三天，白天我和孩子们疯狂地玩，不管他们做什么捣蛋事情，我都和颜悦色表扬他们。孩子们从来没那么开心，连平时最爱哭的孩子放学后还抱着我的腿不愿回家。我摸摸她的头，说，乖啊，每个人都要回家的，连野兔子都有窝，你怎么能不回家呢。孩子最后被她的母亲强行抱回家了，她撕心裂肺哭闹的样子像丢了心爱的玩具。

陈和走了又回来，这是我没想到的。那天傍晚孩子们都被家长接回家后，我一个人坐在院子里的蹦蹦床前。院子里有一棵高大的大叶榕，高大繁茂，遮掩了大半个院子，被铁栏杆围起来了。天渐渐冷后，每天早上我起来，都看见一地的榕叶。我把榕叶扫成一堆，然后铲进围栏里的树根下。隔一段时间，会有街上的居民来挑走。她们把叶子挑到地里，然后烧成灰肥菜地。陈和回来的消息，就是一个来挑榕叶的女人告诉我的。我给她打开围栏，她一边往竹条框里铲榕叶，一边说："方老师，我看见你们家小陈回来了，晚班的班车，刚到镇上。"

我死死盯住那个女人，差一点没跳进栏杆里扯她的胳膊，我明显感觉自己呼吸急促起来，我说："真的，你没看错吧？"

她头也不抬，说："我亲眼看见他从车上下来的。"

她说得没错，陈和确实回来了。当我手心微微冒着细汗赶到街上时，我看见陈和了。其实幼儿园离镇上的候车亭不到五百米远，傍晚凉意深沉，可我还是感觉到后背黏糊糊的。我不想问陈和去鹅城干什么，我只在意他回来了。陈和还在候车亭那里，左手拉一只很大的红色拉杆箱，右手拉着一只手，冰花的手。冰花比我高，差不多和陈和一样高，他们神仙眷侣一样站在一起。我在距离他们不到一百米的地方停住了。看见我的人一定也看见了我脸上傻瓜一样的表情。幸好天色渐渐暗下来，把我的表情掩盖得越来越模糊。

我不知道我们园长什么时候来到我身边，她陪我在黑暗中走回幼儿园。

我对园长说："我知道的，我没事。"其实我也不知道自己知道什么。在幼儿园前的大叶榕下，我终于忍不住蹲下来，张着嘴大口呼吸，好久才呜呜咽咽哭出来，我感觉胸口疼得马上要裂开了。

陈和在街上租了一间铺面，专营音像制品，卖歌碟，出租碟片，他和冰花住在店铺里。我不知道他是否真辞掉工作了。自始至终，陈和没对我解释过什么。他从鹅城回来后，我们就彻底断了往来。他们的生活看起来很平静，像镇上所有的居民一样，冰花也没闹什么笑话。人们对她的议论就是比陈和老，至少要大五岁，冰花是老牛吃嫩草。我会隔天路过他的店铺，到街上的菜市去买菜。我步履沉缓，表情淡然，碰见熟人就打个招呼。没人知道我们之间是怎么回事。表姐在一个月后才听说我们的事情，大概是从张惊鸿那里知道的。她打来电话一顿责骂，说她早就看出陈和不是什么好东西。她气急败坏的样子，仿佛是我把事情给弄砸了。我觉得没意思，事到如今，谈论这个还有什么意思。

我开始整夜整夜地失眠了。睡眠像存心和我捉迷藏似的，在我的周围游荡，却不肯靠近我。我常常睁着眼从凌晨到黎明。第二天我在镜子中看见一个眼皮浮肿脸色憔悴的人，像一辈子没睡过觉似的。我不知道自己是否还爱陈和，但可以肯定的是，我恨不了陈和。恨一个相爱八年的人是很残忍的，也需要勇气，当然，我也不可能把他当朋友。每一个人都是一个隐秘的世界，我再也走不进他的世界了。

幼儿园放假那天，我们举办迎新春文艺晚会。孩子们被打扮得金童玉女似的。我站在楼上看见这些小天使们如花的笑脸，落寞感在心里涟漪般慢慢扩散。哦，假如能够，我多么希望天使们永远这样笑靥如花，只是，我将再也见不到他们了。

第二天清晨，我随早班车离开了竹溪乡。这次我没跟园长告别，我想她一定理解我的。班车沿着拉河行驶，河里的水依旧静静流淌，波澜不惊的河面上，看久了我才知道，其实其中有不少漩涡。

卢梅森的旅程

一

遥远的天际传来沉闷的雷声时，卢梅森从混混沌沌的瞌睡中醒来。她发现头不知何时靠在班车肮脏的印满清晰指纹的玻璃窗上，同样肮脏的深褐色窗帘甩在她脖子后。醒来后她立刻闻到班车上热烘烘的难闻气味，胃部隐隐痉挛起来，一抽一抽的，同时加剧了那种混沌睡眠带来的头痛。她太熟悉这种睡眠了，清醒后会让人有一种黏糊糊的倦怠感，那是无法进入深睡眠而得不到彻底休息所带来的令人沮丧的不适。

她坐直了身子，小心翼翼呼吸，避免那些难闻的气味过于汹涌地冲向肺部。她朝车窗外疲倦地打量一眼，还是高高低低的山，山上墨黑的树木，从车窗透进来闷热的风，一切是那样单调、乏味。这段旅程已经进行了差不多八个小时了，先是坐四个半小时火车，眼下，班车又走差不多三个小时了。她慢慢合上双眼，感到一阵眩晕猛烈袭来，立刻又睁开双眼，透过车窗紧紧盯住最遥远的山脉。视域的开阔让她觉得眩晕有所减轻。她的双手轻轻揉捏膝盖上浅棕色的旧软皮包，她能捏出喝了一半的矿泉水瓶、面巾纸包、药片、轻巧的钱包、钥匙串、一支润唇膏、柔软的卫生棉垫、指甲刀。一个打火机在上火车过安检时被扣掉了。她并不抽烟，但总是习惯在包里放一个打火机，毫无理由。

卢梅森三十八岁了，有一张圆圆的、稍显丰满的脸。其实她体型偏瘦，纯粹是与生俱来的婴儿肥脸。她从不长斑，脸上有几个淡淡的疤痕，是年轻时长青春痘留下的。她的五官并不出众，但挺耐看，脸上永远是一副在苦苦追忆什么却无果的茫然表情，这副表情让人们很轻易就判断出，她缺乏这个年龄段的女人所特有的充沛精力和热情，她不是个咄咄逼人且有些守旧的女人。

这一趟旅程，在半个月以前，卢梅森是从未想过的。她的生活很单调，她原先是莫纳镇小学一名地理老师，后来要求调到幼儿园，成为一名幼儿园老师。莫纳镇不过是个镇子人口不足五千的边防镇子。每天傍晚，她从幼儿园回来和父亲吃一顿晚饭，父女俩相对而坐，默默吃饭。好多年了，筷子碰碗碟的声音一直是他们饭桌上唯一的声音。只有在临近春节这样的盛大节日时，父女俩才会在饭桌上交流一下过节所需采购的食品。卢梅森不用操心，她只需要对父亲表示"今年换一下口味吧，鸭子不要炒了，白切也挺好。鸭血做成鸭酱，放点柠檬更好"，父亲便会把一切做好，只需要她在饭桌上多吃几块，他就很满足了。幼儿园其实给教职员工供应免费的一日三餐，而卢梅森一定要坚持回家陪父亲吃一顿饭。在她的生活里，她需要坚持的事情并不多，这是其中一件。每年两个假期她也很少步出镇子，这么多年的寒暑假，她竟奇迹般打发掉了，没觉得有什么难过。卢家曾经是个热闹家庭，如今已经渐渐没落，祖父和祖母去世，姑妈和姑姑远嫁（一去不复返，可以这样形容这两位至亲），如今只剩下卢梅森和日渐暮年的父亲居住在莫纳镇的老祖屋里，像两株古老植物，默默盘根错节地扎在生活里。

半个月前，卢梅森和父亲进行了这样的对话：

"爸……"她喝着父亲熬的金银花粥。这种粥做法颇为烦琐，金银花洗净晒干，和水烧煮，煮出来金亮的水拿来熬粥。每年进入三伏，卢父喜欢熬煮这种粥，卢梅森在湿热的三伏天里容易患皮肤瘙痒症，清凉能解毒的金银花能帮她安然度过酷热的湿夏。在这些家庭琐事上，卢父的耐心和细致丝毫不逊色于任何一个称职的家庭主妇。

"你没想过要找个伴吗？"她极为认真地说。

"嗯？"父亲停下手里的活，他正在整理刚进的越南咖啡和炼奶。他在县城有几个固定的老主顾，隔三岔五通过镇上的班车往城里捎货，主顾们把货款打到他的账户上。有时候他也会贩卖些越南过来的中药田七，亲自押往县城卖给药材公司。他给女儿攒下一笔不菲的嫁妆钱，一直想风风光光嫁掉女儿。然而这么多年过去了，卢梅森却没有成家的念头。父亲从来不在婚事上催促她，但一直在等。到如今，女儿却操心起他来，卢父有些迷惑。他有六十二岁了，除了瘦，并不显得苍老。他夏天总是穿卡其色和深蓝色两色中裤，T恤衫领口所有的扣子扣得非常严谨。他话不多，也不抽烟，爱喝苦涩的越南咖啡。卢梅森好多次想劝他戒掉这种不适宜他这个年纪喝的饮品，改喝茶，但父亲煮咖啡的模样真是细致极了，她便打消了劝他的念头。她做不到对父亲要求太多，譬如父亲也从未在生活上要求她该怎么做。他们是一对能够相互体恤彼此苦楚的父女。

"我是说，你可以找个老伴，假如你有中意的人，我这方面没问题，支持你！"卢梅森说。

"你想到哪儿去了？"父亲说，重新忙手里的活儿，"你不用操心我，你有地方去尽管去！"他把女儿对他的关心理解为女儿心里有了去处，担心他晚年的孤苦。

卢梅森只好笑笑，她知道无法说通他，只好转换话题。"你整天忙这个，攒这些钱干吗？一年也没见你换件新衣服，你该出去看看，如今很多老年人都报团出国旅游，你想不想出去走走？"

"不想！"父亲果断地说，"外边有什么好看的，人看人、人挤人，小地方有小地方的风景。"

"那你倒是拿钱出来吃点好的呀！"卢梅森便笑起来，"晚饭一荤一素，这么抠，我不再回家陪你吃饭了，我们幼儿园的饭菜非常丰富。"

"你想吃什么？"父亲仿佛挺紧张，坐下来，认真问女儿。一紧张，卢父额头上的三条横纹便越发深了。他从来不会去分辨卢梅森是不是在开玩笑。在他的眼里，三十八岁的老姑娘卢梅森和八岁没什么两样，需要他时刻惦记操心。而且到了这个年岁的老人，是挺害怕不再被儿女需要的，他受不了。

卢梅森又笑起来，心里对父亲涌起无限怜爱。她无法想象他们失去彼此后各自该怎么待在这世上。

谈话就这样不了了之。不过他们的晚饭却发生一些变化，一荤一素的菜谱变成了两荤一素。卢梅森觉得浪费，但父亲看起来却很高兴。他们新养了一只猫，剩余的饭菜全喂给它了，倒也不算浪费。

半个月后，她踏上这段旅程，父亲给她一个厚实的红包，他盼望她能离开沉闷的镇子，多外出走走……

雷声过后，天空黯淡下来，风也变得有些急了，带有草木清香的山风从车窗外灌进来，把车里难闻的气味吹散不少，卢梅森趁机大口呼吸，盘旋在额头的眩晕减轻不少。还有大概一个小时就到了。卢梅森在几年前知道这个地名，几年来，这个地名时不时会冒出来，但也只是一闪而过。关于那个地方的一切，她一无所知，也没多大的兴趣知道，仅仅是知道一个地名而已。

雨一直没落下来，雷声也过去了。不过乌云使原本明朗而闷热的天变成了凉爽的阴天，人在车里也不再那么难受了。卢梅森稳稳坐着，对于身边那位一直把草帽当扇子、几次欲与她搭讪的女乘客，她一直很冷淡。她不习惯和陌生人聊天，而且她实在太累了。

她对父亲说要去看望一位生了病的女同学，大概要耽搁三五天。三五天对于她来说足够了。她没有太多的精力待在陌生的地方。

雨一直没下，在盘旋的山路上隐隐看见山脚下那个陌生镇子时，她感觉下身一阵温热，一股热流冲出她体外。这是在班车上第一次流血，在长达四个半小时的火车上，她换了两次卫生棉垫。每次盯住卫生棉垫上触目的鲜红液体，她便感觉身体又空了一些。

二

这个叫班兰的镇子没有专门车站，车就停在乱糟糟的街道中心，满脸倦态的人们迫不及待下车。卢梅森一直坐在座位上，疲劳使她不想动弹。卢梅森透过肮脏而模糊的玻璃窗往外看，很快便看到她。整整三十年了，还是能够一眼认出她，她脸上那过于突出的高颧骨使卢梅森吃了一惊。记忆中她似乎没有这么一副吓人的颧骨，她一直烫着头发，那些卷成圈的卷发勾出妖艳的魅惑和不安分的气息。她还喜欢穿鲜红颜色衣服，肆无忌惮地和莫纳镇上的男人开玩笑，她还有很多闪闪发亮的漂亮发夹。敏感的卢梅森对那些漂亮发夹隐隐怀着恨意，隔三岔五就往屋后的粪坑里扔几根，还往她新买的衣服上抹鼻涕。她身上佩戴的那些好看玩意儿常常让幼小的卢梅森感到不安，觉得这些夺目的东西会带坏她，甚至毁掉她。卢梅森总是想办法毁掉那些东西。可是后来她还是走了，卢梅森长大后才明白，不安分其实不在那些外在的漂亮玩意儿上，而是在她的骨子里。

她站在灰暗的天光下朝车门张望，只顾看那些下车的人。卢梅森在车里静静看她，直到其他人都下车了，她才站起来，从头顶的货架上取下一个轻巧的灰色小旅行箱。站起来那一刻，卢梅森觉得双腿发软得似乎要跪下去，头嗡地一阵响，眼前一片昏暗，又有一股热流滑出她的体外。她面色苍白地扶住座椅靠背，眼前那片昏暗慢慢散去后，卢梅森看见她站在车门上瞧着她，便虚弱地朝她笑了一下。她便上来，帮卢梅森把旅行箱提下去。她比记忆里瘦了很多，腮帮也塌下去了。她原本浓黑的眉毛不知怎么回事变得稀疏了很多，灰白色的头发拢在脑后盘成一个圆而小的发髻，她竟然已经满头灰白发了。

卢梅森从车上下来，有一种踩在棉花上的感觉。

"你晕车了？"她平淡地问，仿佛卢梅森只是离开几天归来。她的口音有些变了，而语气还和记忆里一样硬，是种随时准备和什么人理直气壮理论一番的口气。她天生就是个不怎么柔软的人。

"有点儿疲劳。"卢梅森简短地说，接过旅行箱，她没拒绝，袖着两只空手走路。她的左手腕上戴一只暗黄色的细铜圈子，很难把这个圈子叫手镯。

"你不会晕车的，我记得小时候带你去县城，你从来没晕过车。你天生就是个会坐车的人。"她说，"不过你的脸色很不好！"

卢梅森不置可否。卢梅森不记得她带自己去过县城，只记得每次她要去县城时，总是使各种各样的谎言把她支使开，比如叫她去买火柴，去跟邻居婶子要一点头油，去后院看看天是否要下雨。等卢梅森回来，她早就上车绝尘而去了。卢梅森总是一路哭一路追着班车跑。总之，她留给卢梅森更多的是关于流泪的记忆。

她在前头走着，深紫色拖鞋很有节奏地摩擦地面，右脚落地比左脚重，因此她右边的肩膀比左边的稍低。蓝灰色的短袖棉 T 恤背后有几条皱巴巴的压痕。她肩膀消瘦，从背后可以清晰看见两块突出来的肩胛骨。当她们从主街道准备拐进一条狭窄阴暗的小巷时，她犹豫了一下，停下来，往那条窄巷子望了一眼，然后回头盯住卢梅森。

"你打算待多久？家里住的地方小，如果……"她往大街上看了一眼，"我只是担心你住不惯，街上有旅馆。"

卢梅森感觉到她的冷淡，在半个月前她们通电话时，就明显感觉到了——她们简单聊了几句，卢梅森告诉她想去看一看，她在电话里抱怨一通遥远的路程和路上的种种艰辛，以及那边小镇夏季的炎热，实在不适合这个时候来。卢梅森明白她在拒绝，犹豫了几天，还是决定踏上这段旅途。卢梅森再一次拨打那个给她们充当联系人的远亲的电话，告诉她大概到达的时间。

卢梅森平静地接受她的冷淡，但还是有些难过，想尽快找个地方安顿下来，长途奔波使她疲劳至极。

"好吧。"卢梅森简短地说。她们已经分别三十年，之间的隔阂绝非一日就能熟络起来，也许大家都需要一点时间渐渐熟悉和靠近对方。

她们很快找到街上一家看起来还算干净的小旅馆，办理好入住手续。

"晚饭你到家里吃，我回去做饭。你休息一会，我很快来接你。"她说，甚至没问她现在饿不饿。卢梅森觉得她想尽快离开，似乎她比卢梅森更不适应这样的场面。

"好的。"卢梅森点头。她在小旅馆前台匆忙离去。卢梅森的房间在三楼，小地方的旅馆没有电梯。这栋由私人住宅改建而成的小旅馆只有五层，她觉得她实在无法提着小旅行箱爬到三楼。下车后，她一直在频频流血，隔几秒钟就有一股暖呼呼的液体流出体外，每一次血流出来，身上的力气就减少几分。

窗外的天慢慢暗下来，一场大雨即将来临，空气越发沉闷了。

"那个，"染了一头栗色头发、一直抱着兴趣观望她们的胖女店主说，"需要帮你提旅行箱上去吗？"

卢梅森疲惫地看了她一眼，那女人立刻明白了，在封闭的高柜台下砰地踢了一脚，一个困倦的声音传出来——女孩子软嫩的不满的声音。

"起来，一天到晚就知道睡，跟你废物老爹一样！"女店主呵斥起来，又砰地一声踢了脚下。看样子柜台里有张可以睡人的折叠椅之类的小床。女店主从柜台里出来。她很胖，穿一件长到膝盖印有花纹的暗色香云纱直筒裙子，露出粗短的两条肥腿，两个圆润的膝盖上各有一个很深的肉窝。黄色花朵塑料拖鞋很洋气。她觉得小旅行箱应该很重，往上猛提，让她差一点打趔趄。

"哟！"她叫了一声。卢梅森跟在她身后，她们上到一段楼梯的平台，那里有盆干枯的鸿运当头。

"我早就想扔掉这东西了，"胖女人朝那盆可怜的花努嘴，"可是丫头不让，但她从来没动过一个手指头照管它，总是等我给它浇水。看吧，我一疏忽，这玩意儿就要死掉了。这个家里什么都是我做，这对父女简直就是一对废物，一大一小两个废物，我前世欠他们的。有时候我想，宁可没有家人，找得一口吃一口，什么都不用操心！"大概是旅馆的生意太清闲，女店主逮人就唠叨个不停。

"那么，你从哪儿来？你怎么会认识那个货？我可得给你提醒，你要提防点儿，出门在外的！"女店主稍稍转身，给卢梅森意味深长一瞥。

"她是我妈。"卢梅森含糊地说，她有些讨厌这个一头彩发的饶舌女人。

"啊，什么？！"女店主吃了一惊，这时她们已经站在卢梅森房门口了。卢梅森快速开门，接过小旅行箱，道了谢便关上房门。雨正好下了，雨滴密集，铿锵有声地敲打房间的玻璃窗，很快变成倾盆大雨。天顿时暗下来，仿佛即将天黑，而时间还不到六点。

卢梅森打开旅行箱，取出一条加长卫生棉垫奔向小得可怜的卫生间。身上的卫生棉垫已经浸透了，上面的血鲜红得就像刚从伤口流出来……

雨一直在下，比开始下时小了点，一直下到夜幕降临也没消停，看样子短时间内是不会停了，也许会下一整夜。卢梅森和衣而躺，担心她会随时会来，可以减少重新穿戴的麻烦。她躺在床上，疲劳，以及一些难过的情绪，像沉甸甸的石块坠着她进入一段难得的短暂睡眠。醒来时已经是八点半，窗外雨声依旧。她一直没来，卢梅森感觉今晚她们不会再见面了。她起来，烧开水吃了些饼干。她并不觉得饿，她已经很长一段时间没感觉到饿了，一天一天地，疲劳比饥饿更凶狠地占有她，只是到进餐时间时把该吃的吃下去罢了。吃得也越来越少，假如她稍微留意，便会发现婴儿肥的圆脸已经差不多缩了一圈了，只是她再也没心思去关注这些了。

她脱掉衣服，打算洗漱后休息。即便她来，她也不会再出去了，她不需要再吃任何东西了。短暂的睡眠并未给她带来稍微多一点的精力，她觉得整个人软绵绵的，不过头晕倒是减轻了些。她觉得今晚也许能继续睡个稍微沉一点的觉。

小小的卫生间里洗漱台靠着的那面墙壁上，有一面几乎占满墙壁的大镜子，卢梅森有些惊讶。一般私人旅馆的房间是不会舍得安放这么大一面镜子的。卢梅森站在镜子前，她的乳房开始下垂了，她发育得并不好，乳房小巧而结实——不过那是两三年前了，过了三十五岁后，她开始感觉到身体发生明显变化，走路时会觉得臀部越来越松动，好像那儿突然长了不少脂肪。其实她的体重一直没怎么改变，两个假期会上浮两三斤，开学后又瘦下去了。她不是个贪吃的人，在她整个发育成长的童年和青少年时代并不缺吃，只要她想吃的，卢父总会满足她，因此美食对她构不成诱惑。她用一根手指戳了下右边乳房，乳房形状还挺明显——她也才三十八岁，不是吗？但弹性没那么好了。她的目光渐渐往下滑，然后停留在小腹上。那里有些脂肪，形成一个不大的起伏的弧度。她闭上眼睛，想象着里面的构造，想象着流血的部位。一阵温热顺应她的想法自体内迅速而下，她低下头，右腿内侧一条红色蚯蚓般的鲜血蜿蜒而下。她慢慢蹲下来，交叉手臂抱住自己赤裸的身体，鲜血很快滴落到地上，黑夜般厚重的悲凉顿时将她淹没了。她的双肩轻微抖动起来，臂弯下传出隐忍的啜泣声。

卢梅森好一会儿才听见敲门声，敲门声很重，不依不饶的。她站起来，擦掉地板上的污迹，穿上衣服。

门外的老男人令她有些惊愕，很快她便意识到不是他。就算再过三十年，他也不该是这个样子，卢梅森八岁以后再也没见过他，但人的面部骨骼是不会发生变化的。来人也打量她，仿佛要从她的相貌上确认什么信息。

"这么说，你就是毕桂枝的女儿？"他嘎嘎地掰起手指关节，以此来缓解两个人之间的尴尬。那是一双关节粗大、干粗活的手。

"是的。"卢梅森说。她很久没听到这个名字了，但她熟悉这个名字。

"好的，你得还给我一个公道！既然这事情没法和毕桂枝解决，我只能找你了。"老男人看起来有些懊恼，不过他的表情倒还算和善。卢梅森立刻想到是饶舌的女店主透露了她的身份，但她不明白这个男人要干什么。她请他进房间，房门打开，窗户下面是街道，她不觉得这个陌生男人会对她有什么危险。她让他坐在窗下的椅子上。

"我从没在镇上见过你，我们都不知道毕桂枝还有你这么个女儿。这么说卢家宝是你老爹了？你也姓卢，这就对了。"男人自顾自说起来。

"是这样，六年前，时间够长了，但不管怎么样，账也不会烂掉的。你老爹得了肝病死掉了，那时候他们穷的，不过他们一直穷。你老爹人倒是不错，一直到镇子外的沙场干活，可你妈就不像话了，整天甩着两只手串门。我们都觉得你老爹是被累死和气死的——那时候，你妈来我的店里，赊了一口薄棺材——嗯，我是个卖棺材的，这没什么，你没吓着吧？"男人瞅着卢梅森。她不知如何作答，下雨的异地晚上，一个卖棺材的人来找她，真像一个怪异的梦。

"你知道，一般人是不会在丧葬用品店赊账的，那叫欠死人钱，活人哪能欠死人钱？可你妈并不在意，从我店里拉走了棺材。那时候我也没别的想法，死者为大，我总不能跟死人过不去的，那不地道。你老爹这副薄棺材一赊就是六年，没见过这样赊账的。所以，你看……你不必责怪这家旅店的老板，店主是我的亲妹妹，我想你肯定能理解。"男人眼巴巴地说。

那么，他死了？死了六年了？那个在她们之间帮忙传话的远亲可没跟她提过这事。在来这里之前，卢梅森最大的犹豫是不知如何面对他。她记得他也曾把她架在肩膀上逛莫纳镇的街，她和他有过快乐的时光，他和卢父一样是个和善的人。但后来，有很长时间她恨他，没想到他已永远离去了。

卢梅森有些走神，男人又嘎嘎地掰手指关节。"你不知道你老爹过世吗？"他有些吃惊地问。

"嗯……"卢梅森含糊地回答，"他们欠你多少钱？"

"当时是一千六百块。如果是现在这个价格是没法卖了。"男人脸上的神情像害了牙疼，显然他做了一笔毫无价值的买卖。

"当时写欠条了吗？"卢梅森问。

"嗨，"男人仿佛像被人猛拍了一掌似的，有点生气，"死人都躺在那了，谁还能想那些，我也不是掉钱眼里的人，都是一条街上的，那样的事我可做不来，这条街上的任何人都做不来的。你可以去问问你妈，假如她装疯卖傻忘掉有这么一回事，没事，就当我做一件好事吧，算是我给你爹养老送终好了！"

"对不起，我没别的意思，我只是想欠钱该有个欠条之类的。"

卢梅森说，走到小旅行箱前，从卢父给的红包里数出一千六百块钱。

假如过世的人知道，最后给他裹身埋葬的是卢父，他会怎么想？卢梅森觉得世事真是太荒唐了，人生如戏莫过如此。她把钱给男人，想尽快打发掉这个雨夜前来索死人账的男人。

雨一直在下，看样子今夜是不会停了，沉闷的空气满含滞涩的水气，卢梅森有种快要呼吸不上来的感觉。她插好门插销，洗了澡，把浴巾对折铺到床上，以免不小心漏出来的血迹污染了旅馆的床单。然后她关掉灯，借着窗外透进来的昏暗灯光爬上床。卢梅森不知道她在干什么，把三十年未见的女儿扔在家门口的陌生旅馆里挨饿，她是怎么想的？其实她早就知道她是这样的人。卢梅森记得小时候，她总是信口编各种各样的谎言，答应过的事情几乎从不兑现。卢梅森从来不曾对她有任何了解，八岁，她还太小了，她不了解很多事情，但她几乎记得所有她让自己流泪的事情。等她长到能了解世事时，她已经没有了解她的机会了。因此，她留在卢梅森的记忆里的，是她带给自己的各种失望和眼泪。时隔三十年后，她还是带给卢梅森失望和眼泪。卢梅森在黑暗中默默流泪，啜泣使她浑身发紧，胸口一阵阵绞痛。终于，她哭累了，从包里摸索出药片。医生警告过她不要再任意服用任何药物，她还是就着冷却的开水吞下一粒能让人的嘴巴苦到第二天的文飞，然后重新躺回床上。半小时后，晕乎乎的睡眠袭来，她深深叹了最后一个哭嗝，渐渐沉入睡眠中。

三

醒来时已经听不见雨声。过于疲劳和文飞的作用让卢梅森在异乡的夜晚一直沉浸在昏沉的睡眠里。她从来不做梦，只是沉睡——这种抑制神经的药物大概把神经也麻痹掉了，只能像死人一样睡。窗外已经亮透，透过窗帘的缝隙，可以看见并不算太明朗的天空，也许还会下雨。卢梅森静静躺在床上，房间内的空气潮湿而闷热。她依旧感到头晕。早些年她刚服用文飞时，遵医嘱只服了半片，后来常常在后半夜过早醒来，她便服了一片，这会让她在半小时内感到睡意来袭，并且很快入睡，往往能睡到早上六点半至七点。但醒来后并未有深睡之后的饱满精神，而是像一次高强度的劳作结束后般虚软。不过，比整夜无眠要好得多，她无法想象没有文飞的夜晚。门外没有一丝动静。这栋五层楼的小宾馆每层只有三个房间，门和门挨得很近，三层似乎只有她住。嘈杂声从窗外传进来。班兰镇和莫纳镇相距八百多公里，分别属于两个省，但本地语言其实相差不大，只是窗外声音过于嘈杂，她无法听清一句完整的话语。她挪了挪下身，身体很安静，于是慢慢坐起来，没感觉到那股温热溢出体外。她从床上下来，发现垫在床上的浴巾很干净。她便抚摸了一下小腹，稍微使劲往下运气，仍然没有。不能有过于激烈的情绪起伏和劳累，这是医生给她的建议。她本来不应该这么奔波的。

洗漱完，卢梅森服了一片黛力新，从小旅馆出来时，已经七点四十分。卢梅森打算出去好好吃一顿早饭。女店主似乎并不为自己向外透露客人信息的冒失行为感到不安，热情为她介绍街上最好吃的特色早饭。

"出门往右走大概两百米，有一个白发阿婆糯米摊，她蒸的五色糯米特别好吃。你买上三块钱的，不要太多，三块钱够吃了。她会给你配上一截香肠和炸团子，吃着特别有味。你看起来像没睡好，你该不会认床吧？好多人离开自己的床就无法睡觉了。我是属猪的，躺下就能睡着……有什么需要尽管找我。"女店主在旅馆门口给她指明方向。卢梅森道了谢。街上人很多，和她向同一个方向走去，镇子中心应该在前面。很快她便来到昨天她们差一点就要拐进去的小巷子。巷子坑坑洼洼，到处积水，两边的民房挨挨挤挤，全是陈旧的木房子；青瓦片盖的屋顶，两排相对的房子往前超伸的屋檐差不多相碰了。即使出太阳，这条巷子也是鲜少有阳光照耀的。莫纳镇没有这样的巷子，一条主干街道两边是三层以下的楼房，朝街的门面宽阔大方。镇子上早先的房子也是青瓦片加木质结构，后来莫纳镇因为与越南南部山水相连，便成为边防镇，来往越南的商旅日渐增多。为了树立国门形象，由政府给予一定补贴，鼓励居民拆掉古色古香的老木屋，按照政府统一规划建起水泥楼房。莫纳镇宽敞的街道上来往着穿戴色彩鲜艳的长衣长裤的越南女子，使莫纳镇一下子变成颇具异域风情的边防小镇，国内前来做边贸生意的商旅渐渐多起来。镇上人依托边贸环境做一点养家糊口的小买卖，生活还是挺闲适的。

卢梅森站在巷口张望这条昏暗的巷子——她是一直住在这巷子

里，还是在别处也停留过？她有没有后悔过离开莫纳镇？对此卢梅森一无所知。

继续往前走，果然见到糯米摊子。一个戴老花镜的银发老太坐在家门口，守着一个坐在一口烧锅上的大木桶，木桶口上覆盖一张白色棉布，可以看见袅袅的蒸汽从棉布下飘出来。

卢梅森叫她称三块钱的。

"呵，稀客！"老太瞧卢梅森一眼，掀开白棉布，芬芳的糯米清香弥漫而来。老太用木勺子挖了一大勺子紫黑相间的糯米，装进食品袋里。

"我在这镇子上卖了大半辈子糯米了，谁是新来的我瞧一眼就准，喏！"她往糯米里塞了节香肠和一个鸡蛋般大小的炸团子，"不用称，我从来不用称，我这双手比这镇子上任何一杆秤都准！"她把糯米递给卢梅森。卢梅森把钱递给她，犹豫了一下，问道："阿婆，那个，毕桂枝你认识吗？"

"谁？"老太从老花镜上方打量她。

"毕桂枝，呃，她男人叫卢家宝。"卢梅森说。

"卢家宝早死了！你说卢家宝我知道，那个什么枝我可不知道。镇上的娃娃叫她卢奶奶，她哪里配叫奶奶？她是可以把脸当鞋底子踩的，奶奶可不是像她那样当的。"她从糯米桶里挖下一块黄色糯米，捏成小团塞进牙口齐整的嘴里。

"她有没有欠你账？"卢梅森有些难堪，问道。

"整整十二次！"老太竖起一根手指说，"她白吃了十二次糯米！我没记错！别看我老了，我脑袋可不老。我没见过这么没皮没

258

脸的人，连我这白头发的人也来坑吃。一块糯米三块钱，一个大活人伸手朝你要，她有脸要，我可没脸不给。给！这三块钱穷不死人。她每回都说下次给，我看她是在等我进棺材，人死账一笔勾销了。我可活得好好的，等着看她的现世报。"老太用勺子嗒嗒敲糯米木桶，很生气："她是外来的，我们镇子上可没有她那样埋汰的人，外来的，不可靠。你可得小心点。"

"十二次，每次三块钱。"卢梅森从钱包里数出钱，"看看数对不对，你再给我来三块钱糯米！"她把钱给了老太。

老太显然有点儿不相信，不过这个看起来可以活到两百岁的老人似乎并不吃惊，指指挂在木桶耳朵上的布袋说："钱从这儿放进去，自己找零！不过，你吃得了吗？这东西吃多难消化，闹得人几顿饭都吃不下，别贪嘴。"她好心肠提醒，然而并不拒绝买卖，很快便装好三块钱糯米。"那婆子是你亲戚？听我一句，千万别和这人靠得太近，吃亏的保准是你。"老太担心地提醒她。

卢梅森想起她在莫纳镇时，也有一两个和她来往的女人，最后总是被她弄得很糟糕，全都离她而去，而她骂她们是"没有见识的乡下女人"。这么多年了，她依然秉性不改，和周遭关系恶劣。

卢梅森带上两团糯米，走进那条潮湿阴暗的小巷。她觉得她能凭直觉找到她的家。人们大概都赶早市买卖去了，巷子两边的人家房门紧闭，屋门前不多的门廊下摆放各种废弃不用的家什。时不时有一条老狗静卧在暗处，见到来人也只是抬起昏沉的脑袋瞧上一眼，人从眼前走过，狗的眼睛就闭上了。卢梅森觉得这些门户紧闭的人家都不会是她的，这屋子门前乱归乱，闲出来的地面是干净的，证明屋里有一个爱干净的勤快主妇。而八岁之前的卢梅森，从未见她拿过扫把……巷子不深，很快便到头，没有哪一户人家让卢梅森停下脚步。或许她只是租住某一户人家的某一间屋子，只是以她在班兰镇的名声，谁会愿意收留这样的房客？巷子出去是一片缓缓的土坡，坡上长满野生八角树。卢梅森在繁茂的八角叶间，在比整条小巷要高出一大截的缓坡上，看见两间木板房的屋脚。房子整体向右边倾斜，一根粗大的木头顶住右边的墙壁，房前的缓坡上有几条被夜里的雨水冲刷开的裂缝。缓坡下有一条挺深的水沟，隔开缓坡和巷子，避免从缓坡上冲下来的水直接灌进巷子里。

往缓坡去的泥巴路有些泥泞，卢梅森小心翼翼往上走，两间木板屋门洞大开，其中一间屋顶上有轻薄的烟雾缭绕。当她踏上平地时，从木屋后面蹦出来一条黑色柴狗，凶猛地冲到她面前，龇牙咧嘴地狂吠，随时会跳起来冲她咬一口。卢梅森惊得僵直了身子，她马上闭上眼睛，猛地蹲到地上，狗嗷的一声掉头蹦开了。这是小时候卢父教给她防备狗的办法。人蹲下来，狗会认为人在捡石头砸它。卢梅森睁开眼睛，狗已经退回那间房顶冒烟的木板房，仍狂吠不停。

她站的地方看不清门里，狗突然又嗷的一声大叫，猛的躬起身子，缩进门里了，像是被人在门里踢了一脚。

"一大早的，碰鬼了？！"门里传来训斥声。她出现在门口，看见卢梅森，有些惊讶。她在狗的吠叫里咕哝一句什么，拍拍身上走出门来。狗夹着尾巴跟在她身后，低声哼哼，它的右边耳朵缺了半块，看起来很滑稽。

"这狗不会咬人，要是丢块吃的给它，它就跟人跑了，贱骨头的！"她说。

卢梅森惊魂未定，后背一片湿漉漉的冰凉，迫不及待朝她扬扬手里的两团糯米。"早饭。"她说，发现自己似乎有点要讨好她的意思，隐隐有些气恼。

"昨晚下雨，这坡你肯定上不来，所以没去叫你。"她解释说，"哎，这个还不错。班兰镇种出来的糯米要比莫纳镇好吃，这地方阳光足，雨水也够。只是白头婆从来不称，她说多少就是多少，肯定吃了不少便宜！"

她领卢梅森进两间木板房中最大那间。门槛下有一个大坑，卢梅森一脚踩进去，差点摔了一跤，卢梅森扶住门框时，两个糯米团掉到地上，黑狗飞快蹿上前，很快把其中一袋叼住，夺门而出。她立即俯身拎起一把矮凳子朝狗砸去，板凳擦着狗的脑袋摔下坡去了，她骂骂咧咧追出门。卢梅森想叫住她，人和狗转眼就朝屋后去，不见了。

她几乎一眼就看到那张放大的黑白照片，立在靠墙一个简单的祠堂上。不知道是哪一年照的，他变了很多，依稀可以辨认出年轻时的轮廓，短发，很瘦，双眼深陷，透出似睡非睡的眼神，紧抿的无精打采的嘴唇，稍微向上翘的嘴角是卢梅森熟悉的，这点稍弯的弧度使他看起来不那么呆板。卢梅森凝视他，他给她带来过快乐，宠爱过她。后来她怨恨他很长一段时间，她在梦中踢打他，抓破他的脸，揪住他的头发。当然，在所有的梦中，她依然是个孩子，永远停留在八岁之前，八岁之后，他们再也没有见过面。再次见面，他变成镜框中的人，客死异乡，这就是他得到的结果。他想要这样的结果吗？

　　房间很乱，镰刀锄头箩筐扫帚和无法确定派什么用场的旧木头摊了一地，泥巴地板上有不少坑洼，不是被狗刨挖出来的，你无法确定这些足以没到人脚踝的坑洞是怎么回事。一张大床缩在最角落里，淡蓝色的尼龙蚊帐有不少指头大的洞口，凌乱的毯子散在床上。一张落满灰尘的懒人床还没支起来，糟糕地堆在床边，显然是刚刚被搬出来的。卢梅森无法想象自己睡在这张懒人床上。

　　"他死了，肝癌。他整天不高兴，一辈子都不高兴，把肝活活憋坏了。"她终于把糯米团从狗嘴里夺回来，包糯米的食品袋被狗咬破了，这团糯米不知还该怎么吃。

　　"我知道。"卢梅森说。

　　她瞧了卢梅森一眼，咕哝起来："没福气的人。"

　　没福气？什么叫有福气？活着就是福气？在她看来大概如此，好死不如赖活。卢梅森忽然觉得很难堪，她的血肉之身，也许还有隐匿在她肉身里的部分情感和思想，出自于这样一个女人。

　　"我蒸了芋头！"她垂下头盯住手里那团不成样的糯米团。卢梅森看见她垂下脑袋时脸上随之塌垂下来的肉皮，这张脸曾多么饱满鲜活，如今只剩下一层松弛的皮肉裹住高得吓人的颌骨了。她把另外那团糯米也递给卢梅森。

　　"我不太饿。"卢梅森说。她的肠胃对于根茎块食物很敏感，莲藕、红薯、花生、芋头、凉薯，似乎都难以消化。

　　"你坐一坐吧，我去看看火。你可以四处走走，刚下了雨，空

262

气挺好。"她说，"你看起来气色很不好。"然后带着糯米团出去了。卢梅森也转身出来了，屋内有狗的腥臭气味，让她难以忍受。隔壁另一间木板房堆放了半屋子柴火和几口赤黑色的缸，大概是盛粮食用的。黑狗盘在一口缸下的烂麻袋上，不再对卢梅森怀有恶意。她在火灶前搅拌锅里的芋头。卢梅森走进去，把掉到外面的柴火收拾进灶眼里。她记得外婆的家，也就是她的娘家，也是这样生火做饭。她的娘家在莫纳镇山上，是靠老天下雨种粮食吃的地方，她凭几分长相和山里人的泼辣嫁到镇子上。她憎恨劳作，不怎么带卢梅森去外婆家，她恨透了羊肠小道上布满的山羊粪蛋，老是诅咒她的父母快点死，她就不必拘于礼节回娘家了。

"什么叫兄弟姐妹？他们都是盯着你口袋的恶狼，最好别和他们靠得太近！"她无数次这样形容她的两个弟弟和一个患小儿麻痹症、走路老是歪左半边身子的妹妹。卢梅森的舅舅们很喜欢她，带她上山寻觅各种酸涩的山果和可以玩耍的小动物，残疾的小姨总是坐在门口编麻绳，她送给外甥女的礼物是给她编好看的麻花辫子。她无法理解妈妈对同胞弟妹甚至父母的轻视源自何种原因。她如愿以偿离开世代居住的恶劣环境，但她并不满足。她似乎永远不满足，总觉她的人生应该还有更好的生活等着她。在卢梅森八岁时（长大后她相信整件事情的始作俑者一定是她，她是那样不安分），她终于成功诱惑尚未成家、比她还小五岁的小叔子卢家宝，抛夫弃女私奔了。当年这件事情轰动四邻八乡，卢家很长一段时间被这件家丑困扰得痛苦不堪。卢父遭遇背叛后，曾经热情友善的一个人变得寡言而封闭，耻辱感让他从此拒绝和镇子上的人来往。他对卢梅

263

森要求极严，不让她擅自和异性交往，眼看卢梅森渐渐变成莫纳镇上一个老姑娘，他对她的要求才渐渐放松……而卢梅森似乎也对婚嫁毫无兴趣，莫纳镇人甚至没见过她和哪个男人谈过恋爱，镇子的人对这对安静得近乎麻木的父女同情中带着不屑……

她把芋头倒进筛子里，狗闻香而来，她飞快捏一个丢给它。和她相依为命的看来是这只畜生了。

她接着从门背后搬出饭桌，桌腿和桌面分离的那种，桌面垫一张大红大绿的透明厚塑料垫子。八十年代末期，农村很流行这种饭桌垫子，看起来喜气洋洋，也容易擦洗，抹布沾点肥皂水一抹便光洁如新，在广大农村曾经风靡一时。但它有个缺点，冬天无法在上面架火锅，必须撤掉塑料垫子。这个缺点让它像一次性用品般遭人嫌弃，很快在市场上销声匿迹。这张桌垫记录着他们过去一段的时尚生活，这很符合她的性格，烫发还没流行到莫纳镇时，她已经顶着一头卷发在街上招摇了。她好像总是对生活有一种超前的预感并迫不及待做先行者，但走着走着，又被生活抛弃了。她最终还是没本事适应并且和生活朝着同一个方向走……

她搬开靠近火灶边的木柴，拖出两把凳子，她们围着一筛子热气腾腾的芋头坐下来。

一顿芋头早餐招待三十年未见的女儿，她是怎么想的？卢梅森慢慢剥芋头，她还是有点难过的，但她知道不能指望从她这儿得到什么，也许还得应该为自己贸然造访的行为而感到不安。卢梅森把剥好的芋头扔给狗，狗很欢喜，而她似乎瞪了她一眼。她正在吃那团糯米团，嘴巴吧唧得很响。被狗糟蹋的那团她放到锅里重新蒸热，她说高温蒸一蒸就可以吃了。从吃饭这一点来看，显然她和卢父不是一路人。卢父从不允许卢梅森张嘴咀嚼东西，在吃饭过程中不允许说话。在卢梅森的印象中，卢家宝，也就是卢父的弟弟，卢梅森的亲叔叔，也并非不拘小节之人，他从来不像镇子上的男人踩个拖鞋就扑到街上。卢父四兄弟姐妹，有一对甚是严苛的父母，假如不出那件家丑，卢家在莫纳镇街上算是家风良好的人家的。然而多么奇怪，从小受良好家风教育的兄弟两人，居然先后败在一个粗鲁泼辣的村姑手里。毫无疑问，卢家兄弟俩在与她的生活中，属于包容和迁就的那一个，长期放低姿态的生活肯定也不是他们在婚姻里所想得到的。卢父也许算是解脱了，从那个需要他放低姿态活着的屈辱婚姻里脱离出来，而卢家宝过早离世，也算是解脱了。那么她呢？卢梅森眼前这个陌生的妈妈，活了大半辈子，和一条狗争夺一团糯米，这些就是她抛夫弃女所追求来的？

卢梅森默默剥芋头，当她把第三个剥好的芋头要扔给狗时，她劈手夺过去："它会自己找吃的，我几乎不喂它，街上到处是它吃的东西，它饿着活该。"她说着，把芋头飞快塞进嘴里。卢梅森突然从心底冒出一股怒火，大概她生下她时也是这么想吧，把一条生命带给你，以后好生赖活全看你造化。于她而言，孩子与眼前这只狗有什么区别？怒火在卢梅森心里猛烈燃烧，手因此而微微颤抖。当她感到被伤害却无力改变时，她便会产生这种几近暴怒的情绪。这使她深深厌恶自己，她觉得身上这种骇人品性是遗传自她的，卢家人身上从来没有这种卑劣品性。他们隐忍，温顺，承受一切。她极力克制简直要喷薄而出的糟糕情绪，她感觉心脏被一股绞死般的力道绞着，胸口越来越紧，喉咙变得疼痛起来，很快她的眼眶模糊了，怒火变成泪水。她努力圆睁眼睛，在心里一遍又一遍安抚自己，挺住欲夺眶而出的泪水。慢慢的，她感到泪水顺着鼻腔流回体内，她渐渐变得平静起来，一场暴风雨般的情绪被她悄无声息化解掉。而她很快把糯米团吃完，她似乎很饿，接着剥芋头吃。

"我们原先并不在这儿，我们在别处。"她说起来，"我们起了房子，嗯，那种真正的房子，不是这种木板房。"她看了卢梅森一眼："离这儿不太远，但也不近。我们早先贩卖饲料，原来我们还有一辆小型面包车，当然，是二手的。"

"我们没有驾驶证，这些穷乡僻壤哪儿有人管这些？我们往村庄里倒卖饲料赚取差价，只要有路的地方我们都去。"她说起"我们"时，神情坦然。

"我们起的是那种砖瓦房，和莫纳镇上的房子差不多。我们在那儿过了差不多二十年，可是后来一场大火烧掉了一切，什么都没有了，全烧光了，一条老化的电线毁掉了一切。"她叨叨叙说，"连车也毁掉了，只留下我们两条活命，我们便搬到这儿，很艰难。我们平时根本没什么积蓄，没本钱重新做生意。过不了几年他就生病了，接着死掉了。"她警惕地看卢梅森一眼，似乎担心卢梅森责备她。可卢梅森为什么要责备她？难道会为了死去的"他"责备她？

"如今我什么都没有。"她最后强调了一句。她多半是把她的到来当作投奔了吧。卢梅森想。

"你没想过要回去吗？"卢梅森问道。

"没想过，"她研究般地看她一眼，果断地说，"我从来就不稀罕那地方。"

"我喜欢那个镇子，我和我爸从来没离开过那里，我们一直生活得挺好。"卢梅森感到深深的心灰意冷，对她的心灰意冷。说到卢父，她内心涌起带有怜悯的爱。三十岁之前她觉得沉默寡言的他有点窝囊，眼睁睁看自己的老婆被亲兄弟占有并拐走，她因此看不起他好长一段时间，在十八岁时甚至想过离家出走，离开让她压抑的家。她想过那样的局面，骨肉相连的亲人先后背叛他而去，这对于任何男人来说都将是致命的打击。她最终放弃那个念头。三十岁后，也许是对世事加深了了解，她渐渐理解并挚爱她的父亲。

"那个镇子，也还是有好的……"她犹豫地说，似乎觉得不该那样武断否定那个镇子。

"你们没想过生个孩子吗？"卢梅森接着把芋头扔给狗，她的话里带有嘲讽。

她沉默起来，朝屋外凝望，她显然觉察到卢梅森的情绪。天空依然阴沉，只是阴沉，不像要下雨。从屋子里往坡下那片房子看，可以看见从两栋屋子间露出来的一小段街道，人影不断掠过。把家建在这片半坡上倒也有其好处，立于高处，半个镇子景物尽收眼底，一家人倒也怡然。如今寒门破屋，人气衰败，显得冷清寒碜了。

"以后老了怎么办？生病了怎么办？"卢梅森又说，她想说死了怎么办，那个"死"字像一只魔鬼的手，猛地掐住她的喉咙。

"你和卢家人很像。"她说。

"我本来就是卢家人。"卢梅森说。

"唔，那家人总是喜欢为一些还没发生和已经发生的事情忧虑，"她说，"瞎操心。"

　　卢梅森无言以对。她觉得他们，卢家人，包括卢梅森的卢家人，全是杞人忧天。也许为她还掉欠了多年的账也会被她认为瞎操心吧。

　　"这个镇子，或许你想看一看，其实也没什么可看的，和莫纳镇一样。我下午有活要干……不是下午，再过一会吧。镇子上有一家人在建房子，他们需要雇几个背沙的。你也可以待在这里，如果有什么人来，不用理他们。"她坦然地说。她的样子让卢梅森觉得，她只不过是把自己当成一个偶然路过已经久未联系的曾经的熟人罢了。卢梅森知道背沙。楼房建到第二层时，需要把灰浆、砖头背到二楼及以上楼层，才能继续往上建。把石灰浆和砖头放在铺了蛇皮袋子的竹背篓里，靠人工背上楼，一背篓灰浆或砖头，五十斤不止，一般一趟三块钱，每加一层楼加一块钱——廉价的劳动力，真正的苦力活。只有在边远封闭的村镇还在沿袭这种原始的体力劳作方式。在莫纳镇，镇子上建房子，多是雇佣周边山上的穷山民来干这种苦力活。

　　活了大半辈子，她似乎又回到了原来的生存状态，不知道该不该可怜她。

　　卢梅森把手里的芋头扔给狗，说："我住旅店，不搬过来了，有什么需要我做的吗？"

　　"不，不用，你做不了。"她说，继续吃芋头。她看起来很能吃，人却很瘦。她吃掉手上最后一个芋头，拍掉落在膝盖上的芋头皮，把火灶里的柴火拉出来戳进火灰里熄灭掉，出了屋门，转到屋后去了。卢梅森站起来，走到那几口缸前敲了敲，缸发出空洞的回响。挨在火灶角落里有半袋子芋头，个头很小。

她很快也出了屋子。

屋前旁边有一块蛮大的空地，隐约看出种过东西而挖出来的地垄，如今那里光秃秃的，连草都不长。大概是他生前种的菜地。卢父也会种菜，莫纳镇每户人家屋后都有菜地，菜地出去是从越南流过来的跨国河流，流经他们镇子的那段，莫纳镇人称为莫纳河。卢父在后院种了很多菜。渐渐上年纪之后，他对卢梅森的终身大事也慢慢失去信心，除了正常给几个老顾客供货外，全部精力都转到屋后的菜地上来，精心耕耘。光看他们家的葱茏菜地，总让人觉得这是个儿孙满堂的大户人家。卢父从来不卖菜，邻人随时过来摘取，来不及吃掉的，季节一转变，蔬菜瓜果渐渐老掉枯萎了。他在一季一季老掉的蔬菜里，也跟着老掉了……卢梅森正暗自思忖，她从屋后转出来，提一个挺结实的背篓，两根宽大的背带用布条仔细缠绕包裹，减缓生硬的竹条和肩膀之间的摩擦。

天看起来似乎更阴沉了，乌云凝聚着雨水。

"看起来要下雨。"卢梅森说。

她毫不在意地瞧了一眼天空，说："不耽误的。只是晚饭……"

卢梅森等她说下去，假如她愿意的话，卢梅森可以买菜来做饭等她。

"主人家包了我们一顿饭。"她说。

卢梅森点点头，"我可以自己解决，镇上有饭馆。"

她关了门，她们下坡去了。卢梅森走在她后面，右耳缺了半块的黑狗已经快出巷口了。她走路的姿势很奇怪，似乎踮着脚尖走，重心放在脚掌的前半部分，整个上半身比常人更往前倾，脖子总是像被什么牵着似的往前探着，整个人看起来处于紧张的戒备状态。她急匆匆地走，很快到了巷口，黑狗在那里等着她，她好像稍微回头看了一眼，卢梅森不确定。很快，她和黑狗顺着旅馆的方向而去。卢梅森到达巷口时，她已经消失在人来人往中。临近中午，镇子上的人渐渐多起来。阴沉的天空丝毫不影响毫不起眼的糊口生意。

　　卢梅森在巷口稍微犹豫，朝着她的方向走去。她走路的姿态一直在卢梅森脑海里闪现，有些佝背，夹着肩膀，步履凌乱，一个让人瞧着心酸的背影。她有些后悔，也许应该对她柔软一些。

　　一家卖土布的小店吸引了卢梅森，店面极小，柜子上摆放着几匹蓝靛色的柔软棉质布料，适合裁剪宽大的卡兰筒裤子。乡下女人如今还在穿这种古老服饰，没有什么东西适合她。她走进去了。摆放布匹的柜子前悬挂着一块四四方方的垫子，类似于坐垫，玫红色的底子，上面绣一朵硕大的粉白荷花和两片丝线绿叶，只是荷花和绿叶。这种垫子一般是缝制在孩子背篓上当装饰的。她凝视那块绣花垫子，记忆的深处被这块绣花垫子撕开了一道缝隙。

　　"买一块吧，保证不会后悔，用处可多了，挂在家里的墙壁上，当茶几垫子，都成，看着喜气，不显土，你们城里人喜欢这个！"店主是个看起来很健谈的中年女人，她的右手上带一只沉甸甸的宽面银手镯，镂刻着很精致的花纹。

"手工绣的，花费我半个月的功夫，比机器绣要耐看，如今好多老东西都毁在机器上了，人的双手不应该只会端饭碗吃饭。你摸一摸就懂，你摸一摸！"店主把绣花垫子拿下摩挲，充满期待地看她的顾客。

　　"是的，机绣不如手工的……"卢梅森有些悲怆地说。事到如今，还有什么可逃避的？她想。在店主满心欢喜下付钱时，一股温热又流出她的体外，她连忙把垫子塞进包里。出小店时，雨果然密集下了。卢梅森端着心事恍恍惚惚走进雨里，回到小旅馆时，头发和身上的短衫已经湿了多半。女店主显得很惊讶，然后把目光转向沙发那里，沙发上坐着两个镇上人，一男一女，他们同时眼巴巴瞧着从雨中钻进小旅馆的人。卢梅森明白了，然而她已经不介意。

　　"她欠你们多少钱？"她问道。她一直在轻微颤抖，身体里有一股突兀的情绪不断撞击她。

　　"没多少，"他们同时从沙发上站起来，男的开口了，"她在我那里赊了三十斤花生油和两包盐巴，两年前的事情了。"

　　"是这样的……"女的说，似乎打算把来龙去脉详细说一遍。

　　"欠了多少？"卢梅森打断她，欠钱还钱，她无暇顾及其他。

　　"两百零六块，你给两百块就好了。"女的赶紧飞快地说。

　　他们在店里完成销账事宜，两个镇上人拿到钱，千恩万谢，像是来还债的人。

　　她上楼进了房间，换掉湿漉漉的衣服，一切都收拾好之后，她精疲力竭地倒在床上，才想起一直没吃什么东西，一种强烈的万念俱灰的情绪淹没了饥饿感。她从包里拿出那块绣花垫子，玫红色丝绸底子冰凉丝滑，刺绣的粉色荷花和鲜绿的叶子凸在底子上，摸上去有明显的凹凸感。卢梅森慢慢闭上双眼。

四

他一直用一根食指轻轻刮那块垫子湿漉漉的那一处。他说那也是一朵花。卢梅森记得他的表情，心满意足里夹杂着成年人的可怕贪婪。

卢梅森读初二时，镇上流行一种半身百褶裙，看起来挺小的裙子，捏起裙角一拉，那些褶子伸展开来大如伞状。初二那年夏天，满校园的女同学都穿这样一件百褶裙，各式的花色，同样的褶子，白色薄棉衬衫插进裙头里，展露出少女渐渐成形的曼妙曲线。镇子上有唯一的一家鸿运裁缝店，做裁缝的是个高个子男人，三十多岁，也许是四十多。每天，女孩们跟在她们的妈妈身后，进店里选布料量身，定做一件百褶裙子。

整整一个夏天，少女卢梅森心急如焚。那时候姑妈和姑姑已经远嫁，奶奶去世了，那个被家丑伤透了心的老人就算还活着，也不允许她穿得那么花枝招展。

"别像那个贱人！"她总是满脸愤恨地说，她到死都耿耿于怀。

没有人牵着卢梅森进那个她无数次路过的裁缝店。眼看整个夏天要过去了，卢梅森带上积攒了整个夏天的早饭钱和零花钱，终于在一个闷热的中午走进那家裁缝店——她早就观察过了，中午时裁缝店几乎没有客人，这会让她避免掉不必要的紧张。她站在琳琅满目的布料前，毫无来由地紧张起来。

她一直有点儿孤僻，不怎么合群。她的青春期过于安静，其他女孩子在叛逆期开始学会伶牙俐齿和她们的妈妈顶嘴时，卢梅森只有过于安静的、多半会顺从她的卢父陪伴。对于她偶尔发的小脾气，卢父总是宽容地笑笑，精心给她制作一些美味小糕点，弥补女儿一些他也不太清楚的遗憾。

那个常常把皮尺挂在脖子上的男裁缝总是见她孤零零路过他的店面。他当然知道她是卢家的女儿，他甚至也记得她的母亲，长得颇有几分姿色。卢梅森在五官上并未遗传她母亲，但有些什么地方，或许就是一些神态，很像那个从山上下来的不安分的女人。男人对带点野性的女人总是着魔般地迷恋。

孤僻的青春期女孩卢梅森手足无措地站在那些布匹前，不知如何开口。她盼望他主动过来问一问，只要一句话就好，她相信她能明确说出她的要求。

他从古老的缝纫机边站起来，过来了。他很高，由于长期伏案在缝纫机上，导致他有些驼背。

"想做什么？"他问。他其实早就猜到女孩的心思了，但他还是问一问。"也许我能帮你选布料，做衬衫和裤子的布料是不一样的。"他显得有些狡猾。

"裙子。"卢梅森飞快地说，她的脸一阵烧起来，为那件即将到手的百褶裙。她的衣服一向是卢父给买的，卢父从来不在镇上给女儿买衣服。他带她到县城里买，他们在县里有几个固定买衣服的店铺，一年四季，卢父会跟随季节变化带她去县城添置衣服。在镇子上的孩子中，她算是穿得比较好的。好，并不意味她喜欢。比如她喜欢百褶裙，而卢父肯定不会给她买这件裙子。至于裙子到手后怎么对卢父交代，她倒没想过。

"哦，裙子，什么样的裙子？"他笑着问，其实他完全明白她的意思，他只是觉得这个孤独的、骨子里带点不易被觉察到的野性的女孩子很有趣。卢梅森很难堪，她觉得他应该懂的。她低着头，脸涨红起来，寻思要不要转身就走，而她又不甘心就这样走掉了。

"哦，我知道了！"他说。他看见女孩子的脸涨红起来，觉得有趣又于心不忍，很自然地把手搭到她的肩膀上。她抬起头来看他，并不退缩。对，就是这个神态，或者说当他的手搭在她肩膀上时，她并不像其他女孩子那样羞怯退缩的姿态，像极了她母亲。她母亲身上总是有一股蓬勃的叛逆劲儿。裁缝暗暗惊喜。他往店门外瞧了一眼，闷热的午后，街上并无什么人迹。

"我知道哪块布料适合做裙子，你一定想做一件打很多褶子的裙子，女孩子们如今都穿这样的裙子，你也该穿一条。"他说，手依然搭在她的肩膀上。他感觉到她有些瘦削的肩膀，精致的骨架，从薄衫里传出来的温暖体温。他还闻出她头发上淡淡的啤酒香波洗发水的清香。

"是的，我想做那样一件裙子。"她说，当他主动说出裙子时，她所有的尴尬顿时消散，她不再紧张。

他点点头，一根手指戳在一块浅绿色雪纺布料上："就用它吧，镇子上还没人穿过这个色，我保证你这条裙子和所有人的裙子都不一样，它只适合你，以后我不会用这块料子给别人做裙子了。"他说，他的话里透出和成年人说话的语气。

她沉默着，心里兴奋极了。她对他展开她的手掌，是一小卷卷得紧紧的纸币，已经被她攥得潮湿了。她觉着这捆纸币够做一件她盼望已久的裙子了。

"不，我给你做！"他说，把那一小捆钱放回她齐膝的卡其布短裤袋子里。

"进里间来，我要给你量身体。"他说。

裁缝铺的里间并不大，门口垂挂一张厚实的深蓝色门帘，里面有一块供顾客试穿新衣用的、蒙了一层灰尘的长方形镜子，有些歪斜地靠在墙壁上。一个角落里堆放着几匹深色的冬天厚布料，以及一些看起来没什么用处的诸如纸箱之类的杂物。

他们在镜子前沉默站了片刻，然后他扯下挂在脖子上的皮尺。

"把衣服撩起来，我要量你的腰围。"他说。

她想都没想就撩起淡粉色短袖衬衫，露出少女纤细、结实的腰身。她的卡其布齐膝短裤是松紧带裤头，微微勒进她的腰里。他感到有趣并涌起一股怜爱，如今像她这般大的女孩子很少穿松紧带裤头了。他把皮尺缠绕在她柔软的腰肢上，手指碰到她绵软而温热的肌肤。她的小腹很平坦，肚脐眼深陷。她的皮肤并不很白，是一种健康的棕色。他精细地量着，像测量一件轻巧而珍贵的珍宝，然后他蹲下来，量她的腿长。

"你喜欢长度到什么地方？脚踝处，小腿肚，还是膝盖？"他问，他觉察到自己的声音在颤抖。

她又茫然了，注视着蹲在她下方的裁缝。

"到膝盖上吧，你的小腿肚很好看，不应该遮住，好吗？"他问她。

　　她点点头。他很快量完从裤头到膝盖的长度，然后把皮尺扔在地上。他突然跪下来，双手抚摸她的小腿肚。他感觉到她明显一下子挺直了身子，紧绷绷站着。他抱住她，把脸埋在她的胸口。

　　"我会给你做裙子的，做最好的裙子，这个镇子上最好看的裙子！"他把脸埋在她的胸前，呜咽般地说。她还是静静站着，有点儿吃惊和不知所措，但她并不感到恐惧。

　　他飞快从角落里拉出一匹布料铺展在地上，然后转身出到外间。她依然站着，听见外间关门的声音。他再次撩开门帘进来时，她看见那块绣花垫子。

　　整个过程她只感到他的喘息和压在她身上令她有点儿受不了的沉重感。当他红头涨脸地从她身下扯出那块染了一块比巴掌还大的血迹的绣花垫子时，她感到很惊讶，不知道这血是他的还是她的。她感受不到任何疼痛，他的重压感超过了她对其他的感受，她觉得不应该是她的。他跪在她身边，捧住那块染了血迹的绣花垫子，说那是世界上最好看的花朵，再也没有比它更好看的了。他细心地扶她起来。她站起来，感觉到有东西流出她的体外，她有些惊慌。她的下半身裸露着，两条刚有成年人形状的腿有些发软，她不好意思低头往下看。他扯起地上的布料为她擦干净，然后帮她穿上白色的棉质内裤和卡其布齐膝短裤，跪在地上重新把脸埋进她的胸口。她听见他深深的呼吸声音，像在使劲感受她身上的气味。疼痛就在那一刻一点一点从身子底下蔓延上来，那有别于来例假的疼痛。她的手指上起倒刺时，她会忍不住撕下来，肉皮扯下来时有一股尖锐的撕裂的疼痛，对，就是那种疼痛。她倒没觉得有多么难以忍受。他让她安静地坐在一张靠背椅上，那上面有一个塞满了零碎布头的软坐垫。她坐了一会儿，那疼痛便消失了。她不知道整件事情对她意味着什么。

少女卢梅森在接近黄昏时走出裁缝铺子，湿热的天气一点点退去，莫纳镇傍晚的营生来临了，那些躲避午后暑热的人渐渐回到街上。那是她熟悉的街景，来往的行人讨价还价，镇上人熟悉的面孔，没有谁有兴趣往卢家女儿身上多看一眼。没有什么异样，一切如常。她平静地回到家，卢父只问了一句："上哪儿去了？天很热，到处跑是要中暑的。"他正在包装那些准备通过班车运到县城诸如越南原味咖啡和椰子奶糖等货物，他也没时间多留心看她一眼。他当然是爱她的，甚至可以说她是他的全部，他活在这个世上的全部理由。

她没回答，卢父已经习惯了。卢父在她身上看到他的影子，比如她安静的性子，不爱冒险，不贪吃，不挑剔，等等，这些都是卢家人的品性。他有时候也会想到他的弟弟，那个毁掉他一生的亲人，也是一个很安静的人，不知道他何来的勇气做出那件惊世骇俗的事情。

那天晚上，卢梅森没吃晚饭，卢父认为她有些中暑了，给她熬一碗放很多冰糖的绿豆粥，端到她的房间里。她碰都没碰，在卫生间洗了很久的澡。第二天早晨，那碗绿豆粥变馊了，起了一层灰色的泡沫，淡淡的酸味弥漫在早晨清新的空气中。卢父担心地端走那碗绿豆粥，给她煮了一小锅小米粥，并烙了两张鸡蛋面饼。她像饿极了一样，津津有味吃起来，卢父放心了。他的女儿不能出任何一点差错，不然他不多的余生将没办法活下去。

那件裙子她最终没去取。她无数次路过那家裁缝店，好几次她看见他站在店门口朝街上张望，仿佛在等她。她看见他，他也看见她，他朝她招招手，而她只是低头匆忙而过。毫无疑问，她是惦记那件裙子的，只是她不想再进那家裁缝店了。有东西在阻止她，她说不清是什么，但它是强大的，阻止她的力度超过了她对拥有那件裙子的渴望。

他们偶尔会在街上碰面，他带着笑，殷切地望她，她觉得窘，飞快从他身边而过。她倒不讨厌他，从来都没有。

直到她读中师上生理卫生课，她才明白为那件最终并未属于她的裙子付出了什么代价。她有一段时间愁苦不堪，那个年代的风气毫无疑问影响了她，她觉得少了这层女人与生带来的珍贵东西，她再也不会得到任何一个男人的爱情了。

三年中师生活，校园里满是青春飞扬的身影，同学们开始大大方方谈恋爱，甚至同宿舍有些女同学在周末时夜不归宿。她明白那是怎么回事，渐渐放心了。她的青春也变得有些轻盈起来，交一两个脾性相投的女同学。她远远地看着那些成双成对的情侣们。

后来，也不知道是什么一直在阻止她，她不愿再和男人走得太近。她毕业后回到莫纳镇，默默和卢父相伴，在这个边防小镇打发掉葱茏芳华，眼看那些儿时玩伴在母亲的陪伴下准备精美的嫁妆，出嫁，生子，过着她新奇但并不向往的婚姻生活。

一晃快到不惑之年，该怎么形容近乎空白的人生？

……

　　卢梅森把自己从回忆里拔出来，在她的上半生中，也许只有这件私密的事情纯粹属于她，其余的一切，她由满头乌发的青年到初现白发的不惑之年，都在莫纳镇人的眼中。她没有太多的事情成为他们茶余饭后的谈资，他们见了她，只会在心里多几分感叹：喏，那个一点儿都不像她妈的老姑娘，将来莫纳镇人得给她扎个老姑娘坟。

　　眼角有泪水渗出来，滑进她的发迹里。卢梅森把绣花垫子塞到枕头底下，疲劳催生的睡意伴随雨声渐渐来临。她感到后脑一阵悬空般的轻盈，人随之像羽毛般飘起来。在最后一丝清醒的意识里，她感觉身体不断轻盈攀升，攀升，她看见一片透亮的柔和白光。终于，那缕最后的清醒意识消失了，她疲倦地沉入睡眠。

　　雨越下越大，雨水从并未关严的窗户打进来，窗户下的地板很快濡湿一片。

　　卢梅森一直在沉睡，很多凌乱的梦进入她的睡眠中。这很少见。她一直靠文飞入睡，这类控制中枢神经的药物似乎能把神经也麻痹掉，连梦都不会做，睡着时像死了一样。在雨声伴随的睡眠中，她做梦了。她在一处断崖上，周围弥漫着灰白色的不断飘动的雾气，她看不清脚下，不敢前进和后退。她分明听见在浓雾里传来说话声，她大声叫起来，而脚下的悬崖也开始颤动起来，周围的浓雾飞快从她身边飞过，她闻到雾气呛人的味道。她惊恐万分，挥动手臂大叫起来。她突然感到一阵冰凉，然后雾气和悬崖消失了，睡眠变得安稳起来。

卢梅森从昏沉的睡眠中迷迷糊糊醒过来时，感觉喉咙干涩得厉害，热乎乎的呼吸像刀子舔过她的嗓子。她缓缓睁开眼睛，立刻感到浑身灼热，手脚软得像不属于她。一个人影慢慢出现在她的视线里，然后她感觉到额头一阵冰凉，意识到有一块湿毛巾敷在额头上。

她渐渐看清了她，坐在床右边的椅子上。屋子很亮，听不见雨声，雨停了。卢梅森记得她是中午时回到小旅馆的，昏昏沉沉睡了一觉，也许天快黑了。

她一直盯着卢梅森，皱巴巴的脸布满倦态。卢梅森不知道她什么时候来的。她微微俯下身子，仔细审视卢梅森，确定她是真的醒来了，然后她把额头上的毛巾拿起来，手背轻轻贴到卢梅森的额头上。卢梅森闭上眼睛，像被烫了一下。

"你还在发烧，不过比昨天好多了。"她说着，把毛巾换了一条，继续敷在卢梅森的额头上。

"天快黑了吧？"卢梅森呓语一般，这句话差不多耗尽了她身上的所有力气。

"已经是你来班兰镇的第四天了，从前天中午到现在，你睡了一天两夜。你病了，一直在发烧，我请镇上的医生来过了，她也不清楚是什么引起的，她说你不像是感冒。"她说着，有些担忧。卢梅森有些吃惊，她庆幸能从第一次发烧中缓解过来，感觉像劫后余生。

"我想明天回去了。"卢梅森说。她担心发烧很快再次袭来，应该尽快回到熟悉的环境和卢父身边去。她慢慢欠起身，身下一阵热乎乎的潮涌，她觉得也许把床单弄脏了。

"你来例假了，每次都这样吗？我给你换卫生棉垫了，在床单上铺了毛巾，毛巾可能会脏。"她说，"怎么会这么多？"

卢梅森重新躺下，想到她给她换卫生棉垫，有些难堪。"嗯，多了一些。"她含含糊糊地回答。

"你饿不饿？你太瘦了，该多吃点儿东西。我从来没像你来这么多，你得找医生看看。"她皱着眉头说。卢梅森看见她双眼满是红丝，也许她一直在守着她。她站起来，给她端来一杯水。卢梅森欠起身，软软地靠在床头上。她接过水杯，一饮而尽，水温正好。

"再喝一杯。"卢梅森贪婪地舔着嘴唇，把杯子递给她。她于是又走到窗边靠墙的小方桌给她倒水，那里有一把烧水壶和几个干净纸杯。她看见她还卷起来的裤脚沾满斑斑点点的白色灰浆。

她回来，把一纸杯水递给她，她又一饮而尽。

"医生给你开了点退烧药。"她说，从小床头柜上拿过来一板药片和一瓶维生素 C，又给她倒来一杯水。

"不用吃，很快就好。"卢梅森说，瞧着她为她忙碌，心里有一种很奇怪的、新鲜的感觉。

"你还没结婚？"她重新坐下来，窗外白亮的光线照在她的脸上，她的表情像是肯定，而不是疑问。

卢梅森点点头，不知道她是怎么瞧出来的。

"你今年该四十了，农历二月二十七黄昏时生的，还没来得及吃晚饭。那时候是冬天，黑得早。"她说。卢梅森瞧了她一眼，把纸杯放在床头柜上。她还记得，卢梅森以为她什么都忘记了。汹涌的委屈突然而至，瞬间淹没了她。她慢慢躺下来，朝她背过身子，拉过被子紧紧裹住自己。

　　为什么不能哭出来？为什么不能在她面前哭？她想。她总是习惯一个人躲起来偷偷哭，她的胸口总是在她小心翼翼的呜咽里一阵一阵抽痛。

　　她更紧地抱住被子，仿佛那是她唯一捉住的令她感到安全的东西，她隐忍地呜咽起来。

　　一只手搁到她盖着被子的肩膀上，轻轻拍打。卢梅森再也受不了了，终于哭出来。

　　"妈妈！"她脱口而出，仿佛回到能第一次开口叫妈妈的孩童时刻。

　　那只拍打她的手停住了，安静地搁在她的肩膀上，然后，那只手离开她的肩膀，慢慢从卢梅森的脖颈和枕头之间的缝隙穿过，那只手臂渐渐用力，卢梅森被一点一点抱起来，很快，便落入她的怀里。她坐在床边，靠在床头上。卢梅森闻到她身上的汗味，脸摩挲到她质地粗劣的衣服。

　　"发生了什么事情？你爸爸还好吗？"她问道，声音变得沙哑起来，她撩开孩子脸上纷乱的头发。

　　卢梅森什么都没说，只是哭，终于哭累了，安静地趴在她的怀里，似乎又要睡过去，呼吸均匀而沉缓。

"你不能再睡了！"她摇着孩子。卢梅森打了一个大大的哭嗝，坐起来。

"我很累，妈妈。"她说。她一直在流血，浑身发软，她真担心把身体里最后的一丝力气也流掉了，回去的路程变得漫长而艰难起来。

"你躺着，只是别再睡了，我打开电视给你看。我现在回去给你煮点吃的，只是你别再睡了。"她说，拉过一个枕头塞到卢梅森的后背，让她靠在床头，然后打开电视机。她站在电视机前拨弄遥控器。卢梅森其实不喜欢看电视，但她愿意看着她忙活。

"我不会弄这个。"她走回来，把遥控器放在卢梅森的手边。

"不要出去，你还很虚软，脸色也不好。我可能要久一点，我给你熬点肉汤吃。"她瞧着她认真地说。

卢梅森点点头，从床头柜上取过她的包包，掏出钱包。

"我有！"她立刻说，抓住她的手。卢梅森不再坚持，她其实更愿意她留下来，她什么也不需要吃，但她没说。

她给卢梅森烧开了一壶水便出去了。卢梅森爬起来走到窗前，很快便看见她从小旅馆里出来，夹着两个瘦削的肩膀朝家的方向走去。她一直看着她，直到街道拐了个弯，她终于消失了。卢梅森怔怔站在窗前，她夹着肩膀急匆匆走路的背影让她忽然感到很难过。她显得比实际年龄老许多，她原本可以在镇子上过着从容的日子从容老去的……也许不应该过多苛责她，她有按照自己意愿生活的权利。卢梅森回到床边，坐了一会儿，洗漱后穿好衣服，下楼了。

女店主正怒不可遏地瞪着旅馆门外两只交欢的狗，她看见卢梅森，惊叫起来："你终于醒了！老天，出门在外你可千万别病倒。我跟镇上的医生说你肯定是水土不服。是的，医生来过了，那会儿你烧得一塌糊涂。真奇怪，我以为你是在跟我开玩笑呢，她真是你妈妈。你知道的，我们是不允许访客逗留过夜的，可我还是允许她留下来了，我可不能让你带着病一个人孤零零地躺着，这点儿同情心我还是有的。这会儿你觉得怎么样？你有两天没吃饭了，这个房费……今天是第三天了。"

卢梅森连忙续付两天房费，告诉她明天将离开。她很快离开饶舌的老板娘，出了小旅馆。街上的空气比屋子里清新，让人感到神清气爽，她感觉力气一点一点恢复了。依然不出太阳，估计还会有雨，这是个令人发愁的雨水泛滥的季节。她深深呼吸一口气，一阵剧痛随着呼吸从腰椎底部蔓延上来，她疼得几乎要蹲下去。她竭力站稳，慢慢挪动脚步靠近一间铺子，避免行人撞到她。那阵锥心疼痛一点一点消散后，她发现疼痛使她手脚冰凉。这样的疼痛是第一次，她有所准备，但还是被刺骨般的剧烈疼痛所震动了。

疼痛慢慢消失，她沿着并不宽敞的街道慢慢走，路过那些见过的店铺。很快，她拐进一个卖醪糟汤圆的小店，要了一碗的糯米甜酒汤圆。她觉得需要一碗温热的甜品来补充被这阵突袭的剧痛所消耗的体力，她几乎精疲力竭。她慢慢吃起来，余痛还残留在她的体内，她感到无依无靠，陌生的环境放大了这种孤独感。她几乎就要决定立刻回莫纳镇去。吞咽下最后一个汤圆时，起伏不定的情绪终于渐渐平复下来。她安静地走出小店，重新来到街上。

很快走到街道尽头，那里有一个露天的家畜交易市场。乡下人带来的猪鸡鸭狗全在这里进行交易，这里挤满小商贩，悬挂巨大铁笼子的摩托车挤成一堆，笼子里塞满神色恓惶的家禽家畜。它们会被贩卖到城里的饭店，商贩们得以从中赚取差价。卢梅森看见一笼子小猪，皮毛粉嫩憨态可掬，哼哼唧唧挤成一堆。它们会被卖到饭店做成烤乳猪，成为人类的盘中美食。在宰杀它们之前，据说会先给乳猪灌高度白酒，在醉酒的状态下一刀割断它们的喉管，醉酒的乳猪烤出来更具风味。

对人类的厌恶感使卢梅森转身欲离去，忽然传来激烈的狗吠声。她看见离她不远的一辆摩托车上巨大的铁笼子里，一只黑狗不断扑腾朝她吠叫，她一眼就看见狗那只缺了半块的右耳朵，很惊愕。她朝那辆摩托车挤过去，走到那只铁笼子跟前，笼子里的黑狗挣扎得更猛烈了，在笼子里团团转，不断朝她吠叫。它认出了卢梅森，尾巴几乎快摇断了，眼角湿漉漉的。卢梅森朝摩托车四周看，商贩们全挤在不远处的空地上和乡下人讨价还价，无法确定车主。她站在摩托车旁，狗不断对她哀叫。一会儿一个腋下夹摩托车头盔的小个子男人朝她走来。

"有狗卖？"他瞧着卢梅森的目光有些急切，显然他在人群那边没谈成任何生意。

"没有。"她说，把手伸进铁笼子里，抚摸暴躁的黑狗，黑狗顿时安静下来，伸出舌头疯狂舔她的手。"你看，我跟这只狗挺有缘的，你买它多少钱，我可以给多一点，卖给我吧？"

"哎，今天奇怪了！这是我今天收的第二只狗，头一只也被人买走了，你们买去干什么？说真的，这种狗并不是看家护院的好狗，贪吃，懒惰，不中用。"小个子说。

"也许它可以跟我做个伴。"卢梅森抚摸着狗的脑袋说道。

小个子有些不相信。"不瞒你说，"他一边算计一边说，"我买它时花了八十五块钱，那个老太婆太麻烦了，想要个整数，可这狗哪里值一百？我看她多半没怎么喂它，你瞧瞧，这狗只有个狗架子。磨了半天，八十五成交，这个价，估计只有我才给得起。你想要，给个一百一吧，赚个路费就成，我一早从县城赶来，一口热的都没进肚子，这罪真不是人遭的。"他拿食指弹着摩托车头盔。

卢梅森把钱数给他。小个子边收钱边解开笼子，黑狗在笼子里惊恐地缩成一团。"你这畜生造化了，要是跟我回去，明天就成下酒菜了。好了，滚吧，你这畜生！"他把狗从笼子里拖出来，狗落到地上，立刻浑身颤抖地扑到卢梅森身上。它的爪子上沾满了泥巴。

"真奇怪，这狗好像认识你，要不就是它知道你救它条命。你可得小心它又跑回主人家里。"小个子有些惊奇。

卢梅森和狗很快离开这个充满牲畜哀叫的地方。狗简直是热情过头了，总是往她身上扑。卢梅森给它买了一个糯米团子，它一下子就吞掉了。

回到旅馆时，服务前台正好无人，她领着狗快速进了旅馆。

"好了，"卢梅森说，"我给你洗个澡，你要保持安静。"

她把黑狗领进卫生间，它一下子扑到废纸篓前，那里有卢梅森换下的沾满血迹的卫生棉垫，狗闻到了血腥味儿。它回头瞧了卢梅森一眼，抬起一只前爪跃跃欲试想打翻废纸篓。卢梅森静静盯住

286

狗，狗最终把前爪放下了。她拧开淋浴头，调了水温，把狗抱到淋浴头下。黑狗哼哼唧唧地待在淋浴头下，卢梅森安抚它，给它抹上沐浴露揉搓起来。

一直到下午四点，她才重新来到旅馆，带来一个铝饭盒。她一进来，黑狗立刻扑到她身上，她吓得差点失手摔掉铝饭盒，她惊奇地打量狗，什么也没说。

她们默契地对狗保持沉默。

"好点了？"她问，把饭盒放在窗前的小桌上，打开盖子。卢梅森闻到姜的香味。那是鸡汤，几颗红枣漂在清亮的汤面上。

"你得喝一点补的！"她不容置疑地说，把饭盒递给卢梅森，里面有一把白色塑料汤勺，泡在汤水里。卢梅森在椅子上坐下来，温热的鸡汤散发着诱人的香味，她吃了几块鸡肉。她一直看卢梅森吃，然后看见孩子的泪水从脸颊滑落进饭盒里。

"妈妈，我明天就回去了。"她说，把饭盒递给她，"你也吃吧，我刚才在街上吃了点东西。"她站起来，让她坐在椅子上。她捧着饭盒默默坐了一会，从她的脸上卢梅森看不出她内心的想法。

"家里发生了什么事情吗？"她问，这是她第二次问了。

"不，都挺好，什么都没发生。"卢梅森说。

她默默吃起来。"家里还有，稍微晚一点我再给你带来，你当宵夜吃，你太瘦了。回去后每天熬一点猪骨汤喝，我怀你的时候天天吃，你的体质还这么差。"她皱着眉头说，"只是，有什么事情不能和我说吗？"

"没有，爸爸挺好的。"卢梅森说。狗静卧在她的脚下，眼巴巴瞧她吃东西，她不再问了。

"小妖，妈妈想不到你还能来看我。"她的脸埋在饭盒上，似乎想要掩饰脸上的表情。已有三十多年没人叫她妈妈了，她的心境应该是和卢梅森一样的。卢梅森忽然觉得她们其实很可怜。

卢梅森的心抽了一下，莫纳镇的人差不多把她的小名给忘了。据说她生下来时，奶奶找人算了一卦，算卦先生说这孩子骨头轻，压不住命，弄不好会夭折，得起一个以邪冲邪的小名，妈妈便给她起这个小名。她走后，奶奶再也不允许别人叫她小妖，镇子上的人叫她卢家娃，长大后叫森姑，而卢父一直称她森姐。"姐"在莫纳镇也可以当"崽"来用，是对女娃娃的昵称。

假如命运没跟她开这么大的玩笑，她会不会来看她？她无法给出答案。

"外公和外婆都去世了。外公得了肺癌，外婆摔了一跤，骨盆摔坏了，死的时候她双目失明了。"卢梅森几乎是毫不犹豫说出来，她很想坦然地谈死，却再也说不下去。

"我知道，"她说，"我听说了。"她放下饭盒，不再吃。她的嘴唇有一层油亮的光。

她们没再说话。

她回去时，卢梅森没让她再带来鸡汤。她站在窗前望着她走出小旅馆，几乎要叫住她，她希望能和她多待一些时间。然而她只是望着她渐渐远走，身后跟着那只失而复得的狗，最后消失在街道的拐弯处。

五

第二天下起很大的雨，雨是从后半夜开始下的，黑夜中只有雨的声音。空气闷热而潮湿，卢梅森从一阵潮热中醒来，摸一下额头，还好，没发烧。只要能坐上班车，到县里再转乘开往莫纳镇的火车，便没什么可担忧的了。她从那里来，最终应该回到那里去。

卢梅森在黎明到来时收拾好东西，剩下的药片，文飞和黛力新被她扔进垃圾篓。这么多年来，它们一直赐予她平稳的情绪和睡眠，但是现在，宫颈癌晚期的身体已经不允许她随意服用任何药物了。前几个月她的例假乱得离谱，常常不规律出血，半个月前她去做了一次检查，命运给她这样一个残酷的结果。

雨变得小了些，她希望能在天完全亮时雨停了。不知道她什么时候来，她要赶最早的班车离开，七点二十分的班车。

现在是六点二十五分，假如到了六点五十分她还没来，卢梅森打算不告而别了。也许这样更好。她只是想来看看她，她是她的本源，她从她那里来，除此还能有什么？她默默站在窗前朝下面的街看去。那个她会出现的拐弯处此刻空无一人。披防雨布的乡下人挑着担子从窗下走过。她突然强烈地想念莫纳镇上的父亲，急切地想要回到他身边。只有他能和她一起面对即将来到的残酷日子，而她多么恐惧把这个事实带给他，他将承担的痛苦会比她更强烈。

可是，为什么不告诉她事实呢？卢梅森的心剧烈地跳起来，被自己的想法吓了一跳。在生死不明的最后一刻，她多么需要妈妈，她记得妈妈抱她时的感觉。就算不是为卢梅森，她也不应该在暮年时孤苦漂泊异乡。她和卢梅森一样，从莫纳镇来，就该回到莫纳镇去吗？她决定不再等，出门下楼，匆匆朝那个她会出现的巷子走去。

漫山遍野的秋天

一

夏末了，眼看秋天就要来临。

山里的天气不比没遮没拦的平原，风吹草动落一场雨水，三伏天穿长袖鸡皮疙瘩还一个劲地窜上身来，一层一层的，密密麻麻。因此，早上从山坳那边吹过来的风里已经含有丝丝缕缕的凉意了，抚过人的脸上，仿佛有蚂蚁爬过，小心地咬了一口，凉，痒，毛刺刺的。漫山遍野，成为一位快要临产的女人，挺着沉甸甸的胸怀。花生、玉米、红薯、水稻、黄豆、野板栗、野柿子，地下的地上的，全都往饱满成熟里长，往金黄里长，流淌着遍地的安详和喜悦。

这个时候，地里的活儿一般都没什么可干了。再等上个把月的风吹日晒，把地里的庄稼往熟里吹往熟里晒，秋收就开始了。村庄里的人们不再上山下地。山上坡下，除了放牛的割草的，难得见一个人影，庄稼地一片安静。人们在家里，却并不清闲，修补围囤，整理大缸，缝补麻袋，装秋收的粮食。手里忙活，一边抬头冲门外挂满粮食的山坡上望，人便醉了。

三彩坐在堂屋里，大门敞着。她的目光虚虚的，从堂屋一路直走，迈过门槛，走下晒台，行过渐渐金黄的稻田，爬上坡上的黄豆地里。黄豆地里有个戴草帽的人影，在地里猫着腰，缓缓地，移动一下。那是三彩家的黄豆地。地里有三座坟墓，三彩的奶奶、爸爸、妈妈。猫着的人影，是三彩进门八个多月的男人，三彩的第三个男人，黄天发。如今三彩全部的亲人，活着和死去的，全在黄豆地里了，在她虚虚的目光里。黄豆地里是没有什么可收拾的，只需等待一两场早秋的霜，冻一冻，把豆夹子里最后一缕嫩汁冻掉，再晒上十把个晴天，就可以收割了。但黄天发不愿意待在家里，说在地里闻庄稼和泥土的气味，心里踏实，挎一把镰刀捉一顶草帽就出门。家里秋收的家伙早就被黄天发弄整齐了，镰刀在墙上闪着寒光，新编的围囤在晒台那里暴晒，要晒掉青涩和水分，装的谷物才不会受潮发霉。

今年的粮食长得很不错，秋天还没到，丰收已经触手可及。

但三彩的目光并没有一丝喜悦，仿佛漫山遍野的粮食都与她无关。她坐在竹椅上，两只胳膊交叉搁在膝盖上，胸脯匍匐在胳膊上，两只硕大的乳房就顶到她的下巴了。三彩低下头往胸口看，胸口一堆肉，一条乳沟深不见底。她叹息，这两个"袋子"，要有个孩子叼才算长得不冤枉。眼下，八个月了，她和黄豆地里的男人在八个月里的大半数夜晚，都如火如荼水深火热地折腾，胸下的"袋子"倒是越折腾越结实了，但"袋子"下的肚子依旧颗粒无收。一只猫匍匐在她脚边，听到她的叹气，抬起毛茸茸的脑袋看三彩，猫眼里尽是善解人意的哀怜。

楼梯上传来拖拖沓沓的脚步声，一只通身黄色的大狗蓦地出现在门外，大狗威风凛凛站在正门中央，汪地朝三彩叫一声，打招呼似的。猫吓一跳，唔地大叫一声，一跃而起逃跑得没了踪影。三彩不用看，就知道是隔壁的赵巫婆来了。一个佝偻的黑乎乎的身影随即出现在门口，身后跟着她二十七岁、人高马大的糊涂儿子芭蕉。芭蕉浓眉大眼，穿一条宽大的松紧裤，一件灰色褂子敞开怀，露出健壮的胸脯。他跟在赵巫婆身后，手上拿一团焦黄的锅巴，边摇晃身子走边往嘴巴里塞，一张嘴巴沾满饭粒。要是芭蕉不糊涂，实在算得上是一个很招女人喜欢的男人。芭蕉是赵巫婆的小儿子，八岁的时候在晒台上一跟头栽下去，脑袋就坏掉了。也不是全坏，有清醒的时候，清醒时和正常人一样，知道鸟是在天上飞猪是在地上跑，衣服也扣得很整齐，更知道孝敬老娘。糊涂时就成这模样了，走路不稳，衣裤不整，敞开大怀张开大嘴，不只会往嘴巴里塞锅巴，赵巫婆稍微错眼，他连正在挪动的大菜虫都往嘴巴里塞，吧唧吧唧，嚼得很有味道。芭蕉糊涂的时候，是听话的，不使蛮劲，赵巫婆叫他做什么他就做什么。她上山砍柴火，糊涂芭蕉是能够在她的哄劝下把柴火趔趔趄趄地背回来的。样子是傻样子，活也做得不像活，到底不完全是个废人。因此，这个老幺儿尽管糊涂，老巫婆还是把他当作心头肉的。芭蕉清醒的时候极少，糊涂的时候极多，要不怎么也讨得上个老婆。因此日渐佝偻的赵巫婆身后大多数时候就有两条影子跟着，一只大狗，一个糊涂的儿子。芭蕉上头还有两个姐姐，都远嫁他乡了，两年三年不回来，回来一趟割回两斤猪肉，煮完吃完就走人，仿佛娘家有晦气，惹得赵巫婆骂天骂地的，骂她的两个女儿是白眼狼。赵巫婆会看风水面相，因此而得名。她会算前世今生，据说还蛮灵的。隔三岔五就有些山那边山这边的女人，三三两两结伴而来，几斤米半斤肉，也有给三五块钱的，满脸肃穆的神情，求赵巫婆算一算，家人有福气的保福气，有灾难的消灾难。巫婆坐进幽暗的"神房"里，里边香火袅袅，红烛灼灼，她头上蒙一块红布巾，翘起还沾有锅灰或猪潲水的鸡爪子似的手指给来客掐算。糊涂儿子和她一半的生活来源就从她的鸡爪子掐出来了。

赵巫婆蹒跚着上了楼梯，沟沟壑壑的一张老脸出现在门旁，跨进门里，在门边的椅子上坐下了。大狗在赵巫婆一边坐下，立起的狗身快齐坐下的赵巫婆个子高了。糊涂芭蕉立在一边啃锅巴，像根木桩。巫婆一双幽幽的眼睛钉子一样飞到三彩身上，钉子本来是奔着三彩的肚子去的，不料却扑在三彩胸前那堆肉上。赵巫婆的目光仿佛被烫了，快速转到三彩的脸上。

赵巫婆说："吃了？"

三彩说："吃了。"

三彩的目光并没有转移，直直的。老巫婆的双眼就顺着她的目光一路跑，终于撞在三彩盯着的东西上。她的老眼还没有昏花，知道三彩盯着的是黄天发。

赵巫婆说："怀了？"

她五天前过来串门时就问过一次。

三彩直直的目光就被鞭打了，弯了，从远处一路弯回来，收拢到自己的脚尖前。她满脸的忧恼，说："还没，哪里那么容易？"

赵巫婆说："怎么不容易？这事情比吃饭还好弄，教你的方法你没记着？"

三彩说："记了。"

赵巫婆说："也做了？"

三彩的脸就红到脖子，她点头。赵巫婆舒了一口气，说："这就好，会怀上的。你要看紧一点。"

三彩再次点头。这次她的脸不红了，显得凝重起来。赵巫婆说的看紧一点，是指黄豆地里的黄天发。三彩是奶奶用米汤喂大的，米汤不比人奶，三彩是喂大了，但大得很不像样子，最多算是活下来了。活下来且长大成人的三彩身高只有正常成年人身高的一半，身子和四肢也小人一半，额头却比常人凸，很突兀地凸出来，小眼睛和小尖脸凹进去，整个小脸仿佛是深深凿进去似的，见到她时，基本上是先见到她的凸额头，那凸额头不管你愿不愿意看，首先就奔你的眼睛去了。这是三彩生下来时缺奶造成的。三彩十八岁以后，仿佛一夜之间，这个不成形不成样的女孩子再一次以另外一个部位的凸出震撼人们的眼球，她的胸部仿佛吹气一样，在人们眼前一寸一寸膨胀起来。好像十八年来不长个子的劲都攒到长胸脯上来了。三彩的奶奶盯着她的大胸一日一日地长，日渐黯淡的老眼倏地亮起来。断气前留遗嘱给赵巫婆，她说放眼村子里的女人，没有哪个的奶比她孙女更肥壮的，三彩能生养，她能生养啊，你要帮帮她。说完就断气了，一双不瞑目布满哀求。赵巫婆知道死人的末了心愿。但是三彩长成这个样子，能神能鬼的老巫婆很作难，她只善于和看不见的鬼神打交道，无法用她的神功给三彩变一个活人，一个活生生的男人来。三彩如今三十了，有过两个男人。一个和她过了半年，半年后家里卖一头猪，男人卷钱走人。第二个男人，是个走村串户贩卖牛马的，小个子小眼睛，一脸商人的精明，四十来岁，左眼瞎右腿拐。他讨不上老婆的原因不言而明。三彩并不嫌弃，她实在太渴望身边有个男人有个孩子了。她的身子残缺，心却是完整的，她往完整的日子里梦想。为防备那个小个子男人再次骗财骗色，赵巫婆特意选黄道吉日，头披红巾身穿神衣，坐进幽暗的神房里"升天"，请来"天兵天将"，"天兵天将"化在一张画满神符的黄表纸里，纸烧了，灰洒在神水里，给小个子饮下。赵巫婆让三彩放心，小个子有天兵天将一刻不离地守护，就算他长了翅膀也是老母鸡，飞不远了。但小个子还是趁上山放牛时，干起老本行生意，把三彩的牛牵走了。小个子和三彩过了三四个月的日子。

后来赵巫婆就开始盯住三彩的肚子了，三彩前后跟着的男人，日子加在一起，也快一年了，她的肚子总没见弄出点什么来。她问三彩晚上怎么弄的。三彩扭捏，不肯回答。老巫婆火了，说："你倒是说说，睡都睡了还有什么张不开嘴的？"三彩的小脸噌地布满血色，说："到一半，他就出来了。"赵巫婆的目光在三彩的脸上绕着，一圈一圈的："出来后呢？"三彩说："他自己弄。""两个都这样？"三彩说："两个都这样。"老巫婆脸上就火星四溅了，样子好像是有人在欺辱她的糊涂芭蕉，咬牙切齿地骂，这些天杀的骗子！三彩问怎么了，赵巫婆当着大狗和糊涂芭蕉的面，指手画脚地给三彩说教整整一个早上。三彩总算弄明白了。那是三年前一个下大雨的早上，雨帘密不透风，铺天盖地的，三彩的心里也大雨滂沱。

眼下，就是黄豆地里的这个黄天发了。四十一岁，也是走村串户的，他不贩卖牛马，而是给人打桌椅床柜，邻省的，和三彩的村子隔一座山一条河。一座山一条河，到底有多远？三彩时常望着山顶连接的天边想。要是没有山顶，天边就应该更远了。黄天发倒是四肢健全，不瞎不聋，正常健康的一个男人。三彩遭遇两回骗后，心也想宽了。自己这个模样，有眼睛的男人都不会死心塌地跟她过日子。她只要个孩子，有了孩子老来就有依靠了，黄天发要是也想走，那是天意，她没有办法。

赵巫婆不这么想，她忘不了三彩奶奶的嘱托。这个连自己儿子的将来都掐算不出来的老女人，对三彩有特别的怜惜。一双巫婆眼睛整天阴森森地盯住黄天发，恨不能招来所有天兵天将整日将黄天发把守住。她嘱咐三彩，就算黄天发到屋后上茅房，也要寸步不离跟着。三彩听了，心像浸泡在秋雨里似的，很冰凉。她是要过日子，和一个男人好好过日子，不是捆绑一个男人跟她过日子。她这次不像前两次那样看管黄天发，只是把家里的钱财藏妥善了。黄天发和三彩过上日子后，三彩不再让他出去给人打桌椅了，一是担心他一去不复返，二是家里坡上坡下田里地里的，三彩一个人总是侍弄不过来。黄天发很安心，一住进来就从腰里解下一个油腻腻的布包交给三彩，三彩打开一看，手像被烫了一样，小布包掉到地上，满地撒了一堆零零散散的票子。黄天发一五一十数给她，一千二百多块，他说，都是给人刨桌椅刨出来的，交给她了，家里需要添补的东西，拿去买。三彩看黄天发把家里松动的门窗全钉稳了，花三个白天摸进鬼沟子，在大雾弥漫的鬼沟子割下三牛车金黄的老茅草，把房顶翻新了。

常年失修的老吊脚楼焕然一新。

三彩的心热切起来。她想就算是黄天发再走也没什么可说的，他比前两个吃喝睡了还骗她财物的狼心狗肺强多了。黄天发并没有走的意思。田地全都在吊脚楼对面的山坡上，三彩坐在堂屋里就可以把黄天发的一举一动看得明明白白。远一点的就是进山砍柴火，但那个方向是和出山的路相反，往里走就是深山密林，没有路，等于进了绿色笼子。黄天发要是想趁着进山砍柴离去，也是要返回来经过三彩的眼底下才能走出去的。三个月前，黄天发对三彩说，家里该多养一头猪，猪也和人一样，要有伴吃饭才有胃口，才长肉。他想到镇上去买一头，和家里这头成双养。三彩的心就在她的胸口冲撞一夜，就要跳出喉咙似的。早上起来时，她满眼幽怨地给黄天发掏了两百块钱。

三彩从来不去镇上，山路难走，她也知道自己丢人，侏儒一样的人顶着三个撞人眼睛的凸东西还出去现眼。油盐用品，都是村子里的女人们帮买回来的。

黄天发没接钱。"你拿吧。"他说。

三彩愣了，拿钱的手有些抖起来。"我也去？"她问。

黄天发说："你也去，怎么不去？"

她的心又在胸口冲撞起来，把心里的担心和委屈撞得满头满脸，泪水涟涟地说："你，不是想走？"

　　黄天发愣了，说："你想我走？"

　　三彩把钱拍到他手上，笑得泪水横流，说："拿去吧，你想走你就走。"

　　黄天发走了，一根扁担挑一个猪笼消失在苍茫的山路上。三彩端一把椅子坐在晒台上，望那条出山的路，从早望到晚。赵巫婆和她身后的两个大影子陪她。巫婆的嘴巴片刻不闲，埋怨三彩脑子发昏了，让黄天发去镇上等于放虎归山，居然还给他钱，等于给老虎插上一双翅膀了，他连跑带飞，这时候说不定都要到天边了，还回来和她这个没样子没形状的女人干什么。又烧纸钱发巫术，口中念叨没人听得懂的咒语，派出看不见的各路神将，速去把黄天发捉拿回来。落日快要尽的时候，三彩心冷了。乡下的街过午饭就散了，紧赶慢赶，太阳偏到鬼沟子时赶街的人都该回来了。现在，太阳已经越过鬼沟子，又跑了几个山头，终于落下。三彩在黑乎乎的晒台上默默流泪，蚊子一团一团在她头顶上盘旋，嗡嗡嗡的。她跌跌撞撞摸进黑乎乎的家里，失魂落魄的。

　　黄天发到底回来了，满脸伤痕，衣服褴褛。笼子里的猪崽也伤痕累累。黄天发说，半路猪从笼子里窜出来，他在山上追了一路……黄天发还割回两斤五花肉，剩下的钱交给三彩。

　　赵巫婆不知道这些。

　　三彩渐渐放心了。但她并不踏实，好好的一个男人落到她身上，好好的生活落到她身上，她感到发虚，有种头重脚轻承担不起的感觉。黄天发没有走的迹象，但是三彩却时刻在猜测他留下来的原因，这个家，这样的女人，有什么值得他留下的？三彩想不明白。想不明白就不想了，更让她虚的是，她始终没有怀上。赵巫婆这次教给她的方法，不再是喝神符水和神灰水了。她不再让黄天发和前两个狼心狗肺一样"中途"跑掉，一直到黄天发在她身上动弹不得。

但是，还是不行，八个月了，还没有怀上。

收割的季节就要来临了，三彩的目光看满坡丰肥的粮食，也显得没精打采的。她做梦都希望自己也能在秋天收获一个圆滚滚的肚子。

晒台上的围囤跳上一只公鸡，三彩怕公鸡把粪便拉在围囤上，跳起来赶鸡，胸口的两只木瓜活蹦乱跳的，糊涂芭蕉神不知鬼不觉地伸过来一只长手臂摸了一把，说："妈，瓜，我要吃瓜。"

老巫婆扬手打掉糊涂儿子的手臂，呵斥："吃你脖子上的瓜！"

二

黄天发从黄豆地里回来时，从腰上解下一串还活蹦乱跳的蚂蚱，上头还有一只被拦腰绑住的青蛙。他说，青蛙和黄豆焖上，蚂蚱你烤一烤，很香的。黄天发说话的时候，总是笑眯眯地，眼角和额头的皱纹很大方地一堆堆扭出来。不笑看不出世故，一笑沧桑就从一堆皱纹里露出来了。

在赵巫婆传授的求子方法里，给黄天发吃黄豆就是其中一种，且是最实惠方便的。她说黄豆这东西给男人吃就像给种马嚼菜花蛇一样，一天骑上四匹五匹母马气都不喘。村里张保全家喂有一匹棕红色的种马，四肢并不健壮，精瘦精瘦的，但那腿脚像铁打一样邦邦硬，腰身非常健美，手抚摸过去，一掌结实的腱子肉。种马不好养，挑食，喂食不好就毛长马瘦了，也不能干重活，要耗掉力气。这种马整天站在马槽子前，昂首挺胸像个神气活现的新郎。每天早上，张保全家门前常常有三两个陌生人在那里抽水烟袋等着，脚下都扔一个蛇皮袋，里边偶尔地扑腾一下。他们或丑陋或俊美的母马都拴在门口的苦楝树下等着交配呢。母马们喷着响鼻，兴奋地望着马槽里的郎君，尾巴朝天翘，一脸恬不知耻。张保全有个不成体统的规矩，每个前来给母马配种的人，都必须带一条菜花蛇来犒劳种马，外加十元钱的"养马费"。要是前来交配的母马一起到，张保全就照着主人们带来的菜花蛇大小，论先后。

蛇皮袋里偶尔扑腾的活物就是菜花蛇。

张保全在种马交配前，把菜花蛇打晕，裹在一把青草里捧到种马嘴巴前。种马长舌头一卷，草和菜花蛇就一齐卷就嘴巴里咀嚼起来，嘎啦嘎啦的，像咀嚼下酒的炒黄豆子。

三彩见过那马配种，母马牵进去，就转屁股朝种马了，种马毫不犹豫一跃而上。据张保全说种马吃了菜花蛇后，一天能配上四五匹母马，等于壮阳药。

三彩于是每天三餐，必有一餐有黄豆。黄豆焖腊肉，黄豆汤，黄豆炖腊骨头……黄天发很爱吃，筷子都不用，饭勺一勺一勺直接往嘴巴里送，边呷着土烧谷酒，吃得心满意足。晚上，三彩就成为一片肥沃的土地，由他耕田耘地了。

黄天发说青蛙焖黄豆，三彩脸上就一阵发烧，虚虚的眼神才转回人间烟火：自家的黄豆已经没了。大半年来猛补黄天发，去年秋天割下的一袋黄豆已经成为昨晚最后的晚餐。三彩端着空碗出门。

自家的黄豆没了，借邻居一碗总是行的。等地里的黄豆下了，再补上。油盐酱醋的，谁家都有短缺的时候，借了还，再借再还，远亲不如近邻嘛。三彩不去赵巫婆家借。赵巫婆在这个村庄里，是最拿她当人看的人。但三彩并不乐意领她的情，一个孤寡老人和傻儿子，本该多受人体恤的。但这个阴森森的老巫婆并不讨人可怜，老天爷刮风下雨都遭她恶毒诅咒，她扬言要做法给老天爷。老天爷掌管风调雨顺，关系五谷杂粮，老巫婆居然也横加干涉。村子里要是哪家的鸡鸭误闯她的菜园子，自认为有神魔在身的巫婆就不干了，在菜园子里焚香烧纸钱，诅咒鸡瘟鸭死。偶尔的，那鸡鸭也不知道碰巧吃了什么，一小半天就真的断气倒地了。其实村子里的人也并不是都相信她的巫术魔法，老巫婆真有消灾解难弄魔法的本事，她家的破吊脚楼早就该是金砖玉瓦的宫殿，身边的儿女们个个生龙活虎吃肉穿纱了。可是没有，破吊脚楼比别家更寒酸，身后到死都跟着不成人不成事的傻芭蕉。但是，农村嘛，这些看不见摸不着的鬼魅东西，有谁能说得清楚？没有谁敢拍胸脯说有，也没有谁敢拍胸脯说没有。村子里的人对赵巫婆是又不屑又惧怕又怨恨的。这个巫婆只亲近三彩，所以村子里的人看三彩的目光就多些莫名其妙的东西了。

这让三彩很难受。她不能直截了当拒绝巫婆的好意，毕竟像"黄豆求子"这样的亲密事情，除非赵巫婆，是不会有人告诉她的。在这个村子里，她和赵巫婆是与众不同的，应该惺惺相惜，不能和别人一样对她充满厌嫌，但不能搞成一家人一样。巫婆来，她没法把大门关上，但不往总可以的。

三彩端着空碗，从屋后的芭蕉下绕过赵巫婆家的伙房后，噗地跳下一个土坎，就跳进凤飞家的菜园了。刚起身，一只灰白狗就夹着尾巴从菜园里的柴垛后箭一样朝她射过来，喉咙里呼噜呼噜吼。狗叫老四，是凤飞从娘家那边带来的，等于陪嫁。据凤飞说，她娘家养一只母狗，这母狗很怪，一年产一胎，一胎只产一只狗崽，跟人一样。灰白狗是这只怪母狗生的第四胎，故叫老四。老四浑身沾满锅灰，仿佛刚从灶孔里钻出来。它见到是三彩，尾巴就友好地翘起来，满狗脸的凶狠气泄了，伸出沾着锅灰的脑袋蹭三彩的腿。凤飞家的老四和赵巫婆的大黄狗常常会窜到三彩家里讨吃的，有时候也是吃饱了四处溜玩。两狗都是公狗，天生敌意，在三彩家里碰头了，虎视眈眈盯住一阵后，就竖毛利齿扑向对方撕咬起来，都是朝对方的脖子下口，嘴嘴要狗命，把三彩家的厅堂折腾得风尘四起。一阵恶斗后，往往老四落下风，夹着尾巴躲到三彩身后哀鸣求救。三彩一顿扫帚，把凶狠的大黄狗赶跑了。

老四很长记性，记住救命之恩。救命恩人来了，它当然不能凶，也不能挡道。三彩蹲下来抚摸老四的头，说："你家主人在不在？哪里又弄这身灰？小心主人揭你的皮。"

老四唔地低叫一声，把主人叫出来了。凤飞是黄天发跟三彩过上一个月后从山后的村子嫁过来的。眼下她已经算半个妈了，肚子像老南瓜一样沉甸甸的，神气地挺着。这个年轻媳妇在村子里也是一个人物，她爸是道公，整天给人看墓地做寿辰，家境殷实，从小惯养，性子很大。嫁过来后，看家里哥哥嫂嫂、侄子侄女、公公婆婆一大家人，当场就烦了。过门满月就要分家，家里三牲六畜五谷杂粮都不要，连陪嫁过来的箱柜都不要，只要一张结婚床。条件是公公婆婆必须全都跟哥嫂，她一个不要。凤飞此举令村人大吃一惊，吃惊后暗暗佩服。家是迟早要分的，吃大锅饭容易使人比贪，比懒，比馋，小肚鸡肠、鸡毛蒜皮、斤斤计较，迟早要垮掉。但村人想不到凤飞分家是这种分法，而且理直气壮拒绝赡养公婆。但人家既然等于白手分家，村人也就谅解凤飞的大逆不道了。分家后，道公老父率领三个儿子和一众徒弟，从锅碗瓢盆到桌椅箱柜，浩浩荡荡从后山搬过来给宝贝女儿，全部重新置办。全村人目瞪口呆，再也说不出什么来。从小耳闻目睹道家法术宏大和布道时排场讲究的凤飞，对邻居赵巫婆躲在幽暗小房里弄神弄鬼的那套做法很不以为然。道巫是河水井水，泾渭分明得很。老道家知道女儿有巫婆邻居，嫁来当日已经给女儿布道施法护身了，因此道家女儿并不惧怕隔壁的老巫婆。

凤飞笑盈盈的，打招呼："怎么走后门来，进来进来。"

三彩的目光在凤飞撑得老高的肚子上有些黏黏糊糊，她费好大劲才挪开，说："快了吧？"她问的是生孩子。

凤飞抚摸肚皮，埋怨说："撑死了，沉甸甸的，整天吃多少都不够小东西那张嘴吃，还得三个月呢。"脸上却是一片得意神色。

三彩说："三个月，快了，年夜饭就是一家三口了。"

道家女儿很受用，说："算好了，也正是那时候。"

三彩一声叹气，连灰白狗都跟着失落垂头。她端着空碗，跟在比自己高出半截的凤飞身后，忽然觉得很难堪。瞧瞧人家，那才叫人样，人当然能生人。自己算个什么东西，站着像人家蹲着，坐着不比人家躺倒高，活脱脱一个丑陋的倭瓜，倭瓜只能生出一窝更丑陋的倭瓜来，生生世世遭罪，能不能生还得另说。她还有什么脸跟人家借黄豆？她连吃黄豆都该关起门来吃。

凤飞笑吟吟的，看三彩手里的空碗，说："要米要油？家里刚打了新米，糯米大米都有，大哥前两天刚挑过来。我们那边山矮，阳光照得足，粮食收得早。油有花生油，自家新榨的，新鲜纯正，也是大哥挑来的，可不比镇上卖的，兑水。"

三彩脸上一片凄惶，她想隔两座山头的人，等于隔天隔地了，她家黄豆地里的三座坟包不知道要保佑到哪一代才会有凤飞这样的好命，眼前这个女人的日子简直就和门外漫山遍野的粮食一样，金灿灿沉甸甸。她说："米完了，家里那个死人一天在黄豆地里刨，米都忘记挑去碾了，你先借我一碗，明天来还。"

凤飞接过碗进房间去了，半天在里边叫起来，让三彩进去帮忙。米缸在床底下，她实在弯不下腰了。三彩猫着，从窄口缸子里舀出一碗大米。她看见凤飞雕龙画凤的床头贴一张长条黄表纸，上面画满形状各异的符号，再一看，连箱子柜子上都有。凤飞说："辟邪。"

"辟邪？"三彩一脸迷惑。

两个女人就掩上大门了。凤飞指指隔壁说："那不是邪？要我说嘛，你还是避一避的好，没事不要和她来往，你没见过我们道家法场，都是青天白日下锣鼓开天八人开道的，红白喜事都请道家，哪里见过请这个的？阴嘛，人家避还不及，哪里还请？你不要不信。我们这些要生孩子的女人，避一避最好。"

说到生孩子，三彩心里打鼓了，嘴上却说："这个，能信吗？你看她这家，草都快埋到大门口了。"

凤飞说："你还不信？这种阴暗的东西，老天看得清，害人终害己。会这些阴暗巫术的人，哪个家里都不清净，要不就是家里败落，要不就是报在儿女身上，你看还不是。"

三彩的目光颤颤悠悠的，虚晃起来，落在凤飞的肚子上才站稳了。

第二天，三彩从门楣的对联上撕下一块红纸，包三十块钱的红包，捉一对阉鸡和一挂腊肉送给凤飞，让凤飞的道公老父给画两道镇邪辟秽的道符，贴在正门和睡房的正门楣上，以求尽快平安得子。有这两道符把门，淫邪阴暗的东西全都被挡在门外了。

晚上，黄天发正在三彩身上下功夫时，三彩贴着他的耳根把事情和他说了，黄天发一顿，绷紧的身子顿时松软了。

他说："有没有孩子，一样，我们现在挺好，生一个像隔壁的芭蕉倒不如不生。"口气淡淡的。

三彩有些气恼，觉得黄天发意思是指自己不像个人样，生下来的孩子也只能是歪瓜裂枣，倒不如不要。她身子一挺，黄天发就被挺下来了。

三

　　镇邪辟秽的道符贴上后，三彩心里安然许多，做梦都梦见自己
怀胎十月一朝分娩，白胖的孩子抱在胸口哭笑都响天响地的，人就
笑醒了。她想，这是好兆头，看来老道法术高深，就盼望早点灵
验了。那两张道符，在门楣上迎风簌簌飘动，在她看起来都像是尿
布了。三彩活得精神起来，对黄天发伺候得更加细心体贴。黄豆
没了，她把家里养的鸡隔三岔五宰一只给黄天发补。她看见村庄里
的男人们都抽水烟筒，就托人从镇上买来金黄的烟丝和烟筒给黄
天发。三彩看黄天发，黄天发是一棵老树，要想让这棵老树抽出苗
壮的嫩苗来，老树必须养料充足，根壮苗才肥。黄天发却蔫了，在
大口大口吃三彩杀的鸡大口大口喝三彩炖的汤里日渐萎靡，时常走
神，游魂似的。他整天待在黄豆地里，拔草，锄地，培土，掐掉黄
豆根上的枯叶，把黄豆地弄得快成一盆花了，连午饭都不回来吃，
天黑回到家里也没三言两语。三彩很吃惊，黄天发一连数日都不靠
近她了，晚上睡觉磨磨蹭蹭，倒下就呻吟，腰酸背痛，腿脚酸麻。
三彩要给他揉揉，黄天发龇牙咧嘴叫道，别揉，越揉越酸疼。三彩
辗转反侧睡不着，心提起来了，莫非黄天发也要走？

　　三彩想，到底应该问问黄天发是怎么想的，要走就明说，腿脚
长在人身上，留得今天留不住明日，谁也别把谁当傻子。三彩站在
晒台上看向黄豆地，有一顶草帽在黄豆丛里，老半天一动不动的，
那人仿佛生根了。漫山遍野的阳光一片金灿灿，黄天发又没回来吃

中午饭。三彩捉了斗笠帽，把门掩上走下木梯，又返回来灌一瓶凉开水，关门时门楣上的道符被夹在门缝里，差点没给扯掉了。三彩叹一口气，心里酸楚不堪。

黄天发自从进这个家门后，三彩就没再到田地里去了。黄天发很会侍弄庄稼，巴头巴脑扑在土地里，仿佛他也是泥巴捏成的。家里的几分水田几分旱地根本不够他三刨五挖，三彩跟他在田地里，插不上手的，倒显得碍手碍脚。她只在屋后的菜园子翻点地，种些人和鸡鸭的吃菜。对这样的日子，三彩以前做梦都没想到……

凉开水在瓶子里晃得咕嘟咕嘟响，三彩走在田埂上。午后的阳光热辣辣白晃晃，白光照在绿莹莹的庄稼叶子上，折射到人的眼前，刺得人头晕。她想人真是不能惯的，黄天发把她惯得快见不得风吹日晒了，哪天他一走，这样毒辣的阳光要像以前那样鞭子似的鞭打在她身上了。想到一个人过日子的种种艰难，烈日下的三彩心里像捂着一块正在融化的冰，又冷又湿。

"三彩，送水到地里去吗？"

从田埂边的稻田里冒出一个声音，把三彩吓得打趔趄。已经抽穗的稻子快齐她的人高了，三彩站住脚，伸脖子朝密匝匝的稻子里寻找，看见一个戴斗笠的脑袋在稻田中看她，斗笠下那张尖脸黑黝黝的，几缕头发给汗水沤湿了，贴在额头上。那人在对她笑，一张嘴巴豁开，露出两排白森森的牙齿，缺了两颗门牙。那是给打掉的。稻田里的人是张半天的老婆，刚嫁过来时把村子里的男人看得全红了眼，有老婆的男人回家就看自己老婆不顺眼了。那真是活脱脱从电视里走出来的美人啊。张半天这个酒鬼，刚结婚时收敛不少酒性，对女人疼半天爱半天，新鲜劲过去后美人就成草芥了，酒精发作就炸着两只红眼睛，提拳头把老婆撵得满村跑。到底也有跑不掉的时候，门牙就给打落了。酒醒时候像个畜生一样跪在家门口号啕，边抽自己嘴巴边给老婆赔礼，连已经作古在地下的老母都被他搬出来赌咒发誓，以后决不再喝酒打老婆。张半天家女人就心软了。好过后又喝，一喝就醉，醉了再打，打了重跪，日子过得比冷水还惨淡。

三彩看斗笠下那张张开缺了门牙的大嘴，说："中午天了，太阳毒，嫂子还不回家去？"

张半天老婆抬头看天，再低头看前面的稻田，转头看三彩手里的水瓶，有些黯然地说："待在地里还清静些。"

三彩就知道张半天多半又喝多了，老婆怕他闹事，跑到地里躲来了。三彩不知道该怎么安慰这个女人，她摇晃手里的水瓶，说："你喝不喝点水？看你满脸汗水吧嗒的，当心中暑了。"

女人摇头，叹气说："三彩啊，我要是有你一半的命就好了，一半我就满足了。"

三彩笑说："我的命？你看我哪有个人样？人样都没有，哪来什么命。"

女人说："人家把你当人你就是人，我们家把我当畜生，我连人都不是。"

三彩听不得了，说："你不喝我走了。"身后还传来女人的唠叨声，风一样颤颤巍巍的。

三彩到了黄豆地，四下却不见黄天发。黄豆地里新翻的泥土很新鲜，豆根下一根杂草都没有，黄豆长得很好，结的豆子一串串的，饱满，沉甸甸。地里的三座坟包也被黄天发翻了一遍，土疙瘩都敲碎了，凹的地方填土，凸的地方整平，塌的地方培上，坟顶上还新压上方方正正的土块，整座坟看起来新鲜得仿佛刚刚埋了人。

像三座新坟。

但是活人不见了。

是不是给几个死人上坟后走了？好歹也算是成过一家人，走之前给死人上上坟是应该的。

黄豆地里静悄悄的。三彩捧着水瓶走进黄豆地里，朝三座泥土新鲜的坟包走去，心一点点掉下来。她想要是黄天发也走了，后半辈子她就养只猫狗为伴度日，决不再招人上门作践她。

婆，爸，妈，别人地下的祖宗保佑家门子孙满门六畜兴旺，你们怎么不开眼，看看我们家？我们那还算个家？猫狗都有三男六女的，我们家就我一个孤魂野鬼了。你们在那边到底缺什么？要是缺钱我烧给，要是缺吃喝我早晚敬给。莫不是你们在那边把我给忘了？干脆连我也带走吧，省得我活得现眼……

三彩默默转完三个坟包前前后后，依然不见人影。地里的闷热一浪一浪劈头盖脸扑向她，委屈和屈辱仿佛两只拳头砸在她的胸口上。三彩抱着水瓶捂在胸口，在她妈的坟包前蹲下，失声号啕痛哭起来，哭声突兀悲凉，仿佛刚死了妈。

黄豆地那头的地埂上有一丛浓密的蓖麻，长得蓊蓊郁郁的，仿佛被三彩突兀的哭声摇撼了一下，哗啦动了，从蓖麻丛里钻出一个脑袋来，脑袋上还顶着一张巴掌大的蓖麻叶子。黄天发从蓖麻丛里钻出来，看见怀抱水瓶哭的三彩，吃惊得嘴都合不上了，仿佛三彩是刚从坟包里爬出来。三彩看见蓖麻丛里的黄天发，心里一阵惊喜，委屈却来得更铺天盖地，哭声更响亮凄凉。黄天发赶紧小跑，把三彩从坟边拉起来扯到蓖麻下的阴凉，从蓖麻丛里扯出草帽朝三彩一阵乱摇，扇风。

"怎么了？家里出事了？"黄天发一脸急切。

三彩抱着水瓶不松手，只是哭，噎得话都说不出了。黄天发越发着急，扔下草帽扯她的胳膊："到底怎么了？家里出什么事？不要哭，说话嘛。"

三彩把水瓶塞到黄天发怀里，抹满脸的泪水汗水，抽搭得上气不接下气，说："你怎么不走？你不是想走吗？"

黄天发握着水瓶，满脸疑惑："走？走哪里？"

"总有地方去的，你本来就没安心和我过日子，要走你就早点走，早走早安心，腿脚长在你身上，没人拦你，省得大家都抓心挠肺的。"

黄天发顿时萎了，低声下气地说："你撵我走了？"

三彩又哭起来："鬼撵你走。你愿意睡地头也不回家，家里有鬼吗？你不就是嫌弃我吗？"

黄天发看满脸泪水的三彩，看手里的水瓶，明白了，眼角几根皱纹交织起来，笑，捉草帽给她扇风说："我哪里是不想回去。太阳大大的，躲在蓖麻丛里，躺下就睡着了。"

"你躺到那坟包里再说鬼话吧。黄豆地里还有什么活，天天往这儿跑，再挖就该把我家这几个死人挖出来了。你分明是避开我，不想回家嘛。"

"别生气，你这个人，多心嘛。我喜欢待在地里，你不是不知。我们回去，这就回家，走。"

"别回了，我把被子给你卷来，你就在地里睡吧。不然你就在地里挖个坑把自己填进去，省得你来回浪费腿脚。"

"嘿嘿，黄豆地里有什么好睡的，家里有女人有饭菜，我又不傻。走嘛，回家去。"

黄天发把三彩从蓖麻丛里拉出来，戴上草帽，摸出锄头，手一弯，摸到三彩身上了。三彩打掉他的手，心一寸一寸温软起来。

"还回去？不回了，守你的黄豆地得了。"

"要回去。"

……

两个人一前一后下了黄豆地走进田埂，三彩避开张半天的老婆，绕弯走小道。那个女人还在稻田里，偶尔动一动，仿佛被风吹晃的稻草人。还是给稻草人看见了，在稻田里直着身子看他们。三彩想那女人看他们的目光不知道有多揪心，有些不忍，想到刚才在黄豆地里寻不见黄天发时天塌地陷的感觉，不禁埋怨："你们男人啊，是猪心猪脑，女人多好都不懂。"

黄天发在后边赶紧说："我懂，我懂。"脚步噗噗地闷响，紧跟着。三彩到底放心了，心暖了。

但黄天发就是不近她，晚上躺下没三言两语就拉响鼾声，中午人倒是从田里回来吃饭了。三彩还是觉得黄天发明显有些变化，自从告诉他道符的事情后，不仅话少，还少了些什么。少什么三彩一时又弄不明白，直到有一天吃晚饭时，三彩看见黄天发的饭碗空了，赶紧放下碗筷给他添饭，黄天发捂住饭碗，说自己来，满脸的笑。三彩终于明白了，黄天发变得客气了，见外了，好像还有点讨好她，少了以前的亲密，少了理直气壮，男人在自己女人跟前的理直气壮。三彩很疑惑，想一遍又一遍，想不出使黄天发生疏的原因。

老道给的道符在门楣上猎猎飞舞，三彩变得惆怅起来。

赵巫婆过来串门，身后照例是大狗和儿子。她上到楼梯口，还没进门就被门楣上飘摇有声的道符给镇住了，站在门外睁大老眼看半天，终于看明白这是一道道符，她退后几步，差点没栽下楼梯。楼梯下一堵墙似的糊涂芭蕉顶住她了。赵巫婆再老也不糊涂，道符和巫符还是分得清的。她右边邻居是老道的女儿女婿，连他们家的猪栏都贴着道符，分明就是镇她这个巫婆，嫌她不干不净。如今三彩家门也换上道符了。三彩是什么人？在这个村庄里大概只有她赵巫婆看得起她，拿正眼瞧她，为她操心。赵巫婆早就把三彩当作自己在这个村庄里的同类了。三彩居然弄个道符来拦门槛。这些巫师道公，巫术道法，真真假假，当信不当信，谁都弄不清楚，但既然有这个叫法分法，就得守规矩。三彩是自己人，弄张道符来把门，不是明摆着打她的老脸，看不起她吗？

赵巫婆立刻黑脸乌唇的，指着道符责问三彩，是不是也嫌她不干净。明说了，以后不登她的金门槛。三彩想到赵巫婆平时种种关照，看眼前傻儿孤母，心软了，把事情说给赵巫婆。赵巫婆听罢，转身推开糊涂芭蕉，踢开挡道大黄狗，气咻咻奔回家。

三彩看赵巫婆脑后松散飘动的几缕白发，后悔得恨不得把自己嘴巴缝起来。随便找个由头也好，骗人也好，真话有时候并不真好，很伤人。她可以说家里猪鸡鸭狗瘟了，黄天发发痧了，自己撞鬼烧心了，弄张道符来镇镇。把凤飞的话学给她，很没必要的。凤飞是谁？在这个村庄里除了她男人估计谁都不放在眼里了。这个村庄里有谁把她三彩放在眼里？她连只猫狗都得罪不起。

三彩看门楣上飘动的道符，心神不宁的。

四

村庄在等待秋收的时候是宁静的，人们在安静等待繁华的秋收来临。这种宁静里暗涌期待和兴奋，期待收获，兴奋丰收。清闲的空气里弥漫着人们激动而紧张的情绪。这种时候，村庄里要是有点热闹事情，人们就能暂时放松一下紧张而激动的收获情绪。有张有弛，张弛过后收获丰收就更有劲了。

热闹事情来了。

赵巫婆听了三彩关于道符的事情，受不了了。她回到家里，竖起枯手掐一阵手指头，初六。据说这些巫师施法讲究日子，逢初一十五最好，施法最灵验。眼下初一已过，十五尚远，赵巫婆实在咽不下这口气，恨不能马上坐坛施法，破老道的道术，把老道女儿家弄得鸡飞狗跳，给点颜色看看。但为了确保施法灵验，赵巫婆忍了，养精聚神，决定十五再算账。

十五，天刚拂晓。赵巫婆早已布置妥当。在屋后的菜地里摆上方桌，方桌上盖一张镶有金丝线的红绸布，上边摆一个海碗一样大的铜香炉，炉里燃整把的香火，油灯也点上了。赵巫婆身穿鲜红巫师服，头蒙红布，脚穿红布鞋，坐在一张盖红布的高椅子上，双脚搁在一只小板凳上，中风似的不断抖动。那意思是在快马加鞭赶往神秘"天国"，请天兵天将来助一臂之力。这就开始"坐坛"了，方向对准老道女儿的家。平时赵巫婆"坐坛"给人家看来世今生，破灾解难，或者在别人"重金"请求下，帮别人给冤家下点"蛊"，都搞得跟地下党一样，躲在幽暗"神房"里悄无声息秘密进行。但是这次不同，她自觉面对的是强大对手，不得不到"天神"下布坛作法，以求直接获得"天神"法力。一身艳服的赵巫婆坐在拂晓里念念叨叨，两片干枯嘴唇飞快念出常人无法听懂的"天语"，两条腿越抖越快，间或大拍一下大腿，仿佛在给快马加鞭子。香炉里一丛香火烟雾腾腾，被拂晓的微风迎面吹过来，赵巫婆就陷在烟雾里了，像神更像鬼像怪。整个拂晓给弄得阴惨惨的。

凤飞肚子里的孩子能动了，小家伙时不时就给老娘一脚，折腾得她睡不好觉。凤飞起个大早，开屋后门给老四到菜园子里撒尿。老四一步窜到菜园子的芭蕉树下，刚抬后腿，猛然看见一团腾腾烟雾，烟雾里还有不断抖动的怪物，嗷地大叫一声逃回屋子，躲到凤飞身后不住惊叫。凤飞很疑惑，挺着大肚犹犹豫豫走进菜园子，看见微曦的天光下一团刺眼的通红，惊骇得大睁眼睛大张嘴巴，等她看清楚是怎么回事后，见多识广的道家女儿马上明白是隔壁老巫婆在对她搞名堂了。她又惊又气又怕，趔趄小跑回屋子，摇醒还在沉睡的男人，厉声吩咐他赶紧起床到山那边去请父亲过来。再晚恐怕肚子里的孩子就有劫难了。把菜园子里的事情和男人说了，男人睡意全消，脸都顾不上洗就跑出家门。

在村庄上空炊烟四起时，凤飞的道公老父领七个穿长褂道袍的徒弟带全锣鼓铙钹一般法器火速进村了。村里的狗们哪里见过这阵势，一齐狂吠乱叫起来，宁静的早晨一阵骚乱。村庄里刚起来的人们不知道怎么回事，看见凤飞的男人在领头，猜想是凤飞要生。仔细想又不是，离生还远呢，就算生了也用不着道公老父吧，老父又不是接生婆。于是有好事者尾随。凤飞早就挺肚子在自家晒台上张望等着了，村里人越发肯定不是凤飞生孩子的事情。渐渐地，一帮人就涌到凤飞家门口。老道领着徒弟们进了女儿家，出到屋后的菜园子。

此时天光已经亮透了。又是一个阳光灿烂的晴天。明亮的晨光把整个早上照得亮晃晃的。凤飞在屋后的菜园子里种了花生和莴笋，一垄花生一垄莴笋。这两种东西都爱长叶子，叶子很多，凤飞的肥又施得好，因此蓬蓬勃勃的。莴笋没有花，花生又结果，已过花季，只剩满地里傻里傻气的绿。隔壁赵巫婆家的菜园子则一片金黄，她种了满园的油菜，此时油菜已经老了，蹿出满枝丫的油菜花。在一片黄灿灿的油菜花里，一身红服的赵巫婆坐在鲜红的"神坛"上摇头晃脑，口中叨叨，双腿抖个不停，周身萦绕腾腾烟火，那情景像极电视里古装片中某个心术不正的邪教主在练邪功，简直是走火入魔了。老道和众道徒见此情景，连忙摆开架势，八人分两队，面对面站着。一伙踏在莴笋垄，一伙踩着花生垄，遍地的绿顿时矮了一半。点香，打锣，敲鼓，鸣铙，吹笛，一齐上阵，老道戴上道帽，拔出长剑，对准赵巫婆的"神坛"前后左右一阵舞。村里的人被锣鼓声全吵醒了，闻声而来，堵住凤飞家的大门口。凤飞有意显摆自家道法的宏大威严，一律请进门来，把她家的菜园子全挤满了，莴笋和花生在乱脚下全稀烂了。女主人倒不在意，老四却不干了，对一堆陌生的腿脚狂吠。它看见人多众势，吠得很是底气不足，一边吠一边倒退到女主人身后。

人们站在早晨的阳光里，看道巫两队人马相互施法相斗。往常这种事情在人们眼里是极为神秘庄严的，甚至有些骇人，碰见了，能避则避，避不开的在心里念声阿弥陀佛，急慌慌地走开了，比鬼撵还快。但是今天早上，人们却把这两场法斗当作一台戏，很有趣，看得津津有味的。平时看不惯凤飞张扬的人暗暗替赵巫婆捏把汗，她势单力薄，孤军作战，恐怕难以取胜。见不得赵巫婆浑身鬼魅阴气的人则看她简陋的"神坛"幸灾乐祸，等着看她的败落下场。

老道家这边道场热闹非凡，赵巫婆那边法场只有糊涂芭蕉和大狗，呆若木鸡似的守在旁边。

三彩早上起来，煮的玉米粥还在火灶上翻滚，还没来得及端下来，黄天发就舀一大碗，大嘴巴沿碗边转几圈，滚烫的玉米粥就下肚了，他摸了锄头就出门。

三彩看他后背，气叹得很深长。

黄天发出门没多久，三彩给外边的喧天锣鼓和嘈杂人声给惊动了。她奔向门口，恍惚又觉得声音是从屋后传来的，凝神一听，果然是。出到屋后的菜园子一看，大吃一惊，心都要跳出胸口了。她马上明白这骇人的场面是因她而起的，惧怕得手脚发软。两条大阉鸡和若干钱肉，讨来一张道符贴在门楣上，求辟邪去秽，有一个清静的家迎接新生命早一点到来，本来是一件美好事情，没想到把事情弄反了，闹大了。如今这场因自己而挑起的法斗在屋后大张旗鼓地大动干戈，还怎么清静得了？该来的都吓跑了。三彩又急又怕，瞥见凤飞家菜园子人堆里擎着锄头看热闹的黄天发，赶紧朝他招手。

黄天发是在去黄豆地的路上和众道们相遇的，他靠路边让过众道，又停下来看他们，看见村子里的人也很好奇，有尾随众道去看究竟的。他摸了一会锄头把，转身跟上了。

黄天发毫无觉察对面三彩的召唤，把老道舞的斩妖除魔的剑术看得入神，下巴搁在锄头把上，都快要掉了。

三彩只好返身进屋，下楼梯去凤飞家，从人群里把神魂游走的黄天发拽出来。

人群里有人吃吃笑起来，笑声渐渐成一片，都说三彩，清早的，刚起床呢，要给天发老兄留一点劲，快要秋收了……

三彩的凸额头一片血色，着急得。黄天发哼哼地笑，很大方。

回到家里，三彩急忙忙关上门。凤飞家的狗老四一路跟来，吃了个闭门羹，朝门缝里嗷地叫一声，不料把赵巫婆的大黄狗引来了，老四一见掉头就跑，回家去了。

三彩眼里急得泪花打转，黄天发问："又怎么了？"

三彩眼泪就下来了，把事情一顿三停地告诉黄天发，想得到黄天发一番劝慰安抚。不料黄天发也着急，不是着急，是发火，简直是怒火中烧了。他暴跳起来，惊天动地地打开屋门，朝木门上踹一脚，一把扯掉屋门和睡房上飘飘扬扬的道符，撕碎，往门外扬。

"你没事找事吗？你吃饱了撑的？这两张混账东西能帮你生孩子？"黄天发大声吼叫，又朝屋门上踹一脚，像只困兽。

"你满屋子都贴上吧，生个皇帝出来。你想生想得癫了，你看看你，有哪块地方像能生的？你贴，你贴，你往身上贴，全贴满，再弄一捆来跟你睡吧，我看你是不是能生出一个比你好的来。"又砰砰地踹两脚，砸了饭桌上的暖水瓶，山摇地动的。

三彩吓坏了，她第一次见黄天发发怒，一发起来就像山洪暴发。三彩又怕又急又气，又委屈。她想不必要啊，就算她贴这两张害人的道符贴错了，也不必要这样急赤白脸踢门砸凳的，不必要这样朝她破口大骂。贴两张道符怎么了？村庄里有哪个女人不信点鬼神的？他骂的哪里是人话？女人想生孩子有什么错？她身上有哪一块地方生不出孩子？

他不想跟她生孩子，他还是想走，还是要走的。

三彩心里的惊疑一个接一个，再一个接一个回答，心里是失望，再绝望。悲从中来，哭声就不顾天不顾地了。她呼天抢地的，骂黄天发不安好心，叫他快点滚，她的家进来一只猫狗都行，就是不能进白眼狼，不能进吃里爬外的男人，呜呜，上天啊，开开眼，看看她这个可怜女人……

这些乡村泼骂，本来是最常见不过的，哪个有老婆的男人都被女人这样骂。骂多了，男人倒是听出点味儿来，女人骂得越狠，证明她越把这个男人看得重，放在心上，因此夫妻是越骂越黏糊，骂着骂着就过到头发白了。

但是黄天发不一样，他和村里的男人有区别。村里的男人是把女人娶进门来的，男人们在家里做得了主，说得了话，劲头上来对女人动手动脚都是理直气壮的事情。他们不会在意女人叫他们滚。滚哪里？这儿就是他们的家。由她们骂吧。黄天发是入赘的，上门的，像被娶来的那些女人。女人们被男人叫滚，卷衣服就回娘家了。过几天火气下了，男人两句好话就给哄回来，上山下地，太阳从东边起西边落，日子照旧。黄天发不是女人，男人上门本来就不体面，心脆得像一蓬枯竹，一碰就噼噼啪啪碎了。黄天发听见三彩满面厌嫌叫他滚，他顿时哑了，四肢发凉的，心也凉了，他倚在门上，骨头被抽掉似的，浑身发软。他看着三彩，眼里的黯淡一层一层浮上来，阴云似的，又转向门外，看阳光下远处的黄豆地。

黄豆叶子慢慢转黄了。

他们的黄豆地夹在一片玉米地当中，比那些长条腰杆的玉米矮小一大截，密密匝匝的。他喜欢种黄豆，也喜欢吃黄豆。种黄豆要比种玉米花费更多功夫，当初三彩叫他种玉米，她说周边都种玉米，那块地也该种玉米，庄稼要连片种才好，不然老鼠全都跑来祸害了。他不愿意，点上黄豆种子。如今快熟了，黄豆地被他收拾得连一粒老鼠屎都找不到。再晒个把月的太阳，他们的黄豆地就应该黄熟了。他不会像其他人那样收割黄豆，连根拔掉挑回家，在晒台上使劲摔，把黄豆摔得满地四散。黄天发要在黄豆地里把黄豆一串串摘下来，干干净净挑回家。黄豆棵就留在地里晒干晒透，哪天抽空就割回家当烧饭的柴火。这样要费许多工夫，但是黄天发不怕，种田地嘛，多在地里走两趟哪里算费工夫，地不走不熟，地熟了庄家才长得好。会种地的人是知道的。黄天发是个会种地的人。

那时他们就坐在堂屋里剥黄豆，看秋天慢慢变深，烧遍漫山遍野。这样的日子黄天发是满意的。

现在，这个女人叫他走了。他看不见黄豆黄熟了，他辛勤种了一个夏天的黄豆地并不属于他，他种过很多这样的地，地都被他种熟了，还是不属于他，最后都不属于他。他想起隔一条大河那边他的家。他也是有家的。他的父母生了五个儿子，却没本事给儿子们起五间房子，娶五个媳妇。排行老三的黄天发不愿在家里和兄弟们争那两间破房几分土地，选择一般男人不愿也不屑的入赘，把自己"嫁"出去了。"嫁"出去也是好的，黄天发有过天堂一样的日子，俊俏的女人，几分薄田地，够了。他没什么不满的。黄天发赶着高头大马在地里犁地。那匹马浑身腱子肉，棕色的，通身的细毛像缎一样光滑油亮。黄天发常常半夜起来喂马，抚摸它光滑的脖颈。马看见他，响鼻直喷，马脸全是恭顺……黄天发还会梦见那匹马，差不多二十年了，他的梦里常常有马在嘶鸣。黄天发后来不断有土地，又不断失去。他爱土地，沉沉实实的爱，土地却总是摒弃他。现在他又要失去土地了。

他把目光从远处的黄豆地拉回来，垂到自己脚尖。

那就走吧。

这个女人啊，这个可怜的女人。非得把日子想得那么完全，没有男人想男人，有了男人想孩子。日子哪里会像人想的那么完满，况且是他们这样的"人"，能在这片山里有几分地种，收获粮食，尽量往常人的日子里过，就算老天爷开眼了。老人常常说人心不足蛇吞象，如今他们不年轻了，他是看得开的，这个女人却想不通。

一家人过日子两种心思，这种日子还能过下去吗？

那就走吧。

黄天发看看号啕痛哭的三彩，默默地，走进房间，收拾几件衣服，衣服是要穿的。他半辈子活得不像人样，不像人样总归还是个人，衣服总是要穿的，而且穿干净的。几件衣服卷进编织袋子里，再到仓房去整理他来时的挑担。

两只箩筐落一层灰尘，刨子斧头锯子，也落了一层灰尘，刃口摸起来都有些吃手了，不再光滑了。他原本认为不会再挑这副担子走村串户了，三彩这样的女人，是不应该嫌弃他的。他当然也不嫌弃她。这个可怜的女人没人样，终归也是个女人，他是把心掏出来想跟她过日子的。他四十岁了，不想再走了，要在这儿过下半辈子了。

仿佛他一辈子都要风餐露宿，人啊，真是抗不过命。

黄天发把他的担子重新整理好，站在有些昏暗的仓房里，一时还不知道要往哪里去。这些重重叠叠的山，哪座山里有哪个村庄，哪个村庄的人们粗蛮，欺辱外乡人，做活不给钱的，他全清楚。在哪个山坳口，遭几个绿林强盗搜去身上的钱还砸他的担子朝他吐唾沫的，他也记得……黄天发想到这些，身子仿佛被鞭子抽打，战栗起来，他抖抖索索把担子整理好，从仓房挑出来，眼睛有些酸涩。三彩看见了，号啕戛然而止，给刀砍断似的，嘴巴大张，眼睛瞪得大大的，小尖脸上泪痕夹杂恐惧。黄天发连看都不看她，挑担子出门下楼梯了。三彩愣愣的，直到黄天发下楼梯的脚步声消失，她才明白黄天发挑担子出去了，走了，离开这个家了，不要她了。

撕心裂肺的疼痛在三彩的身体里蔓延起来，她跌跌撞撞地追出门去，声嘶力竭哭叫黄天发：

"黄天发，你就走了？丢下我了？我做错什么……老天啊……黄天发啊……"

三彩在凤飞家晒台下扯住黄天发的担子不放，一屁股坐在地上放声号哭。

"我贴一张道符有什么错？我想生孩子有什么错？……你走吧，你分明是不想让我活了……"

把凤飞菜园子里看热闹的人群引出来了。这个早上有趣的事情实在很多。人们刚弄明白里边的事情，外边又有莫名其妙的事情发生了。几个女人见不得三彩伤心悲痛的模样，过来把她拉扯起来。

"你们别拉我，他是不想我活了……他们斗他们的，我有什么错？说话间人就走了。我是只猫啊，狗啊，你说不要就不要……眼里一张道符比我还重……能要你的命吗？……"

三彩很委屈地哭诉，断断续续地，人们到底弄明白这个早上所有发生的事情的缘由了，凤飞家屋前屋后的热闹事情，原来是同一件事情，都是三彩一张求子道符引起来的。人们笑起来，好意不好意地笑起来。

黄天发很难堪，站在那里留不是，走也不是，嘴里一个劲地说："你看你，你看你，像什么样，你看你……"

几个男人站在凤飞家的晒台上，哈哈大笑，说："天发老弟，不用贴那个东西，你夜里再使把劲，要多少个有多少个，除非你的枪不准，打偏了。"人群哄笑起来。

黄天发听不下去了，一把扯起三彩往家里拖。担子扔在路上，斧头锯子散了一地。

五

黄天发没有走，走江湖的担子重新放回仓房里了，人越发爱往黄豆地里去，黄豆地头那丛蓬勃的蓖麻快成他的床了。三彩坐在堂屋里，看那块慢慢变黄的黄豆地，长吁短叹的。她在仓房的门上加了一把锁。那天黄天发挑担子出门，她都听得见自己的心在胸腔里噼啪破碎的声音了。黄天发不像以前那两个狼心狗肺的，走了就走了。三彩也会难过，掉眼泪，但那两个东西不会使她的心这么疼，她觉得无论如何都不能让黄天发走，黄天发就是她的命啊，让她揪心揪肝的男人。

那把锁能锁住什么呢，黄天发要是下决心走，两袖一甩就走了，还在乎什么担子。但是锁了能让三彩安心一点，那就锁吧。黄天发不喜欢那两张道符，那就不再贴了。三彩小心翼翼的，像刚嫁到婆家的女人，唯恐哪里惹黄天发不高兴。

那天赵巫婆和老道在屋后法斗，半途中被三彩一场闹剧打乱了，这场原本庄严肃穆的法斗被围观的人们弄明真相后当作笑料，道巫两队人马都有些泄气了。赵巫婆闻见三彩撕心裂肺的哭声，红盖头下的她有些于心不忍。她想这个女人也真是可怜，求子心切嘛，贴一张道符没有错的，人们本来就觉得她这类神不神鬼不鬼的巫法有些混账，认为道法更高一等，择好的信嘛，她没有必要大动肝火。黄天发要是走了，往后三彩的家门她哪里还有脸再进，这个村庄再没有哪扇门为她开了。赵巫婆在红盖头里感叹。太阳升高了，她裹在一身严实的红巫服里，不住抖动两条腿，抖出一身汗，人也疲乏了，听见老道那边还锣鼓喧天的，感到力不从心。于是大腿一拍，大叫一声，扯下盖头，微眯两眼从"神坛"上缓步下来，整把拔起烧得正旺的香火，双手合十捧住围神坛绕左三圈右三圈，最后憋一口气朝老道方向噗地一口吹灭，示威，表明不是她的巫法败阵，而是施法结束了。灭香熄火，偃旗息鼓。

下雨了。淅淅沥沥的，入夜就开始下，下一天一夜了。不大，但总是停不了，淅淅沥沥的，连屋檐滴落的水滴都懒洋洋的。这种雨难停，叫连绵雨。看样子是要下好几天。天很阴，浓重的乌云压在远远近近的山顶上，把一片山笼罩得不见一丝亮色。夏末了，下完这场雨就该入秋了。

黄天发在家里待了一天，魂不守舍的，好多次转到晒台上看天，雨还在下。第二天实在憋不住了，摸出锄头戴上斗笠和塑料布，朝三彩笑笑，说到黄豆地里转转，看是不是泅水了，得赶紧放水。三彩不言语。那是片斜坡地，蓄水都难，哪里还会泅水？她只说了一句，要是打雷就回来，危险。

黄天发就走了。房子便显得空洞黯淡起来，雨声滴答，把三彩的心滴答得冰凉冰凉的。

三彩明显感到黄天发是不愿意和她待在一起的，她琢磨不透他心里的想法，忧心忡忡的，想多了，心酸起来。她想还不是因为自己不像人样，还不是因为自己家无父母兄长，孤零零一个鬼样子，

325

遭人厌嫌。她这样的人能有什么好日子？混着过吧。偏偏她心比天高，要求人家跟她生孩子。黄天发说得对，她身上有哪一块像是能生孩子的，她生出来的孩子能比她好到哪里？这样想着，心里愈发凄凉，手背捂着嘴巴，呜呜咽咽起来。

牛高马大的糊涂芭蕉突然出现在门口，黑压压的，三彩吓了一跳。她伤心狠了，连芭蕉上楼梯的脚步声都没注意。三彩赶紧擦干泪水，往他身后看，却不见赵巫婆和大黄狗。三彩很诧异，看着芭蕉。芭蕉今天很整齐，大脚板趿着拖鞋，上衣也穿了，黑色土布短卦，扣着，一双眼在黯淡的光线里一闪一闪的。

"芭蕉，你妈呢？"三彩问。

"妈，地里。"芭蕉结结巴巴地说。赵巫婆去地里了，下雨，把芭蕉留在家。

三彩见芭蕉竟然把话说得清楚，知道这时候他又难得地清醒了，赵巫婆才敢放心把他留在家里。"坐吧，芭蕉。"

芭蕉走过来，脚步沉重，踏得木板颤颤悠悠的，坐在三彩旁边的椅子上。

"吃过饭了？"三彩问。

"吃了。"

"嗯，家门关好了？"

"关，没关。"

"出来怎么不关门？"

芭蕉笑，说："近。"意思是很近，不用关门。

三彩叹一口气，芭蕉，这个可怜的人，要是不糊涂，他的孩子都会帮赵巫婆捡拾柴火了，眼下，他和自己一样，都是别人的累赘。三彩伸出手，把芭蕉扣错的扣子扣好。一场雨下来，山里就凉飕飕的。

芭蕉冷不丁的，长手伸出来，按在三彩鼓囊囊的胸脯上，三彩吓了一跳，推开他的手。推开了，他又伸过来。

"姐，吃，姐……"芭蕉看她，一脸祈求，眼睛明亮，单纯得像个孩子。三彩心里忽然疼起来，这个可怜的人，这个和她一样可怜的人，这个傻孩子啊。

她站起来，走到芭蕉身边，把芭蕉的头揽进怀里。芭蕉的两只胳膊忽然像铁一样强硬蛮横地抱住三彩，人站起来了。

"姐，姐啊，吃，要吃……"芭蕉把三彩死死箍住，不住说要吃，把三彩当作能吃的东西了。三彩感到慌乱，悲伤，惺惺相惜，在心里蔓延开来，五味杂陈。

她说："吃，姐给你吃，把门关了给你吃。"芭蕉放下三彩，旋风一样转身去关门了。三彩闭着眼睛，泪水肆意滑落。罢了，芭蕉这个可怜的人啊，自己这个可怜的人啊，他们都是多么可怜的人，可怜的人应该相互怜惜。三彩牵着芭蕉的手，走进黯淡无光的房间里。

雨大起来，打在茅草屋顶上，闷闷的响声，仿佛从遥远的天边传来隐约的闷雷。天地间除了雨声，再没别的了。

下吧，下吧，别停了，一直下到把天边都淹了，这日子啊。三彩躺在黑暗中，灵魂出窍一般，抱着芭蕉的脖子万念俱灰地想。

雨一直下了七八天，停了，开云见日。空气很清新，湿漉漉的，饱含水分。阳光被憋坏了，迫不及待地洋洋洒洒，照得漫山遍野一片通明。远远近近的山脉被雨后的浓雾扯得面目模糊，雾在山顶上手忙脚乱地跑。人们从屋里出来，站在晒台上伸腰，操两句天地，再看山看地，看天，天很透净，蓝得耀眼，几片缥缈的白云也远远躲到天边去了。

大晴天。

人们在晒台上相互打招呼，满心欢喜地看遍地的粮食。

这就入秋了，快有收获了，一年辛辛苦苦，等的就是秋天。

黄天发站在晒台上，看远处的黄豆地，眼里笑眯眯的，很满足。个把月就可以收了，他要慢点收，留在地里，多看几天。他喜欢看这些粮食，沉甸甸地挂在那里，那就是日子，沉甸甸的日子，看得见摸得着，他心里踏实。

赵巫婆的大黄狗一阵叫咬，中间夹着鸡拼命地叫，仿佛它在对鸡谋财害命。赵巫婆从家里提一只硕大的公鸡出来，鸡的两张翅膀仿佛两张大蒲扇，扑楞楞地拍打。大黄狗围着赵巫婆不住狂叫，不知道是为鸡鸣不平还是对鸡幸灾乐祸。芭蕉又恢复糊涂了，光着膀子，一手拿锅巴一手握红薯，只知道吃。赵巫婆提着鸡走向三彩家的木梯子。

"芭蕉婆，卖鸡？"黄天发站在晒台上笑眯眯地问。

三彩从屋子里走出来，赵巫婆也笑眯眯地，上楼梯，把鸡塞给三彩。

"三彩，你辛苦辛苦，把鸡宰了，今晚我和芭蕉来你家吃饭，人老了，嘴巴馋，吃今天没明天的。嘴巴想吃，眼睛又不好用，宰一只鸡毛都拔不干净。芭蕉不中用，给他做只怕他连鸡毛都吃了。"

三彩有些犹豫，看赵巫婆身后一脸不知道天高地厚的糊涂芭蕉，心里的凄惶像山顶的雾一样，腾腾升起。三彩看看黄天发，黄天发过来把鸡还给赵巫婆，说："鸡家里有，晚上我们杀，你和芭蕉过来吃就是，多两副碗筷嘛，人多吃饭才香。鸡你拿回去，拿回去。"

　　赵巫婆再把鸡塞给三彩，老眼里竟然有点泪花闪闪的，她说："好孩子，你拿去杀，你不拿鸡我和芭蕉哪里有脸带两张嘴巴过来吃？你就当给我和芭蕉杀鸡，帮我们两个不中用的东西吃上一顿肉得了。"

　　三彩看看赵巫婆，有些吃惊，不明白赵巫婆今天怎么了，接过鸡，说："行，我等一会儿就烧水杀了，家里还有一只腊猪脚，也炖上，晚上我们两家好好吃一顿。"赵巫婆抹着眼睛，说："三彩，你把芭蕉当人看，把我当人看，村里就你们家两个好人了……"

　　赵巫婆絮絮叨叨的，下楼梯去了，三彩吃惊得差点失手把鸡摔了。这个糊涂芭蕉，他糊里糊涂的，是不是跟他妈说了什么？

　　晚饭黄天发和芭蕉敞怀大吃。终于出太阳了，沤在阴雨天气里好多天的人也被阳光照得喜气洋洋的，又有好饭菜，两个男人吃得很有滋味。黄天发给糊涂芭蕉也倒一碗米酒，哄他说是糖水，甜的。他端起碗，抿一口，咂吧嘴巴，模样像喝蜜。芭蕉也端碗猛灌一口，酒还没在嘴巴里咂出味道，两腮帮鼓起来瘪下去，米酒就下喉咙了，辛辣的滋味才在嘴巴里烧起来。他扔下筷子，张开大嘴，长舌头伸出来，两只手不住地扇，哭丧脸叫："火，火，妈，火啊。"一桌人笑翻了。赵巫婆很少吃，一碗鸡汤磨了一顿饭，鸡肉大块大块往三彩碗里夹。三彩愈发心慌了，脸上火辣辣的，鸡肉吃在嘴里，味道变成青菜味。

六

陆陆续续地，秋收开始了。人们带着镰刀挑着箩筐走向沉甸甸的土地。地里的人一天天多起来，狗在地头乱串，多管闲事，捉地里的老鼠。也有给主人添乱的，把主人收割下来的粮食一阵乱咬乱刨，一不留神，一块狗头大的土疙瘩就从哪个方向飞过来，砸得狗嗷嗷大叫。

土地上生机盎然。阳光是金黄的，粮食是金黄的，人们的笑脸被金黄的粮食和阳光映得一片灿烂。

首先收玉米、花生、黄豆等旱地里的粮食。稻子还要晒一晒，等把田里的水晒干了，收割起来就容易了，不会弄得人一身泥水，掉落在田里的稻子也容易捡拾。地里就热闹起来，有种热火朝天的气氛。

黄天发还不打算收黄豆。先收玉米，玉米地比较远。早上吃过早饭，黄天发整好箩筐，腰上绑上柴刀楔子，灌一壶水就要出门。三彩背一个背篓。黄天发说："你不用去了，那点玉米，我收两早上就完了。"

三彩说："家里没事，人全都下地了，我在家里干吗？有手有脚的。"黄天发就笑，说："这个村子多少女人羡慕你呢，你不知道享福。"三彩也笑，半真半假的，说："这福哪里敢享？哪天你走了，我手脚都生锈了，只能挨饿了。"一说到走，黄天发就不自在

330

了，脸上的表情酸不是酸，甜不是甜。

两个人出门了。走到赵巫婆家晒台下，芭蕉在晒台上朝三彩叫："姐，吃。"三彩吓一跳，头嗡地响。黄天发笑着说："芭蕉，又吃锅巴了？没吃饭？"

三彩这才看见芭蕉手里那团焦黄的锅巴，他半边脸上全是饭粒。她没好气地说："吃，你就知道吃。"

一路走，黄天发说："一个糊涂人，你跟他发什么火？芭蕉婆听见了会见怪。孤儿寡母的，可怜。"

三彩在心里说：可怜，谁不可怜？他一个什么都不知道的傻子才不可怜，清醒的人才可怜。

两个人在地里收了半天玉米，太阳升高的时候，三彩突然觉得头晕目眩起来，肚子一阵翻江倒海的，早上喝的玉米粥就吐出来了。黄天发赶紧拿水壶给她，抬头看天上火球似的太阳，说是晒晕了，山里早晚凉，中午热，秋老虎嘛。他砍了一堆玉米秆，支起一个小棚子给三彩躲阴凉。三彩在棚子里又张大嘴吐了两回。

三彩显然是晒晕狠了，跟黄天发收两天玉米，吐了两天，玉米收完了还吐。她站在晒台上，弯腰捂肚子，呜嗷的，吐得小尖脸一片涨红。赵巫婆站在她家的晒台上，默默看了两三天，朝她说："三彩，我看你是怀上了。"

赵巫婆等于在说一句咒语。

三彩遭诅咒似的，愣愣的，神志不清的模样，看赵巫婆，转身看黄天发。

"我……怀上了？我……这是怀上了？这是……"

黄天发也遭诅咒了，双眼布满疑惑，嘴巴张着，却说不出话。

三彩转身进屋，捉住黄天发的胳膊，摇一摇，黄天发还是不说话，再摇一摇，三彩却哈哈大笑起来。

"怀上了？这是真的？我倒是看见凤飞刚怀孕时在她家后菜园子里这样呕吐，就是这样呕吐的。你这个人啊，你这个人，哈哈，你看你都成木头了，你该相信你老婆会生孩子了吧？你啊……"

三彩第一次说自己是黄天发的老婆，笑着，却又突然哭起来，眼圈一圈圈红，泪水就渗出来了，兴奋得。

黄天发到底回过神了，他说："会不会是吃东西坏了肚子？吃错东西也会呕吐的。找个懂医的看看，看了放心。"

话说得疑疑惑惑的，看不出是高兴还是担心。

三彩眼泪掉得更快了，这回是委屈。她说："你还是不相信我能生孩子，把我看成一块石头。你去把张保全叫来，把把脉。"

养种马的张保全早年学过一些中医，望闻问切看得有五六分准。他原来在镇上和人开了个诊所，自觉是镇上人了，乡下老婆在他眼里身上没有一处像女人，闹离婚。老婆纠集娘家几兄弟把诊所砸了，把张保全从镇上五花大绑抓回来，一顿狠揍。张保全不再敢开诊所，连镇上都不敢去了。娘家兄弟警告他，随时都会来下他一条膀子。张保全的中医在村里就没多少用处了。乡村的人，头疼脑热拉肚子，懂得山上哪一种草可以治疗，采回家来洗净煎熬，自己治疗，人人都成为赤脚医生。除非是小儿闹病，才提几个鸡蛋来请张保全看一看。小儿嘛，娇嫩金贵，是不敢乱采山上的草来治的。张保全的中医困顿在山里无法施展，整天抑郁不得志，饭不吃酒不喝。老婆见了又心疼了，买来种马给他伺候。中医张保全摇身一变成了"母马配种员"张保全。

这就去请张保全。

张保全来了。双手上还套着一双黄胶手套。家里肯定又有人牵母马来配种了。张保全这种时候会戴一双黄胶手套站在一边看，他的种马趴在母马身上，要是打偏差了，他就伸手帮一把，成就畜生们的好事。这龌龊的家伙，大概来不及把这肮脏的手套取下来。

"三彩啊，怎么了？哪儿不舒服？听天发老兄说你呕吐得不轻。"张保全显得很兴奋。有人请他看病他总是很兴奋，心里念念不忘中医情。

三彩瞥一眼他的手套，胸口一堵，又要吐了。她捂住嘴巴大叫起来："你不能先把你的手套摘了？没病的人一见你的手套都要呕。"

张保全看了双手，哈哈大笑，扯去手套往门外的晒台上甩。赵巫婆家的大黄狗蹦上楼梯来，鼻子一阵抽动，嗅一嗅，一口叼走了。张保全大叫，大脚一跺，狗乱了手脚，丢下手套逃窜下楼梯。张保全笑，说这手套，跟骨头的味道一样，腥，狗爱咬。黄天发舀来一盆水，拿来香皂给他洗手。张保全边洗手边说："三彩啊，这个村子里男人叫医生来给老婆看病的，我只碰上天发这一个了。自从这个老兄来我们这个村子，我就没见你下过地。村里的女人们如今动不动就骂男人，你看看三彩的男人，人家那才叫男人。我们都不是男人了。天发老兄都把你养娇贵了，人一娇贵就容易生病。来，我看看，怎么个吐法？是早上吐还是晚上吐？"

"早上吐。"

"吐出什么来？饭还是酸水？"

"酸水。"

"嗯，人觉得怎么样？"

"累，乏力，瞌睡。"

"吃得下吗？"

"只喝粥，放油的菜都不吃。"黄天发在旁边插嘴。

"天发老兄，别插嘴。"张保全说。

"只喝粥。"三彩说。

"这个月，来没来？"张保全问。

三彩扭捏起来。张保全说："我是医生，我得问明白了。"

三彩小尖脸红起来："平时不准，有往后的有往前的，这个月还没见。"

"嗯，把手伸来，我把一把脉。看你这双手，比你嫂子的脸还白，天发兄弟真能养女人。"

张保全把着三彩的手腕，脑袋歪着，侧耳聆听。片刻，脸上的皱纹就扭起来了，笑，朝黄天发拍大腿，道喜："天发兄弟，大喜啊，你该养上几窝鸡等三彩坐月子了。这不是喜脉是什么，错不了。"

三彩眼圈又红起来。盼天盼地，盼星星盼月亮，终于盼来了，这个折磨人的小人儿啊。她抹着眼睛，起身就要给张保全捉鸡回报，张保全急忙摆手，说："哪里能收这个，往后生了，满月请我喝一杯喜酒就行。小家伙可得叫我叔公，哈哈哈。"

黄天发在一旁边，一脸惊异，说："保全大哥，确定吗？不会是看错？"

"错不了，你还不信我？等着当爹吧。走了，我的种马还在忙活呢。"

三彩还是把鸡捉来，塞给黄天发，脸上泪水斑斑地笑："杀鸡去。可不是给我吃，给肚子里的人吃的。"

七

日子变得油光水亮起来，眼下又丰收在即，三彩心里涨得满满的，满心喜悦。活了三十年，活得不成样子，今天终于感觉自己像个人了，像个真正的女人。什么是女人，能生能养那才叫女人，家里有男人孩子那才是女人过的日子。每天，三彩双手按在肚子上，想到里边有个生命在悄悄成长，心里的母爱就汹涌澎湃了，她想到黄豆地里的母亲。没有孩子的女人是不知道母亲对儿女的恩情有多重的。她对黄天发说，要去黄豆地里给三个亲人烧点纸钱。黄天发点头。这几天他遭魔怔了，动不动就愣怔怔地坐在晒台上朝黄豆地看，饭吃得汤不是汤水不是水。三彩觉得他是给喜蒙昏了头。

黄天发说是应该烧纸钱的。他说要去一趟县城，买香烛纸钱，让三彩拿点钱给他。三彩说镇上就能买到的，去县里太远了。黄天发笑，说："这样的大喜，镇上这些山货就不买了，到县里去买一些好的。家里也应该再添置一两样东西，砧板开缝了，该换一个新的，要铁木砧板。这东西镇上没有卖，县里才有，就是贵一点。碗筷也该换一副新的，要多一个人了嘛。"

黄天发说得很有滋味，过日子的滋味，三彩感觉这滋味甜滋滋的。她数了五百块钱给黄天发，又多添了两百，告诉黄天发，到县里给自己买两身衣服，要当爸爸了嘛。

黄天发笑着说："放心吗？不怕我走了？"

三彩说："你走吧，你的命根子在我肚子里，我看你还能跑到天边了。你走了，我还有人给我养老，你愿意一个人孤魂野鬼的，你就走。"

黄天发说："你看看，我才说一句，你就一箩筐了。"

黄天发走了。大清早背一个背篓走的。背篓里放他的刨子和斧头锯子。他说要拿去磨一磨，很久不用，刀口都钝了，用起来费劲。三彩嘱咐他买一斤腌酸柠檬回来。

黄天发出门后，三彩摸一把锄头去黄豆地了。她想给那几座坟培培土。黄天发培过了，那是他的心意，替代不了三彩，她就是去动动手做做样子也行，也是孝心。她是应该孝敬她的亲人们的，她的日子就要过得跟任何普通人一样了，她所要求的只是和别人一样平凡的日子，她就满足了。她得感恩地下的亲人们给她带来的护佑。

三彩路过一块块玉米地，地里收玉米的人纷纷朝她打招呼，向她道喜，说她往后再来地里，身后该有一个挂鼻涕的淘气包黏着了。

张保全家那个地方是闲话地方，给三彩把脉回去后，村里人全都知道这个没有人样的女人也要生孩子了。

三彩笑眯眯地，整片天地在她眼里明亮辽阔，就好像她往后的日子。她想往后的日子应该是这样的。黄天发啊，这个男人，四十岁了，要当父亲了。

黄天发好像并不打算当父亲，背着一个背篓一去不复返。三彩等到太阳落山了，天也黑了，影都不见回来一个。三彩没有想到黄天发会走，想的是她去县里耽误了回来的车，回不来了。三彩连镇上都没去过，县里有多远多大她根本想不出一个模样来，在她的脑子里，那地方要多大有多大、要多远有多远，这样又大又远的地方，黄天发被耽误是很有可能的。她又担心黄天发是不是在县上遭人抢钱了，回不来了，大地方，什么样的坏人没有。

门外夜朗星稀，晚风夹着地里成熟的粮食香气拂面而来，这是很美好的夜晚。三彩却心急如焚，她不断抚摸肚子，抚摸肚子能使她心里踏实些。她敞开大门，饭桌上的饭菜也摆好了，拿碗扣住。直到夜深，村里渐渐沉静下来了，三彩有些困倦，想关门睡了。看见桌上的饭菜，晚饭还没吃，抖着手把饭吃了。不能不吃，肚子里还有一张嘴巴呢。

一连三天，黄天发都没回来。三彩惊恐，恼恨，委屈。她见到村里有人从镇上回来，便跑去问在镇上有没有碰见黄天发。谁都没给她带来半点安慰的消息。她整天不断抚摸肚子，最后跑到赵巫婆家里去，求她给她算一算，看黄天发这个混账是不是真的走了。赵巫婆正坐在堂屋里剥玉米衣。她说："三彩，天要下雨娘要嫁人，走就走吧。你有孩子了，老了有依靠，还怕什么？"

和老道在屋后的菜园子里一场法斗之后，赵巫婆好像一下子老了许多，说话少了，门也不串了，如今说出来的话都不像是一个会弄神做法的巫婆说的。

三彩绝望了，放声大哭："这是什么日子哇……总是搅得人过不下去，既然要走何苦来，这日子哇……瞎了眼的老天爷……"

赵巫婆背过身去，抹泪，劝说三彩："好孩子，别哭，哭狠了伤孩子，往后你就靠这孩子了。"

地里的庄稼熟透了，人们全在田里地里收割粮食。对于三彩再一次被人遗弃，人们并不感到意外，说一阵，也就没当回事了，路过她家晒台下时，给坐在晒台上的三彩顺嘴丢两句安慰话。话音还在，人已经走远了，忙着收获去了。

三彩黄着一张脸，浑身乏力的，她整天呕吐，拼命吃，拼命吐，肚子里留不住一口汤水。整天坐在晒台上，垂着眼泪，眼珠不转地望远处山上那条往山外去的山路。人们都忙秋收了，没有人出山去镇上了。那条路和三彩的双眼一样，空寂。

地里的庄稼没心思收了，三彩也没力气去收。秋收是要赶的，没有几天晴好的天气给你慢悠悠地收。深秋后，秋雨就开始连绵了。秋雨一下，还在地里的粮食就会发芽，一年的辛苦就全糟蹋了。三彩还是像一根木桩一样，天亮就坐在晒台上望。赵巫婆看不下去了，收完自家几分水稻和地里的玉米后，扯着芭蕉去帮三彩收稻子。芭蕉收自家的粮食晒了几天毒辣辣的太阳，赵巫婆怎么哄劝他都不肯再去田里了。赵巫婆拿镰刀把子敲他的头，气咻咻地骂："你这个没用的东西，养只猫狗还知道把门捉老鼠，你连一点心肝都没有，去不去？我把你的脑袋敲开花！只知道吃，连猪都不如……"芭蕉哇哇大叫，被赵巫婆赶出家门。

338

秋雨终于来临了。秋雨一来，山上的草木就开始枯黄。草木一秋。草木快要走到一年的生命尽头了。三彩家那块黄豆地还没收，她不让赵巫婆帮忙收。她心里还抱着一丝希望，黄天发喜欢那块黄豆地，精心种了一年，也许他会舍不得那块黄豆地，转回来了。她要留着给他收。

然而秋雨已经来了，黄天发却没回来。不收是不行了，下几场秋雨，黄熟的黄豆就该在地里发芽了。黄天发走了，她还要继续过日子，她不能不要粮食，她还有孩子。

天刚蒙蒙亮，三彩起来煮好了玉米粥，煎一个鸡蛋，慢慢吃早饭，吃完天就透亮了。整理好箩筐和镰刀，三彩摸摸肚子，心里凄惶，慢慢地，弥漫过一缕暖意。

嘿，怕什么，不怕的。我们有地，地里有粮食，我们能活下去的。她在心里对肚子里的孩说。打开门，一股湿冷空气扑面而来。天还阴沉，雨还在下，绵绵细雨，四周一片灰蒙蒙的。三彩望向黄豆地，心里咚地一阵猛跳。细雨蒙蒙的黄豆地里，有一个人影黑乎乎的，在那里晃动着。三彩吃惊地张大嘴巴，双眼死死盯住那个人影。片刻后她连斗笠都忘记戴了，跌跌撞撞奔下楼梯，朝黄豆地跑去。一场秋雨把田埂淋得湿漉漉滑溜溜的，三彩在田埂上绊了一跤，摔得浑身泥水。她惊慌地捂住肚子，忍不住哭起来，边哭边爬起来朝黄豆地跑去。

黄天发淋得像只落汤鸡，头发长了，胡子也长出来了，在黄豆地里摘黄豆。三彩跑到黄豆地头，一脸泪水雨水地看黄天发，忽然蹲下来捉起地头的泥巴朝黄天发一阵乱砸。

"你这个该死的，你回来干吗？你怎么不走？你走吧，我这个破家住不起你，我这样的女人要不起你，你走吧。你这个烂心肠的……呜……"

黄天发两只胳膊挡住飞过来的泥巴，等三彩坐在地头哭了，才拎起背篓朝她走过去。

"我，回来……不会走的，不会走了。"他结结巴巴地说，把背篓递给三彩，背篓给黄天发用一张塑料布包得严严实实的。三彩边哭边扯开塑料布，里边有香烛纸钱，一罐腌酸柠檬，几包糖饼，还有一些花花绿绿的棉布，展开来一看，是一些小孩的衣物，一件件的，巴掌一样。三彩捧着，号啕大哭。

黄天发说："你回去，快回家去。我收黄豆，再不收就要烂在地里了。"

三彩还是哭，黄天发说："回去吧，别淋坏了我们的孩子。"

三彩起来，抹着泪，想说什么，可说什么呢，人回来了就好，什么都别说了。她背起背篓，说："早饭煮了，回家吃了再来收。"

黄天发点点头，叫她先回去。三彩走得一步三回头的。

黄天发站在黄豆地里，抹一把脸上的雨水，他说："我哪里来的孩子呢？我要是能有孩子早就不是这样了，就不会四处流浪了，这孩子从哪里来的？"

他哼哼地哭着，弯下腰，摘下一把湿漉漉的黄豆，心里说，也许和黄豆一样，是土地送给他的，土地给他粮食，也给他孩子。

图书在版编目（CIP）数据

暗疾 / 陶丽群著 . —济南：济南出版社，2019.7
（2024.3 重印）
（文学新势力 / 张清华，邱华栋主编）
ISBN 978-7-5488-3976-7

Ⅰ.①暗… Ⅱ.①陶… Ⅲ.①短篇小说—小说集—中
国—当代 Ⅳ.① I247.7

中国版本图书馆 CIP 数据核字（2019）第 156314 号

出 版 人	谢金岭	
责任编辑	宋　涛　李钰欣	
封面设计	璞　间	

出版发行	济南出版社
地　　址	山东省济南市二环南路 1 号
邮　　编	250002
印　　刷	山东百润本色印刷有限公司
版　　次	2019 年 7 月第 1 版
印　　次	2024 年 3 月第 3 次印刷
成品尺寸	145 mm × 210 mm　32 开
印　　张	11
字　　数	211 千
定　　价	69.80 元

（济南版图书，如有印装错误，请与出版社联系调换。联系电话：0531-86131736）